지도와 영토

LA CARTE ET LE TERRITOIRE
by Michel Houellebecq

세계문학전집
241

Michel Houellebecq : La Carte et le Territoire

지도와 영토

미셸 우엘벡 장편소설

장소미 옮김

문학동네

세상이 나를 지겨워한다,

나 역시 세상이 지겹노라.

샤를 도를레앙

일러두기

1. 번역 대본으로는 *La Carte et le Territoire*(Michel Houellebecq, Flammarion, 2010)를 사용했다.
2. 주석은 모두 옮긴이주이다.
3. 본문 중 고딕체는 원서에서 이탤릭체 등으로 강조한 부분이다.

차례

제프 쿤스가 두 팔을 열정적으로 내뻗으며 막 자리에서 일어선 참이었다. 맞은편에서는 부분적으로 실크를 씌운 하얀 가죽소파에 다소 구부정하게 앉은 데이미언 허스트가 이의를 제기하려 하고 있었다. 불쾌한 안색에 침울한 표정이었다. 두 사람 다 검은 양복에 흰 셔츠를 받쳐입고 검은 넥타이를 맨 차림이었다. 쿤스의 양복은 가는 줄무늬가 들어가 있었다. 둘 사이에 놓인 낮은 테이블 위에는 설탕조림과일이 담긴 바구니가 있었지만 아무도 거들떠보지 않았다. 허스트는 버드와이저 라이트를 마시고 있었다.

두 남자의 뒤쪽에 있는 유리창 너머로는 복잡한 고층건물들이 지평선 끝까지 거대한 다각형의 제국을 이룬 광경이 펼쳐져 있었다. 밤은 환하게 빛났고, 공기는 더없이 청명했다. 카타르나 두바이 분위기라고

나 할까. 실제로 실내장식에 독일판 럭셔리 잡지에 실린 아부다비의 에미리트호텔 광고사진을 참고하긴 했다.

제프 쿤스의 이마가 약간 번들거렸다. 제드는 붓으로 쿤스의 이마를 문지르고는 세 발짝 물러났다. 확실히 쿤스가 문제였다. 허스트는 특징을 잡아내기가 수월했다. 거칠고 시니컬하게, 즉 '난 내 돈더미 꼭대기에서 당신들한테 똥을 싸지를 거야'라는 식으로 표현하면 그만이었다. 아니면 죽음을 주제로 한 음울한 작업을 계속하는 반골 기질의(하지만 역시 부유한) 예술가로 표현할 수도 있었다. 요컨대 그의 얼굴은 아스널의 팬처럼 생겼다고 할 법한, 다혈질인데다 어딘가 꽉 막힌 듯한 전형적인 영국인의 그것이었다. 그래서 여러 가지 다른 면이 있음에도 그 세대의 전형적인 영국인 예술가를 대표하는, 통일된 초상을 만들어낼 수 있었다. 반면 쿤스에게는 이중적인 무언가가, 전문 영업자의 평범하기 짝이 없는 교활함과 고행자의 희열 사이에 존재하는 극복 불가능한 모순 같은 것이 있었다. 제드가 허스트를 설득하려는 듯 두 팔을 내밀며 열정적인 기세로 일어서는 쿤스의 표정을 붙들고 씨름한 지도 벌써 삼 주째였다. 모르몬교 포르노 작가를 그리는 것만큼이나 버거운 일이었다.

제드는 쿤스가 로만 아브라모비치*, 마돈나, 버락 오바마, 보노, 워런 버핏, 빌 게이츠 등과 찍은 사진을 갖고 있었지만, 세상을 상대로 시보레 오픈카를 팔아먹기로 작정한 판매원 같은 인상을 뛰어넘는 그 무엇, 쿤스라는 인간 본연의 모습을 드러내는 표정은 어느 사진에서도

* 러시아 출신의 석유재벌. 잉글랜드 축구팀 첼시의 구단주이기도 하다.

찾을 수 없었다. 절망적이었다. 하긴 제드가 사진작가들에게 절망하게 된 것은 이미 오래전이었다. 이른바 거장이란 자들이 특히 그랬다. 그들은 모델들의 진실된 모습을 드러내겠다는 포부로 충만했지만 정작 아무것도 드러내지 못했다. 그저 모델 앞에 서서 셔터를 눌러대며, 킥킥거리는 웃음이나 흘리는 실없는 행복을 담은 사진 수백 장을 찍어댈 뿐이었다. 그리고 나중에 개중 덜 나쁜 것을 골라내는 식이다. 이것이 이른바 거장 사진작가들의 천편일률적인 작업방식이었다. 제드는 그중 몇몇과 개인적으로 알고 지냈는데, 그가 그들에게 느끼는 감정은 오로지 경멸뿐이었다. 그들의 창의성은 하나같이 지하철 즉석사진 부스 수준 그 이상도 이하도 아니었다.

몇 발짝 뒤에 있는 부엌에서 온수기가 연방 삐걱거렸다. 제드의 몸이 뻣뻣하게 얼어붙었다. 벌써 12월 15일이었다.

일 년 전 이 무렵에도 온수기가 이렇게 연방 삐걱거리더니 아예 가동을 멈춰버렸다. 몇 시간 만에 작업실 온도가 섭씨 3도로 떨어졌다. 잠깐씩 눈을 붙이기는 했지만 잠을 잤다기보다는 졸았다는 편이 맞았다. 새벽 여섯시경 제드는 온수통에 마지막 남은 몇 리터의 물로 대충 씻고는, 커피를 끓이며 '종합배관공사'의 인부를 기다렸다. 날이 밝는 대로 사람을 보내겠다는 약속을 받아놓은 터였다.

인터넷 홈페이지에서 종합배관공사는 '배관사업을 3000년대로 진입시키겠다'는 포부를 밝히고 있었다. 약속이나 잘 지킬 것이지, 열한시경 제드는 여전히 몸을 덥히지 못한 채 작업실을 맴돌며 투덜거렸다. '경영 일선에서 물러나는 건축가 장피에르 마르탱'이라는 제목을 붙인 아버지의 초상을 작업하던 중이었다. 기온이 떨어지면 칠이 마르는 속도도 당연히 더뎌질 것이었다. 이 주 후 크리스마스에 예년처럼 아버지와 저녁식사를 하기로 한 터라 그전에 완성하면 좋겠다는 바람이었다. 배관공이 속히 와주지 않는다면 계획을 그르치게 될 판이었다. 하지만 사실 엄밀히 말하자면 아무래도 좋았다. 그는 아버지에게 그림을 선물하려는 것이 아니라 단지 보여주고 싶었을 뿐이니까. 왜 뜬금없이 아버지의 초상화 완성에 이토록 집착하게 된 걸까? 확실히 요즘 신경이 곤두서 있었다. 일을 너무 많이 했다. 여섯 점의 작업에 동시에 착수해, 지난 몇 달간 쉬지 않고 그려왔다. 무모한 짓이었다.

오후 세시가 되자 제드는 결국 종합배관공사에 다시 전화를 걸었다. 내내 통화중이었다. 오후 다섯시가 조금 지나서야 통화에 성공했다. 상담원은 급작스런 한파로 서비스 요청이 밀렸다며 다음날 아침에는 반드시 사람을 보내겠다고 약속했다. 제드는 전화를 끊고서 오귀스트 블랑키 대로에 있는 메르퀴르호텔에 방을 예약했다.

다음날도 종일 그는 종합배관공사의 인부를 기다렸다. 동시에 막간에 연락을 넣은 '충실배관공사'의 인부도 기다렸다. 충실배관공사는 전통을 지키는 숙련된 장인의 솜씨를 내세웠지만, 고객과의 약속을 지키는 데 특별히 뛰어난 면을 보이지는 않았다.

아들이 그린 초상화에서 제드의 아버지는 임직원 오십여 명에게 둘러싸인 채 연단에 서서 씁쓸한 미소를 지으며 잔을 들어올리고 있었다. 환송연은 그의 건축사무소 로비의 오픈스페이스에서 열리고 있었다. 흰색 벽에 큰 유리창이 있어 채광이 좋은 30×20미터 넓이의 널찍한 공간으로, 컴퓨터 부스와 현재 진행중인 건축물 모형을 얹어놓은 사각 받침대들이 번갈아 배치돼 있는 곳이었다. 직원 대부분이 너드* 같은 외양의 젊은 3D 제작자들이었다. 연단 발치에는 사십대로 보이는 건축가 세 명이 있었다. 로렌초 로토**의 범작에서 차용한 듯한 구도로 선 이들 세 사람은 각기 다른 두 명의 시선을 피하며 아버지의 눈길을 끌려고 기를 쓰고 있었다. 저마다 제드의 아버지에게서 회사 경영권을 물려받으려는 꿈에 부풀어 있음이 한눈에도 훤히 보였다. 모인 사람들의 머리 위 허공에 고정된 제드 부친의 시선에는 마지막으로 자기 사람들을 곁에 모아두고픈 바람과 미래에 대한 분별 있는 확신이 담겨 있었지만, 무엇보다도 절대적인 슬픔이 어려 있었다. 자신이 설립해 혼신의 힘을 다 바친 회사를 떠나는 슬픔, 불가항력에 대한 슬픔이었다. 영락없이 인생이 끝장난 자의 모습이었다.

반나절이 지나서 제드는 통화연결음으로 '리르 에 샹송'이 나오는 충실배관공사와 달리 '스카이록'이 나오는 'Ze배관'에 십여 차례 전화를 걸었으나 허사였다.***

오후 다섯시 무렵 제드는 메르퀴르호텔로 갔다. 오귀스트 블랑키 대로에는 어스름이 깔려 있었다. 노숙자들은 진작부터 인도에 불을 지펴 놓고 있었다.

이어지는 날들도 거의 비슷하게 흘러갔다. 도시 마를 기미가 없는 그림 옆에서 갈수록 더해가는 냉기에 오들오들 떨며 배관공사의 전화

* 두뇌는 명석하나 한 분야에 빠져 다른 것에는 아무 관심이 없는 사람을 가리키는 말.

** 중세의 이탈리아 화가. 각기 다른 인물들의 심리를 나타내는 표정과 시선 처리로 유명하다.

*** '리르 에 샹송'은 개그와 팝음악이 주로 나오는 프랑스의 라디오 채널이고, '스카이록'은 힙합, 랩, R&B를 주로 방송하는 프랑스의 FM 라디오 채널이다.

번호를 누르고, 신호가 떨어지기 무섭게 흘러나오는 통화연결음을 들으며 기다리고 또 기다리는 것.

해결책은 12월 24일 오전, 집 근처 스테팡 피숑 대로에 사는 크로아티아인 기술자의 모습으로 나타났다. 메르퀴르호텔에서 돌아오던 길에 우연히 간판을 발견한 덕분이었다. 크로아티아인은 한가했다. 그렇다, 바로 올 수 있다고 했다. 검은 머리칼에 안색이 창백하고 단신이었지만 체격이 호리호리하고 전체적으로 균형이 잡힌 사내로, 벨 에포크*의 유행을 연상시키는 짤막한 콧수염을 기르고 있었다. 사실 콧수염을 제외하면 제드와 좀 비슷한 구석이 있었다.

크로아티아인은 아파트에 들어서자마자 난방기 제어판을 뜯어내고 가느다란 손가락으로 복잡한 배관망을 훑어내리며 오랫동안 세심하게 살펴보더니, 밸브니 사이펀이니 하는 말을 늘어놓았다. 그러자 그가 인생 전반에 대해 아주 많은 것을 아는 사람처럼 보였다.

그는 십오 분 남짓의 검사를 마치고 다음과 같은 진단을 내렸다. 고칠 수는 있지만, 수리비 오십 유로 이내의 간단한 보수 차원에 그칠 것이다. 근본적으로 뜯어고치는 게 아니라 문제가 있는 곳만 손보는 정도로, 수명은 몇 달, 길어야 몇 년일 것이다. 하지만 그렇다고 해서 오랜 기간을 장담할 순 없다. 총체적으로 보건대, 이 난방기는 오래갈 것 같지 않다.

제드는 한숨을 내쉬고서, 예상 못한 바는 아니라고 털어놓았다. 그는 이 집을 사기로 결정했던 구 년 전 그날을 생생히 기억했다. 흐뭇한

* '아름다운 시대'라는 의미로, 19세기 말엽부터 1차 세계대전이 발발하기 직전 유럽이 평화롭고 경제적, 문화적으로 중흥했던 시기.

표정을 짓던 다부진 체격의 부동산 중개인이 떠올랐다. 그는 이 집이 채광만큼은 탁월하다고 떠벌리면서 더러 '보수'가 필요한 부분도 있음을 숨기지 않았다. 그의 말을 들으며 제드는 부동산 중개인이나 산부인과의사가 되어야 했다고 생각했었다.

처음 얼마간 적당히 싹싹하기만 하던 다부진 체격의 부동산 중개인은 제드가 예술가라는 것을 알고는 이성을 잃을 지경으로 흥분했다. 그는 예술가의 아틀리에를 진짜 예술가에게 팔아보기는 처음이라며 탄성을 내질렀다. 순간 제드는 불안해졌다. 부동산 중개인이 괜히 아틀리에 가격이나 올려서 정작 예술가들이 아틀리에를 구할 기회를 앗아가는 '보보스'나 그 비슷한 문화 속물들을 비난하며 진정한 예술가들의 옹호자를 자처하면서도, 어떻게 시장 현실을 거스를 수 있겠느냐, 시장을 바로삽는 게 내 일은 아니지 않냐고 선수를 칠까봐서였다. 다행히 그런 일은 일어나지 않았고, 다부진 중개인은 집값을 10퍼센트 할인해주겠다고만 했다. 아마도 가격 흥정에 대비해 미리 감안해놓은 협상액일 터였다.

말이 '예술가의 아틀리에'일 뿐, 실은 전면창이 나 있고 구분이 모호한 독립 공간 몇 개로 이루어진 다락방에 불과했다. 전면창이 아름다운 것은 사실이었으나, 공간 구분은 위생관념이 까다롭지 않은 제드에게도 불충분해 보였다. 하지만 전망만큼은 훌륭했다. 알프광장 너머 고가철도가 다니는 뱅상 오리올 대로까지 내다보였고, 더 멀리로는 1970년대 중반 속속 건설된 사각형의 아파트들이 요새를 이룬 지점까지 보였다. 아름다운 파리의 전반적 풍경과 극명하게 배치되는 풍경이었지만, 제드는 건축적 측면에서 멀리 보이는 저곳이 파리에서 가장 마음에 들었다.

수리를 끝낸 크로아티아인이 오십 유로를 챙겼다. 그는 영수증을 주지 않았고 제드 또한 기대하지 않았다. 크로아티아인은 문을 닫고 나가자마자 금세 다시 노크를 했다. 제드가 문을 빠끔히 열었다.

"크리스마스 인사를 잊어서요." 남자가 말했다. "즐거운 성탄절 보내십시오."

"아, 그렇군요." 제드는 당황스러웠다. "선생도 즐거운 성탄절 보내십시오."

제드는 그제야 택시가 걸림돌이 되리라는 데 생각이 미쳤다. 예상대로 '아투트'사는 랭시까지 갈 수 없다고 딱 잘라 거절했다. '스피드 탁스'사는 기차역, 한발 더 양보해 시청까지라면 몰라도 시갈 단지 근처까지는 갈 수 없다고 못박았다. 전화기 너머의 직원이 약간 나무라는 투로 속삭였다. "안전상의 문제라서요, 손님…… 저희는 안전이 확실하게 보장된 지역들만 서비스합니다." 안내원은 자기 딴에는 정보를 준답시고 유들유들하고도 심각한 조로 '부아튀르 페르낭 가르생'사의 연락처를 일러주었다. 애초에 시갈 단지 같은 엉뚱한 곳에서 크리스마스이브를 보내려 하다니. 제드는 점점 자책감이 들었다. 매년 그래왔듯이 드넓은 공원에 둘러싸인 그 부르주아 저택을 한사코 떠나려 하지 않는 아버지도 원망스러워졌다. 갈수록 위험해지면서 사람들의 발길도 점점 뜸해지고, 사실인즉 얼마 전부터는 조직폭력배들이 완전히 장악해버린 지역에 있는 집이었다.

우선 담장을 보강하고 그 위에 고압전기 철조망을 두르고 경찰과 연결된 비디오 감시카메라 시스템을 설치해야 했다. 이 모든 것이 매년 크리스마스이브에 방문하는 제드를 제외하면 아무도 찾지 않을뿐더러 난방도 되지 않는 방 열두 칸짜리 집에서 제드의 아버지가 고독을 즐기며 어슬렁거릴 수 있게 하기 위한 것이었다. 인근의 상가들은 사라진 지 오래였고 가까운 곳도 걸어다닐 수 없었다. 차가 신호에 걸려 서 있을 때조차 봉변을 당하는 일이 허다했다. 랭시 시청에서는 아버지에게 가사도우미를 지원해주었다. 파티라는 이름의 세네갈 여자였는데, 심술궂고 괴팍한데다 첫날부터 대놓고 싫은 티를 내더니 한 달에 한 번 이상은 침대시트도 갈아주지 않았고 장본 물건은 십중팔구 슬쩍하는 것 같았다.

어쨌거나 실내 온도는 점차 오르고 있었다. 제드는 작업중인 그림의 사진을 찍었다. 적어도 아버지에게 보여줄 뭔가는 될 수 있으리라. 제드는 바지와 스웨터를 양복으로 갈아입고 맨바닥에 깔린 침대 대용의 좁은 매트리스 위에 앉아 이불을 뒤집어썼다. 그는 조금씩 조금씩 호흡 속도를 늦췄다. 그리고 뿌연 어스름 속에서 늑장을 부리며 서서히 퍼져나가는 물결을 머릿속에 그려보았다. 영혼을 평화로운 지대로 이끌고자 함이었다. 또다시 아버지와 함께하는 크리스마스이브에 대비한 나름의 정신적인 준비였다.

이 정신적인 준비는 결실을 맺었다. 그날 저녁은 아무 일 없이 흘러갔고, 얼마간은 화기애애하기까지 했다. 오래전부터 그는 더 많은 것을 바라지 않았다.

다음날 아침 일곱시 무렵, 제드는 조직폭력배들도 크리스마스이브

파티는 했을 거라 믿으며 랭시역까지 걸어갔고, 별 탈 없이 파리 동역으로 돌아왔다.

수리를 하고 일 년간은 문제가 없었다. 온수기에서 이상 신호가 울린 것은 이번이 처음이었다. 〈경영 일선에서 물러나는 건축가 장피에르 마르탱〉은 오래전에 완성되어, 제드의 작품을 취급하는 화상의 화랑 창고에 보관된 채 지연되고 있는 개인전을 기다리고 있었다. 장피에르 마르탱은 자진해서 랭시 저택을 떠나 불로뉴에 있는 요양원에 입소하기로 결정함으로써 아버지를 설득하길 오래전에 포기한 제드를 놀라게 했다. 그리하여 이번에는 보스케 대로에 있는 '셰 파파(아빠의 집)'라는 브라스리*가 이들 부자의 연례 회식 장소가 되었다. 제드가 〈파리스코프〉**에서 옛날식으로 낸 전통의 맛을 약속하는 광고를 보고 선

* 카페와 주점을 겸한 식당.

** 영화, 공연, 식당 등 파리와 근교에서 열리는 다양한 문화 소식을 싣는 주간정보지.

택한 식당이었고, 이 약속은 대체로 맞았다. 절반쯤 빈 식당 안 곳곳에 산타클로스와 화환으로 장식된 크리스마스트리들이 눈에 띄었고, 손님 대부분을 차지한 늙직한 사람들 아니면 그보다 더 꼬부라진 노인네들이 몇몇씩 무리 지어 전통 음식을 열심히, 신나게 그리고 거의 맹렬하게 씹고 있었다. 멧돼지, 새끼돼지, 칠면조고기가 주요리였고, 디저트로는 당연히 식당에서 옛날식으로 직접 만든 뷔슈*가 나왔다. 말이 없는 종업원들은 심한 화상을 입은 환자들을 대하듯 예의바르고 조신하게 움직였다. 아버지와의 이런 식사 자리를 마련했을 때부터 이미 정확히 예견한 대로, 제드는 얼간이가 된 기분이 들었다. 기다랗고 근엄한 얼굴의 이 무뚝뚝하고 고지식한 사내는 먹는 즐거움이라고는 한 번도 누린 적이 없을 터였다. 회사 근처에서 제드를 만나야 할 때처럼 외식을 할 수밖에 없는 극히 드문 경우에도 아버지는 늘 같은 초밥집을 택했다. 구태여 그럴 필요도 없고 더구나 이제껏 그래본 적도 없을 텐데(살아생전 그의 아내는 늘 요리하는 걸 싫어했다), 이제 와서 화기애애한 식사 자리를 연출하려는 것은 병적이고 헛된 짓일 터였다. 하지만 크리스마스였다. 달리 뾰족한 수가 있는가? 아버지는 옷차림에도 무심하고 책도 점점 덜 읽고 더는 특별한 관심사도 없었다. 요양원 원장 여자에 따르면 아버지는 "상당히 적응을 잘하고" 있었다. 그가 누구와도 거의 말을 섞지 않는다는 뜻이리라. 지금 그는 새끼돼지고기를 질겅질겅 씹고 있다. 고무 조각을 씹는대도 거의 같은 표정이었을 것이다. 아버지는 계속되는 침묵을 깨뜨릴 의사가 전혀 없어 보였으므

* 장작 모양의 크리스마스 케이크.

로, 조바심이 난 제드는 이야깃거리가 될 만한 것을 필사적으로 찾았다. 게부르츠트라미너와 굴을 시키는 게 아니었다. 주문하는 순간 깨달았다. 화이트와인을 마시면 늘 정신이 흐릿해진다. 제드가 결혼을 했더라면, 적어도 애인이나 하다못해 아무 여자라도 있었더라면 상황은 확실히 달라졌을 것이다. 어쨌거나 여자들은 남자들보다는 가족문제를 잘 풀어가니까. 여자들의 타고난 장기라고나 할까. 또 여자가 있으면 현재 아이가 없더라도 가능성은 있는 것이니, 아이들이 늘 대화 언저리에 어정거릴 수 있다. 손자 손녀가 노인네들의 큰 관심사임은 주지의 사실이다. 그들은 이것을 자연의 순환법칙 또는 그 비슷한 무엇과 관련짓고, 그 사실만으로도 케케묵은 그들의 머릿속에 일종의 감동이 일어난다. 확실히 아들은 아버지의 죽음을 의미하지만, 손자는 할아버지에게 일종의 부활이거나 복수다. 여하튼 적어도 크리스마스 식사 자리의 여백을 채우기에는 모자람이 없다. 이따금 제드는 아버지와의 크리스마스 식사를 위해 에스코트 걸을 고용해서 미니 픽션의 주인공이 되어볼까 생각한 적도 있었다. 여자에게 두 시간 전에 요점만 설명해주면 문제없을 것이다. 아버지는 남의 사생활을 시시콜콜 알려 들지 않을뿐더러, 인간에 대한 관심이 없으니까.

라틴계 국가에서는 정치만으로 중년 혹은 그 이상 연배의 남자들의 대화를 채우기에 부족함이 없다. 때로 낮은 계층의 사람들에게는 정치가 스포츠로 대체되기도 한다. 앵글로색슨적인 가치의 영향을 크게 받은 사람들에게는 경제와 금융이 정치의 역할을 대신한다. 문학은 보충적 소재를 제공해준다. 제드와 그의 부친의 경우는 둘 다 경제에 관심이 없을뿐더러, 정치도 그보다 나을 게 없었다. 장피에르 마르탱은 정부의 국가경영방침에 대체로 동의했으며, 그의 아들은 별 의견이 없었다. 어쨌거나 두 사람은 내각을 한 명 한 명 차례로 평가하며 치즈 카트*가 올 때까지 그럭저럭 버텼다.

치즈를 들며 다소 활기를 찾은 제드의 부친이 아들에게 작업 근황을 물었다. 불행히도 이번에는 제드가 분위기를 납덩이처럼 가라앉힐 위기였다. 최근 작업중인 〈미술시장을 양분한 데이미언 허스트와 제프 쿤스〉라는 그림이 문제였다. 도무지 영감이 떠오르지 않아 제자리걸음만 하고 있었다. 지난 일이 년간 제드를 지탱해주었던 어떤 힘이 고갈되고 쇠진하는 중이었다. 하지만 아버지에게 그런 얘기를 해서 무엇하겠는가. 아버지가 할 수 있는 일은 아무것도 없거니와, 다른 누구였더라도 마찬가지일 텐데. 이런 식의 고백을 듣고 사람들이 할 수 있는 일은 그저 조금 슬퍼해주는 것이 전부다. 어쨌거나 인간관계란 부질없는 것이다.

"봄에 개인전을 열려고 준비중이에요." 결국 제드가 입을 열었다. "그런데 좀 늦어질 것 같아요. 화랑 주인인 프란츠가 전시회 카탈로그에 작가의 발문을 넣고 싶어해서요. 우엘벡을 생각했대요."

"미셸 우엘벡?"

"아세요?" 제드가 놀라서 물었다. 무엇이 됐건 문화상품에 아버지가 아직까지 관심이 있으리라고는 생각도 못했다.

"요양원에 작은 도서실이 있어서 그이의 소설 두 권을 읽었다. 꽤 괜찮은 작가 같더구나. 읽기 나쁘지 않았어. 사회를 바라보는 시각이 꽤

---

* 프랑스 정식요리 코스에는 주요리와 디저트 사이에 치즈 코스가 있다. 치즈가 종류별로 준비된 카트를 끌고 와 고르게 한다.

나 정확해. 그래서, 대답은 들었고?"

"아니, 아직요……" 그제야 제드는 진지하게 고민해보았다. 그의 아버지처럼 극심한 절망의 타성에 젖어 완전히 마비된 사람이, 망령들의 길, 그 어두운 길로 깊이 접어든 사람이 우엘벡의 존재에 주목했다면 그건 분명 이 작가에게 뭔가 있다는 것이었다. 그러자 자신이 수차례에 걸친 프란츠의 청을 소홀히 여기고 시일이 촉박한데도 우엘벡에게 이메일을 보내지 않았다는 데 생각이 미쳤다. 아트 바젤*과 프리즈 아트페어** 시기를 감안하면 4월, 늦어도 5월에는 전시회를 열어야 한다. 우엘벡에게 보름 만에 발문을 써내라고 청하기는 여간 어려운 일이 아닐 터였다. 여하튼 프란츠의 말로는 국제적으로 명성을 떨치는 유명 작가였다.

아버지는 이내 흥분을 가라앉히고 생넥테르***를 새끼돼지고기를 씹을 때처럼 건성으로 잘근거렸다. 보통 노인들에게 먹는 즐거움이 각별하다고 알려져 있는 것은 아마도 동정심 때문일 것이다. 노인들 대부분의 경우 먹는 즐거움도 다른 모든 삶의 낙과 마찬가지로 불가피하게 시들해졌음에도, 사람들은 적어도 그것만은 남아 있다고 믿고 싶어하는 것이다. 남은 건 소화불량과 전립선암뿐인데.

왼쪽으로 몇 미터 떨어진 곳에 여든이 넘은 노파 셋이 앉아 있었다. 과일샐러드를 앞에 놓고 묵념이라도 하는 듯했다. 어쩌면 고인이 된

---

* 바젤 아트페어. 스위스 바젤에서 매년 6월 둘째 주에 닷새간 열리는 세계 최대 규모의 현대 아트페어.

** 영국 런던에서 매년 10월에 나흘간 열리는 국제 현대 아트페어. 현대미술시장의 중심으로 떠올랐다.

*** 오베르뉴 지방에서 생산하는 반 경질 치즈.

각자의 남편들을 기리고 있는지도 몰랐다. 그중 한 노파가 샴페인 잔을 향해 손을 내밀었다가 이내 테이블 위로 떨어뜨렸다. 그녀는 가슴을 들썩들썩하며 잠시 숨을 고르고는 다시 샴페인 잔을 잡으려 했다. 손이 부들부들 떨렸고, 집중하느라 얼굴이 일그러졌다. 제드는 끼어들고 싶은 충동을 억눌렀다. 그가 끼어들 상황이 전혀 아니었다. 몇 미터 떨어진 곳에 우두커니 서서 근심어린 시선으로 그 모습을 지켜보는 종업원조차 끼어들 수 없었다. 지금 그녀는 신과 대면하는 중이었다. 아마 여든보다는 아흔에 더 가까우리라.

코스를 완성하는 디저트 차례가 되었다. 제드의 부친은 체념어린 표정으로 옛날식으로 만든 뷔슈를 공략했다. 이제 시간이 얼마 남지 않았다. 두 사람 사이의 시간은 기묘하게 흘렀다. 아무 말도 오가지 않고 계속된 침묵이 첩첩이 쌓여 테이블 주변을 무겁게 짓누르고 있음에도, 일분일초가 번개처럼 흘러갔다. 삼십여 분 후 정신을 차렸을 때 제드는 택시정류장에서 아버지를 배웅하고 있는 자신을 발견했다. 밤 열시밖에 되지 않았지만, 제드는 요양원의 다른 입소자들이 아버지를 복 받았다고 여기리라는 것을 알고 있었다. 몇 시간이나마 크리스마스를 같이 보낼 누군가가 있다는 것은 특권이었다. "좋은 아드님을 두셨소……" 아버지가 이미 수차례에 걸쳐 들은 인사였다. 예전에 한 회사의 대표였던 남자는 결국 부인할 수 없이 늙다리가 되어, 요양원에 입소하고 나서는 갑자기 어린 기숙학생 신세가 되고 만 셈이었다. 이따금 손님들이 방문했고, 그것은 행복이었다. 아버지는 페피토 쿠키도 먹고 맥도날드의 광대 로널드도 만나며 세상 구경을 할 수 있었다. 하지만 대개의 경우는 혼자다. 아버지는 요양원의 황량한 아스팔트 길

위나 핸드볼 골대 사이를 쓸쓸히 서성인다. 해방과 비상을 기다리며.

아틀리에로 돌아왔을 때 난방기는 여전히 작동하고 있었다. 실내 온도는 적당했을 뿐만 아니라 따뜻하기까지 했다. 제드는 옷을 대충 벗고 매트리스에 누웠다. 그리고 머릿속을 말끔히 비우고는 곧장 곯아떨어졌다.

한밤중에 제드는 소스라치며 잠에서 깨어났다. 자명종이 네시 사십삼분을 가리키고 있었다. 실내는 후끈하다못해 숨이 막힐 지경이었다. 그를 깨운 것은 난방기 소리였다. 그러나 이번에는 익숙한 삐걱거림이 아니라, 초저주파음만큼이나 낮게 연속적으로 울리는 부르릉거림이었다. 그는 창유리가 성에로 뒤덮인 부엌 창문을 벌컥 열어젖혔다. 얼음장 같은 냉기가 실내로 쏟아져들어왔다. 여섯 층 아래서 들려오는, 돼지 울음 같은 요란한 소리가 크리스마스 밤을 흐려놓고 있었다. 제드는 얼른 창문을 도로 닫았다. 부랑자들이 아파트 마당에 침입한 게 틀림없었다. 내일이면 그들은 아파트 쓰레기통을 뒤져 먹다 남은 크리스마스 음식들로 배를 채울 것이고, 입주자들 가운데 경찰을 불러 그들을 쫓아낼 엄두를 낼 사람은 아무도 없을 터였다. 어쨌거나 크리스마스가 아닌가. 보통은 1층에 사는 여자가 견디다못해 결국 총대를 멘다. 선명한 색상의 패치워크 스웨터를 즐겨 입고 머리칼을 헤나로 염색한 육십대가량의 여자인데, 제드는 은퇴한 정신분석가쯤 되리라 추측했다. 하지만 요 며칠 보이지 않는 것이 바캉스를 떠난 듯했다. 적어도 갑자기 죽은 게 아니라면. 부랑자들은 이곳에서 며칠이고 죽칠 것이고, 그들의 배설물냄새가 마당을 가득 채워 창문을 열 수도 없게 되리라. 그들은 입주자들에게는 공손하다못해 비굴하기까지 했지만, 그들끼리의 난투는 극악무도해서 대개는 한밤중에 단말마의 울부짖음으로 끝이 났고, 결국 누군가 구급차를 부르고, 귀가 반쯤 찢긴 채 피범벅이 된 사람이 발견되는 식이었다.

제드는 잠잠해진 난방기에 다가가 제어판 덮개를 살며시 들어올렸다. 그러자 난데없는 침입자에게 위협이라도 당한 양 난방기가 짧게 부르릉거렸다. 노란 표시등이 빠르게 깜박였지만 영문을 알 수 없었다. 제드는 온도조절 노브를 1밀리미터씩 천천히 왼쪽으로 돌렸다. 난방기에 문제가 생겼다 해도 크로아티아인의 연락처가 있었다. 하지만 그가 지금도 영업을 할까? 그는 '배관공으로 썩을' 생각은 없다고 제드에게 단도직입적으로 털어놓지 않았던가. 그의 꿈은 일단 '한밑천 잡으면' 조국 크로아티아로, 더 정확히는 흐바르섬으로 돌아가 수상 스쿠터 대여점을 차리는 것이었다. 여담이지만 제드의 부친이 은퇴 직전 마지막으로 처리했던 서류 중 하나가 바로 그 섬에 관련된 것이었다. 호화 여행지로 주가가 오르기 시작한 흐바르섬의 스타리 그라드 평야에 건설하는 최고급 해변 휴양시설의 건축권 경쟁 입찰 건이었다. 이제 막 뜨기 시작한 곳이라 작년에 그곳에 갔던 사람들은 숀 펜이나 앤젤리나 졸리와 마주치기도 했다. 제드는 프장드리 거리*에 사는 돈이 넘쳐나는 애송이들에게 시끄럽고 멍청한 기계나 대여해주려고 배관공이라는 숭고한 장인의 길을 버리려는 이 남자의 꿈에 인간적으로 깊이 실망했다.

"이곳만의 특별 추천코스는?" 흐바르섬의 인터넷사이트 메인페이지에서는 이렇게 묻고 다음과 같이 답한다. "이곳은 너른 라벤더 꽃밭과 오래된 올리브나무, 포도나무들이 독특한 조화를 이루고 있다. 자연을 가까이에서 느끼고 싶은 관광객이라면 고급 레스토랑보다는 일단 흐바르의 조촐한 코노바(작은 선술집)에 가서 샴페인 대신 진짜 서민 와인을 음미하며 섬의 흘러간 유행가를 흥얼거려보시라. 그러면 단조로운 일상을 잊을 수 있을 것이다." 아마 숀 펜도 이 점에 혹했을 것이다. 제드는 비수기이면서도 아직은 온화한 10월에 해산물 리조토를 앞에 두고 느긋하게 앉아 있는 전직 배관공을 상상해보았다. 당연히 이해가 가고도 남는, 용인할 수 있는 선택이었다.

제드는 자신도 모르게 아틀리에 한복판에 있는 이젤 위의 〈미술시장을 양분한 데이미언 허스트와 제프 쿤스〉에 다가갔고, 더한층 쓰라린 자괴감에 사로잡혔다. 허기가 졌다. 아버지와 함께 애피타이저, 치즈, 디저트까지 곁들인 완벽한 크리스마스 코스 식사를 마친 것을 감안하면 정상이 아니었지만, 어쨌든 배가 고팠다. 게다가 숨쉬기가 불편할 지경으로 후텁지근했다. 그는 부엌에 가서 카넬로니** 통조림을 따서, 망친 그림을 침울한 눈길로 바라보며 하나씩 우물거렸다. 아무

* 파리 16구에 있는 부자 동네.

** 속을 넣은 원통형의 굵은 파스타.

래도 쿤스에 힘이 너무 들어갔다. 충분히 가볍고 충분히 경쾌하지가 않았다. 메르쿠리우스처럼 날개라도 그려줬어야 했나 하는 터무니없는 생각마저 들었다. 줄무늬 양복을 입고 장사꾼 같은 미소를 머금은 그림 속 쿤스는 어딘가 실비오 베를루스코니*를 연상시켰다.

〈아트프라이스〉가 선정한 세계 예술가 부호 순위에서 쿤스는 서열 2위였다. 쿤스보다 열 살 아래인 허스트가 요 몇 년 사이 쿤스를 제치고 1위 자리를 꿰찼다. 제드는 십여 년 전에 583위에 올랐었다. 프랑스 순위로는 17위였다. 이후 투르 드 프랑스** 해설자의 표현을 빌리자면 '순위권 저멀리 밀려나더니', 완전히 자취를 감추었다. 제드는 카넬로니 통조림을 해치우고 바닥을 보이는 코냑 한 병을 찾아냈다. 그리고 할로겐등의 조도를 최대로 높여 그림 한가운데를 비추었다. 가까이서 들여다보니 야경도 영 아니었다. 아라비아반도의 밤 하면 떠오르는 화려함이나 신비로움이 없었다. 군청색이 아니라 시룰리언 블루***를 썼어야 했다. 그가 그리고 있었던 것은 그야말로 쓰레기였다. 제드는 유화나이프를 집어 데이미언 허스트의 눈을 푹 찌르고는, 있는 힘껏 쭉 찢었다. 매우 질긴 아마로 촘촘하게 짠 캔버스였다. 그는 이어 물감으로 진득거리는 캔버스를 한 손에 잡고서 단번에 북 찢어버렸고, 그 서슬에 휘우뚱거리던 이젤이 바닥에 쓰러졌다. 얼마쯤 진정된 제드는 동작을 멈추고 물감으로 끈적거리는 두 손을 망연히 바라보다가 입안에

---

* 전 이탈리아 총리이자 막강한 언론출판 재벌. 극우적이고 상식에서 벗어나는 언사와 행동으로도 악명이 높다.

** 해마다 프랑스에서 열리는 국제 사이클 일주 경기.

*** 스카이 블루보다 강한 밝은 청색.

코냑을 털어넣었다. 그러고는 그림 위로 풀쩍 뛰어올라 발로 쿵쿵 밟고 바닥에 짓이기다가 급기야 미끌미끌해진 바닥에서 균형을 잃으며 넘어졌고, 그 와중에 이젤에 뒤통수를 세게 부딪혔다. 트림과 함께 구토가 나왔다. 돌연 홀가분해진 느낌이었다. 서늘한 밤공기가 얼굴 위를 여기저기 자유롭게 떠다녔다. 그는 행복을 느끼며 눈을 감았다. 마침내, 인생의 어느 한 시기에 마침표를 찍은 것이었다.

1부

La carte et le territoire

I

제드는 처음으로 그림을 그린 것이 언제였는지 기억나지 않았다. 어린아이라면 누구나 많든 적든 그림을 그리겠지만 제드는 어린아이에 관해서라면 아는 게 전무했고, 그러니 확신할 수 없었다. 지금 그가 유일하게 확신할 수 있는 것은 작은 공책에 색연필로 그린 꽃들이 자신의 첫 그림이었다는 것이다.

대개는 수요일 오후, 가끔은 일요일에 베이비시터가 남자친구에게 전화를 거는 동안 제드는 홀로 햇살 가득한 정원에서 황홀경을 맛보았다. 베이비시터인 바네사는 열여덟 살의 생드니 빌타뇌즈 대학(파리 제13대학) 경제학과 1학년이었다. 그녀는 꽤 오랫동안 제드의 초기 습작들의 유일한 증인이었다. 그녀는 제드의 그림이 예쁘다고 진심으로 칭찬해주었지만, 때로는 혼란스런 표정을 감추지 못했다. 사내아이들은 대개 피투성이 괴물이나 나치 휘장이나 전투기를 그렸지(개중 좀 빠른 아이들은 여자와 남자의 성기를 그리기도 했지만), 꽃을 그리는 일은 극히 드물기 때문이었다.

제드는 의식하지 못했고 바네사 역시 까맣게 몰랐지만, 그가 그린 꽃은 사실 여성의 생식기, 즉 세상의 표면을 장식하며 음탕한 곤충들의 제물로 바쳐지는 얼룩덜룩한 질이었다. 곤충과 남자들은 다른 짐승들과 마찬가지로 어떤 목표를 좇는 것처럼 보였다. 꽃들이 눈부신 자태를 뽐내며 햇살 아래 꼼짝 않고 있는 반면, 수컷들의 움직임은 기민하고 방향성이 분명했다. 꽃의 아름다움은 그 연약함과 생명의 유한함 때문에 애처롭다. 물론 지구상의 모든 생명체가 그러하지만 특히 꽃은 더하다. 꽃의 유해도 동물과 마찬가지로 생명이 있는 상태의 그들 존재를 기괴하게 패러디한 것에 불과하며, 동물과 마찬가지로 악취를 풍긴다. 이 모든 것은 계절의 변화를 한 번이라도 겪어보았다면 누구나 알 수 있다. 제드의 경우는 꽃의 부패에 대해 다섯 살 혹은 그 이전에 알게 되었다. 랭시의 저택을 둘러싼 공원에 꽃이 많았기 때문이었다. 나무 역시 무성했는데, 바람결에 살랑거리는 나뭇가지들은 하늘과 구름을 제외하고 그가 한 여인(어머니?)이 미는 유아차를 타고 다니며 인식한 최초의 것들 중 하나였다. 동물의 생명력은 민첩한 변화(축축해지는 구멍, 빳빳해지는 막대, 그리고 이후의 정액 분출)로 표출된다. 하지만 제드는 이 모든 것을 나중에야 포르그리모*의 어느 발코니에서 마르트 타이페르의 도움으로 깨달았다. 꽃의 생명력은 자연의 진부한

* '작은 베니스'라 불리는 프랑스 남부의 도시. 예술가와 부호가 많은 곳으로 거의 사유지이다.

초록색 풍경을 깨뜨리는 현란하고 산발적인 색채로 표출된다. 뻔하고 그저 그런 도시 풍경에 하다못해 꽃밭이라도 갖춘 구청들이 어우러져 있는 것을 보라.

저녁이면 제드의 아버지가 귀가했다. 그의 이름은 '장피에르'였고 친구들 사이에서도 그렇게 통했다. 제드는 그를 '아빠'라고 불렀다. 그는 좋은 아버지였고 친구들과 아랫사람들에게도 그렇게 평판이 나 있었다. 홀아비가 혼자 아이를 키운다는 것은 많은 용기가 필요한 일이었다. 하지만 장피에르가 좋은 아버지였던 것은 처음 몇 년간뿐이었다. 베이비시터에게 지불하는 시급은 갈수록 늘어났고, 밖에서 저녁을 먹는 날이 잦아졌으며(대개는 고객들, 이따금은 직원들과 함께였고, 친구들과 식사를 하는 경우는 갈수록 뜸해졌다. 이제 우정이라면 사절이었다. 그는 더이상 진정으로 친구를 사귈 수 있다고 생각하지 않았고, 우정이라는 관계가 한 사람의 인생에서 중요한 것이라고도, 운명을 바꿔놓을 수 있다고도 믿지 않았다), 밤늦게 귀가해 대부분의 사내들처럼 베이비시터와 잠을 자려고 하지도 않았다. 그는 그저 베이비시터에게 하루 일과를 전해들으며 아들에게 미소를 지어 보이고는 청구된 금액을 지불할 뿐인 재구성 가족의 가장이었고, 재혼은 안중에도 없었다. 그는 큰돈을 벌었다. 건설회사의 CEO로 특히 전문 분야인 해변 휴양시설 건설에 일가견이 있었으며, 포르투갈, 몰디브, 아이티 등지에 고객들이 있었다.

이 시기부터 제드는 그림 습작 노트들을 하나도 빠짐없이 간직했다. 비록 종이와 연필의 질이 그다지 좋지 않아 그림들은 서서히 빛바래고 흐릿해져갔지만, 이삼 세기 정도는 그럭저럭 더 견딜 수 있을지도 몰랐다. 사물이든 사람이든 정해진 수명이 있게 마련이다.

제드가 갓 중학생이 됐을 무렵으로 거슬러올라가면 '독일에서의 건초'라는 제목을 붙인 구아슈*화가 있다(그가 독일에 대해 전혀 몰랐을뿐더러 건초 제조과정에 참여는 고사하고 참관조차 해본 적이 없었음을 감안하면 퍽이나 수수께끼 같은 제목이다). 환한 햇살 묘사가 분명 한여름을 연상시키는데도 눈 덮인 산이 배경이었고, 갈퀴로 건초를 긁어모으는 농부들과 수레에 매인 당나귀들은 강렬한 원색으로 단색 처리되어 있었다. 세잔, 혹은 다른 누구의 작품 못지않게 아름다운 그림이었다. 사실 그림에서 아름다움은 부차적 문제다. 과거의 위대한 화가들이 존경받는 것은 그들이 세계를 바라보는 시각을 혁신적이고도 일관되게 발전시켜왔기 때문이다. 요컨대 그들은 실제 대상을 그림 속 대상으로 변형시키기 위해 늘 같은 방식으로 그림을 그렸고 늘 같은 수법과 화풍을 고수했다. 그들 고유의 작업방식은 이전에는 한 번도 시도된 적이 없는 것이었다. 특히 세계를 바라보는 그들의 시각이 완벽해 보일 때, 그래서 존재하거나 상상할 수 있는 모든 상황과 대상에 그 시각이 적용 가능한 것처럼 보일 때 화가로서 한층 더 존경받았다. 이것이 제드가 중학교 수업시간에 주워들었던, 구상의 개념에 바탕을 둔 그림에 대한 고전적 견해였다. 묘하게도 제드는 화가 인생의 몇 해 동안 이 구상화로 되돌아가야 했고, 더욱 묘하게도 바로 이 구상화가 마침내 그에게 부와 명성을 안겨주었다.

* 아라비아고무로 만든 불투명한 수채화 물감.

제드는 예술에, 즉 세계를 재현하는 창작활동에 삶을 바쳤다(적어도 직업적 삶만큼은 그랬다. 오래지 않아 이 직업적 삶도 전체 삶과 뒤섞이게 됐지만). 그러나 그가 재현한 세계는 아직 아무도 살지 않는 세상이었고, 이런 점 때문에 그의 창작활동은 어느 정도는 사회 비판적이 될 수 있었다. 제드가 청춘이었던 이 시기에 예술의 일반적인 흐름은 사회 전체 분위기와 마찬가지로 세상을 수용하려는 경향을 보였다. 개중에는 열렬한 수용도 있었지만, 대개는 아이러니가 한 자락 깔려 있었다. 제드의 아버지는 이 선택의 자유를 전혀 누리지 못했다. 그는 아이러니가 철저하게 배제된 방식으로, 사람들이 기거할 수 있고 적어도 바캉스 기간에는 즐거움을 누릴 수 있는 주거시설을 건설해야 했다. 그는 이 주거시설에 기능적 장애가 발생했을 때, 이를테면 엘리베이터가 무너져내렸다든가 변기가 막혔다든가 할 때의 책임자였다. 반면 경찰과 공권력으로도 통제되지 않는 난폭하고 무지막지한 폭도들이 침입했을 때는 책임이 없었고, 지진 발생 시에는 책임이 경감되었다.

그의 아버지의 아버지는 사진작가였지만 본래는 태곳적부터 구성원 대부분이 소작농이거나 가난한 농부인, 사회적으로 별 볼 일 없고 지지부진한 계층에서 헤어나지 못하는 집안 출신이었다. 극빈층이었던 이 남자가 어떻게 신문물인 사진을 접할 수 있었을까? 제드는 전혀 연유를 몰랐고, 그의 부친도 모르긴 마찬가지였다. 여하튼 조부는 기나긴 가계에서 단순하고 보잘것없는 사회계층의 반복적 재생산을 탈피한 최초의 인물이었다. 그의 생업은 결혼식 사진을 찍는 것이었고, 드문드문 성찬식이나 동네 초등학교의 송년 파티 촬영으로 생계를 벌충

했다. 오랫동안 외면당하고 고립돼온 것으로 유명한 이 크뢰즈 지역을 떠나지 않고 눌러산 탓에, 하다못해 건물기공식이나 거물급 정치인의 내방 같은 행사조차 촬영할 기회가 없었다. 그는 돈벌이가 좀 괜찮은 보잘것없는 장인에 불과했다. 그러니 아들이 훗날 기업가로 거둔 성공은 말할 것도 없고 건축가가 되었다는 사실만으로도 그에게는 이미 괄목할 만한 신분 상승이었다.

파리의 예술대학에 입학했을 당시 제드는 회화를 내팽개치고 사진에 몰두했다. 이 년 전 할아버지의 창고에서 뷰카메라*인 린호프 마스터 테크니카 클래식을 발견한 것이다. 할아버지가 은퇴했을 당시에도 이미 쓰이지 않던 것이었지만 작동하는 데는 문제없었다. 제드는 육중하고 낯설지만 성능만은 탁월한 이 선사시대의 유물에 매혹되었다. 그는 예술대학 과정의 거의 대부분을 차지했던 수업, 즉 오브제 촬영기법에 대한 체계적인 수업에 돌입하기 전에, 이 선사시대의 유물을 이리저리 만지작거리며 라이즈앤드폴, 틸트, 샤임플러그 등을 익혔다.** 대개는 방에서 자연광으로 사진을 찍었다. 서류철, 권총, 수첩, 잉크 카트리지, 포크 등 무엇 하나 그의 백과사전적 야심을 피해가지 못했고, 산업화 시대에 인간의 손으로 만들어진 물건들의 목록은 끝도 없이 이어졌다.

---

* 주름상자를 조절해 렌즈의 지지체나 초점면을 조작할 수 있는 조립 카메라.

** 모두 뷰카메라 무브먼트의 종류로, 라이즈앤드폴은 렌즈 또는 필름 부분을 위쪽 또는 아래쪽으로 수직 평행이동시키는 조작이며, 틸트는 렌즈 부분과 필름 부분을 경사지게 만드는 것이다. 샤임플러그는 렌즈를 건드리지 않고 포커스를 조절하는 것으로, 근거리에서 원거리까지 초점이 맞게 하는 것을 말한다.

다소 기묘하다 싶게 편집증적인 동시에 스케일이 웅대한 그 프로젝트는 교수들에게 존중받았다. 하지만 그는 공통의 미학적 야심, 좀더 세속적으로 말하자면 미술시장에 그룹으로 진출하려는 의도를 바탕으로 결성된 학우들 무리에는 도무지 낄 수가 없었다. 그럼에도 그리 활발하진 않았지만 몇몇 학생들과 교우관계를 유지하기는 했다. 그때는 그 관계가 얼마나 덧없는 것인지 깨닫지 못했지만. 여자들과도 더러 사귀었으나 모두 오래가지는 못했다. 학위를 받은 다음날, 제드는 이제부터 정말로 혼자라는 걸 깨달았다. 지난 육 년간 그가 작업해온 사진들은 무려 만 천 장 이상에 이르렀다. 이 사진들을 저해상도의 JPEG 파일로 복사해놓고 TIFF 파일로 저장했더니 무게가 200그램이 넘는 웨스턴 디지털 640GB 하드디스크에 가뿐하게 담겼다. 그는 뷰카메라와 렌즈들(로덴스톡 아포 시로나 105밀리미터 F 5.6과 후지논 180밀리미터 F 5.6)을 조심조심 정돈한 후 나머지 물건들을 바라보았다. 노트북과 아이팟, 그리고 옷가지와 책들. 트렁크 두 개면 넉넉하게 해결될, 별것 아닌 것들이었다. 파리의 날씨는 화창했다. 제드는 이 집에서 불행하지도 크게 행복하지도 않았다. 일주일 후면 월세 만기일이었다. 그는 산책을 할까, 마지막으로 동네 아르스날 저수지 근처를 한 바퀴 돌고 올까 망설이다가 아버지에게 전화를 걸어 이사를 도와달라고 청했다.

랭시 저택에서 아버지와 같이 지내는 것은 실로 오랜만으로, 중고등학교 시절에 보낸 몇 차례의 방학을 제외한다면 기실 어릴 때 이후로 처음이었다. 아버지와 함께하는 생활은 오래지 않아 단순하고 공허해졌다. 당시에는 아버지가 회사의 지휘권을 꽉 틀어쥐고 있던 때라 업무가 많았으므로 밤 아홉시, 더 늦게는 열시 이전에 귀가하는 날이 드물었다. 아버지가 텔레비전 앞에 축 늘어져 있는 동안, 제드는 몇 주 전 올네수부아의 카르푸에서 벤츠의 트렁크가 꽉 차도록 사들인 인스턴트 요리 중 하나를 데웠다. 그는 가급적 영양소를 골고루 섭취하고 다양한 종류의 요리를 맛보려 노력했으며, 치즈와 과일도 잊지 않고 구입했다. 이러나저러나 아버지는 음식에 별반 관심이 없었다. 그저 맥없이 리모컨을 누르다가 대개는 뉴스 전문 케이블 채널 LCI의 넌더리나는 경제토론에 채널을 고정했다. 그러고는 식사가 끝나자마자 금방 잠자리에 들고, 아침이면 제드가 일어나기도 전에 출근했다. 날씨는 화창하고 한결같이 더웠다. 제드는 철학책 한 권을 들고 공원의 나무 사이를 거닐다가 커다란 보리수 아래에 앉기도 했지만 책을 펼치는 일은 거의 없었다. 많진 않지만 어린 시절의 기억들이 밀려들었기 때문이다. 그러다가 집으로 돌아가 투르 드 프랑스 중계방송을 시청했다. 그는 헬리콥터가 프랑스 시골을 느릿느릿 달리는 것처럼 보이는 경주자들의 무리를 뒤따르며 촬영한 이 길고도 지루한 장면들이 좋았다.

제드의 어머니 안느는 유대계 중산층 집안 출신으로 동네 보석상의 딸이었다. 그녀는 스물다섯 살에 당시 젊은 건축가였던 장피에르 마르탱과 결혼했다. 연애결혼이었다. 몇 년 후 아들을 낳자 그녀는 몹시 좋아했던 삼촌을 기리고자 제드라고 이름을 지어주었다. 그뒤 그녀는 아들의 일곱번째 생일을 며칠 앞두고 자살했다. 제드가 몇 년 안 가 이 사실을 알게 된 것은 입이 가벼운 친할머니 덕분이었다. 자살할 당시 제드의 어머니는 마흔 살이었고, 그녀의 남편은 마흔일곱 살이었다.

제드는 어머니에 대한 기억이 거의 없었지만, 어머니의 자살은 아버지와 랭시 저택에서 지내는 동안 화제로 삼을 만한 내용이 아니었다. 그는 아버지 스스로 얘기를 꺼내길 기다리는 수밖에 도리가 없음을 알고 있었다. 동시에 그런 일은 절대로 일어나지 않을 것이며, 다른 식구들과 마찬가지로 아버지 역시 끝까지 이 문제를 함구하리라는 것도.

그런데 한 가지는 분명히 해야 했고, 그것은 아버지가 젊어져야 할 짐이었다. 어느 일요일 오후였다. 부자가 전반적 순위 변동에 결정적 영향을 미치지는 못한 투르 드 프랑스의 짧은 코스(보르도 구간)를 나란히 시청하고 난 참이었다. 그들은 서재에 있었다. 멀리서 보면 이 집에서 가장 아름다운 장소였다. 영국제 가죽을 씌운 가구들과 참나무 마룻바닥 위로 채색 유리창을 통과한 어슴푸레한 빛이 스며들었다. 서재의 사방 벽에 빼곡히 들어찬 책장에는 책이 육천 권 남짓 꽂혀 있었는데, 특히 19세기에 출간된 과학개론서들이 큰 비중을 차지했다. 사십 년 전 장피에르 마르탱은 급전이 필요했던 집주인에게서 이 집을 헐값에 사들였다. 당시에는 안전했던 고급 주택가였다. 아버지는 이곳에서 행복한 가정을 꿈꾸었었다. 어쨌거나 많은 식솔이 거처할 수 있고 친구들도 얼마든지 맞아들일 수 있는 주택이었다. 결국 그런 일은 일어나지 않았지만.

텔레비전 화면에 뻔한 표정으로 미소 짓는 미셸 드뤼케*가 다시 나

* 프랑스의 자타 공인 대표적 방송인. 국영방송 프랑스2에서 매주 일요일 오후에 방송되는 버라이어티 토크 프로그램 〈비브망 디망슈(일요일을 활기차게)〉를 1998년부터 제작, 진행하고 있다. 정상급 유명인을 초청해 즐겁고 화기애애한 분위기에서 쇼를 진행하는 것이 특징이다.

타났을 때, 아버지는 볼륨을 죽이고 아들을 돌아보며 물었다. "넌 계속 예술가로 나갈 생각인 거냐?" 제드가 그렇다고 대답하자 아버지가 다시 물었다. "현재로는 수입이 없는 거지?" 답을 예상하고 있는 물음이었다. 하지만 제드는 작년에 사진 에이전시 두 군데에서 작업 의뢰를 받았고, 스스로 생각하기에도 그건 놀라운 일이었다. 한 곳은 '카미프'나 '라 르두트'* 같은 기업의 카탈로그 제작사를 고객으로 두고 더러 광고 대행사에 사진을 되팔기도 하는 제품사진 전문 업체였고, 다른 곳은 〈노트르 탕〉이나 〈팜 악퇴엘〉 같은 잡지사로부터 정기적으로 일감을 받고 있는 요리사진 전문 업체였다. 사진작가로서 그리 영광스럽지도 않을뿐더러 보수도 높지 않은 분야들이었다. 자전거나 르블로숑 치즈파이를 찍는 것은 케이트 모스나 조지 클루니를 찍는 것보다 훨씬 돈이 안 됐다. 하지만 수요가 끊이지 않고 꾸준해서 수입이 썩 나쁘진 않았다. 따라서 제드는 의지만 있다면 전혀 수입원이 없는 것은 아니었다. 게다가 순수하게 사진작업에만 한하는 거라면 어느 정도는 카메라에서 손을 놓지 않는 것이 바람직하다고 판단했다. 그가 완벽하게 마운팅한 필름을 보내는 것으로 소임을 다하면 그다음에는 에이전시가 알아서 구미에 맞게 스캔하고 보정을 했다. 그는 갖가지 광고 효과와 상업적 필요에 따라 어쩔 수 없이 해야만 하는 보정작업은 신경쓰지 않고 그저 기술적으로 완벽한 네거티브를 보내는 것까지만 하고 싶었다.

아버지가 대답했다. "네가 자립적이어서 기쁘구나. 그동안 예술가

---

* '카미프'는 토탈 리빙 브랜드, '라 르두트'는 의류 브랜드 이름이다.

가 되겠답시고 부모에게 의지하는 작자들을 많이 봐왔다. 그중에 성공한 친구는 단 한 명도 없었어. 표현의 욕구, 세상에 어떤 흔적을 남기려는 욕구가 예술의 강력한 원동력이 될 수 있다고들 생각하다니, 참 희한하지. 그것만으로는 부족한 경우가 태반인데. 진짜 원동력은, 한계를 뛰어넘도록 인간을 몰아붙이는 무시무시한 힘은, 순전히 돈이 필요할 때 나오는 건데 말이다."

아버지는 말을 이었다. "어쨌거나 내가 도와줄 테니 파리에 아파트를 하나 장만해라. 일을 하다보면 아무래도 사람들을 만나고 연락을 주고받을 일이 많아질 테니까. 투자라고 봐도 좋고. 요즘 시세가 많이 내렸거든."

이제 텔레비전 화면에서는 제드도 누군지 알 것 같은 개그맨이 콩트를 하고 있었다. 마냥 사람 좋은 너털웃음을 터뜨리는 미셸 드뤼케의 얼굴이 클로즈업되었다. 아버지는 그저 혼자 지내고 싶은 것뿐이라는 생각이 문득 제드의 머릿속을 스쳤다. 부자 관계는 조금도 회복되지 못한 것이었다.

이 주 후, 제드는 이제껏 세들어 있던 파리 13구 북쪽의 로피탈 대로에 있는 아파트를 구입했다. 아파트 근처의 길 이름 대부분이 화가들에게 헌정되어 있었다. 루벤스, 바토, 베로네세, 필리프 드 샹파뉴. 냉정히 판단해도 이것은 하나의 징조라고 생각할 수 있었다. 좀더 현실적으로 보자면, 아파트는 트레 그랑드 비블리오테크* 지역을 중심으로

* '매우 큰 도서관'이라는 뜻으로, 국립 프랑수아 미테랑 도서관의 별칭. 세계에서 가장 크고 현대적인 도서관 건설을 약속한 미테랑 대통령의 연설을 조롱하기 위해 언론에서 사용한 말이다.

속속 들어서는 신생 화랑들과도 그리 멀지 않았다. 제드는 구체적으로 파고든 적은 없지만 여하튼 대략적인 상황은 파악해두고 있었던 셈이었다. 프랑스 전역, 특히 수도권의 집값이 폭락했는데도 수많은 집이 주인을 만나지 못한 채 비어 있었다.

II

제드의 기억 속에는 어머니의 모습이 조금도 남아 있지 않았다. 물론 사진들은 본 적이 있었다. 길고 검은 머리에 창백한 안색의 예쁘장한 여인이었는데, 몇몇 사진들에서는 눈부시게 아름다웠다. 디종박물관이 소장한 초상화 속의 아가테 폰 아스티히벨트와도 약간 닮은 모습이었다. 웃고 있는 사진은 거의 없었고, 어쩌다 웃을 때조차 그 뒤에 불안을 감춘 듯 보였다. 물론 자살에서 비롯된 선입견도 틀림없이 작용했을 테지만, 죽음의 내력을 떼어놓고 보아도 그녀에게는 어딘가 비현실적이거나 시간을 초월한 듯한 분위기가 있었다. 중세, 또는 초기 르네상스 시대의 그림들이 절로 연상된달까. 반면 1960년대에 청소년기를 보내던 그녀를 떠올리긴 쉽지 않았다. 그 시절 트랜지스터라디오를 듣고 록 콘서트에 가는 그녀라니.

어머니가 사망하고 처음 몇 해 동안 아버지는 제드의 학교 공부를 돌봐주려 애썼고, 주말이면 맥도날드나 미술관 등지로 데려갔다. 그러다가 사업 규모가 불가피하게 커져버렸다. 처음으로 성사된 계약인 해변 휴양시설 건설사업이 말 그대로 대박이 난 것이었다. 애초에 약속했던 견적 비용과 공사기한을 지켰을 뿐 아니라(이것만으로도 이미 관행에 비하면 드문 미덕이었다), 완성도에 대해서도 균형미와 환경 존중의 측면에서 만장일치의 찬사를 얻어냈다. 지역 언론과 건축 잡지에서 열광적 기사가 쏟아진 것은 물론, 〈리베라시옹〉까지 '스타일 섹션'의 전면을 할애해 기사화했다. 아버지가 포르앙바레즈에서 '지중해식 삶의 본질'에 근접하는 데 성공했다는 내용이었다. 기사에 따르면, 아버지는 모로코의 전통 건축양식을 그대로 본떠 다양한 크기의 무광택 흰색 큐브들을 정렬해놓고 그 사이사이 협죽도 수풀을 심어놓았을 따름이었다. 이 첫번째 성공으로 의뢰가 물밀듯 밀려들자 아버지는 점점 외국에 나가는 일이 잦아졌고, 제드가 중학교에 올라가자 아들을 기숙학교에 보내기로 결정했다.

아버지가 선택한 곳은 루아즈에 있는 가톨릭 예수회 재단의 뤼밀리 중학교였다. 사립이었지만 특권층 전유는 아니었다. 학비도 적당했고 영어를 사용하지도 않았으며 대단한 스포츠 시설도 없었다. 뤼밀리중학교의 학부모들은 갑부이기보다는 대개 군인이나 외교관 같은, 부르주아 출신의 보수주의자들이었다. 그럼에도 험악한 이혼 후 아이를 기숙학교에 보낸 경우가 태반인 걸 보면 독실한 가톨릭 신자들은 아닌 모양이었다.

학교의 외관은 밋밋하다못해 추했지만 시설은 꽤 안락했다. 저학년들은 두 명이 함께 방을 썼지만 3학년부터는 독방이 주어졌다. 이 학교의 장점은 홍보자료에서도 주로 내세우듯, 학생 개개인에게 과외수업을 제공한다는 것이었다. 실제로 개교 이래 이 학교의 바칼로레아 합격률은 늘 95퍼센트를 상회했다.

제드는 학교의 담장들 사이와 어둠침침한 그늘이 짙게 깔린 공원의 소나무 숲길을 오래도록 거닐면서 착실하고도 우울한 청소년기를 보냈다. 그는 자신의 운명을 불평하지도 다른 삶을 꿈꾸지도 않았다. 때로 학생들끼리 난폭한 싸움이 벌어지기도 하고, 거칠고 잔인한 모욕이 오가기도 했다. 호리호리한 몸에 예민한 제드는 도저히 감당해낼 수 없는 것들이었다. 하지만 그가 부모 중 하나를 여읜 아이, 그것도 엄마가 없는 아이라는 소문이 퍼지자, 아이들은 자신들이 경험하지 못한 급우의 고통에 주눅이 들었다. 이렇게 해서 경외의 후광이 제드를 감싸게 되었다. 그는 친한 친구가 없었고, 또 타인의 우정을 구하지도 않았다. 오후에는 내내 도서관에 틀어박혔고, 그 결과 바칼로레아에 단번에 합격한 열여덟 살 때는 또래의 젊은이들과 달리 인류의 문학적 유산에 대한 해박한 지식을 갖추게 되었다. 그는 플라톤과 아이스킬로스와 소포클레스를 읽었고, 라신과 몰리에르와 위고를 탐독했고, 발자크와 디킨스와 플로베르와 독일 낭만주의 작가들과 러시아 소설가들을 사귀었다. 더욱 놀라운 것은 동시대인들이 대개 예수의 삶보다는 스파이더맨의 삶에 더 훤한 데 비해, 그는 서구문명에 엄청난 족적을 남긴 가톨릭 교리에 친숙했다는 점이었다.

이렇게 다소 고루해 보이는 진중한 인상은 국립예술대학 입학신청서를 심사하는 교수들에게 호감으로 작용했다. 그는 분명 개성적이고 박식하고 성실한 노력형 후보자였다. 또한 '삼백 장의 철물 사진'이라는 제목의 포트폴리오 자체도 놀라운 미학적 완성도를 보였다. 철물의 광택과 위협적인 형태가 전면에 드러나는 것을 피하기 위해, 제드는 콘트라스트를 자제하고 중성적인 조명을 사용해 중간 톤의 회색 벨벳을 배경으로 촬영했다. 그 결과 너트와 볼트와 열쇠는 은은한 빛을 발하는 보석처럼 보였다.

반면 제드는 사진 설명에는 무척 애를 먹었다(이 고충은 평생 그를 따라다니게 된다). 작품의 의도를 논리적으로 풀어보려고 여러 차례 시도하다가 결국에는 단순한 사실에만 의거해, 강철로 만든 더없이 기초적인 철물들이 0.1밀리미터의 오차도 허용치 않는 정교한 공산품임을 강조하는 데 그치고 만 것이었다. 기계장치의 정교함만을 두고 논하자면, 포뮬러 1에 출전하는 자동차나 고급 카메라의 조립에 필요한 부품들은 일반적으로 알루미늄이나 가벼운 합금을 원료로 0.01밀리미터 단위까지 준수해서 만들어진다. 이보다 더 정밀한 기계장치, 예를 들어 시계 제조나 치과 수술에 사용되는 기계부품의 경우에는 원료에 티탄이 더해지고, 허용치도 마이크로미터 단위가 된다. 제드는 따라서 인류의 역사는 많은 부분 금속과 화학재료 제조기술의 역사와 궤를 함께하는 반면, 중합체와 플라스틱의 시대는 뚜렷한 정신적 변화를 일으킬 기회를 최근까지도 찾지 못했다고 거칠고 성글게 결론지었다.

훗날 언어를 보다 능숙하게 다루는 미술사학자들은, 시간이 지나면서 소재가 다양해지기는 했지만 어떤 의미로는 이미 이 진정한 첫 작품에 그의 모든 후속작들이 의도하는 바가, 즉 인간 노동에 대한 오마주가 표현되어 있다고 평가했다.

이렇게 해서 제드는 오로지 세계를 객관적으로 묘사하겠다는 목적으로 예술가의 길에 뛰어들었다. 그 길의 허망함에 대한 두려움은 거의 없었다. 제드는 고전에 대한 소양이 풍부하긴 했지만, 차후에 종종 평가받은 바와는 달리 중세의 거장들을 향한 종교적인 존경심에 사로잡혀 있지는 않았다. 그는 처음부터 렘브란트와 벨라스케스보다는 몬드리안과 클레를 훨씬 좋아했다.

13구에 정착한 처음 몇 달간, 제드는 제법 밀려드는 제품사진 의뢰에 응하는 것 외에는 거의 아무 일도 하지 않았다. 그러던 어느 날 그는 우편배달부가 막 배달한 웨스턴 디지털 하드디스크(다음날 다양한 각도로 촬영한 제품사진들을 저장할)의 포장을 벗기다가 자신이 더는 사물을 예술적으로는 찍을 수 없게 되었음을 깨달았다. 오로지 직업적, 상업적 목적으로만 사진을 찍다보니, 사물을 바라보는 갖가지 창조적 시각을 상실해버린 것 같았다.

급작스러웠던 만큼이나 충격적인 이 깨달음에 제드는 한없이 나약해져 깊은 우울에 빠져들었다. 이 우울한 시기의 주된 소일거리는 쥘리앵 르페르스가 진행하는 퀴즈 프로그램 〈한 명의 챔피언을 위한 퀴즈〉를 시청하는 것이었다. 대중가수로 데뷔한 이력에 대한 향수를 지금도 은밀히 간직하고 있을, 숫양 같은 얼굴과 욕망을 가진 쥘리앵 르페르스. 초창기에는 재능도 부족했고 다소 멍청해 보였던 이 사회자는 악착같은 근성과 어마어마한 방송량으로 차츰 프랑스 방송계에서 없어서는 안 될 인물이 되어갔다. 파드칼레 지역의 은퇴한 여교사들이건 폴리테크니크*의 1학년 학생들이건, 리무쟁 지방의 오토바이족들이건 바르 지역의 식당 주인들이건, 사람들은 너나없이 쥘리앵 르페르스를 자신과 동일시했다. 그는 특별하지도 거리감이 느껴지지도 않았고, 2010년대 프랑스의 인상 좋은 보통사람 이미지를 풍겼다. 어쨌거나 제드는 넉넉한 인간미와 능청맞은 편안함으로 절대적 인기를 누리고 있는 또다른 방송진행자 장피에르 푸코보다는 점점 더 쥘리앵 르페르스에게 끌렸다.

10월 초, 제드는 할머니의 부음을 전하는 아버지의 전화를 받았다. 아버지의 목소리는 느리고 약간 지친 듯했지만 평소와 크게 다르지 않았다. 제드도 알다시피 할머니는 열렬히 사랑했던 당신 남편의 죽음에서 결국 헤어나지 못한 것이었다. 거개가 낭만적 사랑의 고백에 자연스럽지 못한 가난한 시골에서는 놀랍기까지 한 열정이었다. 남편이 세상을 하직한 후로, 그녀를 차츰차츰 세상 모든 것과 단절시키는 슬픔의 소용돌이에서 빠져나오게 할 수 있는 것은 아무것도 없었다. 손자도 소용없었다. 그녀는 토끼를 기르는 것부터 과일잼 만들기까지 모든 일에서 손을 뗐고, 나중에는 정원도 돌보지 않게 되었다.

아버지는 장례식과 주택 상속 문제로 바로 다음날 크뢰즈로 가야 했고, 아들이 동행하기를 원했다. 실은 그뿐 아니라 아들이 아예 얼마간

* 에콜 폴리테크니크. 프랑스 최고의 이공계대학.

그곳에 머무르며 갖가지 행정적 사무를 처리해주길 원했다. 회사에 일이 워낙 많은 시기였다. 제드는 곧장 그러마고 했다.

다음날, 아버지가 벤츠를 몰고 제드를 데리러 왔다. 열한시경에 그들은 프랑스에서 가장 아름다운 고속도로 중 하나인 20번 고속도로에 접어들었다. 더할 나위 없이 조화로운 시골 풍경을 가로지르는 고속도로였다. 공기는 청명하고 부드러웠으며, 지평선에는 옅은 안개가 끼어 있었다. 오후 세시, 그들은 라수테렌에 조금 못 미친 휴게소에 차를 멈췄다. 아버지가 차에 기름을 가득 채우는 동안 제드는 아버지의 부탁으로 크뢰즈 지역의 미슐랭 지도를 샀다. 비닐 포장된 클럽 샌드위치 진열대에서 두어 발짝 떨어져 지도를 펼쳐들었을 때, 제드는 생애 두 번째로 커다란 미학적 발견을 했다. 지도의 아름다움에 전율이 일었다. 충격을 받은 제드는 샌드위치 진열대 앞에서 몸을 떨기 시작했다. 그는 크뢰즈 지역과 오트비엔 지역을 15만분의 1로 축소해놓은 이 미슐랭 지도만큼이나 훌륭하고 감동적이고 의미 있는 물건은 한 번도 본 적이 없었다. 지도 속에는 세계에 대한 과학적 기술적 이해와 모더니티의 본질이 동물적 삶의 본질과 한데 섞여 있었다. 색깔로 구분되는 약호만 사용한 그림은 복잡하고 아름다웠으며, 완전무결한 명료함을 지니고 있었다. 중요도에 따라 달리 표시된 각각의 마을과 촌락들에서 수십, 수백여 생명과 영혼들의 맥박소리와 함성이 들리는 듯했다. 그중 어떤 영혼들에게는 천형이, 어떤 영혼들에게는 영생이 약속되어 있을 터였다.

할머니의 시신은 이미 참나무로 짠 관 속에 고이 잠들어 있었다. 검은색 드레스를 입고 눈을 감은 채 두 손을 모은 모습이었다. 장의사 직원들은 이제나저제나 제드와 아버지가 도착하기만을 기다리며 관 뚜껑을 덮을 채비를 하고 있었다. 그들은 방안에 부자만 남겨두고 십여 분 동안 자리를 피해주었다. "할머니한텐 이게 나아……" 한동안 침묵이 흐른 후 아버지가 말했다. 아마도 그럴 거라고, 제드는 생각했다. "알잖니, 할머니는 신을 믿으셨거든." 아버지가 머뭇거리며 덧붙였다.

다음날 마을 전체가 참석한 장례미사 때, 그리고 성당 앞에서 아버지와 함께 조문을 받았을 때, 제드는 그들 부자가 이런 상황에 뛰어난 적응력을 보이고 있다고 느꼈다. 검은 양복을 입은 창백하고 지친 기색의 두 사람 모두 이런 종류의 상황에 걸맞은 엄숙함과 체념어린 슬픔을 표현하는 데 어려움이 없었다. 내놓고 표현하지는 못했지만 심지어 신부가 가져온 조의문도 마음에 들어할 정도로 여유가 있었다. 신부 역시 나이가 지긋했는데, 마을 주민의 평균 연령으로 보아 본업보다는 이런 식의 일이 더 많을 늙은 장례식 베테랑이었다.

집으로 돌아와 연회가 열린 것을 보면서 제드는 난생처음 전통식의 엄숙한 장례식, 사람이 죽었다는 현실을 숨기려 하지 않는 장례식에 참석하고 있음을 깨달았다. 파리에서 화장식에 참석한 적은 여러 번 있었다. 가장 최근의 기억은 롬복으로 바캉스를 떠났다가 비행기 사고로 죽은 예술대학 시절 친구의 장례식으로, 제드는 참석자들 중 몇 사람이 시신을 화장하는 순간에도 휴대전화를 꺼놓지 않은 데 충격을 받았었다.

아버지는 식이 끝나자마자 떠났다. 다음날 아침 파리에서 비즈니스 미팅이 잡혀 있어서였다. 제드는 정원으로 나갔다. 해가 뉘엿뉘엿 기울고 있었다. 아버지의 벤츠 헤드라이트가 국도 쪽으로 멀어져갔다. 제드는 기억 속에서 주느비에브를 떠올렸다. 주느비에브는 제드가 예술대학에 다니던 시절 수년간 연인이었다. 사실 그가 첫 경험을 한 것도 그녀와 함께였다. 주느비에브는 마다가스카르 출신으로, 제드는 그녀에게서 그녀 조국에서 행해지던 기이한 시신 발굴 풍습에 대해 들은 적이 있었다. 그곳에서는 사람이 죽고 일주일이 지나면 시신을 다시 파내 몸을 감싼 천을 풀어낸 다음, 그 앞에서 가족들이 식사를 한다고 했다. 그러고 나서 시신을 다시 묻는다는 것이다. 한 달이 지나면 같은 의식을 반복하고, 또 석 달 후에 반복한다. 더는 정확하게 기억나지 않지만, 일정한 간격으로 최소한 일곱 번 정도 같은 의식을 되풀이하다가 사망한 지 일 년 후에 마지막 의식을 치른다. 그제야 비로소 고인이 완전히 죽은 것으로 여기며 영원한 휴식을 취하게 되었다고 믿는다는 것이다. 제드는 시체라는 물리적 현실과 죽음을 받아들이는 이런 풍습은 현대 서구사회의 정서에 정면으로 반하는 것이라고 생각했다. 그러자 문득, 주느비에브를 자신의 인생에서 떠나보낸 것이 후회스러워졌다. 그녀는 상냥하고 온화한 여자였다. 당시 제드는 극심한 안성편두통을 앓고 있었는데, 그녀는 싫은 내색 없이 몇 시간이고 침대머리에 붙어앉아 그에게 먹을 것을 챙겨주고 물과 약을 가져다주었다. 그녀의 성정은 화끈했던 편으로, 그는 섹스에 관한 모든 것을 그녀에게서 배웠다. 제드는 그녀의 그림을 좋아했다. 얼마간은 그래피티에서 영감을 받은 그녀의 그림은 천진난만한 기류와 인물의 쾌활함, 그러면서도 뭔가 더 정돈된 듯한 화풍, 그녀만의 색채(카드뮴 레드, 인디언 옐로, 번트 시에나)로 특징지어졌다.

주느비에브는 학비를 충당하기 위해 옛날식으로 표현하자면 매력을 팔았다. 제드는 이 구시대적인 표현이 '에스코트 걸'이라는 앵글로색슨 단어보다 그녀에게 더 잘 어울린다고 생각했다. 그녀는 시간당 이백오십 유로를 받았고, 항문섹스에는 백 유로가 추가되었다. 제드는 그녀의 활동에 아무런 이의가 없었다. 오히려 홍보용 인터넷사이트를 업데이트하라며 에로틱한 사진을 찍어주겠다고 제안할 정도였다. 남자들은 연인의 전 남자친구를 종종 질투하고 때로는 매우 지독하게 질투하는 것만큼이나, 다른 놈이랑 더 좋았던 것은 아닌지 다른 놈이 더 큰 오르가슴을 선사했던 것은 아닌지 자문하며 수년 동안 때로는 죽을 때까지 전전긍긍하는 것만큼이나, 지나간 매춘행위는 힘들이지 않고 쉽사리 받아들인다. 그녀가 단순한 경제적 거래로 치부하는 순간 모든 성적 행위는 양해되고 대수롭지 않은 것이 된다. 고대로부터 내려온 저주받은 직업으로 어느 정도 신성시되는 것이다. 주느비에브는 일주일에 몇 시간만 할애하고도 오천에서 만 유로 사이의 소득을 올렸다. 그녀는 '시끄럽게 굴지 않는 것'을 조건으로 제드에게도 혜택을 베풀었다. 그들은 수차례의 겨울 휴가를 모리셔스섬이나 몰디브에서 함께 보냈고, 그때마다 주느비에브가 비용을 전액 부담했다. 그녀가 어찌나 자연스럽고 쾌활했던지 제드는 조금도 거북함을 느끼지 못했고, 행여나 기둥서방이 된 듯한 생각도 해본 적이 없었다.

반면에 주느비에브가 단골 중 한 명에게 정착하겠다고 통보했을 때는 정말로 슬펐다. 서른다섯 살의 기업변호사로, 그녀 말로는 보통 미국 법정스릴러 영화에서 묘사되는 기업변호사의 삶과 면면이 흡사한 삶을 사는 사내였다. 제드는 그녀가 변호사와의 약속을 지킬 것이며 일단 결혼하면 남편에게 충실하리라는 것을 알고 있었다. 마지막으로 주느비에브의 집에 들어섰을 때 그는 이제 다시 그녀를 볼 수 없으리라는 것을 직감했다. 그후로 십오 년이 흘렀다. 그녀의 남편은 필시 완벽한 가장일 것이고 그녀는 행복한 가정의 주부이리라. 모르긴 해도 아이들도 예의바르고 가정교육을 잘 받았으리라고 확신했다. 학교 성적도 우수할 것이다. 기업변호사인 남편은 현재 예술가인 제드보다 더 많은 돈을 벌어들일까? 딱 잘라 말하기 어려운 문제였다. 아마도 유일하게 질문할 가치가 있는 것은 다른 것이리라. 그들이 마지막으로 만났을 때 주느비에브는 말했다. "너한텐 예술가의 소명이 있잖아. 넌 네가 진정으로 원하는 일을 하고 있는 거야…… 넌 체구도 아담하고 귀엽고 여려. 하지만 뭔가를 이루려는 의지가 있지. 어마어마한 야망을 품고 있다고. 네 눈을 보자마자 알아봤어. 난 이걸 그냥…… (주느비에브가 벽에 걸린 자신의 목탄화를 원을 그리듯 슬며시 가리켰다.) 난 이걸 그냥 재미로 하는 거고."

제드는 주느비에브의 데생 몇 점을 간직하고 있었다. 그에겐 뚜렷한 가치가 끊임없이 발견되는 작품들이었다. 이따금씩 어쩌면 예술이란 이런 게 아닐까 하는 생각이 들었다. 거의 동물적이라 할, 순수하고 즐거운 활동. '진짜 화가처럼 야수적인' '그는 새가 노래하듯 그림을 그린다' 같은 말들도 이런 맥락에서 나온 것이 아닌가. 일단 죽음의 문제를 초월하고 나면 예술이란 이렇게 돼버리는 것이 아닐까. 어쩌면 이미 일정한 주기마다 그래왔을지도 몰랐다. 예를 들어 프라 안젤리코*

의 그림을 보면 무척이나 천국에 근접해 있다. 지상에 머무는 순간은 주 예수 곁에서 지내게 될 영원을 위한 일시적이고 안개와 같은 준비 기간일 뿐이라는 생각이 그림에 넘쳐난다. 이제 저는 항상 당신과 함께입니다, 세상이 끝나는 날까지.

장례식 다음날 공증인이 제드를 방문했다. 제드는 유산 처분이 이곳에 머무는 주목적이었음에도 정작 그 얘기는 아버지와 전혀 하지 않았음을 깨달았다. 하지만 집을 파는 것은 있을 수 없는 일이라는 확신이 들었다. 너무나 명백해서 의논하려고 아버지에게 전화할 필요도 느끼지 못했다. 그는 이 집이 좋았고, 이곳에 들어서자마자 편안해졌다. 이 집은 사람이 살 만한 장소였다. 그는 이 집의 개축된 부분과 옛 모습 그대로 보존된 부분의 어색한 조합이, 허옇게 유약을 칠해서 전체와 동떨어져 보이는 담장들과 각양각색의 돌들을 쌓아올린 담장들의 조합이 마음에 들었다. 게레 거리에 면한 꼭 닫히지 않는 여닫이문도 좋았고, 장작이나 석탄뿐 아니라 어떤 연료로도 요리를 할 수 있을 것 같은, 부엌의 아주 커다란 프라이팬도 좋았다. 이곳에서라면 사랑을, 즉 집안 곳곳에 어떤 온기를 퍼뜨리는 남녀의 상호적 사랑을 믿을 수도 있을 것 같았다. 그 부드러운 온기는 훗날 이 집에서 살게 될 사람들에게도 전해져 영혼의 안식을 줄 터였다. 이런 식이라면 유령이 아니라 그 어떤 것도 믿을 수 있을 것만 같았다.

어쨌거나 공증인도 매각을 권유할 의사가 없었다. 그는 이삼 년 전만 같았어도 상황이 달랐을 거라고 털어놓았다. 영국인 브로커들이 한

---

* 성서 내용을 꼼꼼하게 묘사한 중세 이탈리아의 화가이자 수도사.

창 활개치던 시절, 은퇴한 영국 중늙은이 브로커들이 도르도뉴에 투자한 이후 보르도 지방과 마시프상트랄까지 폭넓게 퍼졌고, 이들은 먼저 확보한 지역을 중심으로 순식간에 영역을 넓혀 이미 리무쟁 지방 중앙까지 투자 손길을 뻗쳤다. 크뢰즈에도 그들이 당도할 날이 얼마 남지 않았고, 그렇게 되면 집값이 단체로 폭등할 거라고들 쑥덕거렸다. 하지만 런던의 증권시장 폭락과 '서브프라임' 사태, 투기적 유가증권 붕괴로 정세가 뒤바뀌었다. 영국 중늙은이 브로커들은 이제 켄싱턴에 있는 주택의 어음을 지불하기 곤란해지자 매력적인 시골 주택을 손볼 생각은커녕, 오히려 되팔려는 궁리를 더 자주 하게 되었다. 결론적으로 집값이 완전히 폭락해버린 것이었다. 공증인은 진단하기를, 이제는 신진 부호세력, 그것도 산업생산을 기반으로 축재한 한층 탄탄한 부자들이 등장하기를 기다리는 수밖에 없다고 했다. 그가 아는 대로라면 그들은 중국인이나 베트남인일 가능성이 많았다. 여하튼 지금으로서는 기다리면서 집을 잘 건사하고 경우에 따라 지역 특색을 훼손하지 않는 범위 내에서 몇 군데쯤 보수해두는 게 최선이었다. 반면에 수영장이나 자쿠지, 초고속 인터넷 통신망 따위의 고급 시설을 위한 공사를 벌일 필요는 없었다. 신흥 부자들은 일단 주택을 사들이면 늘 자기들이 직접 전면적인 공사를 하려 들기 때문이었다. 공증인은 이 점에선 확고부동했다. 공증인 생활 사십 년으로 잔뼈가 굵은 사람의 경험이 말해주었다.

주말이 되어 아버지가 제드를 데리러 왔을 때는 모든 일이 처리되어 있었다. 서류들은 제자리를 잡았고, 유언장에 따라 이웃들에게 유산이 소소히 분배되었다. 그들 부자는 그들의 어머니이자 할머니가 세간에서 말하듯 편히 잠들 수 있으리라는 기분이 들었다. S클래스가 안정적인 기계음을 부르릉거리며 고속도로에 진입하자 제드는 나파가죽시트에 몸을 뉘었다. 두 사람은 가을빛으로 물든 풍경 속을 두 시간 남짓 저속으로 가로질렀다. 대화는 뜸했지만 제드는 자신과 아버지 사이에 일종의 합의가 성립되었음을, 삶을 대하는 전반적 방식에 대한 의견 일치가 이루어졌음을 느꼈다. 플룅상트르 인터체인지에 가까워졌을 때, 제드는 자신이 지난 일주일 동안 평온한 가외 시간을 맛보았다는 것을 깨달았다.

III

제드 마르탱의 작품은 흔히 현실에 대한 냉철한 인식과 관조적 시선의 결과물이라고 소개되었으며, 그는 지난 세기의 위대한 개념미술가들의 맥을 잇는 계승자로 평가받았다. 그런데 그런 제드가 파리에 돌아오자마자 열에 들떠 눈에 띄는 미슐랭 지도들을 닥치는 대로 사들인 것이다. 대략 백오십 부가 넘었다. 그는 이 지도들 중에서 유럽 지역이 일부 포함된 '레지옹' 편과 프랑스 국내에 한정된 '데파르트망' 편이 가장 흥미롭다는 것을 이내 깨달았다.* 그는 이제껏 전적으로 사용해왔던 필름카메라를 내버려두고, 해상도 6000×8000픽셀에 48비트의 사진을 RGB파일로 구현할 수 있는 베터라이트 6000-HS 스캔백을 구입

* 프랑스 본토의 행정구역은 크게 22개의 레지옹과 96개의 데파르트망으로 나뉜다. 우리나라와 비교하면 각각 지방과 도(道)에 해당한다.

했다.

제드는 여섯 달 남짓을 두문불출하다시피 했다. 산책이라고 해봐야 뱅상 오리올 대로에 있는 카지노 슈퍼마켓까지 걸어갔다 오는 것이 전부였다. 예술대학 동창들과는 재학중에도 교유가 드물었지만 갈수록 더 소원해졌고, 그나마도 이제는 완전히 끊겨버렸다. 그래서 3월 초순에, 5월에 개최되는 예술대학 동창 그룹전에 참여해달라는 메일을 받았을 때는 정말 뜻밖이었다. 전시 주제는 '예의를 잃지 맙시다'였고, 냉동식품 회사 리카르가 후원했다. 거의 과시적으로까지 비쳤던 제드의 초연한 태도가 동창들 사이에 신비감을 조성했고, 따라서 많은 동창들이 그의 작업이 어디쯤 가 있나 알고 싶어 메일을 보내게 된 것이었다. 이 사실을 알 리 없는 제드는 수락하는 답신을 보냈다.

전시회 오픈식 날 아침, 제드는 고객카드가 있는지 묻는 카지노 슈퍼마켓의 계산원(정말 거의 매번 바뀐다)에게 매일같이 되풀이하는 "아니요"라는 말 외에는 한 달 동안 한 마디도 하지 않았음을 깨달았다. 여하튼 그는 전시회 오픈시간에 맞춰 부아시 당글라 거리로 향했다. 얼추 백 명쯤 모여든 것 같긴 했지만, 그는 이런 종류의 산술에 취약했다. 어쨌든 게스트들을 열 명 단위로 셈하기는 했다. 아는 얼굴이 하나도 없음을 깨닫자 불안감이 엄습했다. 순간 날짜나 장소를 착각한 게 아닌지 두려웠지만, 갤러리 안쪽 벽에 그가 찍은 사진이 알맞은 조명을 받으며 걸려 있었다. 제드는 위스키 한 잔을 따라서 적당히 생각에 잠긴 듯한 표정을 지으며 타원형의 관람 행렬을 따라 화랑 안을 몇 차례 돌았다. 하지만 뇌가 작동을 멈춘 듯했다. 옛 동창들의 얼굴이 이 정도까지 기억에서 송두리째 사라지고 흔적도 없이 철저하게 지워질 수 있다니 놀랍다는 생각뿐, 다른 것은 전혀 떠오르지 않았다. 인간이 아닌 외계인이라도 된 것 같았다. 적어도 주느비에브는 알아볼 수 있을 것 아닌가. 그렇다, 제드는 옛 연인은 알아볼 수 있을 거라고 확신했다. 그것은 그가 매달릴 만한 확신이었다.

세 바퀴를 돌았을 때 제드는 그가 찍은 사진을 매우 주의 깊게 응시하고 있는 한 젊은 여자를 발견했다. 그냥 지나치게 되지 않는 여인이었다. 멀리서 봐도 그날 모인 여자들 중 가장 아름다웠고, 제드가 살면서 이제껏 만난 여자들 중에서도 가장 아름다웠다. 투명에 가까울 정도로 창백한 피부, 은빛 금발, 돌출된 광대뼈. 그녀는 소비에트 연방의 붕괴 이후 각종 잡지와 모델 에이전시를 통해 대중화된 슬라브계 미인의 이미지에 완벽하게 들어맞았다.

제드가 다시 한 바퀴를 돌고 사진 앞으로 왔을 때 그녀는 이미 그 자리에 없었다. 여섯 바퀴째 도는 중에 그녀가 다시 눈에 띄었다. 샴페인 잔을 들고서 미소 띤 얼굴로 작은 무리에 섞여 있었다. 남자들이 숨기려고도 하지 않고 탐욕스런 시선으로 그녀를 들이마시고 있었다. 입이 반쯤 벌어진 남자도 있었다.

제드가 또다시 화랑을 돌면서 보니 그녀는 다시 그의 작품 앞에 서 있었다. 이번엔 혼자였다. 잠시 망설이던 그는 우회적 수법을 이용했다. 자기도 슬며시 작품 앞으로 다가가 고개를 주억거리며 사진을 감상하는 척한 것이었다.

그녀가 몸을 돌려서 생각에 잠긴 듯 얼마간 제드를 바라보더니 물었다.

"이 작품의 작가신가요?"

"네."

그녀가 다시 한번, 적어도 오 초는 더 유심히 바라보더니 말했다.

"정말 멋진 작품이에요."

나직하고 짧은 말이었지만 확신에 차 있었다. 제드는 적당한 응답을 찾지 못해 사진 쪽으로 시선을 돌려버렸다. 실은 그도 꽤 만족하는 사진이었다. 그는 전시회를 위해 미슐랭 지도 중 친할머니가 살던 마을이 표시된 크뢰즈 지역 편을 선택했다. 그는 피사계 심도를 아주 크게 하기 위해서 틸트 각도를 최대치로 놓고 30도로 카메라앵글을 크게 기울여 잡았다. 그러고 나서 포토샵에서 지평선에 연조 효과를 더하고 푸르스름한 효과를 주었다. 근경에는 브뢰이 연못과 샤틀뤼르마르셰익스 마을이 있고, 뒤쪽으로는 생구소, 로리에르, 자브레유레보르드 마을 사이의 숲속에 난 구불구불한 길들이 동화 속에나 나오는 꿈의 땅, 불가침의 땅처럼 보였다. 사진의 왼쪽 원경에는 안개가 넓게 드리워 있는 가운데에서도 20번 고속도로를 나타내는 흰색과 빨간색 띠가 뚜렷하게 구별되었다.

"지도 사진을 자주 찍으시나요?"

"네…… 네, 꽤 자주 찍는 편이죠."

"전부 미슐랭 지도로요?"

"네."

그녀가 잠시 생각하더니 물었다.

"이런 종류의 사진을 많이 찍으셨나요?"

"팔백 장이 좀 넘을 겁니다."

이번에 그녀는 정말로 놀란 듯이 적어도 이십 초 동안 그를 뚫어져라 바라보던 끝에 말을 이었다.

"꼭 할 말이 있어요. 저와 만나서 이야기 좀 나누시겠어요? 아마 놀라시겠지만…… 제가 미슐랭에서 일하거든요."

제드는 그녀가 자그마한 프라다 백에서 꺼내 건네준 명함을 멍하니 바라보다가 집어넣었다. 올가 셰레모요바, 홍보국, 미슐랭 프랑스.

다음날 아침 제드가 전화를 걸자, 올가는 그날 당장 저녁식사를 함께하자고 제안했다.

그가 제동을 걸었다. "제가 저녁을 잘 안 먹어 버릇해서요…… 아니, 그게, 레스토랑에서 안 먹는다는 얘깁니다. 그러고 보니 파리에 아는 식당이 아예 한 군데도 없군요."

그녀가 딱 잘라 대답했다. "전 아는 데가 아주 많아요. 어느 정도는 그게 제 직업이기도 하거든요."

그들은 아라 거리에 위치한, '셰 안토니 에 조르주(안토니와 조르주의 집)'에서 만났다. 테이블이 열 개쯤 놓인 아주 작은 레스토랑이었다. 식당은 골동품가게에서 구입한 가구와 식기들로 채워져 있었는데, 18세기 프랑스 양식을 모방한 가구들, 아르누보 스타일의 장식품들, 영국제 식기류와 도자기 등이 뒤섞여 잡다하면서도 예쁘고 아기자기한 분위기를 풍겼다. 테이블은 관광객들로 꽉 차 있었다. 특히 미국인과 중국인이 많았고, 한 테이블에는 러시아인도 있었다. 단골인 듯 식당 주인 조르주가 올가를 반갑게 맞아주었다. 그는 마르고 대머리에 살짝 불안해 보이는 인상의 사내로, 다소 구식 호모풍의 차림새를 하고 있었다. 부엌에 있는 또다른 주인 안토니는 과장이 아니라 말 그대로 곰이었다. 아마 체중에 신경쓰고 있을 테지만, 당장 메뉴판만 봐도 푸아그라에 대한 집착이 대단한 것 같았다. 제드는 이 두 사람을, 전통적으로 심미안 부족과 비만을 경멸하는 호모 공동체에 동조하면서도 이따금 자기 관리에서 긴장의 끈을 놓아버리는 세미 모던 호모들로 분류했다. "우리 예쁜이 아가씨, 코트 받아드릴까요?" 조르주가 그야말로 미슈* 같은 어투로 우리 예쁜이 아가씨를 강조하며 올가에게 물었다. 올가는 밍크코트를 입고 있었다. 계절을 생각하면 의아한 선택이었지만 코트 안에는 매우 짧은 미니스커트에 스와로브스키 크리스털이 장식된 흰색 공단 탑만 걸치고 있었다. 눈부시게 아름다웠다.

"그동안 잘 지냈어요?" 허리에 앞치마를 두른 안토니가 테이블 앞에서 좌우로 몸을 흔들었다. "가재를 곁들인 치킨 스튜가 어떠실까 모르겠네. 오늘 리무쟁에서 가재를 들여왔는데, 너무너무 싱싱하고 좋아요. 안녕하세요, 선생님?" 안토니가 제드에게도 알은체를 했다.

"마음에 드세요?" 안토니가 자리를 비키자 올가가 제드에게 물었다.

"음…… 네. 전형적인 곳이군요. 하긴 전형적이라고 생각하면서도 뭐가 전형적인지는 잘 모르겠지만요. 미슐랭 가이드에 소개된 곳인가요?" 왠지 이 상황에서 해야 할 질문 같았다.

"아직요. 내년도 개정판에 추가할 예정이에요. 영국의 여행전문 잡지 〈콘데 나스트 트래블러〉와 〈엘르〉 중국판에 기사가 난 적은 있어요."

* '미슈 카바레'의 주인이자 가수로, 꾸밈이 많은 특징적 외모와 말투로 알려져 있다.

현재 올가는 미슐랭 파리 사무실에서 일하고 있지만, 실은 스위스에 있는 지주회사 '미슐랭 파이넌스 컴퍼니'에서 파견된 것이었다. 최근 회사는 자연스러운 수순이기도 한 기업 다각화를 목적으로 '를레 에 샤토' 라인과, 특히 요 몇 년새 급성장한 '프렌치 터치'에 상당 부분 투자했다. 상황은 그와 같았지만 각기 다른 가이드들은 직업윤리를 이유로 철저하게 독립권을 보장받았다. 경영진은 전반적으로 프랑스인들이 더이상 국내에서 휴가를 보낼 능력이 안 된다는 것을, 적어도 이 가이드들이 추천하는 호텔에 머물 능력은 없다는 것을 간파했다. 지난해 『프렌치 터치』에 실린 설문조사에서 밝혀진 바로는 중국, 인도, 러시아, 이 세 나라가 고객의 75퍼센트를 차지했다. 특급 숙박시설의 경우에는 그 비율이 90퍼센트까지 올랐다. 올가는 이 새로운 고객층의 요구에 부응하려는 목적으로 고객과의 소통을 강화하기 위해 발탁된 것이었다.

올가의 계속되는 설명에 따르면, 사실 현대미술 분야에 대한 후원은 미슐랭의 전통적 기업문화와는 다소 거리가 있었다. 다국적 기업이면서도 창사 이래 지금까지 클레르몽페랑에 정주하며 기업경영위원회에 창업자의 자손이 늘 모습을 드러내는 까닭에, 미슐랭은 보수적 기업, 나아가 가족기업이라는 평판을 들었다. 그런 이유로 올가는 파리에 미슐랭사의 현대미술 전용공간을 열겠다는 계획이 러시아와 중국에서 기업 이미지를 제고하는 데 중요한 디딤돌이 될 거라고 확신했지만, 그녀의 제안이 고위 경영진에게 받아들여지기까지는 어려움이 많았다.

"지루하죠?" 그녀가 문득 설명을 멈췄다. "죄송해요, 예술가 앞에서 사업 이야기만 하고 있다니……"

"전혀요." 제드가 진지하게 대답했다. "전혀 그렇지 않습니다. 이야기에 푹 빠졌는걸요. 보세요, 푸아그라에 손도 안 댔잖아요……"

그가 푹 빠졌던 것은 사실이었다. 하지만 그녀의 말이 아니라, 말을 하는 그녀의 입술의 움직임과 시선에 빠져 있었다. 입술에 바른 은은하게 반짝이는 밝은 분홍색 립스틱이 눈동자 색깔과 기가 막히게 어울렸다.

두 사람은 몇 초간 말없이 서로를 응시했다. 제드는 이제 확신했다. 그의 시선에 빠진 올가의 눈빛은 의심의 여지 없이 욕망의 눈빛이었다. 그녀도 그의 눈빛을 보는 즉시 그가 눈치챘음을 알아차렸다.

"그러니까……" 올가가 다소 당황해하며 말을 이었다. "그러니까, 미슐랭 지도를 작품 주제로 하는 예술가를 만날 줄은 정말 기대도 못 했어요."

"난 그 지도들이 정말 아름답다고 생각합니다."

"알아요. 당신 작품을 보면 알 수 있어요."

다른 사진을 보여주기 위해서였으므로 올가를 그의 집으로 데려가는 건 너무나 자연스러웠다. 그래도 택시가 고블랭 대로로 진입하자 제드는 불안해졌다.

"아파트가 좀 어수선하지 않을까 걱정이네요……"

물론 올가는 괜찮다고 했지만 계단을 올라갈수록 제드의 불안은 증폭되었다. 그는 문을 열면서 힐끔 올가의 눈치를 살폈다. 역시나 그녀의 얼굴에 살짝 경련이 일었다. 어수선하다는 말은 그야말로 완곡어법이었다. 린호프 카메라를 올려놓은 사각 테이블을 중심으로 바닥 전체가 몇 겹인지 모를 사진들로 뒤덮여 있었다. 수천 장은 족히 될 것 같았다. 맨바닥에 깔린 매트리스와 사각 테이블 사이의 좁은 통로가 발을 디딜 수 있는 유일한 공간이었다. 아파트는 어수선할 뿐만 아니라 지저분했다. 이불은 거의 갈색이었고, 정체불명의 분비물들로 얇게 얼룩져 있었다.

"총각 아파트가 맞긴 하네요……" 올가가 경쾌하게 말하고 나서 안으로 들어가 웅크리고 앉아서는 사진들을 관찰했다. 미니스커트가 훌쩍 당겨올라가 허벅지가 훤히 드러났다. 다리가 믿을 수 없을 만큼 길고 가늘었다. 어쩜 저렇게까지 길고 가늘 수 있을까? 제드는 이 정도로 발기하기는 난생처음이었다. 정말 아팠다. 몸이 떨렸다. 금방이라도 기절할 것만 같았다.

"제가……" 제드가 무슨 말인지도 모를 거슬리는 목소리를 내자, 올가가 그를 돌아보았다. 상태가 심각했다. 올가는 그의 넋이 나간 눈빛에서 더는 욕망을 주체할 수 없는 사내의 혼돈 상태를 즉각 알아차렸다. 그녀는 제드에게 성큼성큼 다가가 관능적인 육체로 그를 감싸고는 입안 가득 키스했다.

IV

어쨌거나 올가의 집으로 가는 게 나았다. 그곳은 물론, 정반대의 세상이었다. 그녀의 집은 기느메르 거리에 위치한 매력적인 두 칸짜리 아파트로, 뤽상부르공원이 내려다보였다. 올가는 대학 시절 몇 년 동안 프랑스의 전형적인 이미지들(여성에 대한 매너, 식도락, 문학 등등)을 동경하다가, 정작 프랑스에 와서 기대를 저버리는 현실에 실망하는 매력적인 러시아인들 중 하나였다. 우리는 종종 러시아인들이 대혁명을 완수해 공산주의에서 벗어난 유일한 목적이 맥도날드 햄버거와 톰 크루즈가 출연하는 영화를 소비하기 위해서라고 생각한다. 어느 정도 사실이긴 하지만 개중에는 푸이퓌세 화이트와인을 맛보고 생트샤펠성당을 방문하고 싶어하는 소수층도 엄연히 존재한다. 높은 학력과 그녀가 갖춘 일반 교양을 보건대 올가는 이 엘리트 계층에 속했다. 모스크

바대학 생물학과 교수였던 그녀의 부친은 곤충 전문가로, 그의 이름을 본뜬 시베리아 나비목이 있을 정도였다. 올가의 부친과 그의 식솔은 절대권력이 붕괴되던 시절 대분할의 수혜를 제대로 입지는 못했지만, 그렇다고 곤궁한 삶으로 내몰리지도 않았다. 그가 학생들을 가르치던 대학은 그 명망을 잃지 않고 건재했다. 불안정한 몇 년을 보낸 후, 그들 가족은 안정적인 중산층으로 자리잡았다. 하지만 올가가 좋은 옷만 걸치고 파리 기느메르 거리에 있는 두 칸짜리 아파트에 살 수 있는 것은, 전적으로 미슐랭이 지급하는 월급 덕분이었다.

두 사람이 연인이 되고 얼마 지나지 않아 생활에 어떤 리듬이 자리잡았다. 아침이면 제드와 올가는 함께 그녀의 아파트를 나섰고, 그녀가 그랑드아르메에 있는 회사로 가기 위해 미니 파크레인에 오르면 그는 로피탈 대로에 있는 아틀리에로 가기 위해 지하철을 탔다. 그리고 저녁이 되면 대개 제드가 올가보다 조금 먼저 그녀의 아파트로 돌아왔다.

그들은 외출이 잦았다. 파리에 온 지 이 년밖에 되지 않았지만, 올가는 사회적으로 상당히 두터운 인맥을 형성하고 있었다. 직업상 그녀는 언론과 미디어 쪽과 접촉할 기회가 많았다. 사실을 말하자면 그녀가 만나는 사람들은 상대적으로 폼이 덜 나는 관광과 식도락 섹션 쪽이긴 했지만, 여하튼 올가와 같은 미모의 여성은 어디서든 환영받았고 어느 모임에나 설 자리가 있었다. 제드와 처음 만났을 때 그녀에게 공식적 애인이 없었다는 것이 오히려 놀라운 일이었다. 그리고 그보다 더 놀라운 것은 그녀가 제드의 품에 안겼다는 사실이었다. 그는 확실히 곱상한 편이긴 했지만, 여자들이 일반적으로 그리 선호하지 않는 왜소한 남자였다. 최근 몇 년 사이, 화끈한 잠자리를 약속하는 거친 남성미가 다시 각

광받기 시작했다. 사실 그것은 단순히 유행이 바뀐 것이라기보다는 자연으로의 본질적 회귀요, 가장 원초적이고 노골적인 성적 매력으로의 회귀였다. 마찬가지로 거식증에 걸린 모델들의 시대는 완전히 끝났고, 또 몇몇 아프리카인들과 변태들을 제외하면 지나치게 풍만한 여자들에게 흥미를 갖는 사람도 없었다. 어쨌거나 진폭이 그리 크진 않더라도 여러 번의 변화와 유행을 거친 후 새 천 년 초입에 이르러, 다시 단순하고 믿음직한 남자가 주목받게 된 것이다. 여자라면 충만함 속에서 우러나는 자연미, 남자라면 육체적 강인함이었다. 즉 제드가 남자로서 경쟁력을 가지기에는 불리한 정황이었다. 더구나 예술가로서의 이력에도 내세울 것이 없었다. 사실 그는 예술가라고 할 수도 없었다. 전시회를 한 적도 없었고, 그의 중요성을 세상에 설파하며 작품세계에 대해 상세히 보도하는 기사 한 줄 난 적이 없었다. 당시에 그는 무명에 가까웠다. 그렇다, 올가의 선택은 분명 놀라웠다. 이런 종류의 일에 놀라거나 의식하는 성격이었다면, 제드도 분명 놀라워했을 터였다.

여하튼 요 몇 주 동안 제드는 예술대학에 다니던 몇 년보다 더 많은 전시회 오픈식, 영화 시사회, 문학 칵테일파티 등에 초대받았다. 대화할 때 취해야 하는 적절한 태도에도 금세 익숙해졌는데, 그러기 위해서 반드시 명석해야 할 필요는 없었다. 심지어 아무 말도 하지 않는 것이 최선인 경우도 많았다. 하지만 "정말입니까?"라는 말로 관심과 놀라움을 표현하거나, "그렇죠……"라는 말로 이해와 동조를 나타내며 간간이 대화에 활기를 불어넣으면서 상대의 말을 성의껏 들어주는 자세는 매우 중요했다. 게다가 제드의 아담한 체구는 일반적으로 문화계 종사자들이 좋아하는 공손한 태도를 취하는 데 많은 보탬이 되었다.

사실 그런 태도는 문화계 종사자들뿐 아니라 누구든지 좋아하는 것이었다. 결론적으로, 다른 곳도 마찬가지겠지만 문화계는 접근하기 쉬운 곳이었다. 제드는 정중했고 중립적이었으며, 자신의 작품에 대해서 떠벌리지 않았다. 이런 태도는 사람들에게 그가 성실한 예술가, 진짜로 작업하는 예술가라는 인상을 주는 데 단단히 한몫했다. 제드는 예의바른 무관심으로 사람들 사이를 떠다니면서 자신도 의식하지 못한 채, 당대에 앤디 워홀의 성공에 일조했던 그루브적 태도를 얼마쯤 취했다. 어떤 진지함이 깔려 있는 이런 태도는 사람들에게 이내 중요한 관계자, 대단한 인물로 해석되었고, 오십 년이 흐른 오늘날에는 예술가의 필수 덕목이 되었다. 11월의 어느 날 저녁, 어떤 문학상 시상 파티에서 제드는 방송에서 한창 잘나가는 저 유명한 프레데리크 베그베데*와 인사를 나누게 되었다. 작가이자 광고인인 프레데리크 베그베데는 올가의 양볼에 기나긴 키스를 퍼부으며 인사하더니(하지만 장난이라는 의도를 지나치게 연극적으로 보란듯이 드러내서 별 뜻 없는 순수한 행동으로 여겨졌다), 호기심어린 시선으로 제드를 돌아보았다. 하지만 곧 그는 티베트 승려와의 대화를 책으로 펴낸 포르노 배우에게 붙들렸고, 그녀의 말에 습관처럼 고개를 주억거리면서 술안주용 미니과자들이 동남에 따라 삼삼오오 모여드는 사람들 틈에 제드가 섞여들세라 거기 있으라는 듯 곁눈질을 했다. 『살려주세요 미안해요』**의 작가는 매우 야위었

---

* 전직 광고인으로 출간 때마다 주목받는 베스트셀러 작가이자 문학평론가. 재기발랄한 언변과 튀는 행동으로 다양한 방송활동을 하고 있으며, 자타가 공인하는 우엘벡의 예찬자이자 친구. 저서로 『9,990원』 『살아 있어 미안하다』 『프랑스 소설』 등이 있다.

** 프레데리크 베그베데의 최근작.

고, 턱수염을 듬성듬성 기른 모습은 러시아 소설의 주인공을 따라 하려는 의도가 분명해 보였다. 마침내 다소 물러 보이는 덩치 큰 사내가 나타나 포르노 배우를 상대하자 베그베데는 그녀에게서 놓여날 수 있었다. 그라세 출판사의 편집장인 듯한 그 사내는 어중간하게 살이 쪘고 머리도 어중간한 길이였으며, 눈빛도 반은 총기 있고 반은 멍해 보이는 것이 어중간했다. 올가는 몇 미터 떨어진 곳에서 늘 그렇듯 구름 떼 같은 수컷 숭배자들에게 에워싸여 있었다.

"그러니까, 바로 당신이군요?" 드디어 베그베데가 제드를 거북할 정도로 뚫어져라 바라보며 물었다. 불안하게 이글거리는 눈빛이 정말 러시아 소설에 등장하는 인물 같았다. '옛 대학생, 라주미힌'* 같은 유형 말이다. 하지만 그 눈빛의 광채는 종교적 광신보다는 코카인에서 비롯된 것이리라. 하기야 큰 차이 없잖아? 제드가 그렇게 생각했을 때 베그베데가 더욱 이글거리는 눈빛으로 재차 물었다. "올가를 꿰찬 사람이 바로 댁이란 말이죠?" 제드는 뭐라고 대꾸해야 할지 몰라 침묵을 지켰다.

"당신이 파리에서 가장 아름다운 여자 다섯 명 중 하나를 차지했다는 걸 아십니까?" 말투가 사뭇 진지하고 직업적으로 돌아온 것으로 미루어 나머지 네 명도 아는 것 같았다. 제드는 이 질문에도 역시 대꾸할 말을 찾지 못했다. 인간적인 질문에는 보통 어떻게 답해야 하는가?

베그베데가 한숨을 내쉬었다. 갑자기 싫증난 것 같았다. 제드는 이제야 대화가 제자리를 찾고 수월해지리라 생각했다. 이제는 평소대로

---

* 『죄와 벌』의 등장인물. 주인공 라스콜니코프의 친구.

상대가 늘어놓는 개인적 가치관과 경험담을 들으며 슬슬 맞장구만 쳐주면 될 터였다. 하지만 그렇지 않았다. 베그베데는 제드에게 관심을 보이며 그에 대해 더 알고 싶어했다. 실은 파리에서 제일 잘나가는 유명 인사 가운데 하나인 베그베데가 제드에게 관심을 보였다는 사실만으로도 이미 놀라운 일이었다. 주위에서도 놀란 듯, 두 사람 쪽으로 시선을 돌렸다. 제드는 사진을 찍고 있다는 말로 서두를 뗐다. 베그베데는 더 자세히 알고 싶어했다. 어떤 종류의 사진이요? 그리고 이어진 제드의 대답에, 베그베데는 말문이 막힌 것 같았다. 베그베데는 광고, 패션, 심지어 전쟁 사진작가들까지(베그베데가 전쟁 사진작가들과 알게 된 것은 그들이 숨어서 가외로 파파라치 활동을 할 때였다. 업계에서는 보통 패멀라 앤더슨의 가슴을 찍는 것이 리비아 자살테러단의 유해를 찍는 것보다 덜 고상하다고 여기기 때문에 파파라치들은 가급적 신분을 드러내지 않았다. 하지만 거개는 카메라도 같은 기종을 사용하고 동원되는 촬영기술에도 별반 차이가 없었다. 조리개를 최대로 열려면 광도가 이미 높은 상태여야 하고 셔터를 누르는 순간 손을 떨지 않기도 쉽지 않은데, 이것은 바로 피사체를 망원렌즈로 매우 크게 확대했을 때 발생하는 문제점인 것이다) 알고 지냈지만, 지도를 찍는 사진작가가 있다는 것은 금시초문이었다. 결국 제드는 대강 얼버무리며, 어떤 의미에서 자신은 예술가라고 할 수 있다는 대답을 하고 말았다.

"하, 하, 하하하하!……" 베그베데가 과장된 웃음을 터뜨리자 올가를 포함한 열 명 남짓의 사람들이 그들 쪽을 돌아보았다. "아, 네, 그렇군요, 당연히 예술가여야 하죠! 문학은 완전히 한물갔잖아요! 요즘은 제일 아름다운 여자랑 자려면 예술가 정도는 돼야 하는군요! 나도 예-

술-가가 되고 싶은걸요!"

베그베데는 느닷없이 양팔을 활짝 벌리더니 목청을 높여 꽤 정확한 음정으로 〈비즈니스맨 블루스〉를 부르기 시작했다.

난 예에에에술가가 되고 싶었지
세상을 다시 만들기 위해서
무우우우정부주의자가 되기 위해서
백만장자처럼 살기 위해서!

그가 들고 있는 보드카 잔이 흔들렸다. 이제는 회중의 절반 정도가 그를 돌아보았다. 베그베데가 양팔을 내리고 넋 나간 목소리로 덧붙였다. "뤽 플라몽동 작사, 미셸 베르제 작곡." 그러고는 울음을 터뜨렸다.

"프레데리크와는 얘기 잘했어……?" 올가가 생제르맹 대로를 따라 걸으며 집으로 돌아가는 길에 제드에게 물었다. "응……" 제드가 당혹스러워하며 대답했다. 그가 예수회 중학교에 다니던 시절 읽었던 청소년 필독서 중에 여자들을 성공의 발판으로 삼는 야심 찬 인물들이 등장하는 19세기 사실주의 소설들이 있었다. 그는 지금 자신의 처지가 그 소설들 속 인물들과 유사해서 놀랐다. 사실 이 19세기 프랑스 사실주의 소설들은 얼마간 잊고 있었다. 몇 년 전부터 그는 애거사 크리스티의 소설들, 그중에서도 특히 탐정 에르퀼 푸아로가 나오는 소설들만 읽었다. 다른 책들은 잘 읽히지가 않았다. 하지만 이런 사실도 현재 제드가 처한 상황에 큰 도움이 되지는 않았다.

마침내 제드는 데뷔하게 되었다. 올가가 브르퇴유 대로에 있는 미슐랭 건물에서 제드의 첫 전시회를 열자고 홍보국장을 설득했고, 그 과정은 비교적 순탄했다. 제드는 전시공간을 방문했다. 널찍했지만 잿빛 시멘트 바닥과 벽 때문인지 분위기가 꽤 음울했다. 하지만 그는 외려 이 휑한 간결함이 좋았고, 입구에 커다란 패널을 설치하는 것 외에는 어떠한 변경도 요구하지 않았다. 반면 조명에 대해서는 아주 구체적인 지시를 내렸고, 지시가 잘 지켜지는지 세부사항까지 하나하나 점검하러 매주 들렀다.

전시회 오픈식 날짜는 1월 28일로 정해졌다. 미술평론가들이 겨울 휴가에서 돌아와 전시 일정을 점검할 수 있는 시간까지 계산에 넣은 제법 영리한 결정이었다. 뷔페에 할당된 예산도 넉넉했다. 제드가 처음으로 깜짝 놀랐던 것은 홍보 담당을 만났을 때였다. 워낙 선입견이 강했던 탓에 그는 늘 홍보 담당은 죄다 쭉쭉빵빵 미인이려니 생각했었다. 그래서 비쩍 마르고 등이 굽은데다 발육부진인 듯 왜소한 존재와 마주했을 때 진심으로 놀랐다. 게다가 이름까지 생뚱맞게 마릴린이었다. 그녀는 신경쇠약증인지 제드와의 첫 미팅에서 이야기를 나누는 내내 검고 긴 생머리를 한 가닥씩 비비 꼬았고, 도저히 풀 수 없을 지경까지 엉키면 거칠게 잡아 뽑아버렸다. 또 연방 콧물을 줄줄 흘렸는데, 하도 커다래서 장바구니라고 해도 될 것 같은 핸드백에는 휴대용 티슈가 족히 열다섯 통(거의 그녀의 하루 소비량이었다)은 들어 있었다. 미팅은 올가의 방에서 이루어졌다. 한없이 탐스러운 육체를 가진 찬란한 피조물과, 탐사되지 않은 질을 가진 작고 볼품없는 여인이 나란히 앉은 모습을 보고 있으려니 거북스럽기 짝이 없었다. 제드는 문득 올가가 모든 여성 경쟁자들을 그의 주변에서 미연에 차단하기 위해 외모가 흉한 마릴린을 선택한 것은 아닌가 하는 의구심마저 들었다. 하지만 그렇지 않았다. 절대, 그건 아니었다. 올가는 자신의 미모에 대해 아주 정확히 인식하고 있었을 뿐만 아니라 판단도 매우 객관적이었으므로, 그녀의 우월함이 객관적으로 위협받지 않는 한 경쟁심을 느끼지 않았다. 그리고 그런 일은 이제껏 실제로 한 번도 없었다. 비록 M6 채널에서 재방송되는 패션쇼를 보면서 나오미 캠벨의 엉덩이나 케이트 모스의 광대뼈를 살짝 부러워할 때는 있었을지라도. 올가가 마릴린을 선택했다면 그것은 마릴린이 현대미술 분야의 탁월한 홍보가로 명성이 자자했기 때문이었다. 적어도 프랑스 시장에서는 그녀가 최고였다.

"이번 프로젝트를 맡게 돼서 매우 기쁩니다……" 마릴린이 우는 듯한 목소리로 말했다. "진심으로 기뻐요."

올가는 마릴린과 눈높이를 맞추려고 몸을 움츠렸다가, 불편하게 느껴지자 옆방의 작은 회의실을 가리키며 말했다. "그럼, 두 분이서 말씀 나누세요." 그러고는 홀가분해하면서 나가버렸다. 마릴린은 21×29.7 규격의 커다란 수첩과 휴대용 티슈 두 통을 꺼내놓고 말했다.

"원래는 지리학을 전공했어요. 나중에 인문지리학으로 방향을 틀었죠. 그러다 지금은 그냥 인문만 하고 있고요. 인간도 인문의 하나로 본다면 말이죠……"

마릴린은 우선 제드에게 '정신적 지주'로 삼는, 특별히 선호하는 언론매체가 있는지 물었다. 제로. 사실 제드는 태어나서 한 번도 신문이나 잡지를 사본 기억이 없었다. 그가 좋아하는 것은 텔레비전이었다. 특히 아침에 만화영화에서 주식시장 리포트까지 채널을 이리저리 돌리며 안락한 시간을 보내기를 즐겼다. 더러 특별히 흥미를 끄는 주제가 있을 때는 인터넷에 접속하기도 했다. 제드는 신문이나 잡지가 아직까지 살아남아 있는 게 이상했고 머지않아 사라질 거라고 여겼다. 여하튼 신문이나 잡지에는 전혀 관심이 없었다.

"알겠습니다……" 마릴린이 조심스럽게 덧붙였다. "그렇다면 저한테 전권이 있다고 봐도 무방하겠군요."

V

실제로 마릴린은 전권을 위임받았고, 그것을 최대한 행사했다. 전시회 오픈식 날 저녁, 올가는 브르퇴유 대로의 전시장에 들어섰을 때 깜짝 놀랐다. "사람이 많네요……" 강한 인상을 받은 올가가 한참 만에 입을 떼자, 마릴린이 확인시켜주었다. "네, 사람들이 좀 왔답니다." 만족감을 억누르는 그녀의 어조에는 묘하게도 일종의 원한이 배어 있는 것 같았다. 얼추 백 명 남짓의 사람이 모여들었지만, 마릴린이 강조하고자 한 것은 많은 사람들이 왔다는 것보다는 중요한 인물들이 왔다는 사실이었다. 하지만 그것을 어떻게 안단 말인가? 제드가 아는 사람은 프랑스 미슐랭의 홍보국장이자 올가의 직속상사인 파트리크 포레스티에뿐이었다. 전형적인 이공대학 출신인 그는 예술적으로 차려입으려고 옷장 안에 있는 옷이란 옷은 죄 입어보며 세 시간여를 거울 앞에서 보내다가 결국은 평소와 같은 회색 정장에 넥타이만 매지 않았다.

전시실 입구에는 한쪽 구석에 2미터가량의 통로만 남겨둔 채 커다란 패널이 가로놓여 있었다. 제드는 그 패널 위에 게브빌러산맥 근처를 촬영한 인공위성사진과 같은 지역의 미슐랭 지도 확대사진을 나란히 붙여놓았다. 그 대조가 가히 충격이었다. 인공위성사진이 희미한 파란 얼룩이 흩뿌려진 어느 정도 균일한 초록색의 죽 한 사발에 불과해 보였다면, 지도는 지역구분선, 생동감 있는 길들, 지도의 시점, 숲, 호수, 언덕들의 그물망을 화려하게 펼쳐 보이고 있었다. 두 확대사진 위에는 검은색 대문자로 전시회 제목이 쓰여 있었다. 지도는 영토보다 흥미롭다.

전시실 안에는 삼십 점 남짓의 확대사진들이 모빌 그림걸이에 매달려 있었다. 전부 미슐랭 지도 '데파르트망' 편에서 가져온 것들로, 고산지대부터 브르타뉴 해안까지, 망슈 지방의 보카주 평야지대부터 뢰르에루아르의 논밭까지, 지리적으로 가장 변화무쌍한 지역들이 선별되었다. 마릴린은 여전히 올가와 제드를 대동한 채 전시실 입구에 멈춰 서더니, 야수가 곧 삼켜버릴 영양떼를 관찰하듯 기자와 유력 인사와 평론가 들로 뒤섞인 군중을 물끄러미 바라보았다. 그리고 한참 만에 냉소하며 내뱉었다.

"페피타 부르기뇽이 왔군요."

"부르기뇽*이요?" 제드가 물었다.

---

* 쇠고기 스튜요리의 이름.

"〈르몽드〉의 미술평론가예요."

〈르몽드〉요? 생각이 말이 되어 나오기 직전에 유력 석간신문 이름이라는 게 생각났기에 망정이지, 제드는 하마터면 마릴린의 말을 멍청하게 또 따라 할 뻔했다. 그는 나머지 저녁시간 내내 가능한 한 입을 다물고 있는 게 낫겠다는 결론을 내렸다. 일단 마릴린에게서 벗어나자 제드는 아무에게도 방해받지 않고 자신의 작품들 사이를 자유롭고 평화롭게 어슬렁거릴 수 있게 되었다. 아무도 그가 예술가임을 알아보지 못했고, 작품 설명을 들으려 하지도 않았다. 제드는 사람들의 웅성거림이 다른 전시회 오픈식에 비해 그리 활발한 것 같지 않다고 느꼈다. 많은 사람들이 명상에 잠긴 듯한 집중된 분위기에서 작품을 감상하고 있었다. 조짐이 좋았다. 파트리크 포레스티에는 몇 안 되는 소란스러운 손님 중 하나였다. 그는 한 손에 샴페인 잔을 든 채 보다 많은 청중을 확보하기 위해 제자리에서 빙그르르 돌더니, "미슐랭과 문화예술계 사이의 오해에 종지부를 찍게 된 것"을 요란하게 자축했다.

사흘 후 마릴린이 올가의 사무실 옆에 있는 작은 회의실로 달려들어왔다. 제드는 언론의 반응을 듣기 위해 이미 와서 그녀를 기다리고 있었다. 마릴린이 장바구니 핸드백에서 티슈 한 통과 그날 자 〈르몽드〉를 꺼냈다.

"아직 안 읽었어요?" 마릴린이 외쳤다. 그녀가 이 정도면 극도의 흥분 상태란 얘기였다. "그럼 내가 가져오길 잘했군요."

제드가 촬영한 도르도뉴, 로 지방의 지도 사진을 복제한 매우 아름다운 컬러사진과 함께 그의 전시회에 전면을 할애한 기사였다. 파트리크 케쉬쉬앙 기자의 극찬이 이어졌다. 그는 첫 줄에서부터 지도의 시점(또는 인공위성의 시점)과 신의 시점을 동일시했다. "작가(젊디젊은 청년)는 위대한 혁명가의 지극한 평정심을 가지고 대번에 우리를 그의 세계로 끌어들이는 첫 작품에서부터, 우리 현대인들이 실종된 것을 되찾는 수단으로써 갈구하는 자연주의적 비전과 신新이교도적 비전에서 멀찌감치 비켜난다. 대담하게도 그는 공동 창작자로서의 신의 시점을 채택해 인간의 편에서 세상을 (재)구성한다." 그러고 나서 기자는 사진술에 관한 놀라운 전문 지식을 펼쳐 보이며 제드의 작품들을 한참 설명하고 난 뒤 결론지었다. "신과의 신비적 결합과 이성적 신학 사이에서 제드 마르탱은 선택을 했다. 아마 르네상스 이후로 서양 예술사에서 처음일 텐데, 그는 베네딕트회의 신비주의자인 힐데가르트 폰 빙겐의 저녁기도에 유혹당하기보다는, 신 중심의 입장을 옹호하면서도 인간의 상대적 자율을 확립한 '벙어리 황소'(스콜라 철학의 대부 토마스 아퀴나스가 외모와 과묵한 성격 때문에 콜로뉴대학의 동기들에게서 얻은 별명이다)의 어렵고도 명확한 이론체계를 선호한 것이다. 이 선택에는 이론의 여지가 있을지언정, 제드 마르탱이 이끌어낸 광경의 숭고함에는 이의가 없을 것이다. 자, 올 한 해 동안 문화예술계가 유망하리라는 가장 확실한 징후가 여기에 있다."

"틀린 말은 아니군요……" 제드가 기사를 평가했다.

마릴린은 그를 쏘아보며 꾸짖듯 말했다. "그 정도가 아니라 어마어마한 거라고요, 이 기사는! 어쨌거나 케쉬쉬앙이 기사를 썼다는 것 자체가 놀라운 일이에요. 케쉬쉬앙은 워낙에 문학 관련 기사만 쓰거든요. 더구나 페피타 부르기뇽이 전시회에 온 마당인데……" 그녀는 잠시 혼란스러워하더니 단호히 결론지었다. "여하튼 부르기뇽이 몇 줄 끼적인 것보다는 케쉬쉬앙이 쓴 전면 기사가 훨씬 나아요."

"이제 어떻게 되는 거죠?"

"기사들이 쏟아지겠죠. 계속해서 우르르 쏟아질 거예요."

그날 저녁 올가와 제드는 '셰 안토니 에 조르주'에서 자축연을 가졌다. "요새 유명하시던데요……" 조르주가 외투를 벗는 올가를 거들며 제드에게 말을 흘렸다. 식당측은 유명인들을 좋아한다. 그들은 문화예술계와 연예계 소식에 촉각을 곤두세운다. 유명인들의 등장이, 그들이 가장 원하는 고객층인 멍청이 부자들을 식당으로 유혹하는 데 지대한 영향을 미친다는 것을 알기 때문이다. 유명인들 편에서도 대개 식당을 좋아한다. 그러므로 식당과 유명인들 간에 일종의 공생관계가 자연스럽게 성립된다. 젊은 나이에 초보 유명인이 된 제드는 그의 이 새로운 신분에 어울리는 겸손한 듯하면서도 초연한 태도에 힘들이지 않고 적응했다. 중간급 유명인 전문가인 조르주가 제법이라는 눈짓으로 감탄을 표했다. 그날 저녁, 식당 안은 한산했다. 한국인 커플 한 쌍이 있었는데 그나마 일찍 자리를 떴다. 올가는 아라굴라 가스파초*를 전채로, 으깬 이그남**을 곁들인 반만 익힌 바닷가재를 주요리로 주문했고, 제드는 센 불에 잠깐 익힌 관자요리를 전채로, 파스크라산 무스를 얹은 캐러웨이 가사비 수플레***를 주요리로 주문했다. 디저트가 나왔을

* 아라굴라는 로메인 유의 샐러드용 채소이고, 가스파초는 스페인 요리로, 일종의 냉 야채수프 또는 주스이다.

** 참마의 일종.

때 허리에 앞치마를 두른 안토니가 다가와 바 아르마냐크 카스타레드 1905년산 브랜디 병을 흔들었다. "서비스예요." 그는 헐떡거리며 말하더니 두 사람의 잔을 채웠다. 로텐슈타인과 볼스에 따르면 이 밀레짐**** 브랜디는 풍성한 보디감과 고상하면서도 화려한 맛이 매혹적이었다. 오래 묵은 포도주의 단내와 절인 자두 향이 나는 끝맛이 입안에 긴 여운을 남겼다. 오래 묵은 브랜디의 모범적 맛이었다. 안토니는 지난번보다 몸이 조금 더 불어 있었다. 나이가 들면 테스토스테론의 분비는 감소하고 지방질은 증가하니 어쩔 수 없으리라. 그는 위태로운 나이에 이르러 있었다.

올가가 알코올의 향을 한참 동안 코로 들이마시며 음미하더니 입술을 축였다. 그녀는 프랑스에 너무나 완벽하게 적응했다. 어린 시절을 모스크바 교외의 영세민주택에서 보냈다는 사실이 믿기지 않을 정도였다.

"요즘은 어떻게 요리사가 되는 거지요? 그러니까 내 말은, 이름을 알 만한 요리사들은 거지반 이상이 동성애자들 아니냐는 거예요."

올가가 브랜디를 한 모금 넘기고 나서 묻자, 안토니가 반색하는 시선으로 식당 전체를 죽 훑더니 소담스럽게 기지개를 켰다.

"허, 그건 정말 정말 일급비밀이야, 우리 예쁜이 아가씨. 사실 동성애자들은 애초부터 요리를 엄청 사랑했거든. 하지만 아무도 그런 얘기를 입 밖에 내지 않았지. 정말 다들 입을 꽉 다물고 있었다니까. 그러

*** 파스크라산은 서양 배의 일종이고, 캐러웨이는 허브의 일종으로 회향풀이라고도 한다. 수플레는 달걀 흰자를 고기, 생선, 치즈 또는 초콜릿과 섞어 오븐에서 부풀리는 요리다.
**** 프랑스어로 '생산연도, 수확연도'를 뜻한다.

다가 프랑크 피숑이 미슐랭 가이드에서 별 세 개를 받은 게 결정적 계기가 됐을 거야. 성전환자 요리사가 미슐랭에서 별 세 개를 따내다니, 그게 정말 확실한 신호탄이 됐어……" 그는 술을 한 모금 들이켜더니, 이내 과거 속으로 빠져드는 듯했다. 그는 아주 신이 나서 떠벌렸다. "그다음엔 물론 모두 잘 아는 그 일이고! 장피에르 페르노*의 커밍아웃은 그야말로 모든 걸 뒤바꿔놓은 폭탄이었지!"

"그래, 장피에르 페르노의 커밍아웃이 일대 사건이었던 건 사실이지." 조르주가 마지못해 동의한 후 까칠한 시비조로 말을 이었다. "하지만 안토니, 자네 그거 알아? 사실 호모 요리사들을 인정하려 하지 않는 건 사회가 아니라, 호모 자신들이라는 거. 봐, 당장 우리만 해도 그래, 호모 잡지 〈테튀〉에 우리 식당 기사가 한 번이라도 실린 적 있어? 처음으로 우리 식당을 기사화한 건 종합 일간지 〈파리지앵〉이라고. 전통적 호모사회에서는 요리를 별로 폼나는 일이라고 여기지 않아. 그들한테는 그저 허드레 집안일인 거지. 그래, 아닌 게 아니라 말 그대로 허드레 집안일이네!"

제드는 문득 조르주의 원망이 안토니의 늘어나는 뱃살을 향한 것이기도 함을 직감했다. 그리고 안토니 자신도 요리사가 되기 이전의, 가죽옷과 쇠사슬로 점철된 어두웠던 지난 시절을 아쉬워했다. 화제를 바꾸는 게 나을 것 같았다. 제드는 교묘하게 장피에르 페르노의 커밍아

---

* 프랑스 민영방송 TF1의 뉴스앵커. 1988년부터 2020년까지 진행한 TF1의 오후 한시 뉴스는 프랑스 전역을 아우르는 지역소식과 일상 중심의 대중적 내용으로 압도적인 시청률을 자랑했다. 소설 속에 나오는 장피에르 페르노의 커밍아웃은 허구이며, 2022년 사망했다.

웃으로 주제를 되돌렸다. 엄청난 주제, 확실한 주제였다. 제드도 장피에르 페르노의 커밍아웃을 텔레비전으로 시청했을 때 자못 충격을 받았었다. "네, 사실입니다. 저는 다비드를 사랑합니다." 그가 공영방송 프랑스2*의 생방송 카메라 앞에서 이렇게 말한 순간은 2010년대의 잊을 수 없는 명장면 중 하나로 남으리라는 것이 제드의 생각이었다. 다들 제드에게 동의했다. 그들은 이 주제에 관해 이내 의견의 일치를 보았다. 안토니가 다시 바 아르마냐크를 한 잔씩 돌렸다. "저는 저라는 사람을 무엇보다도 시청자로 규정합니다!" 제드가 분위기에 휩쓸려 기세 좋게 선언하자 올가가 놀란 눈으로 바라보았다.

* 장피에르 페르노가 뉴스를 진행했던 TF1의 대표적인 라이벌 채널.

VI

한 달 후, 마릴린이 평소보다 더 무겁고 빵빵해 보이는 장바구니 핸드백을 들고 사무실로 들어왔다. 그녀는 세 번 연속해서 코를 풀고는 고무밴드로 묶은 두툼한 서류철을 제드 앞에 올려놓았다.

제드가 반응을 보이지 않자 마릴린이 설명했다. "기사들이에요……"

제드는 하드커버의 서류철을 들춰보지도 않은 채 멍한 시선으로 바라보다가 물었다. "어떤데요?"

"아주 좋아요. 신문이고 잡지고, 안 실린 데가 없어요." 마릴린은 담담해 보였다. 연방 코를 훌쩍이는 이 작은 여인은 내면에 전사를 숨겨두고 있었다. 그것도 특공대원을. 그녀를 흥분시키는 것은 작전이 개시되는 순간, 즉 비중이 큰 첫번째 기사를 쟁취하는 순간이었다. 그러고 나서 손대지 않아도 일이 저절로 굴러가기 시작하면, 그녀는 불쾌한 무력감에 빠졌다. 마릴린의 목소리가 점점 작아져서 제드는 마지막 말은 간신히 알아들었다. "전시회에 대해 아무런 언급도 안 한 건 오직 페피타 부르기농뿐이에요."

"그럼……" 마릴린이 우울하게 말을 맺었다. "이만 가봐야겠네요. 선생님과 일할 수 있어서 좋았어요."

"이제 못 보는 건가요?"

"또 제가 필요하다고 하시면 당연히 만나야죠. 제 번호 아시잖아요."

마릴린은 미지의 운명을 향해 다시 떠났다. 실은 바로 집으로 들어가 차를 한 잔 마시고 잠을 잘 것 같았지만. 문을 나서던 그녀가 마지막으로 제드를 돌아보며 힘없는 목소리로 덧붙였다. "제 평생 가장 큰 성공을 거둔 것 같아요."

제드가 서류철을 훑어보니, 아닌 게 아니라 찬사 일색이었다. 오늘날 우리 사회에서는 언론들이 유행을 들추어내고 몰아가고 나아가 가능하다면 창조까지 하려는 극성을 떨기도 하지만, 또 어떤 유행들은 무정부주의적이고 비조직적인 방식으로 스스로 형성되어 정확히 규정되기도 전에 번져나간다. 인터넷의 대량 보급과 신문이나 잡지의 동시다발적 와해 이후, 사실 이와 같은 사례는 더욱 빈번해지고 있다. 현재 프랑스 전역에서는 요리수업이 선풍적 인기를 끌고 있고, 돼지고기 가공업자나 치즈 제조업자들의 신제품 개발을 장려하기 위한 지역 경연대회가 속속 개최되며, 등산 관련 사업이 급속도로 발전하고 있다. 최근 장피에르 페르노의 커밍아웃까지 이 모든 사례들은 새로운 사회적 현상으로 집약된다. 바로 장 자크 루소 이후 처음으로 프랑스에서 시골이 대세가 되었다는 것이다. 프랑스 사회는 이 사실을 제드의 전시회 오픈식 이후 몇 주 사이에 신문이나 잡지를 통해 불현듯 깨달은 듯했다. 그리고 이 몇 주 사이에, 그간 무심코 지나쳤던 실용품인 미슐랭 지도는 〈리베라시옹〉이 주저 없이 칭하듯 소위 '우리 강산의 마법' 속으로 빠져들게 하는 특출난 매개체가 되었다.

창밖으로 개선문이 내려다보이는 파트리크 포레스티에의 사무실은 요모조모로 변형이 가능했다. 몇 가지 요소들을 재배치함으로써 70제곱미터의 한정된 공간에서 회의도 하고 슬라이드도 보고 브런치 모임도 열었다. 음식은 전자레인지로 데웠다. 또한 잠도 잘 수 있었다. 제드와의 만남을 위해 포레스티에는 '오찬 미팅' 옵션을 택했다. 낮은 탁자 위에 과일주스와 커피, 그리고 버터를 넣고 구운 크루아상 유의 빵들이 준비되었다.

포레스티에가 두 팔을 활짝 벌려 제드를 맞았다. 기뻐한다는 말로는 부족한 열렬한 환대였다. 포레스티에가 외쳤다. "선생님을 믿었어요…… 내 이럴 줄 알았다니까요!" 미팅 전에 올가가 제드에게 간단히 귀띔해준 바에 따르면, 좋게 말해 과장이었다. "자, 이제는 트라이*를 골로 성공시킬 차례예요! (포레스티에가 양팔을 수평으로 빠르게 흔들었고 제드는 그것이 럭비의 패스를 흉내낸 것임을 대번에 알아차렸다.) 앉으세요……" 그들은 낮은 테이블을 둘러싸고 있는 소파에 자리를 잡았다. 제드는 커피를 마셨다. "위 아 어 팀(우리는 한 팀이에요)."

* 럭비에서 공격하는 편의 선수가 상대편의 인골(ingoal) 안에 공을 찍는 일. 4점을 득점하고 골킥의 권리를 얻는다.

포레스티에가 쓸데없이 덧붙이며 서두를 뗐다.

"지난달 우리 회사의 지도 판매율이 17퍼센트 성장했어요. 다른 회사 같았으면 당장 가격부터 올렸을 거고, 우리도 그럴 수 있었습니다. 하지만 그러지 않기로 했어요."

그는 제드에게 이 사업방침에 내포된 거시적 안목을 가늠해볼 시간을 잠시 주고는 말을 이었다.

"그보다 뜻밖인 건, 미슐랭 지도의 구 모델을 사려는 사람들까지 생겨났다는 겁니다. 인터넷에서 경매도 하더군요. 몇 주 전만 해도 폐기처분하던 것들이었는데……" 포레스티에가 침울하게 덧붙였다. "우리는 소중한 문화재가 낭비되도록 내버려두고 있었던 겁니다. 선생님의 훌륭한 사진들을 보기 전까지, 사내의 그 누구도 지도의 가치를 알아보지 못했거든요……" 포레스티에는 너무나 어리석게 날려버린 그 돈들을, 어쩌면 좀더 전반적으로는 그 파괴된 가치를 애석해하면서 짓눌린 상념에 빠져들었지만 이내 정신을 추슬렀다. "어쨌거나 선생님의…… (그는 적절한 단어를 찾으려 했다.) 선생님의 작품들은 값을 아주 높게 매겨야 합니다!" 포레스티에가 소파에서 불쑥 몸을 곧추세웠다. 금방이라도 낮은 테이블 위로 발을 모아 껑충 뛰어올라서는 타잔처럼 두 주먹으로 가슴팍을 두드릴 것만 같았다. 제드는 뇌리를 스치는 포레스티에의 환영을 몰아내려고 눈을 껌벅였다.

"올가 셰레모요바 씨와 장시간에 걸쳐 논의했습니다. 셰레모요바 씨는 제가 무척……(그는 다시 적절한 단어를 찾으려 애썼다. 폴리테크니크 출신들은 이런 점이 곤란하다. 그들은 에나* 출신들보다 약간 낮은 연봉을 받으면서도 알맞은 단어를 찾아내는 데 오랜 시간을 소비한다. 포레스티에는 결국 하려는 얘기가 주제를 벗어난 것임을 깨달았다.) 여하튼, 우리는 우리 회사가 선생님의 작품 판매에 직접 개입하는 것은 있을 수 없는 일이라는 결론을 내렸습니다. 우리가 선생님의 예술적 독립성을 가로막는 것처럼 보이는 것은 절대 용납할 수 없습니다. 확신할 순 없지만, 예술작품 매매는 대개 화랑에서 중개하는 걸로 알고 있습니다만……"

"저는 전속 화랑이 없어요."

"그럴 거라 생각했습니다. 그래서 이런 밑그림을 그려봤어요. 선생님이 작품들을 전시하고 판매할 수 있는 인터넷사이트를 우리 회사가 만드는 겁니다. 물론 사이트 명칭에는 선생님 존함을 사용하고, 미슐랭은 전혀 언급되지 않을 거예요. 사진은 현상부터 인화까지 선생님이 직접 감독하시는 게 좋겠습니다. 대신 사이트 관리부터 판매, 배송은 전적으로 우리가 책임지겠습니다."

"그러시죠."

포레스티에가 반색을 했다. "잘됐군요, 아주 잘됐어요. 이번 일은 우리에게 진정한 의미의 윈윈win-win이라는 생각이 듭니다! 여기 이 모든 내용을 명시한 계약서가 있으니, 한번 검토해보시기 바랍니다."

제드는 하얗게 빛나는 긴 복도로 나왔다. 유리창으로 멀리 라데팡스의 신 개선문이 내려다보였다. 거울 하늘이 눈부시게 파란 것이 거의 인공적으로 느껴질 정도였다. 프탈로시아닌** 블루인가, 제드의 머릿

* ENA. 프랑스 최고의 행정전문대학. 프랑스의 주요 정재계 인사들이 거의 이 학교 출신이다.

속에 덧없이 그런 생각이 떠올랐다. 제드는 솜뭉치 위를 걷듯 머뭇머뭇 느릿느릿 앞으로 나아갔다. 그는 인생의 새로운 전환점에 접어들었음을 알고 있었다. 올가의 사무실 문은 열려 있었다. 그녀가 제드에게 빙긋 웃어 보였다.

그가 보고했다. "응. 당신이 말한 그대로야."

** 푸른빛의 착색 완료.

VII

제드가 받은 교육은 순전히 문학과 예술에 국한돼 있었고, 탁월한 자본주의의 신비를 탐구해볼 기회는 갖지 못했다. 그래서 가격 책정에도 젬병이었다. 그는 하네뮬레사의 캔버스 파인아트 용지를 인화지로 선택했다. 색상의 선명도가 뛰어나고 오랜 세월이 흘러도 쉽게 변색되지 않는 용지였다. 하지만 이 용지로는 컬러 캘리브레이션이 쉽지 않았고 따라서 작업 결과도 고르지 않았다. 엡손 드라이버도 최적이 아니었다. 제드는 사진 한 장당 스무 점에 한정해 확대하기로 결정했다. 사진 한 장에 대략 삼십 유로의 원가가 들었다. 제드는 사이트에 장당 이백 유로로 가격을 책정해 올리기로 결정했다.

그가 아즈부르크 지역을 확대한 사진들을 처음으로 사이트에 올리자, 세 시간이 채 지나기도 전에 품절되었다. 적정 가격이 아닌 것임이

자명했다. 몇 차례의 암중모색을 거쳐 몇 주 후, 제드는 40×60 규격 한 장에 이천 유로 정도로 가격을 굳혔다. 자, 이렇게 해서 이제 그는 알게 되었다. 자신의 시장가격이 얼마인지를.

파리에 봄이 왔다. 제드는 특별히 목표로 삼은 적은 없었던 안락하고 여유로운 생활을 향해 가고 있었다. 4월에 올가와 제드는 제드의 월수입이 올가의 월수입을 뛰어넘었음을 확인하고서 놀랐다. 이해의 5월은 샌드위치데이 연휴가 가히 이례적이었다. 노동절인 5월 1일과 2차 세계대전 승전기념일인 5월 8일이 목요일이었고, 다음으로는 예수승천대축일이 기다리고 있었고, 마지막으로 기나긴 성령강림대축일 주말 휴가를 누리면 5월이 끝났다. 새로운 목록이 담긴 『프렌치 터치』가 간행되었다. 올가가 책임 편집을 맡았다. 그녀는 더러 호텔측이 제출한 소개문을 수정했고 특히 심혈을 기울여 사진들을 골랐으며, 관광관련업체측에서 보낸 사진들이 충분히 매력적으로 느껴지지 않으면 다시 찍어오게 하기도 했다.

뤽상부르공원에 어둠이 깔렸다. 올가와 제드는 발코니에 나와 앉아 있었다. 공기가 포근했다. 마지막으로 남아 있던 아이들의 고함소리가 멀리서 잦아들었다. 공원의 철문은 곧 닫힐 터였다. 사실 프랑스에서 올가가 아는 데라곤 파리뿐이잖아, 제드는 『프렌치 터치』를 넘기며 생각했다. 따지고 보면 제드도 올가보다 나을 것이 없었다. 그의 작품에서 보이는 프랑스는 크고 작은 저택들과 고성들이 촘촘히 박힌 아름다운 영토들의 모자이크였고, 험준한 고산부터 너른 평야와 구불구불한 해안까지 지세가 아찔할 정도로 다양하지만 그 어디나 살기 좋은 매혹적인 나라로 느껴졌다.

"이번 주말에 여행 갈까?" 제드는 가이드북을 내려놓으며 제안했다. "당신이 만든 책에 나오는 호텔 중 한 군데에 묵자……"

"그래, 좋은 생각이야." 그녀는 잠시 생각에 잠겼다. "하지만 신분은 밝히지 말자. 내가 미슐랭에서 일한다는 얘기는 안 하는 거야."

신분을 밝히지 않더라도 그들은 호텔측의 환대를 받으리라고 제드는 생각했다. 애가 딸리지 않은 부유하고 젊은 도시 커플인데다, 호텔을 환하게 장식해줄 외모까지 갖췄으며, 그들의 사랑은 아직 초기단계였다. 사랑이 초기단계일 때, 사람들은 대개 앞으로 닥칠 힘든 날들과 나아가 이별의 위기를 극복하게 해줄 아름다운 추억을 만들어 간직하겠다는 희망으로 여행지의 모든 것에 감탄하기 일쑤다. 그들 커플은 모든 숙박업 및 요식업 종사자들에게 이상적인 고객의 전형이었다.

"제일 먼저 어디에 가고 싶어?"

제드에게는 곰곰 생각할수록 간단치 않은 물음이었다. 그가 알기로는 거개의 지역들이 저마다 진정한 흥취를 지니고 있었다. 어쩌면 프랑스는 정말로 환상적인 나라일지도 몰랐다. 적어도 관광객의 입장에서는.

마침내 그가 결정을 내렸다. "먼저 마시프상트랄로 가자. 당신한테 딱이야. 가장 좋은 곳은 아니더라도 가장 프랑스적이긴 할 거야. 거기보다 더 프랑스적일 수는 없을걸."

이번에는 올가가 가이드북을 훑었다. 그녀가 한 호텔을 가리키자 제드가 눈살을 찌푸렸다. "덧문이 이게 뭐야. 석벽이 회색이면, 덧문은 갈색이나 빨간색으로 했어야지. 하다못해 녹색만 됐어도 나았겠다. 파란색은 정말 아니지!" 그는 소개문으로 눈길을 돌리더니 더욱 난감해했다. "이건 또 무슨 횡설수설이야? '전통과 휴식이 짝을 이루고, 자유와 존중이 짝을 이루는 캉탈의 심장부에서……' 존중이란 말은 좀 생뚱맞지 않아?"

올가가 제드에게서 가이드북을 뺏어들더니 읽기 시작했다. "아, 알았다……! '마르틴과 오마르가 진정한 의미의 요리와 와인을 맛보게 해드릴 것입니다.' 마르틴과 오마르래. 프랑스 여자가 아랍 남자랑 결혼했나봐. 그래서 존중이라고 한 거야."

"그럼, 어쩌면 괜찮겠네. 특히 남자가 모로코인이라면. 모로코 음식이 정말 맛있거든. 어쩌면 프랑스-모로코 퓨전요리를 할지도 모르겠는걸. 가령 푸아그라 파스티아* 같은 거."

올가는 제드의 의견에 그다지 동조하지 않았다. "응. 하지만 난 외국인 관광객의 한 사람으로서 프랑스 전통요리를 원해. 프랑스풍 모로코 요리니 프랑스풍 베트남 요리니 하는 퓨전요리는 파리의 카날 생마르탱 같은 동네에 있는 세련된 식당에서나 통하는 거야. 캉탈의 시골 호텔 식당에선 안 먹혀. 아무래도 이 호텔은 우리 책자에서 빼버려야겠어……"

올가는 아무 조치도 취하지 않았다. 하지만 제드와의 대화를 통해 이런저런 생각을 하게 됐고, 며칠 후 그녀는 가이드북에 나오는 호텔 식당들의 메뉴와 관련해 종합적인 설문조사를 하자고 상사에게 제안

* 고기와 양파, 허브, 계란, 아몬드 등을 섞어 속을 넣은 일종의 파이.

했다. 설문조사 결과가 나오기까지 육 개월을 기다려야 했지만, 결과는 올가의 첫 직감이 단연 옳았음을 증명하는 것이었다. 아시아 요리 같은 창의적인 요리는 예외 없이 배척당했다. 북아프리카 요리 정도가 그나마 프랑스 남부 지방과 코르시카에서만 환영을 받았다. 지역을 막론하고 '전통'이나 '옛날식'을 내세운 식당들의 매출이 평균 매출보다 63퍼센트가 더 높았다. 돼지고기 요리와 치즈는 확실한 보증수표였고, 특히 비둘기, 달팽이, 칠성장어 등 프랑스 전통요리일 뿐만 아니라 지역 특선요리라는 것도 암시하는 특이한 육류 요리들의 매상고는 경이적인 수치로 치솟았다. 『럭셔리 앤드 인터미디어리 푸드』 라인의 팀장은 보고서와 함께 작성한 종합평가서에서 단도직입적인 결론을 내렸다.

우리는 그간 엄격한 저온살균과 냉각공정 여부를 따지며 음식의 맛과 위생을 동일시하고 '라이트'한 음식문화를 추구하는 영미권 고객들의 입맛을 따라잡는 데 총력을 기울여왔다. 그리고 이것은 잘못이었다. 이 영미권 고객층은 실은 존재하지 않는다. 이제껏 프랑스에는 미국인 관광객이 많았던 적이 결코 없었으며 영국인 관광객들도 꾸준히 감소 추세다. 전체 영미권 관광객이 차지하는 비중은 실적의 4.3퍼센트 이상을 넘지 않는다. 우리의 새로운 고객, 우리의 실제 고객은 좀더 젊고 투박한 나라들에 있다. 이 새로운 고객들은 최근에 위생관념을 도입하긴 했지만 어쨌든 아직은 위생에 덜 민감하며, 프랑스 체류 시 유서 깊은 토속적 음식문화를 체험하기를 원하고, 나아가 하드코어 음식도 마다하지 않는다. 앞으로는 이 새로운 고객층의 요구에 부응하는 식당들만이 우리 가이드북에 이름을 올릴 자격을 얻게 될 것이다.

VIII

올가와 제드는 행복한 몇 주를 보냈다. 그들의 행복은 젊은이들처럼 열에 들뜨고 격앙된 행복이 아니었고, 또 더이상 그럴 수도 없었다. 이제 그들에게는 주말에 광란의 도가니에 빠진다거나 신나게 망가져본다거나 하는 일은 있을 수 없었다. 사실 두 사람은 아직 즐길 나이였지만, 그들의 행복은 이미 서구사회가 그들이 속한 사회 중상류층에게 권하는 평온하고, 안락하고, 속물스럽지 않으면서도 에피쿠로스적인 세련된 행복에 가까웠다. 그들은 특급 레스토랑의 웨이터들이 아뮈즈부슈*나 애피타이저의 재료를 설명할 때 쓰는 연극적 어조에 익숙해졌다. 또 코스에 따라 음식이 바뀔 때마다 "계속해서 맛있게 드십시오!"라고 외

* 애피타이저 전에 식전주를 마실 때 함께 먹는 간단한 음식.

치는 특유의 경쾌하고 과장된 태도에도 익숙해졌다. 제드는 웨이터들의 인사를 들을 때마다, 예전에 몽파르나스 대로에 있는 주느비에브의 아파트에서 그녀와 섹스를 한 뒤 알 수 없는 충동에 이끌려 무작정 노트르담 데 샹 성당에 들어섰을 때, 일요일 아침미사중이던 투실투실한 신부(아마도 사회주의자일 것이다)가 그들에게 "축복합니다, 앉으십시오!"라고 외치던 말이 연상되었다. 그후에도 제드는 프랑수아 올랑드*를 약간 닮은 그 신부를 수차례 떠올렸다. 하지만 신부는 그 사회당 정치지도자와는 반대로 신을 위해 거세를 한 자였다. 훗날 제드는 '소박한 직업 시리즈' 작업에 돌입했을 때, 신앙으로 사람들을 위로하기 위해 관구를 누비고 다니는 이 순결하고 헌신적인 남자들 가운데 하나를 초상화 주제로 삼아볼까도 수차례 고려했지만 결국 실현하지 못했다. 그가 작품의 주제를 제대로 이해할 수 없었기 때문이었다. 한때는 사회 최고위층이었지만 이제는 아무도 진정으로 이해하지 못하는 천년을 뛰어넘는 영적 전통의 계승자이기도 한 신부들은 라틴어와 교회법령, 신학을 비롯해 이해 불가해 보이는 다른 많은 과목들까지 이수해야 하는 지독하게 길고 어려운 학업과정을 마치고도 물질적으로 열악한 환경에서 살아가게 되기 때문에 그 수도 점차 감소하고 있다. 그들은 듬성듬성 예배당에 자리한 고령의 신도들을 위해 매일 아침 미사를 집전하러 가거나 교리학습이나 문맹퇴치교실에 갈 때도 다른 사람들과 섞여 지하철을 탄다. 모든 성적 쾌락은 물론이고 인간의 가장 기본

* 프랑스 제24대 대통령(2012~2017). 소설이 출간된 2010년에는 사회당 당수였고, 당시 그의 동거인이자 사회당 대선 후보였던 세골렌 루아얄을 누르고 당선된 니콜라 사르코지가 대통령이었다.

적인 기쁨인 가정생활까지 금지되었음에도, 직무상 그들은 매일매일 굳세게 낙천적으로 보여야 한다. 미술평론가들에 따르면, 제드 마르탱의 거의 모든 그림은 자신의 직업을 자발적으로 수행해나가는 남녀를 묘사하고 있고, 이들의 자발성은 직업적 필요에 의해 강요당하는 수고를 경제적 만족과 자아 충족의 두 가지 측면에서 고르게 보상받을 때 나타나는 매우 기꺼운 마음에서 비롯된다. 모두에게서 업신여김을 당하는 초라한 빈털터리인데다가 일체의 쾌락에서 소외당한 채 각박한 도시생활의 온갖 고충을 고스란히 감내해야 하는 젊은 신부들의 일이란 신앙심이 없는 사람들에게는 수긍할 수 없고 어리둥절해지는 주제였다.

반면에 『프렌치 터치』 가이드북은 제한적이긴 하나 공증된 쾌락의 여러 유형을 선보였다. '라 마르모트 리외즈(웃는 마르모트)' 호텔 홍보 글의 차분하고 자신만만한 마지막 문장을 읽노라면 호텔 경영주의 자랑에 고개를 끄덕이게 된다. "테라스가 딸린 널찍한 객실들(자쿠지 욕조 완비), 환상적인 코스식사, 조식에 제공되는 열 종류의 홈메이드 잼. 이곳은 두말할 나위 없이 매력적인 호텔입니다." 또 사람들은 '카르페 디엠'의 경영주가 자기 호텔을 소개한 한 편의 시와도 같은 글을 읽고 혹하게 된다. "호텔의 지중해식 정원을 산책하는 내내 얼굴에서 사라지지 않을 미소. 이곳은 당신의 오감을 일깨울 장소입니다. 천국의 향취를 간직하기 위해서는 눈을 감기만 하면 됩니다. 하얀 대리석으로 지은 하맘*에서 졸졸거리는 물소리를 듣고 있노라면 확실하게 떠

* 터키식 목욕탕.

오르는 생각은 이것뿐입니다. '이곳에선 인생이 아름답구나.'" 자손들이 접대의 기술을 능숙하게 계승한 '부르봉 뷔세' 성城 호텔의 웅장한 면면을 둘러보노라면, 십자군전쟁까지 거슬러올라가는 감동적인(아마도 부르봉 뷔세 일가에게는 감동적일) 추억들과 마주할 수 있었다. 물침대가 구비된 객실도 있었다. 전통 혹은 토속 프랑스적 요소와 현대적 향락시설의 이와 같은 병치가 때로는 유치함에 가까운 기묘한 분위기를 조성하기도 했지만, 제드는 어쩌면 이런 부자연스러운 조합이야말로 이 호텔 체인의 고객들, 아니면 적어도 이 호텔 체인이 겨냥하는 고객들이 추구하는 것이리라고 생각했다. 어쨌거나 호텔의 선전 문구에서 내세운 약속들은 대체로 지켜졌다. '고르주 뒤 오 세자이에' 성의 정원에는 암사슴, 노루, 당나귀들이 서식한다고 알려져 있었고, 제드는 실제로 당나귀를 보았다. '로베르주 베르티칼'의 정원을 거니노라면 "전통과 미래를 기가 막히게 통합"하는 직관의 요리사 미구엘 산타마요르를 만날 수 있을지도 몰랐다. 실제로 주방에서 분주하게 움직이는 도사 같은 외모의 한 남자가 어렴풋이 보였고, 제드와 올가가 애피타이저로 '야채와 계절의 심포니'를 들고 나자 정열의 하바나 요리를 권하기 위해 그가 직접 테이블로 찾아오기도 했다.

두 사람은 성령강림대축일 연휴인 마지막 주말을 '볼 드 뤼그니' 호텔에서 보냈다. 호화로운 객실들이 르노트르사의 기획으로 조성된 40헥타르 넓이의 정원에 면해 있는 특급 호텔이었다. 가이드북에 따르면 "한없이 풍성한 향토의 맛을 승화시킨" 요리를 맛볼 수 있는, "프랑스의 아름다움이 집약된 곳"이었다. 성령강림대축일 연휴의 월요일, 올가가 제드에게 다음달 말에 러시아로 돌아가게 되었다고 통보한 것은 바로 이곳에서 아침식사를 할 때였다. 그녀는 산딸기 잼을 먹고 있었고, 인간 만사에 무심한 새들이 르노트르사가 디자인한 독창적인 정원에서 지저귀고 있었다. 몇 미터 떨어진 곳에서 한 중국인 가족이 걸신들린 듯 와플과 소시지를 입에 욱여넣고 있었다. 볼 드 뤼그니 호텔은 기름지고 단백질이 풍부한 아침식사에 길들여진 보수적 앵글로색슨 고객층의 요구에 부응하기 위해 진즉부터 조식 메뉴에 소시지를 포함시켰다. 경영회의에서 짧지만 결정적인 논의를 거쳐 확정된 사안이었다. 새로운 고객층인 중국인들의 기호는 아직 불분명했고 표현도 서툴렀지만, 대략 소시지 쪽으로 가닥이 잡혔으므로 가공식품 보급라인을 계속 유지하기로 했다. 같은 해, 부르고뉴 지방에 있는 비슷한 수준의 다른 호텔들도 같은 결론에 이르렀다. 이렇게 해서 1927년 이 지역에 정착한 '소시스 에 살레종 마르트노(마르트노 소시지와 염장식품)'사는 파산을 모면하고 공영방송 프랑스3 뉴스의 기삿거리로 전락하지 않을 수 있었다.

여하튼 단백질과 그다지 친하지 않은 올가는 산딸기 잼을 선호했다. 그녀의 신경이 극도로 예민해지기 시작했다. 바로 이 몇 분에 자신의 인생이 걸려 있음을 알기 때문이었다. 오늘날은 도무지 남자들의 속을 알 수가 없다. 미니스커트만 입으면 만사형통인 연애 초창기에는 꼭 그렇지만도 않지만, 이 시기가 지나면 남자들은 점점 이상해지기 일쑤다. 미슐랭사는 올가가 러시아 지사를 보강해주길 강력히 원했다. 러시아는 미슐랭이 우선적으로 개발 계획을 추진중인 나라였다. 올가는 연봉이 세 배로 뛸 것이고 휘하에 오십 명 남짓의 직원을 거느리게 될 터였다. 이유를 막론하고 거부할 수 없는 인사이동 조건이었다. 만일 거부한다면 경영진 입장에서는 이해 불가를 넘어 범죄행위가 되리라. 일정 수준의 직위에 오른 간부에게는 회사에 대한 책임뿐 아니라 스스로에 대한 책임도 있다. 그리스도가 교회를, 아내가 남편을 돌볼 의무가 있는 것처럼 그도 자신의 경력을 보살펴야 한다. 자신의 경력에 대해 이런 최소한의 성의도 없는 자는 경악한 상사들의 눈에 차후에도 말단 이상으로 올라갈 가치가 전무한 인간이다.

제드는 계란 반숙을 숟가락으로 뒤적이며 묵묵부답이더니, 벌받는 아이처럼 올가를 흘깃 올려다보았다.

"자기도 러시아에 갈 수 있잖아……" 올가가 말했다. "원하면 갈 수 있어."

올가는 젊었다. 아니 더 정확히 말하면, 아직 젊었다. 그녀는 아직 삶에 다양한 가능성이 있으리라고, 세월과 함께 인간관계도 연속적이며 모순적인 진화를 거듭하리라고 믿었다.

정원 쪽으로 난 창의 커튼이 바람에 하느작거렸다. 새소리가 별안간 커졌다가 잠잠해졌다. 건너 테이블의 중국인들은 어느새 보이지 않았다. 그대로 증발이라도 한 것 같았다. 제드는 침묵을 지키다가 숟가락을 내려놓았다.

"대답에 뜸을 들이네……" 올가가 말했다. "시시한 프랑스인 같으니라고……" 그녀가 상냥함을 가득 담아 나무라는 투로 덧붙였다. "우유부단하고 시시한 프랑스인……"

IX

6월 28일 일요일 오후, 제드는 샤를드골공항에서 올가를 배웅했다. 슬펐다. 제드의 가슴속 무언가가 그들이 지독하게 슬픈 순간을 맞고 있는 중임을 감지했다. 화창하고 잔잔한 날씨는 상황에 맞는 감정을 드러내는 데 도움이 되지 못했다. 그는 이 이별 절차를 중단시킬 수 있었을 것이다. 그녀의 발아래 엎드려 비행기를 타지 말라고 애원할 수 있었을 것이다. 그러면 아마 거절당하지 않았으리라. 하지만 그다음에는 어쩐단 말인가? 아파트를 새로 구할 것인가(기느메르 거리에 있는 아파트는 월말로 계약이 종료된다)? 다음날로 정해진 이사를 취소할 것인가? 가능한 일이었다. 절차는 그리 복잡하지 않았다.

제드는 젊지 않았고, 보다 정확하게는 젊었던 적이 한 번도 없었다. 반면에 인간적으로는 상당히 미숙했다. 그가 아는 사람은 아버지가 유일했고, 그나마도 잘 알지는 못했다. 이런 연유로 그는 인간관계에 대해 크게 낙관적일 수 없었다. 그가 관찰한 바로는, 인간 존재란 삶의 가장 큰 부분을 차지하는 일을 둘러싸고 형성되고, 전방위적 조직활동으로 완성되었다. 인생에서 일을 하는 시기가 끝나면, 갖가지 질병들에 걸리는 그보다 더 짧은 또다른 시기가 시작된다. 한편 인생에서 가장 활발한 활동을 하는 시기에 종족을 재생산하려는 의도로 가족이라는 이름의 소규모 집단에 소속되고자 애쓰는 사람들도 있었다. 제드는 연인과 마지막으로 에스프레소를 나눠 마시며 어렴풋이 생각했다. 그런 시도는 대개 '시간의 특성'과 관련된 이유로 불발에 그치게 마련이라고('세가프레도' 카페의 카운터 바에는 올가와 제드 둘뿐이었다. 공항 전체가 비교적 한산했다. 몇몇 개인 병원의 대기실처럼, 장소가 요구하는 침묵 속에서 불가피한 대화들의 웅성거림이 희미하게 들려왔다). 오늘날 개인의 운명을 결정짓는 데 지대한 역할을 하는 보편적 교통수단이 휴가철을 맞아 첫번째 대이동의 시기에 최대의 용적으로 운항하기 전에, 잠시 숨을 고르고 있는 것만 같았다. 이것은 환영에 지나지 않았지만, 그럼에도 제드는 이것에서 너무 빨리 끝나버린 그들의 사랑에 사회적 기계장치가 바치는 조심스런 오마주를 찾고 싶었다.

마지막 키스를 하고 나서 올가가 출국심사대로 향했을 때도 제드는 아무 반응을 보이지 않았다. 그가 올가와의 이별로 부지불식간에 인생의 한 시기를 건너뛰었음을 비로소 깨달은 것은 로피탈 대로에 있는 자신의 집에 들어섰을 때였다. 며칠 전까지만 해도 그의 세계를 구성하던 모든 것이 한순간에 철저히 공허해져버렸다. 바닥에 널린 수백

장의 지도와 사진들이 더는 의미가 없었다. 그는 자포자기의 심정으로 밖으로 나가 뱅상 오리올 대로에 있는 카지노 슈퍼마켓에서 '공업용' 쓰레기봉투 두 롤을 사와서, 봉투들을 채우기 시작했다. 새삼 종이가 무거운 것이라는 생각이 들었다. 쓰레기봉투를 아래로 나르려면 아무래도 여러 번 왔다갔다해야 할 것 같았다. 몇 달, 몇 년에 걸쳐 작업한 것들을 폐기하는 중이었지만 한 치의 주저함도 없었다. 훗날 유명해졌을 때—정확히 말하자면 어마어마하게 유명해졌을 때—제드는 예술가라는 사실이 그에게 어떤 의미냐는 질문을 수차례 받았고, 인터뷰 때마다 거의 매번 되풀이하는 한 가지를 제외하고는 그다지 흥미롭거나 독창적인 대답을 찾지 못했다. 예술가라는 것, 그것은 그에게 무엇보다도 순응하는 누군가가 되는 것이었다. 예측 불허의 불가해한 메시지에 순응하는 것. 모든 종류의 종교적 믿음을 제외한다면 부득불 직관이라는 말로밖에 칭할 수 없는 이 메시지는, 삶의 모든 원칙과 자존심을 잃지 않고는 빠져나갈 방도가 전혀 없는 단호하고도 절대적인 명령이었다. 이 메시지는 이제까지와는 전혀 다른 새로운 길로 방향을 틀기 위해 한 작품을, 아니 나아가 한 시기의 작품 전체를 모조리 파괴하는 것일 수도 있었다. 때로는 심지어 아무런 노선도, 대책도, 기약도 없이 작품을 파괴해야 하는 경우도 있었다. 바로 이런 점에서, 그리고 오직 이런 점 때문에 예술가의 처지가 어렵다고 할 수 있는 것이리라. 또한 바로 이런 점에서, 그리고 오직 이런 점 때문에 제드에게 세계적 명성을 안겨주었던 그의 작품활동 제2기에 해당하는 작품들에서 그가 경의를 바친 갖가지 직업들과 예술가라는 직업이 구별되는 것이리라.

다음날, 제드는 쓰레기봉투들을 내려다놓고, 카메라를 천천히 세심하게 분해해 카메라가방에 정돈해넣었다. 에어 블로워, 핀트 글라스, 렌즈, 디지털백, 카메라 몸체. 파리의 날씨는 여전히 화창했다. 제드는 오후에 텔레비전으로 투르 드 프랑스의 프롤로그*를 시청했다. 무명에 가까운 우크라이나 선수가 이 구간 우승을 차지했다. 텔레비전을 끄고 나서, 제드는 파트리크 포레스티에에게 전화를 해야겠다는 생각이 들었다.

프랑스 미슐랭 그룹의 홍보국장은 제드의 결정을 무덤덤하게 받아들였다. 제드에게 더이상 미슐랭 지도의 사진을 찍을 의사가 없다면 아무도 계속하라고 강요할 수 없었다. 그는 원하면 언제든 그만둘 수 있었고, 이것은 계약서에 명시된 사항이었다. 제드는 포레스티에에게서 어떻든 상관없다는 인상을 받았으므로, 그가 다음날 아침에 만나자고 했을 때 놀랐다.

제드는 그랑드 아르메 대로의 미슐랭 사무실에 도착한 지 얼마 지나지 않아, 포레스티에가 보자고 한 이유가 이해심 많은 누군가에게 업무상의 고민을 토로하고 싶어서였다는 것을 깨달았다. 올가의 전근으로 포레스티에는 총명하고 헌신적이고 여러 외국어에 능통한 협력자를 잃었다. 더욱 믿기 어려운 것은 회사측에서 현재로는 그녀를 대신할 직원에 대해 일언반구가 없다는 것이었다. 그가 씁쓸하게 내뱉은 말에 따르면 그는 경영진에게 '완전히 엿먹은' 것이었다. 물론 러시아

---

* 투르 드 프랑스는 몇 개의 구간으로 구성되는 이른바 '구간 경기'인데, 프롤로그는 본격적인 경기에 돌입하기 전 개인 타임트라이얼을 하는 짧은 구간을 의미한다. 결승점은 보통 파리 샹젤리제에 위치한다.

는 올가의 조국이고, 물론 그녀는 러시아로 돌아가야 했을 것이고, 물론 그 빌어먹을 러시아 놈들이 그 빌어먹을 파손된 도로와 그 빌어먹을 거지같은 날씨 속에서도 수십억 개의 타이어를 사들이는 것은 사실이지만, 그래 봤자 미슐랭은 프랑스 기업이며 불과 몇 년 전만 같았어도 사정이 이렇지는 않았으리라는 것이었다. 또 최근까지만 해도 프랑스 계열사가 우선이었거나 적어도 특별한 관심권 안에 있었지만, 외국 투자자들의 자본이 그룹 자산의 태반이 된 후로는 그것도 이제 끝이라는 것이었다. 네, 상황이 많이 달라졌죠, 포레스티에가 고소를 지으며 말했다. 미슐랭 프랑스의 이윤은 중국은 차치하고 러시아에 비해서도 이제 더이상 대단한 것이 못 되며, 계속 이런 추세라면 그도 브리지스톤 타이어나 굿이어 타이어로 옮기는 걸 고려해봐야 할지도 모른다는 것이었다. 포레스티에는 문득 불안했는지 물론 제드에게만 하는 이야기라고 덧붙였다.

제드는 그를 안심시키고 나서, 자신의 문제로 대화를 이끌었다. "아, 네, 인터넷사이트 말씀이시군요……" 포레스티에는 그제야 생각난 듯했다. "사이트에 선생님께서 이번 작품 시리즈를 마치기로 했다는 내용을 공지하겠습니다. 이미 인화해놓은 사진들은 소진될 때까지 계속 판매할까 하는데, 괜찮을까요?" 아무래도 상관없었다. "게다가 얼마 남지도 않았어요. 아주 잘 팔렸거든요……" 포레스티에는 일말의 낙관이 되살아나는 목소리로 말을 이었다. "그리고 미슐랭 지도가 평단에서 만장일치로 찬사를 받은 예술작품의 기반이 되었다는 내용을 홍보에 계속 쓸 계획인데, 이것도 괜찮겠습니까?" 물론 괜찮았다.

포레스티에는 사무실 문 앞까지 제드를 배웅할 무렵에는 완전히 원기를 회복했다. 그는 제드와 힘차게 악수하며 결론지었다. "선생님을 알게 되어 진심으로 기뻤습니다. 우리는 윈윈한 거예요. 완벽한 윈윈이요."

X

몇 주 동안 아무 일도 일어나지 않았다. 또는 아무 일도 일어나지 않은 것이나 다름없었다. 그러던 어느 날, 제드가 장을 보고 돌아오니 아파트 입구에서 오십대가량의 남자가 그를 기다리고 있었다. 청바지에 낡은 가죽점퍼를 입은 그는 꽤 오래 제드를 기다리고 있었던 눈치였다. 그가 말했다.

"안녕하세요…… 이런 식으로 인사를 드려 죄송합니다. 달리 방법을 못 찾아서요. 벌써 몇 번이나 선생님이 이 동네를 지나다니시는 걸 봤습니다. 제드 마르탱 선생님 맞으시지요?"

제드는 그렇다고 대답했다. 상대의 목소리를 들어보니 말을 많이 해본, 교양 있는 사람 같았다. 벨기에 상황주의자* 또는 프롤레타리아 지식인(어쨌든 애로** 와이셔츠를 입은) 같은 외모였지만, 손은 거칠고 투박해 육체노동을 하는 사람임을 짐작할 수 있었다.

"선생님의 지도 작품들에 대해 잘 압니다. 초기부터 거의 빼놓지 않고 봐왔어요. 저도 이 동네 삽니다." 그가 손을 내밀었다. "프란츠 텔레라고 합니다. 화랑을 운영하고 있어요."

제드와 프란츠는 동레미 거리에 있는 프란츠의 화랑 쪽으로 가던 길에(그는 이 동네가 이럭저럭 뜨기 직전에 화랑을 사들였다. 살면서 가장 잘한 일 중에 하나라고 했다) 무언가를 마시기 위해 샤토 데 랑티에 거리의 카페 '셰 클로드(클로드의 집)'에 들어갔다. 이후 그들은 이 카페의 단골이 되었고, 제드는 '소박한 직업 시리즈' 두번째 작품의 영감을 이곳에서 얻었다. 카페에서는 13구의 마지막 '서민층' 은퇴자들을 위한 메뉴로 소박한 레드와인 한 잔과 파테 코르니숑*** 샌드위치를 고집하고 있었다. 그들은 차례로 세상을 떴지만 이들의 빈자리는 좀처럼 새로운 고객들로 채워지지 않았다.

"2차 세계대전 이후로 프랑스의 카페 80퍼센트가량이 사라졌다는 기사를 읽었어요." 프란츠가 카페 안을 죽 훑어보며 말했다. 그들에게서 얼마 떨어지지 않은 곳에서 은퇴한 노인네 넷이 포마이카 테이블을 사이에 두고 앉아 묵묵히 카드놀이를 하고 있었다. 규칙을 도시 이해할 수 없는, 선사시대에나 했을 법한 게임(블로트, 아니면 피케?)이었다. 더 떨어진 곳에서는 투실투실하고 코가 빨건 여자가 파스티스****를 단

---

* '상황주의'는 1950년대 후반의 정치, 문학, 예술적 전위운동을 일컫는다.

** 오랜 전통의 미국 중저가 브랜드.

*** 다진 고기 스프레드와 오이피클.

숨에 들이켜고 있었다. "요새는 점심을 삼십 분 이내에 먹고 술도 덜 마시는 추세죠. 거기에 금연이 결정타를 날렸죠."

"제 생각에는 어떤 형태로든 예전으로 돌아갈 것 같습니다. 역사적으로 생산성이 증대된 시기가 꽤 오래 지속됐고, 지금 그 시기의 끝이 보이거든요. 적어도 서구사회에서는요."

"정말 특이한 시각을 갖고 계시는군요……" 프란츠가 제드를 한참 동안 물끄러미 바라보다가 말했다. "선생님의 미슐랭 지도 작품들을 무척 흥미롭게 보았습니다. 진심으로 흥미로웠어요. 하지만 그 작품들을 제 화랑에 걸지는 않았을 겁니다. 작품들이, 뭐랄까, 너무 확신에 차 있다고 할까요. 작가의 젊은 나이를 생각한다면 적잖이 미심쩍었거든요. 그러다가 인터넷에서 지도 시리즈를 중단한다는 소식을 접했을 때, 선생님을 만나봐야겠다고 마음먹었죠. 우리 화랑에서 선생님을 소개할 수 있게 해주십사 부탁하려고요."

"하지만 전 지금으로선 앞으로 무얼 할지 아무 생각이 없어요. 작품 활동을 계속할지 말지도 모르겠고요."

"이해를 못하시는군요……" 프란츠가 참을성 있게 설명했다. "제가 관심 있는 건 특정한 형태의 작품이 아니라, 태도예요. 예술적 제스처에 대한 시각이나 사회 속에서의 자기 위치를 바라보는 시각, 즉 개성 말입니다. 선생님이 내일 당장이라도 스프링노트를 찢어 '나는 작품 활동을 계속할지 말지도 모르겠다'라고 써온다면, 저는 주저 없이 그 종이를 전시할 거예요. 그렇다고 제가 지식인은 아닙니다. 하지만 선생님

**** 아니스 향이 가미된 리큐어.

은 흥미로워요."

프란츠는 다시 한번 강조했다. "저는 정말 지식인은 아닙니다. 다만 좋은 동네에 사는 지식인들의 우스운 행동거지를 어느 정도 흉내내려고 하기는 하죠. 이 바닥에서는 꽤 유용하거든요. 하지만 지식인은 아니에요. 바칼로레아도 합격 못했는걸요. 저는 전시회 설치작업을 하면서 이 일을 시작했어요. 그러다가 이곳에 작은 화랑을 열었고, 몇몇 예술가들과는 운도 꽤 따랐죠. 저는 늘 직감으로 예술가를 선택합니다. 오로지 직감으로만요."

이어서 그들은 화랑을 방문했다. 제드의 생각보다 더 컸고, 금속 들보에 콘크리트 내벽으로 이루어졌으며 천장이 높았다. 프란츠가 말했다. "원래는 기계제조 공장이었어요. 1980년대 중반에 도산한 뒤로 꽤 오래 비어 있던 것을 제가 샀지요. 대대적인 공사를 벌여야 했지만 그럴 만한 가치가 있었습니다. 이만하면 멋진 공간이라고 생각해요."

제드도 인정했다. 조립식 칸막이들이 30×20미터의 전시공간 전체를 최대한 활용할 수 있도록 벽 한쪽에 세워져 있었다. 현재 전시중인 작품은 커다랗고 시커먼 금속 조각들이었다. 북아프리카 전통 조각에서 영감을 받은 기법에, 아프리카가 처한 오늘의 현실을 주제로 한 것들이었다. 조각된 인물들 모두가 큰 칼이나 칼라슈니코프 자동소총으로 학살당하며 죽어가고 있었다. 이 폭력적인 동작과 인물들의 굳은 표정이 유난히 음울한 효과를 자아냈다.

프란츠의 설명이 이어졌다. "작품은 뢰르에루아르의 창고에 보관합니다. 습도 조절은 잘되는 편이지만 보안은 확실치 않아요. 결론적으로 조건이 썩 좋다고 할 수는 없는 창고지요. 그래도 아직까지 문제된 적은 한 번도 없어요."

잠시 뒤, 제드는 극도로 혼란스러운 마음으로 프란츠와 헤어졌다. 그는 파리의 거리를 오랫동안 이리저리 돌아다니다가 귀가했다. 중간에 두 번이나 길을 잃었다. 그다음 주도 마찬가지였다. 집을 나서서, 결국 그가 아는 게 별로 없는 것으로 밝혀진 이 도시의 거리를 정처 없이 걷고 또 걸었고, 이따금 브라스리에 들러 쉬기도 했다. 간혹 지도의 도움을 받아야 할 때도 있었다.

10월의 오후, 제드는 마르티르 거리를 거슬러올라가다가 문득 낯익은 기분에 사로잡혔다. 조금 더 위쪽에 섹스숍과 야한 속옷가게가 늘어선 클리시 대로가 있다는 것이 기억났다. 주느비에브도 올가도 그와 함께 야한 옷을 사러 가는 걸 좋아했었다. 하지만 그들의 쇼핑 장소는 대개 대로의 훨씬 아래쪽에 위치한 '레베카 립'이었고, 그곳은 이 야한 속옷가게들과는 전혀 달랐다.

트뤼덴 대로 모퉁이에 멈춰 선 제드는 오른쪽을 돌아보고는, 그 길을 따라 걸었다. 10여 미터 떨어진 곳에 아버지가 요 몇 년간 일해오던 사무실이 있었다. 제드는 할머니가 별세하고 얼마 안 되어 딱 한 번 이곳에 온 적이 있었다. 사무실을 막 이전했을 때였다. 회사측은 포르앙본 문화원과 계약하고 나서 수준을 업그레이드해야 할 필요성을 느꼈다. 이제는 적어도 가로수들이 늘어선 대로에 위치한 마당 딸린 아름다운 건물에 자리잡아야 했다. 넓으면서도 플라타너스 가로수들이 시골이나 다름없는 평화로운 분위기를 자아내는 트뤼덴 대로는 상당한 수준의 명성을 얻은 건축사무소의 위치로 안성맞춤이었다.

안내원이 제드에게 장피에르 마르탱 씨는 오후 내내 회의중이라고 알려주었다. "아들이라고 전해주세요." 제드가 부드럽게 부탁하자 그녀는 망설이다가 수화기를 들었다.

몇 분 뒤 아버지가 복도에 모습을 드러냈다. 와이셔츠 소매를 걷어붙이고 넥타이를 느슨하게 푼 차림으로, 한 손에 얇은 서류를 들고 있었다. 크게 흥분했는지 거칠게 숨을 몰아쉬었다.

"무슨 일이냐? 사고라도 났어?"

"아니요, 그냥 근처를 지나다가 들렀어요."

"지금 좀 바쁘긴 한데…… 잠깐만. 나가서 커피라도 마시자."

아버지는 제드에게 회사가 어려운 시기를 지나고 있다고 설명했다. 새로 이전한 사무소에 많은 비용을 쏟아부은데다, 흑해 해변의 휴양시설 리노베이션이라는 중요한 계약 건을 놓치고 말았다. 아버지는 간부 한 명과 격한 언쟁을 벌이고 난 참이었다. 그의 숨소리가 정상으로 돌아왔고 흥분도 차츰 가라앉았다.

"왜 그만두지 않으세요?" 제드가 묻자 아버지는 무슨 소리냐는 표정으로 그를 물끄러미 바라보았다.

"돈은 벌 만큼 버셨잖아요. 이제 그만 은퇴해서 인생을 즐기셔도 되지 않아요?" 아버지는 제드의 말을 듣지 못했거나 아니면 그 의미를 파악하지 못한 것처럼 아들을 뚫어져라 바라보다가 적어도 일 분여가 흐른 후에야, 비로소 되물었다. "그럼 나보고 뭘 하란 거냐?" 아버지의 목소리는 길 잃은 아이의 목소리 같았다.

파리의 봄은 종종 겨울의 연장이나 다름없다. 비가 내리고, 춥고, 질척거리고, 불결하다. 여름엔 불쾌지수가 높은 날이 봄보다 많다. 도시는 소란스럽고 먼지투성이에, 무더위는 절대 오래가지 않고 이삼 일 이어지다가 폭우로 끝을 맺고, 그뒤엔 돌연 찬 바람이 불기 시작한다. 파리가 진정 쾌적한 도시가 되는 건 가을뿐이다. 뽀송뽀송하고 청명한 공기가 상쾌한 활기를 불어넣는, 햇살 가득한 나날이 보장된다. 제드는 10월 내내 끊임없이 산책을 했다. 어떤 바깥 경치도 뇌리에 와닿지 않고 어떤 명상이나 계획도 떠올리지 못한 채 오로지 녹초가 되어 집으로 돌아오리란 바람만으로 하릴없이 기계적으로 걸음을 옮기는 것을 산책이라고 부를 수 있다면.

11월 초의 어느 날 오후 다섯시 무렵, 제드는 기느메르 거리에 있던 올가의 아파트 맞은편에 서 있는 자신을 발견했다. 올 것이 왔구나, 그는 혼잣말을 했다. 넋을 놓고 걷다가 함정에 빠지고 말았다. 몇 개월 남짓 매일같이 거의 비슷한 시간에 걸었던 길을 무의식중에 또 걷고 있었던 것이다. 숨이 멎을 듯했다. 뤽상부르공원으로 발길을 돌린 제드는 가장 먼저 눈에 띄는 벤치에 무너지듯 앉았다. 그 옆에는 붉은 벽돌로 지어진데다 모자이크로 장식된 괴상한 정자가 하나 서 있었다. 공원 한구석, 기느메르 거리와 아사스 거리가 만나는 모퉁이였다. 멀리서 비치는 석양이 황홀하도록 아름답고 따사로운 오렌지빛으로 밤나무들을 물들였다. 인디언 옐로에 가까운 색이로군, 제드는 생각했다. 〈뤽상부르공원〉의 가사가 기억 속에서 절로 되살아났다.

사랑 없는

또 하루
내 삶의
또 하루

뢱상부르는
나이가 들었네
정말 나이가 든 건
뢱상부르일까, 나일까?
모르겠네

많은 러시아인들처럼 올가도 조 다생을 무척 좋아했었다. 특히 그의 마지막 앨범에 수록된 노래들을. 그 냉철한 체념이 어린 멜랑콜리를. 제드는 부르르 몸을 떨었다. 주체할 수 없는 감정이 복받쳤다. 〈안녕, 연인들이여〉의 가사가 기억 속에서 떠오르자 그는 오열하기 시작했다.

우리는 이별하듯 사랑을 했지
내일을 생각지 않고 아주 단순히
늘 조금은 너무 일찍 오는 내일을 생각지 않고
때로 조금은 너무 쉬운 이별을 생각지 않고

제드는 바뱅 거리의 모퉁이 카페에서 버번위스키를 주문했고, 이내 실수임을 깨달았다. 목구멍이 불타는 것으로 위안을 받은 것도 잠시, 그는 다시 슬픔 속으로 침잠했다. 눈물이 얼굴 위로 줄줄 흘러내렸다.

그는 문득 걱정스러워져 주위를 둘러보았지만 다행히 아무도 그에게 주의를 기울이지 않았다. 테이블 전체가 법대 학생들로 꽉 차 있었고 그들은 퇴프*, 청소년 자매결연 등 저마다 관심사에 대해 떠드느라 여념이 없었다. 제드는 안심하고 마음껏 울 수 있었다.

카페를 나선 제드는 길을 잘못 들었다. 반쯤 얼이 빠져 몇 분 헤매다 보니, 그랑드 쇼미에르 거리의 센리에르 프레르** 화방 앞이었다. 진열창 안으로 붓, 일반 규격의 캔버스, 물감, 파스텔 등이 보였다. 그는 화방 안으로 들어가 충동적으로 유화물감 한 세트를 샀다. 너도밤나무로 만든 직사각형 상자 안에 칸이 나뉘어 있고, 각 칸에 열두 색깔의 센리에르 엑스트라파인 물감과 갖가지 굵기의 붓, 그리고 유통油桶이 들어 있었다.

제드의 인생에서 훗날 수많은 평론의 대상이 된 '그림으로의 회귀'가 탄생한 것은 바로 이런 정황에서였다.

---

* 프리 파티(free party)라고도 하며, 대개 입장이 무료인 테크노 음악파티를 말한다.
** 1887년에 문을 열어 4대째 가업을 이어오는 파리의 전설적 화방이자 화구제조업체.

XI

이후 제드는 셴리에르 물감에서 독일 슈민케사의 무시니 물감으로 갈아탔다. 무르익은 그의 그림들은 거개가 무시니로 그린 것이었다. 다만 몇몇 초록색, 그중에서도 특히 시나바 그린은 예외적으로 로얄탈렌스사의 렘브란트 물감을 사용했다. 〈IT산업의 미래에 대해 이야기하는 빌 게이츠와 스티브 잡스〉의 배경인, 바다 쪽으로 나 있는 캘리포니아의 소나무숲에 그토록 신비로운 섬광을 더한 것도 바로 시나바 그린이었다. 또한 흰색은, 불투명한 정도가 마음에 들어서 올드홀랜드사의 물감을 거의 매번 사용했다.

훗날 미술평론가들은 제드 마르탱의 초기 그림들에는 오해의 소지가 다분하다는 주장을 펼쳤다. 첫 두 작품인 〈말고기 푸주한, 페르디낭 데로슈〉와 〈카페식 담뱃가게 지배인, 클로드 보리롱〉에서 급속히 사라져가는 직업들을 주제로 삼음으로써 제드 마르탱이 향수에 젖은 것처럼, 실제든 환상이 만들어낸 것이든 프랑스의 옛 모습을 그리워하는 것처럼 보인다는 것이었다. 하지만 그의 전 작품을 통해 도출된 결론은, 제드 마르탱이 실제 관심사와 밀착된 작품만을 그린다는 것이었다. 그가 절멸의 위기에 처한 이 두 직업에 우선 관심을 기울인 것은 이것들이 사라져가는 현실을 개탄하고자 함이 아니었다. 그에게 중요했던 것은 단지 아직 기회가 있을 때 머지않아 종말을 맞을 이 직업들을 캔버스에 담아두는 것이었다. 이 사실은 당장 다음 행보만 보더라도 알 수 있었다. 직업 시리즈의 세번째 그림인 〈원격관리시스템 보조관리사, 마야 뒤부아〉에서 그가 다룬 것은 절멸의 위기에 처했다거나 구닥다리가 된 직업이 아닌, 오히려 세번째 밀레니엄으로 돌입하는 서유럽 경제를 대대적으로 재편성한 '플뤼 탕뒤'* 정책의 상징과도 같은 직업이었다.

중국 평론가 왕푸신은 제드 마르탱에 대해 쓴 첫 연구논문에서 색도계를 기반으로 흥미로운 논리를 개진한다. 세상에 존재하는 사물들은 몇 가지 원색만으로 표현될 수 있으며, 실제와 흡사한 색을 얻기 위해 필요한 최소한의 색은 세 가지이다. 물론 원색보다 더 많은 네 가지, 다섯 가지, 여섯 가지 색으로도 완벽하게 색상표를 정립할 수 있다. 그럼으로써 재현할 수 있는 색들의 스펙트럼이 더욱 광범위해지고 정교해질 뿐이다.

* 적시생산시스템. 재고를 최소화하기 위한, 생산 및 유통시간 단축 시스템.

이 중국 평론가에 따르면 이와 동일한 방식으로 한 사회의 생성 조건도 몇 가지 직업 유형으로 재편될 수 있다. 그는 이 직업 유형의 수를(그 종류는 열거하지 않았다) 열 가지에서 스무 가지 사이로 고정시킬 수 있다고 보았다. '직업 시리즈' 중 수적으로 가장 중요한 파트이자 미술평론가들이 통상 '소박한 직업 시리즈'라고 부르는 작품들에서 제드 마르탱은 최소한 마흔두 가지의 직업 유형을 선보여, 당대 사회의 생성 조건 연구에 특별히 광범위하고 풍부한 스펙트럼을 제공했다. 또 대립과 양자 대면을 주축으로 한 그다음 파트이자 통상 '기업 연합 시리즈'라 불리는 작품 스물두 점에서는 경제 상황 전반의 관계적이고 변증법적인 모습을 묘파하고자 했다.

제드가 '소박한 직업 시리즈'를 완성하는 데는 칠 년 이상이 걸렸다. 이 기간에 그는 사람들을 거의 만나지 않았고, 사랑이든 단순한 우정이든 새로운 관계를 맺지도 않았다. 대신 오감을 만족시키는 행복의 순간들을 누렸다. 뱅상 오리올 대로에 있는 카지노 슈퍼마켓을 탈탈 털어 이탈리아 파스타의 향연을 벌였고, 리비아 출신의 에스코트 걸과 이런저런 밤을 보내기도 했다. 그녀의 섹스 실력은 Niamodel.com 사이트에서 그녀에게 쏟아지는 열렬한 찬사를 충분히 입증하고도 남았다. "라일라, 사랑해. 넌 내 사무실을 비추는 태양이야. 동양에서 온 나의 작은 별." 불행한 오십대들의 글이었다. 한편 라일라는 근육질에 남성적이고 거칠면서도 궁핍한 사내들을 꿈꾸었다. 이런 것이 대략, 인생이다. 라일라에게 대번에 '약간 이상하지만 친절하고 전혀 위험하지 않은' 사람으로 인식된 제드 마르탱은 고래로 여자들이 예술가들에게만은 늘 허용해왔던 치외법권의 특례, 즉 예외적이고 특별한 극락의 기쁨을 맛보았다. 그의 가장 감동적인 그림 중 하나이자 짙은 황토색과 인디언 오렌지, 나폴리 옐로를 기본으로 한 특별히 따뜻한 색감들로 채워진 〈에스코트 걸, 에메〉는, 라일라가 약간은 반영되었으나 사실 마다가스카르 출신의 옛 연인 주느비에브를 염두에 두고 그린 작품이었다. 나른하고 퇴폐적이고 허옇게 분칠한 모습으로 창녀를 묘사한 툴루즈 로트레크와는 달리, 제드 마르탱은 관능적이고도 지적인, 젊고 성숙한 여인을 그렸다. 몸에 딱 달라붙는 흰색 미니스커트에 탐스러운 젖가슴을 일부만 겨우 가리는 손바닥만 한 귤색 탑을 걸친 에메는 환한 빛으로 가득한 모던한 아파트 창가에 서 있었는데, 등뒤의 열린 창밖으로는 바티뇰광장임을 알 수 있는 공원이 보였다.

제드의 작품 중 유일하게 에로틱한 이 그림은 자전적 요소가 처음으로 공공연하게 드러난 작품이기도 했다. 두번째로 자전적인 작품 〈경영 일선에서 물러나는 건축가 장피에르 마르탱〉이 그려진 것은 이 년 후이며, 이 작품은 진정한 창조적 열정이 정점에 이른 시기의 시발점으로 기록된다. 일 년 반에 걸친 이 시기는 '팰로앨토*에서의 대화'라는 부제가 붙은 〈IT산업의 미래에 대해 이야기하는 빌 게이츠와 스티브 잡스〉로 끝을 맺는다. 많은 사람들이 이 작품을 제드의 걸작으로 손꼽는다. 대체로 복잡하고 규격도 컸던 '기업 연합 시리즈'의 스물두 작품이 열여덟 달 이내에 완성되었다는 것을 생각하면 놀라운 일이 아닐 수 없다. 제드 마르탱이 모든 면에서 빌 게이츠-스티브 잡스 조합에

* 샌프란시스코만 서안에 있는 교외 주택도시. 첨단기술 연구단지인 실리콘밸리가 조성된 이후 급성장했고, 우주항공·정보통신·전자 등 연구산업의 중심지가 되었다.

필적하는 걸작이 될 수도 있었을 〈미술시장을 양분한 데이미언 허스트와 제프 쿤스〉를 끝내 완성하지 못했다는 것 또한 놀라운 일이었다. 왕 푸신은 그 원인을 분석하며, 이 실패에서 제드 마르탱이 일 년 후에 예순다섯번째이자 마지막 그림을 통해 '소박한 직업 시리즈'로 되돌아간 이유를 찾는다. 중국 평론가의 명료한 진단은 여기서 확신으로 굳어진다. 바로 당대 사회의 생산성에 대해 완벽한 비전을 제시하길 원했던 제드 마르탱은 언제가 되었건 경력의 한 시기에 예술가를 그릴 수밖에 없었다는 것이다.

2부

I

12월 25일 오전 여덟시경, 제드는 소스라치며 잠에서 깨어났다. 알프광장 위로 여명이 밝아오고 있었다. 그는 부엌에서 마포걸레를 찾아 토사물을 훔쳐낸 후, 갈가리 찢기고 끈적거리는 〈미술시장을 양분한 데이미언 허스트와 제프 쿤스〉의 조각들을 바라보았다. 프란츠가 옳았다. 전시회를 열 때가 되었다. 몇 달 전부터 그는 의욕을 상실한 채 제자리걸음을 하고 있었다. 인간은 몇 년이고 혼자 일할 수 있고, 사실 그것이 일할 수 있는 유일한 방법이기까지 하다. 하지만 그동안 작업한 결과물을 세상에 보여야 할 필요를 느끼는 순간은 늘 오게 마련이다. 세상의 의견을 수렴하기 위해서라기보다는 작품의 존재, 나아가 자신의 존재 자체를 스스로에게 확인시키기 위해서이다. 사회 한복판에서 개인은 한낱 짤막한 픽션에 지나지 않는다.

프란츠의 권고를 떠올린 제드는 우엘벡에게 보낼 독촉 메일을 쓰고 나서 커피를 끓였다. 몇 분 후 메일을 다시 훑어보며 역겨움을 느꼈다. '지금쯤 가족과 함께 연말연시 휴가를 보내고 계시겠군요……' 대체 무슨 생각으로 이런 얼빠진 말을 늘어놓은 거지? 대중적 평판에 따르면 우엘벡은 인간 혐오 경향이 농후한 외톨이였다. 기르는 개한테나 겨우 말을 걸 뿐이라고 했다. '갖가지 청탁으로 바쁘시겠지만, 이렇게 다시 한번 부탁드리는 것을 양해해주십시오. 저나 제 화상에게는 다음 전시회 카탈로그에 선생님이 참여해주시는 게 무척 중요하기 때문입니다.' 그래, 이게 낫겠다, 아첨 한 방울을 첨가하는 것은 어느 경우에도 해롭지 않다. '일단 최근에 작업한 그림들의 사진을 첨부합니다. 선생님 일정에 여유가 생길 때 좀더 완벽한 자료를 갖춰 작품들을 다시 소개해드리고 싶습니다. 장소와 시간은 선생님이 정하시는 대로 따르겠습니다. 현재 아일랜드에 거주하시는 것으로 알고 있습니다. 아일랜드가 편하시다면, 제가 기꺼이 그쪽으로 움직이겠습니다.' 됐다, 이 정도면 되겠지, 라고 생각하며 제드는 '전송'을 클릭했다.

12월의 이날 아침, 올랭피아드 쇼핑센터 광장에는 인적이 없었다. 빙산을 닮은 직사각형의 고층빌딩들이 유령처럼 서 있었다. 제드는 오메가 타워가 드리운 싸늘한 그늘 속을 걷다가 프레데리크 베그베데를 떠올렸다. 베그베데는 우엘벡과 가까운 사이였다. 적어도 알려져 있기론 그랬다. 어쩌면 그가 나서줄 수 있지 않을까. 하지만 제드는 그의 옛날 휴대전화 번호밖에 몰랐다. 더구나 크리스마스이니 전화를 받을리 만무했다.

그럼에도, 베그베데는 전화를 받았다. "딸이랑 같이 있는데요." 그가 역정스레 대답했다가, 성낸 것을 무마하려는 듯 덧붙였다. "하지만 좀 이따가 아이 엄마한테 데려다줄 거예요."

"부탁이 있어서 전화 드렸습니다."

"하-하-하!" 베그베데가 느닷없이 억지웃음을 터뜨렸다. "참 대단한 양반이시네. 십 년 동안 소식 한 번 없다가, 크리스마스에 대뜸 전화를 걸어 부탁이 있다고요? 혹시 천재 아니시오? 그렇게 자폐증에 가깝게 자기중심적이려면 천재일 수밖에 없는데…… 좋아요, 일곱시에 '플로르 카페'에서 보죠." 『프랑스 소설』의 작가는 뜻밖의 제안으로 전화 통화를 끝냈다.

제드가 오 분 늦게 도착하니, 구석 테이블에 자리잡고 앉은 작가가 바로 보였다. 그가 있는 곳으로부터 반경 2미터 이내의 테이블들은 텅 비어서 일종의 안전구역을 형성하고 있는 것처럼 보였다. 카페에 들어서던 시골 사람들과 몇몇 관광객들이 반색하며 서로서로 팔꿈치로 찌르면서 작가를 가리켰다. 더러 지인들이 안전구역 안으로 들어와 작가와 볼인사를 나누고는 사라지기도 했다. 물론 카페측에는 빈 좌석들로 인한 손실이 다소 있을 터였다(심지어 저 유명한 필리프 솔레르*는 생전에 '클로즈리 데 릴라 식당'에 지정석이 있었으며, 그 자리는 그가 점심을 먹으러 오건 오지 않건 늘 비워두었다고 알려져 있다). 이 미미

* 프랑스를 대표하는 지성이자 대작가로, 철학자이자 작가인 쥘리아 크리스테바의 남편이기도 하다. 2023년 5월 작고했고, 소설이 출간된 2010년에는 생존해 있었으나 우엘벡이 작고한 것으로 묘사했다.

한 손실은 『9,990원』의 작가가 카페에서 정기적으로 꾸준히 존재감을 빛내줌으로써 끌어모으는 관광객들로 충분히 보상받았다. 게다가 그의 존재는 이 카페가 지닌 역사적 소명에도 전적으로 부합하는 것이었다.* 프레데리크 베그베데는 마약의 합법화와 매춘부와 매춘남을 위한 관련법 제정을 옹호하는 용기 있는 입장과 불법체류자 및 죄수의 인권 보장을 옹호하는 보다 상식적인 입장을 내세우며, 조금씩 2010년대 판 사르트르가 되어갔다. 이는 전력前歷에 비추어 그가 장에데른 알리에르**나, 나아가 공자그 생브리***의 역할을 이어받으리라는 것이 중론이었기에 대중에게도, 또 조금은 그 자신에게도 놀라운 결과였다. 베그베데는 올리비에 브장스노****(베그베데는 최근 〈슈피겔〉*****과

---

* 파리의 생제르맹 데 프레에 위치한 플로르 카페는 사르트르와 보부아르가 중심이 된 실존주의의 산실이자 지식인들의 만남의 장소였던, 역사적으로 유서 깊은 문학카페이다. 실제로 카페 단골인 베그베데는 매년 공쿠르상 수상작과는 별도로 그해 최고의 소설을 선정해 카페 이름과 똑같은 플로르상을 수여하며 플로르 카페에서 시상식을 개최한다. 2005년 우엘벡의 『어느 섬의 가능성』이 공쿠르상 수상에 끝내 실패하자, 그는 이 소설에 플로르상을 수여함으로써 공쿠르 위원회에 항의를 표했다.

** 작가, 문학평론가, 방송인. 안티 공쿠르상을 제정했다. 지인들에게는 '천재적 광대'로 불렸을 만큼 도발적이고 재기 넘치는 언사로 유명했다. 사회당과 미테랑 대통령을 맹공격했으며 한때 극우 국민전선에 우호적 태도를 보여 비난받았다. 2007년 자전거를 타던 중 쓰러져 사망한 채 발견되었으나, 끊임없이 타살 의혹이 제기되었다.

*** 작가, 기자, 문학평론가, 비디오아티스트. 〈팜프〉의 발행인이자 아셰트 출판그룹의 전략개발 국장이기도 하다. 외교관 출신의 아버지와 교황으로부터 로마 귀족작위를 받은 할아버지 등 그의 집안은 현대판 귀족으로 전방위 문화활동을 펼치며 1940년 이래로 각종 문학파티와 문화행사를 주관하고 있다.

**** 우체부 출신 극좌 정치가. 무소속으로 2002년과 2007년 대선에 출마했고, 2008년 '세상이 무너지기 전에 바꾸자'라는 기치 아래 반자본주의 신당을 창당했다. 체 게바라, 트로츠키를 지향하며, 정치와 우체부 일을 병행하고 있다.

***** 독일 최고 권위의 중도 좌파 성향 시사주간지.

의 인터뷰에서 그가 반유대주의로 길을 잘못 들 위험을 환기시켰다)의 '반자본주의 신당'에 동참해 고된 길의 동지가 됨으로써, 자신의 부유하고도 귀족적인 출신 성분 및 집안 배경, 심지어 경영인으로서 프랑스 사회 지도층의 한복판에 우뚝 선 그의 형의 존재까지도 잊게 만드는 데 성공했다. 사르트르 또한 실상 궁핍과는 거리가 먼 집안에서 태어나지 않았던가.

작가는 모레스크*를 앞에 두고 앉아서, 코카인이 흔적만 희미하게 남은 금속 약상자를 애잔하게 바라보고 있었다. 그는 제드를 발견하고 와서 앉으라는 신호를 보냈다. 웨이터가 잽싸게 주문을 받으러 왔다.

"음, 글쎄요. 비앙독스**로 할까요? 그게 아직 있나요?"

"비앙독스라……" 베그베데가 생각에 잠겨 말했다. "정말 재미있는 분이시네……"

"저를 기억하고 계셔서 좀 놀랐습니다."

"아, 네……" 작가가 묘하게 슬픈 어조로 대답했다. "그래요, 당신을 기억하지요……"

제드는 용건을 풀어놓았다. 우엘벡의 이름이 나오자 베그베데가 살짝 움찔했다. 제드는 재빨리 덧붙였다. "우엘벡 씨의 전화번호를 달라는 게 아닙니다. 다만 선생께서 전화를 걸어 제 부탁을 전해주시면 어떨까 해서요."

---

* 프랑스 남부 지방의 칵테일. 파스티스와 보리 시럽을 섞어 만든다.

** 간장, 육수, 설탕, 소금, 캐러멜 등을 섞은 수프. 지금은 카페에서 팔지 않고 가정에서 흔히 소스로 사용된다.

웨이터가 비앙독스를 가져왔다. 베그베데는 생각에 잠긴 채 묵묵부답이었다.

"좋아요." 마침내 그가 입을 열었다. "제가 전화를 걸어보죠. 우엘벡이 어떻게 나올지는 모르겠지만. 예측을 불허하는 양반이거든요. 하지만 그에게도 도움이 될 거란 생각이 드는군요."

"그가 수락할 것 같습니까?"

"그건 저도 모르죠."

"어떻게 하면 그의 마음이 움직일까요?"

"글쎄요…… 우엘벡은 이 방면으로는 유명하지 않아서 뜻밖이시겠지만, 아마 돈일 겁니다. 워낙에 경제 개념 없이 사는 양반인지라 모아놓은 돈도 얼마 없었는데 그마저도 이혼하면서 깡그리 털렸거든요. 게다가 스페인의 바닷가에 사두었던 아파트는 보상도 못 받고 수용됐고요. 해안 보호법의 소급적 효과 때문이라나요. 어이없는 일이죠. 그 양반, 지금 좀 곤란할 거예요. 놀랍지 않습니까? 그렇게나 돈을 많이 벌었는데 말이에요. 어쨌든 결론적으로, 고료를 좀 많이 제시하면 승산이 있을 거란 얘깁니다."

베그베데는 잠시 침묵하다가 모레스크를 단번에 쭉 들이켜고는 한 잔 더 주문하고 나서, 비난과 멜랑콜리가 뒤섞인 눈길로 제드를 바라보다가 입을 뗐다. "올가 말인데요, 당신을 사랑했어요."

제드는 의자에 앉은 채 몸을 움츠렸다. "제 말은……" 베그베데가 말을 이었다. "진심으로 사랑했다는 뜻입니다." 그는 말을 멈추고 제드를 응시하며 믿을 수 없다는 듯이 고개를 절레절레 흔들었다.

"그런데 당신은 그런 그녀를 러시아로 돌아가게 내버려두었으니…… 그러고 나서도 연락 한 번 하지 않고 말이죠…… 사랑은, 드문 겁니다. 모르세요? 아무도 말해주지 않던가요? 사실 아무 상관도 없는 제가 이런 말을 하는 건 올가가 곧 프랑스로 돌아오기 때문이에요. 아직 텔레비전 쪽에 친구들이 좀 있는데, 듣자하니 미슐랭이 음식과 향토, 문화유산, 프랑스의 풍광 등에 중점을 둔 '미슐랭 TV'라는 새로운 케이블 채널을 만드는 모양이에요. 이 채널을 바로 올가가 이끌게 됐어요. 서류상으로는 장피에르 페르노가 사장이지만, 실질적으로는 그녀가 프로그램들에 대한 모든 권한을 행사하게 될 거예요. 뭐, 그렇다는 얘기입니다……" 대화가 끝났음을 명백하게 알리는 어투로 베그베데가 마무리했다. "저한테 작은 부탁을 하러 오셨다가 아주 큰 걸 건져 돌아가시는군요."

베그베데는 자리를 뜨려고 일어서는 제드를 신랄한 눈초리로 바라보았다. "당신에게 가장 중요한 게 전시회가 아니라는 가정하에서 말이지만요……" 그가 다시 고개를 절레절레 흔들며 거의 알아들을 수 없는 목소리로 역겹다는 듯이 중얼거렸다. "빌어먹을 예술가들이란……"

II

샤를드골공항 2E번 터미널의 '스시 웨어하우스'에는 노르웨이산 생수가 종류별로 진열되어 있었다. 제드는 노르웨이의 중앙지대산 물보다는 탄산의 톡 쏘는 느낌이 덜한 허스크바르나를 골랐다. 매우 청정한 물이었지만, 사실 다른 생수에 비해 특출날 것도 없었다. 모든 생수는 기포의 정도와 입안에서 약간 다르게 느껴지는 질감 외에는 큰 차이가 없었고, 염분이나 철분이 함유된 것도 없었다. 노르웨이 생수들의 공통점은 과하지 않다는 것이었다. 제드는 허스크바르나의 값을 치르면서 노르웨이인들이 섬세한 쾌락주의자들이라고 생각했다. 아울러 순수함에도 그토록 다양한 종류가 있다는 것이 유쾌했다.

순식간에 구름층에 이르렀다. 이 구름층 위를 나는 것이야말로 항공

여행을 특징짓는 것이었다. 비행 도중 제드는 임종을 코앞에 둔 늙은 이의 살갗처럼 주름진 바다의 거대한 표면을 언뜻 보았다.

섀넌공항은 제드의 마음에 쏙 들었다. 반듯한 직사각형 구조, 높은 천장, 놀랍도록 드넓은 복도. 일반 이용객이 차차 줄면서 저가 항공사와 미군 부대 수송기만이 공항을 이용하게 되었지만, 애초에는 교통량이 타 공항의 다섯 배에 이를 것으로 예상했다. 철근 기둥과 펠트 카펫으로 보아 1960년대 초, 빨라야 1950년대 말에 건축된 것으로 짐작되었다. 오를리공항*과 비교해서, 고도의 기술개발에 열광하고 그중에서도 항공 교통수단을 가장 혁신적이고 위풍당당한 기술개발의 실현으로 여기던 시기를 더 많이 환기시키는 곳이었다. 팔레스타인의 테러—훗날 보다 스펙터클하고 전문적인 알카에다의 테러로 대체되는—가 처음 일어났던 1970년대 초부터 비행기를 타는 것은 어린애처럼 겁이 나고 집단수용소에 갇힌 듯 불안해져서 어서 빨리 끝나기만을 바라는 체험이 되고 말았다. 하지만 그 시절, 그러니까 영광의 30년**에 해당하는 그 놀라운 시절 현대 기술 체험의 상징인 항공여행은 지금과 사뭇 다른 것이었으리라. 이것이 널따란 대기실—네모반듯하고 커다란 철제 카트 역시 공항 건설 당시의 것인 듯했다—에서 짐을 기다리는 제드의 생각이었다. 아직은 엔지니어들과 고급 간부들과 미래 세상을 건설하는 이들의 전유물이었을 당시, 사회민주주의가 승승장구하는 상

---

* 샤를드골공항보다 먼저 건설된 파리의 공항으로, 주로 국내선과 가까운 유럽 노선에 이용된다.

** 2차 세계대전 직후인 1945년부터 오일 쇼크가 일어난 1973년까지, 주로 선진국에서 폭발적인 경제성장을 이룬 삼십 년 남짓의 기간을 말한다. 경제뿐 아니라 정치, 사회, 문화적으로도 많은 변화와 발전을 이룬 시기이므로 '보이지 않는 혁명'이라고도 불린다.

황에서 일반 대중의 구매력과 여가시간이 향상됨에 따라 대중도 점점 더 쉽게 공항을 드나들 수 있어야 한다는 지극히 당연한 요구가 일었으리라(결국 이런 요구는 현실이 되었지만, 이어 저가 항공사로 적확하게 상징되는 울트라 자유주의로 상황이 뒤틀렸고, 이전의 위엄을 완전히 상실한 항공요금이 횡행하게 되었다).

몇 분 뒤 제드는 어림짐작해보았던 공항의 건설 시기를 확인할 수 있었다. 출구로 향하는 기나긴 복도에 걸출한 인사들의 내방을 기념하는 사진들이 장식되어 있었던 것이다. 주로 역대 미국 대통령과 교황들이었다. 요한 바오로 2세, 지미 카터, 요한 23세, 조지 부시와 그 아들, 바오로 6세, 로널드 레이건…… 모두 빠짐없이 촬영에 응했다. 복도 끝에 이르러 이 기라성 같은 인사들 중 첫번째 인물이 사진이 아닌 다른 방식으로 영구 보존되어 있음을 알게 된 제드는 흠칫 놀랐다. 그것은 분명, 사진이 아닌 그림이었다.

활주로의 존 피츠제럴드 케네디는 소수의 공식 수행원 무리—성직자 두 명이 끼어 있었다—와 약간 떨어져 서 있었다. 배경에는 미국 측 안전요원으로 보이는 레인코트 차림의 사내들이 늘어서 있었다. 안전선 뒤에 밀집한 군중을 향해 한 손을 들어 보이며 열정과 멍청한 낙관이 뒤섞인 미소를 짓고 있는 케네디의 얼굴을 미국인이 아닌 사람이 모사하기는 녹록지 않았으리라. 그래서인지 그의 얼굴은 보톡스라도 맞은 듯 보였다. 제드는 지나온 복도를 거슬러가 이 걸출한 인사들의 사진을 전체적으로 다시 한번 세심하게 살펴보았다. 빌 클린턴도 그보다 더 유명한 전임자 못지않게 미끈하고 팽팽했다. 그러고 보니 미국의 민주당 대통령들은 대체로 보톡스를 맞은 호색한 같았다.

다시 케네디의 초상 앞으로 온 제드는 이번에는 다른 관점에서 그림을 보았다. 보톡스가 없던 때라 오늘날 주름과 지방을 억제하는 피하주사의 역할을 화가의 너그러운 붓질이 대신했다. 1950년대 말, 나아가 1960년대 초에는 권좌의 영광스런 순간들을 고양시키고 빛나게 하는 임무를 화가에게 맡기는 것이 아직은 가능했으리라. 그래 봐야 개중에 가장 시시한 작가들이었겠지만. 제드가 마주한 그림은 의심의 여지 없이 조악했다. 당장 윌리엄 터너나 존 컨스터블이 하늘을 다룬 방식과 비교해보는 것만으로도 충분했다. 심지어 영국의 이류 수채화가도 이보다는 나을 것 같았다. 그럼에도 이 그림에는 존 피츠제럴드 케네디에 대한 일종의 상징적이고 인간적인 진실이 스며 있었고, 그것은 여기 전시된 그 어떤 사진도 성취하지 못한 것이었다. 비행기 트랩에서 유럽의 마지막 가톨릭 인구에게 양팔을 활짝 벌려 인사하는 순간이 포착된, 매우 활기찬 모습의 교황 요한 바오로 2세조차도.

오크우드암스호텔 또한 비행기 여행이 개척 단계이던 시절을 연상시키는 곳이었다. 호텔 안은 에어프랑스나 루프트한자의 당시 광고 포스터, 그리고 청명한 하늘을 가르는 더글러스 DC-8과 캐러벨, 유니폼을 입고 조종석에서 자랑스럽게 포즈를 취한 기장의 흑백사진들로 꾸며져 있었다. 제드는 인터넷에서 섀넌이 공항 덕에 생겨난 도시라는 것을 읽었다. 섀넌은 아무도 살지 않고 마을 하나 형성되어 있지 않았던 부지 위에 1960년대에 건설되었다. 제드가 느끼기로는 아일랜드의 건축에는 이렇다 할 특징이 없었다. 영국 교외에서 흔히 볼 수 있는 붉은 벽돌집과, 잔디와 아스팔트 길로 둘러싸인 미국 스타일의 거대한 흰색 방갈로의 혼합이었다. 그는 우엘벡에게 전화를 걸면 십중팔구 자동응답기가 돌아가리라 예상했다. 우엘벡과는 지금껏 메일로만 대화를 나누었고, 마지막에 문자메시지를 한 번 주고받았다. 그런데 신호음이 몇 번 울리자, 그가 전화를 받았다.

“집은 쉽게 찾을 수 있을 거요. 동네에서 잔디가 가장 엉망인 곳이거든.” 우엘벡이 말하고는 덧붙였다. “어쩌면 아일랜드 전체에서일지도 모르고.” 제드는 그 순간에는 과장이라고 생각했지만, 실제로 보니 과연 잡초가 경이로울 정도로 높이 자라 있었다. 제드는 엉겅퀴 수풀과 가시덤불 사이로 난 10여 미터의 구불구불한 포석 길을 따라, 렉서스 RX 350 SUV가 주차되어 있는 아스팔트 평지까지 걸어갔다. 예상대로 우엘벡은 방갈로를 선택했다. 슬레이트 지붕을 얹은 하얗고 커다란 새집이 우뚝 서 있었다. 혐오스러운 잔디 상태를 제외하면 지극히 평범한 집이었다.

제드는 초인종을 누르고 기다렸다. 삼십 초 남짓 흐르자, 편안한 실내용 베이지색 모직 재킷에 코듀로이 바지를 입고 털 실내화를 신은 『소립자』의 작가가 문을 열었다. 그는 제드를 오랫동안 물끄러미 바라보더니, 그에게는 습관이 된 듯한 침울한 묵상에 잠긴 시선을 잔디 쪽으로 돌렸다.

“잔디 깎는 기계를 사용할 줄 몰라서요.” 그가 말했다. “칼날에 손가락을 잘릴까봐 겁이 나요. 자주 있는 일이더군요. 양을 살 수도 있겠지만 별로 좋아하지 않고. 양보다 더 멍청한 동물은 아마 없을 거요.”

제드는 그를 따라 타일이 깔린 방들을 지나갔다. 가구가 없는 집안은 휑했고, 이삿짐 상자 몇 개가 여기저기 놓여 있었다. 벽지는 무늬 없이 미색이었고, 바닥에는 먼지가 엷게 깔려 있었다. 집은 굉장히 넓었다. 방이 좋이 다섯 칸은 될 것 같았다. 실내 공기는 그리 따뜻하지 않아 16도를 넘을 것 같지 않았다. 우엘벡이 침실로 쓰는 곳을 제외한 나머지는 전부 빈방들일 거라는 직감이 제드의 머릿속을 스쳤다.

"이사온 지 얼마 안 되셨나봅니다."

"그렇소. 그래도 삼 년은 됐지."

마침내 두 사람은 좀더 따뜻한 방으로 들어갔다. 영국인들이 '컨서버토리'라고 부르는, 삼면이 유리창인 일종의 네모난 온실 같은 곳이었다. 긴 소파와 낮은 테이블, 팔걸이의자가 배치되어 있고, 바닥에는 저가의 오리엔트풍 카펫이 깔려 있었다. 제드는 A3 규격의 포트폴리오 두 권을 가져왔다. 한 권에는 이전의 경력을 더듬는 사십여 장의 사진들—주로 '철물 시리즈'와 '미슐랭 지도 시리즈'에서 추린—이 담겨 있었다. 두번째 포트폴리오에는 〈말고기 푸주한, 페르디낭 데로슈〉부터 〈IT산업의 미래에 대해 이야기하는 빌 게이츠와 스티브 잡스〉까지 회화작업을 총망라한 예순네 점의 작품이 포함되어 있었다.

"혹시 돼지고기나 햄 종류를 좋아하시오?" 작가가 물었다.

"네…… 싫어한다고 할 수는 없을 것 같은데요."

"커피를 가져오겠소."

우엘벡이 힘차게 일어나 나가더니 십여 분 후에 찻잔 두 개와 이탈리아식 커피포트를 들고 돌아왔다.

"우유도 설탕도 없군요."

"괜찮습니다. 아무것도 안 넣고 마십니다."

커피는 맛있었다. 이삼여 분 동안 완전무결한 침묵이 흘렀다. 마침내 우엘벡이 입을 열었다. "사실 난 돼지고기를 무척 좋아했는데 이제 안 먹기로 결심했소. 인간에게 돼지를 죽일 권리가 없다는 생각이 들더이다. 좀전에 양을 싫어한다는 얘긴 했지? 그 의견엔 변함이 없소. 암소에 대해서도 같은 의견이고. 그것 때문에 내 친구 브누아 뒤퇴르트르*와 의견 충돌이 심했지요. 그 친구는 암소를 매우 과대평가했거든. 하지만 돼지는 똑똑하고 감수성이 예민한데다 주인에게만 충성하는 신실한 애정이 있는 정말 훌륭한 동물이오. 돼지가 얼마나 똑똑한지 아시오? 깜짝 놀랄 만큼 지능이 높아요. 어디까지가 한계인지 정확히 가늠이 안 될 정도로. 간단한 계산법도 가르칠 수 있다오. 적어도 덧셈이 가능하고, 정말 영리한 몇몇 녀석은 뺄셈까지 한다고 알고 있소. 과연 이렇게 산술이 가능할 정도로 발달한 짐승을 희생시킬 권리가 인간에게 있는 거요? 정말이지 난 그렇게 생각하지 않거든."

우엘벡은 대답을 기다리지 않고 제드가 가져온 첫번째 포트폴리오 속으로 빠져들었다. 나사못과 너트 등의 사진들을 재빨리 훑은 그는 지도 사진들에서 꽤 한참을 머물렀다. 드문드문, 불쑥 페이지를 넘기면서. 제드에게는 영원처럼 느껴지는 시간이었다. 제드는 손목시계를 슬쩍 훔쳐보았다. 이 집에 도착한 지 얼추 한 시간이 지나 있었다. 쥐 죽은 듯한 침묵이 흘렀다. 냉장고 압축기가 부르릉거리는 소리가 동굴

* 소설가, 음악평론가. 라디오 음악 프로그램 제작자 겸 진행자로 활동하고 있다.

에서 울려나오는 것처럼 멀리서 들려왔다.

마침내 제드는 용기를 냈다. "그것들은 예전에 작업했던 겁니다. 제 작업을 전체적으로 파악하시는 데 참고가 될까 해서 가져온 것이고, 전시회에 출품할 작품은 모두 두번째 포트폴리오에 있습니다."

우엘벡이 멍한 눈길로 제드를 바라보았다. 제드가 왜 자기 집에 있는지, 무슨 이유로 이렇게 자신의 눈앞에 앉아 있는지 잊어버린 듯했다. 그럼에도 우엘벡은 순순히 두번째 포트폴리오를 펼쳤다. 다시 삼십여 분이 흐른 뒤에야 탁 소리 나게 포트폴리오를 덮고는 담배에 불을 붙였다. 제드는 그제야 우엘벡이 사진들을 들여다보는 내내 담배를 한 개비도 피우지 않았음을 깨달았다.

"쓰겠소." 우엘벡이 말했다. "아실지 모르겠지만 나로선 한 번도 해본 적이 없는 일이오. 하지만 언제가 됐건 이런 글을 쓸 날이 올 거란 생각은 했지. 관심을 갖고 지켜봤다면 알겠지만 그림에 조예가 깊은 작가가 꽤 많거든요. 역사가 오래된 얘기요. 그런데 궁금한 게 하나 있소. 아까부터 작품들을 보는 내내 들었던 생각인데, 왜 사진을 그만두고 그림으로 돌아간 거요?"

제드는 한참을 숙고한 후, 마침내 털어놓았다. "실은 저도 그 이유를 확실히 모르겠어요." 그는 주저하며 말을 이었다. "다만 제 생각에 조형예술의 문제점은 주제가 넘쳐난다는 데 있는 것 같습니다. 예를 들면 하다못해 여기 있는 이 난방기조차 제게는 완벽한 그림 주제가 될 수 있거든요."

우엘벡이 불쑥 몸을 틀어 의심스런 눈초리로 난방기를 노려보았다.

그림 모델이 된다는 생각에 난방기가 기뻐 춤이라도 추려 한다는 듯이. 하지만 그런 일은 일어나지 않았다.

제드는 주장을 굽히지 않았다. "선생님께서는 과연 문학이라는 도구를 가지고 이 난방기로 무엇을 하실 수 있을지 궁금하군요. 아, 그렇지요, 알랭 로브그리예*라면 그저 단순히 난방기를 묘사했을 테죠…… 하지만 글쎄요, 그게 정말 흥미로운 작업이 될 수 있을지는 잘 모르겠어요……" 제드는 제 무덤을 파고 있었다. 그는 자신이 당황했고 어설프다는 걸 인식하고 있었다. 우엘벡이 로브그리예를 좋아하는지 싫어하는지 따위는 그가 알 바 아니었다. 그가 불안에 떨며 자문하는 것, 그것은 자신이 왜 그림으로 방향을 틀었느냐 하는 것이었다. 도대체 왜, 카메라와 촬영기술은 완벽하게 꿰고 있는 반면 몇 년이 지나서도 극복할 수 없는 기술적 문제와 대면하게 되는 그림으로 전향한 것인지를.

"로브그리예는 잊읍시다." 상대의 단호한 결론에, 제드는 한시름 놓았다. "생각하기 나름이겠지만 이 난방기로 뭔가 할 수도 있을 것 같소. 예를 들어, 인터넷에서 읽자니 선생의 부친이 건축가라고요……"

"네, 맞습니다. 아버지께서 경영 일선에서 물러나는 순간을 그림으로도 그렸죠. 이번 전시회에 그 그림도 포함돼 있습니다."

"이런 난방기는 가정용으로 흔히 구입하는 모델이 아니오. 주 고객은 선생의 부친이 운영하던 회사와 같은 건축사무소들일 거요. 그들은 난방기를 십 단위, 백 단위로 사들이거든. 그렇다면 바로 여기서 수천 대의 난방기가 걸린 거대 시장을 배경으로 한 스릴러를 한번 상상해볼

* 감정이나 주관을 개입시키지 않고 사물을 철저히 객관적으로 묘사하는 데 주력하는 것을 특징으로 하는 누보로망의 선두 작가.

수 있을 거요. 예를 들어 한 나라 안의 교실이란 교실을 죄다 채우기 위해 수천 대의 난방기가 필요한 거지. 여기에 뇌물, 정치적 개입, 루마니아 난방기 회사의 아주 섹시한 영업사원 등이 가세하는 거요. 그럼 몇 페이지에 걸쳐 이 난방기와 여타 경쟁 모델들을 길게 묘사할 수밖에 없어지겠지요."

그의 말이 빨라졌고, 손에서는 담배가 떠나지 않았다. 마치 평정을 되찾으려고, 뇌의 작동을 늦추려고 담배를 피우는 것 같았다. 제드는 건축사무소의 주 고객층을 고려할 때 아버지가 대량으로 구입한 건 난방기보다는 에어컨일 거라고 언뜻 생각했다. 의심의 여지가 없었다.

우엘벡이 활기차게 말을 이었다. "이 난방기는 무쇠로 제조된 거요. 무쇠는 탄소 함량이 높아 전문가들이 연구논문을 통해 여러 차례 위험을 경고했어요. 옛날에나 쓰던 낡아빠진 싸구려 난방기를 이런 새집에 설치하다니 정말 파렴치하지 않소? 사고라도 나면, 예컨대 난방기가 폭발이라도 하면 내가 건축업자들에게서 등을 돌릴 수도 있잖겠소? 이런 경우 선생의 부친도 책임 추궁을 피하진 못할 것 같은데, 어때요?"

"네, 당연히요."

"보시오, 얼마나 멋진 주제냔 말이야! 게다가 스토리까지 흥미진진하잖소. 그야말로 진정한 휴먼드라마가 되는 거지!" 『플랫폼』의 작가가 열광했다. "무쇠라고 하면 우선은 19세기의 제련사가 언뜻 떠오르고 완전히 구시대의 유물로 여겨질 테지만, 오늘날에도 무쇠는 주조되고 있어요. 물론 프랑스에서는 아니고, 폴란드나 말레이시아 같은 나라들에서 말이오. 그러니 현대소설에서도 충분히 철광석의 제조과정을 더 들어볼 수 있을 거요. 철광석과 코크스를 함께 용해하는 제선작업, 제품화 및 판매. 이런 일련의 과정을 묘사하는 것으로 소설을 시작해도 좋겠는걸. 난방기 연대기처럼 말이오."

"어찌됐든, 등장인물은 있어야 할 것 같은데요……"

"음, 그렇지요. 아무리 소설의 진정한 주제가 산업 공정이라 해도, 등장인물 없이는 아무것도 못할 테니까."

"바로 그게 근본적인 차이인 것 같군요. 제가 오브제만을 주제로 삼았을 때에는, 카메라라는 도구가 완벽했거든요. 하지만 사람을 주제로 삼아야겠다고 마음먹자 그림을 그려야겠다는 생각이 들더라고요. 이유는 저도 정확하게 이거다, 라고 말씀드릴 수 있는 게 없습니다. 반면 정물화에는 도통 흥미를 못 느끼겠어요. 사진이 발명되고는 정물화가 의미를 잃었다고 생각하거든요. 물론 제 개인적인 의견입니다만……" 제드가 한발 물러나며 말을 끝맺었다.

날이 저물었다. 남쪽으로 난 창을 통해 섀넌강 어귀 쪽으로 경사져 내려가는 초원이 보였다. 저멀리, 저무는 햇살을 아슴푸레 굴절시키는 안개가 강 위에 넘실거렸다.

"저 풍경을 예로 들어볼까요……" 제드가 말을 이었다. "물론 19세기 인상파 화가들의 풍경화가 매우 아름답다는 것은 인정합니다. 하지만 오늘날 저 풍경을 재현해야 한다면 전 그냥 사진을 찍겠습니다. 반면 배경에 사람이 나온다면, 혹시 멀리서 울타리를 손보는 농부라도 보인다면, 그림이 그리고 싶어질 겁니다. 아마 어처구니없는 발상으로 치부되기 쉽겠죠. 주제는 중요하지 않다, 주제에 따라 표현수단을 얽매려 하는 것은 우스운 일이다, 오직 중요한 건 그림이든 사진이든 형태와 선과 색으로 분해되는 방식 자체일 뿐이다, 라며 반박할 사람들이 있을 겁니다."

"그렇소, 형식주의자들은…… 작가들 가운데도 있으니까. 형식주의적 관점은 외려 조형예술보다는 문학에 더 널리 퍼져 있다고 할 수 있지."

우엘벡은 입을 다물고 고개를 숙이더니 제드를 흘긋 올려다보았다. 별안간 지독한 슬픔에 잠식당한 듯 보였다. 그는 자리에서 일어나 부엌으로 가서 아르헨티나산 레드와인과 잔 두 개를 들고 돌아왔다.

"괜찮다면 저녁식사를 함께합시다. 여기 오크우드의 식당들이 꽤 괜찮아요. 아일랜드 전통요리집도 하나 있고. 전통요리래야 훈제 연어나 아이리시스튜 같은 기본적이고 별 특징 없는 음식들이긴 해도 말이오. 케밥이나 탄두리를 하는 식당도 있어요. 요리사가 파키스탄 사람이지."

제드는 깜짝 놀랐다. "아직 여섯시도 안 됐는걸요."

"그렇군, 식당들도 아마 여섯시 반부터 영업을 할 거요. 이 나라에서는 저녁을 일찌감치 먹어요. 게다가 나한테는 언제든 이른 시간이란 없소. 12월 말이 내가 가장 좋아하는 시기요. 오후 네시면 해가 떨어지거든. 해가 떨어지면 잠옷을 입고 수면제를 털어넣은 다음 와인이랑 책을 가지고 침대에 들지요. 벌써 몇 년째 그렇게 살아오고 있소. 아홉시에 해가 뜨면 일어나서 씻고 커피를 마시고, 그러다가 얼추 정오가 되면 그다음엔 네 시간만 견디면 되는 거요. 그 시간은 대개 그럭저럭 잘 견뎌요. 하지만 봄은 도무지 못 견디겠소. 해거름이 끝도 없이 계속되는데다, 빌어먹을 오페라처럼 화려하기 짝이 없어. 새로운 색깔, 새로운 빛살이 끊임없이 줄지어 나타난다오. 언젠가 한번은 이곳에서 봄과 여름을 꼬박 난 적이 있는데, 정말로 죽는 줄 알았소. 밤이 돼도 해가 떨어져야 말이지. 매일 저녁 자살 일보 직전이었다니까. 그뒤로는 4월 초에 태국으로 가서 8월이 끝날 때까지 머물러요. 그곳에선 오전 여섯 시에 해가 떠서 오후 여섯시면 날이 저물거든. 날씨로도 행정상으로도 그게 훨씬 편해요. 후텁지근하긴 해도 에어컨이 있으니까. 또 비수기라 사창가가 성업까지는 아니지만 어쨌든 영업은 하니까 나로서는 그거면 된 거고. 서비스만큼은 변함없이 괜찮거나, 아주 뛰어나거든."

"어쩐지 선생님이 선생님 자신의 역할을 연기하고 있다는 인상이 드는군요……"

"음, 그렇소." 우엘벡이 화들짝 놀라며 인정했다. "사실 그런 것들은 이제 내 관심 밖이오. 머잖아 그 생활을 그만두고 루아레로 돌아갈까 하오. 루아레에서 어린 시절을 보냈는데, 숲속에 작은 오두막을 짓고 놀았지. 돌아가면 예전에 했던 놀이들을 다 해볼 생각이라오. 수달부터 한번 잡아볼까?"

우엘벡은 눈에 띄게 즐거워하며, 렉서스를 빠르고 부드럽게 몰았다. "어쨌거나 태국 사창가에서는 콘돔 없이 오럴을 해주는데 기가 막혀요……" 『소립자』의 작가가 지나가버린 꿈을 추억하듯 나직하게 중얼거리고는 호텔 주차장에 차를 세웠다. 두 사람은 넓고 조명이 환한 호텔 식당 안으로 들어섰다. 우엘벡은 전채로 칵테일 새우를, 제드는 훈제 연어를 주문했다. 폴란드인 웨이터가 그들 앞에 미지근한 샤블리 화이트와인을 내려놓았다.

"또 이 모양이지……" 소설가가 구시렁거렸다. "이곳에서는 도무지

화이트와인을 알맞은 온도에 내오는 법이 없어요."

"와인에 관심이 많으신가보죠?"

"이러니까 좀 있어 보이지 않소? 프랑스적이기도 하고. 그리고 또 사람은 인생에 뭔가 관심 있는 게 있어야 해요. 사는 데 도움이 되지."

"저는 좀 놀라운데요……" 제드가 고백했다. "실은 처음 뵙기로 했을 때는, 선생님께서 좀더, 뭐랄까, 까다로우실 거라고 예상했습니다. 워낙에 매우 비관적인 걸로 소문난 분이라서요. 그래서 예컨대, 주량도 훨씬 더 많을 거라고 지레짐작했어요."

"그렇겠지……" 소설가가 와인리스트를 다시 한번 꼼꼼하게 살폈다. "혹시 메인요리로 양고기 넓적다리를 할 요량이면, 와인을 다른 것으로 주문해볼까 하는데…… 아르헨티나산 와인으로 한 번 더 어떠시오? 나한테 술주정뱅이 딱지를 붙인 건 바로 기자란 작자들이오. 그런데 희한한 건, 내가 술을 많이 마시는 걸 목격한 기자는 아무도 없다는 거요. 내가 술을 마신 건 오로지 그자들을 견뎌내기 위해서였거든. 고주망태가 되지 않고야 어떻게 장폴 마르수앵 같은 호모 자식과의 대화를 견딜 수 있겠소? 〈마리안〉이나 〈파리지앵 리베레〉 같은 데서 일하는 인간들을 만나는데 어떻게 구역질이 안 나겠느냔 말이오?* 참을 수 없는 멍청함과 순응주의의 결정체가 바로 언론이라는 데요. 그렇게 생각지 않소?"

---

* 〈마리안〉은 논조가 자유분방하다못해 선동적이며 공화국의 원칙에 충실하고자 하는 중도파 시사 주간지이고, 〈파리지앵 리베레〉는 우파 성향의 일간지 〈파리지앵〉의 옛 이름으로 대중 우선의 원칙하에 사건 사고 위주의 기사를 쓰며, 내용과 함께 많은 삽화와 사진을 곁들인다.

"글쎄요, 솔직히 말해 저는 신문이나 잡지를 통 안 읽어서요."

"이제껏 단 한 번도 펼쳐본 적이 없단 말이오?"

"아니요, 있긴 있겠죠……" 제드는 선의로 일단 긍정했지만, 정말로 떠오르는 기억이 전혀 없었다. 치과 대기실의 테이블에 층층이 쌓여 있던 〈피가로 마가진〉을 가까스로 생각해냈지만 내용까지 기억하기에는 치과 치료를 받은 지 너무 오래되었다. 여하튼 그는 신문이나 잡지를 사야 할 필요성을 느껴본 적이 없었다. 파리에서는 주변이 정보로 넘쳐났다. 원하든 원치 않든 여기저기서 가판대의 헤드라인이 눈에 띄었고, 하다못해 슈퍼마켓에서 줄을 서 있어도 어깨 너머로 대화 소리가 들려왔다. 할머니의 장례식 때문에 크뢰즈에 갔을 때 제드는 수도권에서 멀어질수록 정보의 밀도가 확연히 낮아짐을 피부로 느꼈다. 세상만사의 중요성이 옅어지면서 식물들을 제외한 모든 것이 차츰차츰 자취를 감추었다.

우엘벡이 말을 이었다. "선생의 전시회 카탈로그 발문을 쓰겠소. 그런데 그게 과연 선생을 위해 잘하는 짓인지는 의문이오. 프랑스 언론은 날 정말 싫어하거든. 도가 지나쳐 황당할 지경이지. 여하튼 한 주에 한 번씩은 꼭 이런저런 매체 때문에 기분을 잡치니까."

"압니다. 오기 전에 인터넷을 훑었어요."

"괜히 나랑 엮였다가 선생에게도 불똥이 튈까 두렵지 않소?"

"실은 제 화상하고 의논했는데, 그 양반은 상관없다더군요. 이번 전시회는 사실 프랑스 시장을 우선적으로 겨냥한 게 아니거든요. 더구나 요즘엔 현대미술 작품을 구입하는 프랑스인도 거의 없고요."

"그럼 누가 삽니까?"

"미국인이요. 이삼 년 전부터 새롭게 형성되기 시작한 흐름이죠. 그러더니 점차 영국인으로 범위가 넓어지고 있어요. 하지만 뭐니뭐니 해도 진짜 고객은 중국과 러시아에 있죠."

우엘벡은 좋아해야 할지 우려해야 할지 고민하는 눈빛으로 제드를 바라보다가 결론지었다. "중국인이나 러시아인이 더 중요한 고객이라면, 선생의 판단이 옳을 수도 있겠소……" 그가 불쑥 자리에서 일어서며 덧붙였다. "실례 좀 하겠소. 담배를 피워야겠어요. 담배 없이는 생각을 할 수가 없어서."

우엘벡은 주차장으로 나갔다가 오 분 후에 돌아왔다. 웨이터가 마침 요리를 가져온 참이었다. 그는 양고기 비리아니*를 열심히 먹다가 의심스런 눈초리로 제드의 음식을 바라보았다. "선생의 양고기에 민트소스가 곁들여져 있는 것 같은데……" 그러더니 덧붙였다. "이렇다니까. 어쩔 수 없는 노릇이지만, 이게 다 영국 요리의 영향이오. 한때는 파키스탄이 영국의 식민지였던 적도 있었지만, 오늘날 이곳의 상황은 그때만도 못해요. 파키스탄인들이 본토인들에게 완전히 섞여들었으니까." 담배의 효과가 제대로인 듯했다. 우엘벡이 말을 이었다. "이번 전시회가 당신에게 아주 중요한 거죠, 그렇지요?"

"네, 무척이요. 이 직업 시리즈에 착수한 후로 제가 추구하려는 것을 아무도 이해하지 못하는 것 같거든요. 특히 유화라는 유난히 뒤처진 수단으로 그림을 그린다고, 저는 늘 회화로 돌아갈 것을 촉구하는

* 밥 위에 고기, 생선, 야채, 각종 향신료를 얹은 동남아시아와 중동 지역의 요리.

사람들과 같은 부류로 평가되었어요. 저는 정작 그 사람들이 누군지도 모르고 공통점을 전혀 찾을 수가 없는데 말입니다."

"요즘의 경향이 회화로 회귀하는 거요?"

"그럭저럭요. 굳이 말하자면, 경향들 중 하나라고 할 수 있죠. 회화나 조각, 또는 오브제로의 회귀에 힘이 실려 있어요. 하지만 제 생각으로는 무엇보다 상업적 이유에서인 것 같습니다. 아무래도 오브제가 설치물이나 행위예술보다는 보관하기도 되팔기도 더 용이하니까요. 실은 이제껏 전 행위예술을 해본 적이 없습니다. 하지만 행위예술에 심리적 친밀감이나 동질감을 느껴요. 한 그림에서 다른 그림으로 옮겨갈 때마다 저는 작품 전체에 어떤 의미를 부여할 수 있는 장면으로서 인공적, 상징적 공간을 창출하려고 노력하거든요."

"선생에게는 육체에 대한 강박이 없다는 걸 제외하면 연극에서 시도하는 것과도 어느 정도 일맥상통하는 것 같소. 고백하자면 그래서 선생의 작품이 부담스럽지 않은 걸 거요."

"웬걸요, 그렇지 않아도 지금 육체에 대한 강박으로 넘어가는 단계인걸요. 물론 연극에서처럼은 아니지만 시각예술에서 가지는 만큼은 됩니다. 여하튼 제 작업은 전적으로 사회 안에 위치합니다."

"그렇군, 알겠소. 내가 할 수 있는 일이 뭔지 알 것 같소. 원고는 언제까지 드리면 될까?"

"전시회가 5월에 열릴 예정이니까 3월 말까지 주시면 됩니다. 두 달 정도 여유가 있네요."

"그리 넉넉지는 않군."

"꼭 길게 쓰지 않으셔도 됩니다. 대여섯 장이면 충분해요. 물론 원하시면 더 쓰셔도 좋고요."

"해보겠소…… 어쨌든 선생의 메일에 좀더 일찍 답을 못한 건 내 잘못이니까."

"고료는 말씀드린 대로 만 유로로 책정했습니다. 제 화상인 프란츠 씨가 돈 대신 그림을 제안해도 된다고 하긴 했지만, 좀 난처하실 것 같아서요. 선생님 입장에서는 거절하기 까다로운 문제일 수도 있으니까요. 그래서 일단은 만 유로로 정했습니다. 하지만 혹시라도 그림이 더 좋으시다면, 그렇게 하셔도 됩니다."

"그림이라……" 우엘벡이 골똘히 생각에 잠겨 말했다. "여하튼 집에 그림을 걸어둘 벽은 많으니까. 벽이야말로 인생에서 정말 내가 가진 유일한 거요."

III

제드는 정오에 호텔방을 비워야 했다. 파리행 비행기의 출발시간은 저녁 일곱시 십분이었다. 일요일인데도 호텔 옆 쇼핑센터는 문을 열었다. 그는 지역산 위스키를 한 병 샀다. 마그다라는 이름의 계산원이 그에게 듄스 스토어의 회원카드가 있는지 물었다. 그는 반짝반짝 윤이 나게 닦인 쇼핑센터 복도를 얼마간 어슬렁거렸다. 도중에 패스트푸드점에서 나와 오락실로 옮겨가는 청소년 무리와 마주쳤다. 로니스 로켓에서 오렌지-키위-딸기 주스를 마시고 나자 스카이코트 쇼핑센터에 대해 알 만큼 알았다는 생각이 들었다. 그는 택시를 불러 공항으로 갔다. 오후 한시가 조금 넘은 시간이었다.

에스추어리 카페는 제드가 공항 내의 다른 곳에서도 느꼈듯이 널찍한 규모와 절제된 인테리어의 미덕을 갖춘 곳이었다. 직사각형의 짙은

색 나무 테이블들은 요즘의 고급 레스토랑들보다 더 널찍한 간격으로 배치되어 있고, 각 테이블은 여섯 명이 편안하게 앉을 수 있을 만큼 큼직했다. 제드는 문득 1950년대가 '베이비붐' 시대이기도 했다는 사실을 떠올렸다.

그는 저지방 콜슬로와 코르마* 치킨을 주문하고는 테이블에 자리를 잡고 앉아 식사 중간중간 위스키를 홀짝이며 섀넌공항의 출발 여객기 시간표를 자세히 들여다보았다. 각각 에어프랑스와 브리티시에어웨이에서 운항하는 파리와 런던을 제외하고는, 서유럽의 주요 도시 직항노선은 전무했다. 반면 스페인과 카나리아 군도로 출발하는 항공노선은 적어도 여섯 개는 되었다. 알리칸테, 지로나, 푸에르테벤투라섬, 말라가, 레우스, 테네리페섬. 모두 저가 항공사인 라이언에어에서 운항했다. 이 저가 항공사는 폴란드로도 여섯 개의 항공노선을 운항했다. 크라쿠프, 그단스크, 카토비체, 우치, 바르샤바, 브로츠와프. 전날 우엘벡은 저녁을 먹으며 아일랜드에 이민 온 폴란드인 수가 엄청나다고 얘기해주었다. 폴란드인들은 가톨릭 세력에 나라가 완전히 잠식당했다는 명성 때문에 아일랜드를 다른 어느 곳보다 선호한다는 것이었다. 이렇게 자유주의는 관광이나 생계를 위해 세계 곳곳으로 이동하는 고객들의 필요에 따라 세계지도를 다시 그렸다. 평평하게 펼쳐진 세계지도는 섀넌공항이 브뤼셀보다 카토비체에, 마드리드보다 푸에르테벤투라섬에 더 가깝게 그려진 비정상적 지형도로 뒤바뀌었다. 라이언에어가 운항하는 프랑스 지역은 보베와 카르카손이었다. 이 두 곳이 특별

---

* 요구르트에 재운 고기를 야채와 함께 조리하는 인도 요리. 커리에도 자주 이용된다.

히 뛰어난 관광지여서였을까? 아니면 단지 라이언에어가 선택했기 때문에 관광지가 된 것일까? 제드는 세계의 지형도와 권력에 대해 깊이 생각하다가 선잠이 들었다.

그는 끝없이 이어질 것만 같은 하얀 공간 한복판에 있었다. 수평선의 구분 없이, 광택 없는 흰색 바닥과 똑같은 색의 하늘이 뒤섞인 공간이었다. 바닥에는 다소 불룩하게 솟은 검은 글씨들이 문단을 이루며 여기저기 불규칙적으로 배치되어 있었다. 각 문단은 오십 개 남짓의 단어로 이루어진 듯했다. 그제야 책 속에 들어와 있음을 깨달은 제드는 이 책이 자신의 삶에 관해 이야기하고 있는 것은 아닌지 자문했다. 걸음을 옮기다 맞닥뜨린 문단을 들여다보니 예감이 맞는 것 같았다. 올가와 주느비에브라는 이름이 눈에 들어왔지만 그 이상의 자세한 정보를 얻지는 못했다. 대부분의 단어들이 지워지거나 거칠게 박박 줄이 그어져 알아보기 힘들었고, 눈에 띄는 다른 이름들도 전혀 기억에 없는 새로운 것이었다. 시제 또한 일정하지 않았다. 일직선으로 곧장 나아가다보니 올가의 이름 뒤에 주느비에브의 이름이 여러 번 등장했다. 그래서 제드는 확신했다. 굳게, 확신했다. 앞으로 주느비에브를 다시 만날 일은 없으리라는 것과, 어쩌면 올가가 아직은 그의 미래의 한 부분을 차지하리라는 것을.

제드는 파리 도착을 알리는 안내방송에 잠에서 깼다. 로피탈 대로에 있는 집에 도착하자마자 우엘벡에게 전화를 걸었다. 우엘벡은 이번에도 금방 전화를 받았다.

제드가 말했다. "제가 생각을 좀 해봤는데요, 선생님께 그냥 그림을 드리기보다는, 선생님의 초상화를 그려 그 그림을 드리면 어떨까 싶습니다."

그러고 나서 제드는 기다렸다. 전화선 저편에서 침묵이 흘렀다. 제드는 눈을 껌뻑거렸다. 실내 조명이 너무 강했다. 방 한가운데에는 여전히 〈미술시장을 양분한 데이미언 허스트와 제프 쿤스〉에서 찢겨나온 조각들이 널브러져 있었다. 침묵이 길어지자 제드는 덧붙였다. "그래도 원고료 대신으로는 무리가 없을 겁니다. 시장가격이 만 유로 이상일 테니까요. 선생님의 초상화 작업을 정말 해보고 싶습니다. 작가는 그려본 적이 없는데, 지금이 그때인 것 같아요."

우엘벡이 여전히 묵묵부답이자, 제드는 불안해졌다. 적어도 삼 분 남짓의 침묵이 흐르고 마침내 우엘벡이 완전히 술에 전 목소리로 대답했다.

"글쎄요. 난 몇 시간씩 모델을 설 자신이 없는데."

"아, 그건 걱정하지 않으셔도 됩니다! 이제 몇 시간씩 모델을 서는 일은 절대 없습니다. 요즘에는 아무도 받아들이질 않죠. 워낙 바쁘니까요. 바쁘다고 상상하는 건지 그런 척하는 건지는 모르겠지만, 어쨌든 제가 아는 한 한 시간 이상 꼼짝 않고 있겠다는 사람은 절대 없습니다. 만일 선생님의 초상을 그리게 된다면 제가 다시 찾아뵙고 사진을 찍을 겁니다. 아주 많이요. 선생님 사진도 찍겠지만, 작업하는 장소나 도구도 찍을 겁니다. 선생님의 손이나 피부결 등도 클로즈업해서 찍을 거고요. 그런 다음 그 모든 걸 가지고 저 혼자 작업할 겁니다."

"알겠소……" 작가가 시큰둥하게 대답했다. "그럼 그렇게 합시다."

"혹시 특별히 여유 있는 요일이 있습니까?"

"없소, 난 거의 하는 일이 없는 사람이오. 언제고 선생이 올 요량일 때 전화를 주시오. 그럼, 안녕히 계시오."

다음날 아침 일찍 제드는 프란츠에게 전화를 걸었고, 자초지종을 들은 프란츠는 반색하며 당장 화랑으로 나오라고 했다. 프란츠는 문자 그대로 두 손을 싹싹 비비며 떨 듯이 기뻐했다. 이렇게까지 흥분한 그의 모습은 거의 본 적이 없었다.

"자, 이젠 정말 본격적으로 실전에 뛰어들 수 있어요…… 내 장담하는데, 세상이 떠들썩할 겁니다. 전시회 홍보를 맡길 담당자를 미리 뽑아야겠죠. 마릴린 프리장이란 여자가 좋을 것 같은데."

"마릴린이라고요?"

"알아요?"

"네, 그 사람이 제 첫 전시회를 홍보했어요. 지금도 기억이 생생해요."

신기하게도 마릴린은 나이가 들면서 오히려 더 괜찮아졌다. 우선 몸이 좀 야위었고, 머리를 아주 짧게 잘랐다. 그녀 말로는 자기처럼 윤기 없고 축축 늘어지는 머리칼은 짧게 자르는 것 외에 도리가 없다는 여성지의 충고를 따른 것이었다. 그리고 몸에 딱 붙는 가죽재킷과 바지를 입었다. 이렇게 보니 그녀는 어쩌면 수동적인 기질의 남자들을 유혹할 수도 있는 가짜 레즈비언 지식인처럼 보였다. 실제로 그녀는 크리스틴 앙고*와 닮은 것 같기도 했다. 어쨌거나 그보다는 호감가는 인

* 프랑스의 소설가. 실제로 소설에서 묘사된 마릴린과 인상이 비슷하다. 몸매가 호리호리하고 늘 짧은 머리에 심플한 디자인의 검은색 옷을 입는다. 레즈비언으로 알려진 바는 없다. 『정신이상자들』 『인생 사용법』 『랑데부』 『왜 브라질인가?』 등을 썼다.

상이었지만. 그리고 무엇보다도, 그녀의 특징이었던 끊임없이 훌쩍거리던 코를 치료하는 데 성공했다.

"몇 년이 걸렸어요." 그녀가 말했다. "휴가 때마다 아는 온천이란 온천은 다 찾아다니며 치료를 받았어요. 그러던 중에 드디어 치료법을 찾아냈죠. 일주일에 한 번씩 유황흡입시술을 받았는데, 효과가 있어요. 아무튼 이제껏 재발하지 않았으니까요."

목소리도 더 크고 또랑또랑해졌다. 마릴린은 이제는 내밀한 성생활까지 거침없이 떠벌려 제드를 경악하게 했다. 선탠이 근사하게 됐다고 프란츠가 칭찬하자 그녀는 자메이카에서 겨울 휴가를 보내고 온 참이라고 되받으며 덧붙였다. "정신없이 섹스만 하다 왔다니까요. 후, 거기 남자들 정말 끝내줘요." 놀란 제드가 눈썹을 추켜올린 사이, 마릴린은 벌써 화제를 바꾸며 핸드백(이제는 에르메스의 우아한 황갈색 가죽백)에서 커다란 파란색 스프링노트를 꺼냈다.

"이건, 그대로예요." 마릴린이 제드에게 미소 지으며 말했다. "아직도 PDA가 아니죠…… 하지만 어쨌든 나도 현대화를 하긴 했어요." 그녀가 재킷 안주머니에서 USB를 꺼냈다. "여기에 미슐랭 지도 전시회와 관련된 기사들이 하나도 빠짐없이 들어 있어요. 많은 도움이 될 거예요." 프란츠가 제드에게 대단하고도 믿을 수 없다는 눈짓을 보내며 고개를 주억거렸다.

마릴린이 의자에서 몸을 뒤로 젖히며 기지개를 켜더니 말했다. "그동안 자기 동향을 좀 지켜봤지……" 그녀는 이제 제드를 '자기'라고 칭하며, 은근슬쩍 말을 놓았다. 이것도 새로운 것이었다. "전시회를 서둘지 않은 건 잘한 것 같아요. 평론가들 대다수가 당신의 급선회를 이해하지 못했을 테니까. 페피타 부르기뇽 얘기는 아예 꺼내지도 않겠어요. 이러나저러나 그 여자는 당신 작업을 이해 못할 테니까."

마릴린이 가느다란 시가에 불을 붙였다. 이것 역시 새로운 것이었다. 그녀가 말을 이었다. "전시를 안 했으니 평론가들도 이러쿵저러쿵 할 거리가 없었던 거죠. 지금쯤은 거부감 없이 호평을 할 수 있을 거예요. 하지만 우선은 영미권 잡지부터 공략하자는 두 분 의견에는 절대적으로 동감이에요. 우엘벡이란 이름도 바로 이 부분에서 우리를 제대로 도울 거고요. 카탈로그는 몇 부나 찍을 계획이죠?"

"오백 부요." 프란츠가 대답했다.

"그걸로는 충분치 않아요. 천 부를 찍으세요. 우선 내가 언론사에 돌리는 데만도 삼백 부는 필요하니까. 그리고 발췌 인용이나 복제를 여기저기 죄다 허용할 거예요. 좀 과하다 싶은 분량까지도요. 우엘벡과 그의 대리인인 사무엘슨과도 나중에 문제가 생기지 않게 얘기를 해둬야 해요. 그리고 프란츠 씨에게서 우엘벡 초상화 건에 대해 전해들었는데, 정말 좋은 생각이에요. 게다가 전시 무렵이면 그게 바로 당신이 마지막으로 끝낸 따끈따끈한 작품일 테니, 얼마나 멋져요. 그 작품이 추가로 강력한 한 방이 될 거예요. 확신해요."

"자신감이 대단하네요, 저 여자……" 마릴린이 가고 나서 프란츠가 말했다. "난 소문만 들었지 같이 일하긴 처음이에요."

"많이 변했어요." 제드가 말했다. "하기는 개인적인 차원에서 그렇다는 얘기지, 일에서만큼은 변한 게 하나도 없어요. 어쨌거나 사람이 얼마만큼 인생을 서로 관련도 상호작용도 없는 두 부분으로 나눌 수 있는지 놀라울 따름입니다. 변신에 잘도 성공하는 사람들을 보면 그저 신기해요."

프란츠는 '셰 클로드'에 자리잡고 나서 얘기를 이어갔다. "하긴 선생은 그동안 정말 다양한 사람들의 직업을 연구해왔겠죠. 내가 아는 그 어떤 예술가보다 많이 했을 거예요."

"한 인간을 규정짓는 것은 과연 무엇일까요? 누군가에 대해 정보를 얻어 그가 어떤 사람인지 알고자 할 때, 맨 처음 뭘 묻게 될까요? 어떤 사회에서는 우선 결혼을 했는지 아이가 있는지 물을 겁니다. 우리 사회에서 가장 먼저 묻는 건 직업이죠. 서구사회에서 인간을 규정짓는 것은 생식의 소임이 아닌, 무엇보다도 생산과정 속에서 점하는 위치니까요."

프란츠는 와인을 홀짝홀짝 비우며 생각에 잠겼다가 한참 만에 입을 열었다. "우엘벡이 글을 잘 써줘야 할 텐데요…… 우엘벡의 글에 많은 것이 달려 있어요. 사실 선생의 경우처럼 극단적인 예술적 변화가 받아들여지기는 몹시 힘들거든요. 그나마 조형예술에서가 좀 유리한 편이고, 문학이나 음악 분야에서 방향을 튼다는 건 그야말로 어불성설이죠. 그랬다간 가차없이 뭇매를 얻어맞기 십상이에요. 한편으로는 변화없이 늘 같은 것을 내놓으면 반복만 하면서 퇴보하고 있다고 비난하면서, 또 한편으로는 변화를 주면 일관성 없이 이것저것 마구 건드린다고 비난하는 거죠. 선생의 경우에는 인간을 주제로 삼은 것과 동시에 회화로 돌아간 것에 어떤 필연적 의미가 있다는 것을 나는 이해해요. 그게 뭐냐고 물으면 딱히 할 말은 없지만요. 모르긴 해도 선생 역시 마찬가지일 겁니다. 하지만 무작정 회화로 돌아간 게 아니라는 것만은 알아요. 직감일 뿐이긴 해도요. 그런데 기사를 따내고 호평을 받으려면 직감만으론 부족해요. 어떤 이론적인 근거가 뒷받침되어야 한다는 거죠. 그리고 그건 나나 선생의 능력으로 할 수 있는 일이 아니에요."

그들은 일정을 검토하고 작품 배치 순서를 정하는 것으로 이후의 날들을 보냈다. 결국에는 단순히 연대순으로 작품을 전시하기로 결정했다. 따라서 마지막 작품은 〈IT산업의 미래에 대해 이야기하는 빌 게이츠와 스티브 잡스〉였고, 그 옆에 우엘벡의 초상화를 위한 자리를 비워두었다. 주말에 제드는 작가에게 전화를 걸었으나, 이번에는 받지 않았다. 응답기도 없었다. 몇 시간에 걸쳐 여러 차례 통화를 시도해본 끝에 제드는 이메일을 보냈다. 그리고 또 두번째 메일을 보냈고, 며칠 후에 다시 세번째 메일을 보냈다. 여전히 답장이 없었다.

이 주가 지나자 정말로 불안해지기 시작한 제드는 문자메시지와 메일을 번갈아 보냈다. 마침내 우엘벡이 전화를 걸어왔다. 생기 없는 무기력한 목소리로 그가 말했다. "미안해요. 개인적인 사정이 좀 있었소. 사진 찍으러 오셔도 좋소."

IV

다음날 라이언에어닷컴에 들어가니 섀넌공항에 도착하는 보베발 오후 한시 이십오분 여객기의 항공료가 4.99유로로 나와 있었다. 제드가 착오려니 생각하고 '예약'을 클릭해 들어가보니, 세금과 부대비용을 포함한 최종가가 28.01유로였다. 그래도 저렴한 가격이었다.

파리의 마요 시문市門에서 보베공항까지는 셔틀버스가 다녔다. 버스에 오르며 훑어보니 방학을 맞아 여행을 다니는 대학생인 듯한 젊은이가 특히 많았다. 방학철인 2월이었다. 은퇴자들도 제법 있었고, 어린아이들을 동반한 아랍 여인들도 있었다. 요컨대 사회적 생산활동에 능동적인 인구를 제외한 거의 모든 종류의 사람들이 타고 있었다. 제드 또한 출장을 떠나는 기분이었던 지난번 에어프랑스 탑승 때보다, 여행을 떠나는 기분을 선사하는 이 셔틀버스 안에서 제자리를 찾은 듯한 편안함을 느꼈다.

셔틀버스는 파리 북쪽에 펼쳐진 험한 교외 지역과 주택단지를 지나고 밀밭과 비트밭 한가운데를 쏜살같이 달려 한산한 고속도로에 들어섰다. 고독한 까마귀들이 거대한 무리를 지어 잿빛 대기를 가로질렀다. 주위에 떠드는 사람은 아무도 없었다. 어린아이들조차 잠잠했다. 제드는 일종의 평화 속에 서서히 빠져들었다.

어느덧 십 년이구나, 제드는 생각했다. 그가 음지에서 매우 고독하게 작업해온 지 벌써 십 년의 세월이 흘렀다. 프란츠 외에는 아무에게도 그림을 보이지 않고 혼자 일하며—프란츠는 프란츠대로 제드에게는 결과에 대해 일언반구 없이, 몇몇 지인에게만 은밀하게 작품을 공개하며 반응을 살폈다—어떤 전시회나 토론이나 오픈식에도 참석하지 않음으로써, 제드는 최근 몇 년 사이 전문 예술가의 위치에서 점차 밀려났다. 세상의 눈에, 어떤 의미로는 심지어 자신의 눈에도 점차 일요화가*가 되어갔다. 이번 전시회는 그를 다시 미술계 한복판으로, 세상의 거대한 톱니바퀴 속으로 급작스럽게 내몰 것이었다. 그는 이것이 정말 자신이 원하는 것인지 자문했다. 브르타뉴 해안에 섰을 때 몇 번 팔을 휘둘러 헤엄쳐 나아가면 파도의 감촉이 감미롭고 상큼하리라는 것을 잘 알면서도, 우선은 거칠게 요동치는 차가운 바닷물에 뛰어들고 싶지 않은 그런 마음과 별반 다르지 않으리라.

---

* 그림을 취미로 그리는 아마추어 화가라는 뜻.

공항 의자에서 비행기의 출발을 기다리며 제드는 전날 프낙에서 구입한 카메라의 사용설명서를 펼쳤다. 평소 초상화 작업에 필요한 사진을 찍을 때 쓰던 니콘 D3x는 너무 부담스럽고 전문적일 것 같았다. 우엘벡은 사진가들에게 뿌리 깊은 증오심을 품은 것으로 유명했다. 그에게는 좀더 친근하고 장난감 같은 카메라가 알맞을 터였다.

삼성전자는 사용설명서에서 ZRT-AV2 카메라를 선택한 고객을 대번에 수선스럽다 싶게 치켜세웠다. 소니나 니콘 같으면 찬사 따위, 생각도 못할 일이었다. 이 회사들은 지나치게 프로의식에만 사로잡혀 거만하기 짝이 없었다. 적어도 거만이 일본인의 특성이 아니라면 말이다. 여하튼 이 탄탄한 일본 기업들은 차마 봐주기가 힘들었다. 독일인들은 설명서에서 합리적이고 지조 있는 선택을 한 것이라는 고객의 허구적 믿음을 깨뜨리지 않으려 노력했고, 실제로 벤츠의 사용설명서는 읽는 즐거움이 있었다. 하지만 품질 대비 가격 면에서 이 사회민주주의 국가가 제공하는 허구적 믿음도 이제 더는 효력을 발휘하지 못하게 되었다. 그렇다면 고가 정책으로 일부 고객들을 유혹하는 스위스가 남았다. 제드도 언젠가 기회가 되어 스위스 제품을 사볼까 한 적이 있었다. 한 번은 알파 카메라였고, 한 번은 손목시계였다. 하지만 일반 제품에 비해 최고 다섯 배나 차이가 나는 가격 때문에 이내 의욕을 상실했다. 2010년대의 소비자가 좋아라 할 만한 가장 좋은 방법은 한국 제품을 선택하는 것이다. 자동차로는 기아와 현대가 있고, 전자제품으로는 LG와 삼성이 있다.

사용설명서의 머리말에 따르면, 삼성전자의 ZRT-AV2 카메라는 브랜드 특징으로 정평이 나 있는 전설적인 용이한 사용법과 가장 창의적인 기술 혁신—예를 들면 스마일 셔터 기능—이 만나 탄생했다.

한껏 고양된 이 도입부를 지나고 나니 나머지는 보다 기능적으로 서술되어 있었다. 제드는 대충 훑어보며 꼭 필요한 정보만 찾아 읽었다. 분명 이 제품의 콘셉트는 체계적이고 광범위하며 획일적인 낙관주의였다. 하이테크놀로지 제품의 흔한 콘셉트이긴 하지만 그래도 이런 경향이 필수는 아닐 터인데. 예컨대 '장면모드'의 목록에 '불꽃놀이' '해변' '아기 1' '아기 2' 대신, '장례식' '비 오는 날' '노인 1' '노인 2'를 포함시켰어도 전혀 무리가 없었을 것이다.

'아기 1'은 뭐고, '아기 2'는 뭐지? 설명서의 37페이지에 이르러 의문이 풀렸다. 이것은 사진에 각기 다른 두 아기의 나이가 표시될 수 있도록 생년월일을 따로 설정하는 기능이었다. 38페이지에는 아기의 피부를 '건강하고 생기 있게' 재현하는 기능이 설명되어 있었다. 실제로 아기 1과 아기 2가 생일 사진에 초췌하고 누렇게 뜬 얼굴로 나온다면 부모의 낭패감이 이만저만이 아닐 터였다. 하지만 제드는 개인적으로 아는 아기들이 없었다. '반려동물' 모드나 '파티' 모드를 이용할 리는 더더욱 만무했다. 결국 이 카메라는 그를 위한 것이 아닌 듯했다.

섀넌공항에는 비가 주룩주룩 내리고 있었다. 택시운전사는 무례한 멍청이였다. "곤 포 홀리데이즈(휴가차 오셨나봐요)?" 하필 이런 날씨에 방문한 제드가 고소하다는 듯 그가 물었다. "노, 워킹(아뇨, 일 때문에요)." 운전사가 좋아하는 꼴을 보기 싫어 제드가 냉큼 답하자 상대는 도무지 믿는 눈치가 아니었다. "왓 카인드 오브 잡 유아 두잉(무슨 일을 하시는데요)?" 운전사가 댁 같은 사람한테 누가 무슨 일을 맡기겠느냐는 암시가 확연히 드러나는 억양으로 물었다. "포토그래피(사진이요)." 제드가 답하자, 상대는 패배를 인정하며 코를 킁킁거렸다.

우엘벡은 제드가 장대비를 맞으며 문을 쾅쾅 두드린 지 적어도 이 분은 지났을 때에야 비로소 문을 열었다. 회색 줄무늬 잠옷을 입은 『소립자』의 작가는 텔레비전 연속극에 나오는 죄수와 어렴풋이 닮아 보였다. 불쾌한 안색에 머리는 헝클어지고 지저분했으며 고약한 냄새가 약간 났다. 제드는 절망에 빠져 있음을 가장 확실히 입증하는 징후는 세수조차 할 수 없는 무기력임을 기억해냈다.

"이렇게까지 문을 두드려대서 죄송합니다. 무리라는 건 잘 알지만 선생님의 초상화 작업에 하루 속히 착수하고픈 마음에……" 제드는 서둘러 해명하고는, 상대를 무장 해제시킬 수 있길 바라며 미소를 지어 보였다. 상대를 '무장 해제시키는 미소'라는 표현은 아직도 간혹 소설에 등장하고 있고, 따라서 이 표현에 들어맞는 상황이 어디선가 실제로 벌어지는 것이다. 하지만 불행하게도 제드는 미소로 무장 해제될 수 있다고 믿을 만큼 순진하지 않았고, 우엘벡도 그보다 더 나을 것 같지 않았다. 그럼에도 『투쟁의 의미』를 쓴 작가는 그가 비를 피할 수 있게 뒤로 물러나주었다. 하지만 완전히 집안으로 들이지는 않겠다는 듯 1미터 정도만 양보했다. "와인을 한 병 가져왔습니다. 아주 좋은 걸로요!" 제드가 여행가방에서 와인을 꺼내며 어린아이에게 사탕을 흔들어 보이듯 짐짓 꾸며낸 명랑한 목소리로 외쳤다. 어쨌거나 사백 유로나 주고 산 1986년산 샤토 오존이었다. 파리에서 섀넌까지 왕복하는 라이언에어 항공요금의 열 배가 훨씬 넘는 가격이었다.

"한 병만?" 『행복의 추구』의 작가가 와인의 라벨을 보려고 목을 길게 빼면서 물었다. 악취가 조금 났지만 시체만큼은 아니었다. 여하튼 이보다 더 나쁜 상황일 수도 있었다. 우엘벡은 말없이 와인을 휙 낚아채더니 뒤돌아 들어갔고, 제드는 이것을 들어와도 좋다는 뜻으로 해석했다.

제드가 기억하는 한 지난번에 왔을 때 주 공간인 거실은 텅 비어 있었다. 그런데 이제는 침대와 텔레비전이 갖춰져 있었다.

"그래요." 우엘벡이 말했다. "선생이 다녀간 뒤로 선생이 이 집에 발을 들인 첫 방문객이자 아마도 마지막 방문객이 되리라는 것을 깨달았지 뭐요. 그래서 아무짝에도 쓸모없는 거실을 뭐하러 두나 하는 생각을 했소. 왜 주 공간을 방으로 쓰지 않았느냐 말이지. 하루 중 대부분을 잠자는 데 보내고 음식도 거의 폭스 채널의 만화영화를 보며 침대에서 먹는데 말이오. 내가 집에서 디너파티를 열 것도 아니고."

아닌 게 아니라 와인 얼룩과 담뱃불 자국으로 얼룩진 이불 여기저기에 비스코트 부스러기와 모르타델라* 조각이 떨어져 있었다.

"어쨌든 부엌으로 갑시다." 『르네상스』의 작가가 제안했다.

"저는 사진을 찍으러 왔는데요."

"부엌에선 카메라가 작동을 안 하나?"

"나는 다시 빠졌소…… 돼지고기에 완전히 다시 빠졌단 말이오." 우엘벡이 침울하게 말했다. 아니나 다를까 식탁 위에는 포장된 조리

* 이탈리아 볼로냐산 대형 소시지.

조, 모르타델라, 파테 드 캉파뉴*가 흩어져 있었다. 우엘벡은 제드에게 와인 코르크스크루를 내밀더니, 병을 따자마자 향도 맡지 않고 시음하는 시늉도 생략한 채 첫 잔을 단숨에 비웠다. 제드는 각도를 달리하여 클로즈업 사진 열두 장을 찍었다.

"작업실에 계신 모습을 찍고 싶군요…… 일하는 곳에 계신 모습을요."

작가는 마뜩잖은 듯 신음을 흘렸지만 자리에서 일어나 앞장서서 복도로 향했다. 이삿짐 상자들이 여전히 개봉되지 않은 채로 벽을 따라 쌓여 있었다. 그는 지난번보다 배가 좀더 나왔지만 목과 팔은 여전히 야위었는데, 그 모습이 흡사 늙고 병든 거북 같았다.

작업실은 널찍한 직사각형 방으로, 초록색 플라스틱 정원 테이블 세 개와 아무것도 없는 휑한 벽에 빈병들만 주르르 서 있었다. 가운데 테이블 24인치 애플 아이맥과 삼성 레이저프린터가 놓여 있고, 나머지 테이블들에는 원고들이 어지럽게 널려 있었다. 인쇄된 것도 손으로 쓴 것도 있었다. 단 한 가지 호사라면, 등받이가 높고 바퀴가 달렸으며 검은색 가죽을 씌운 중역 의자였다.

제드는 방 전체를 몇 컷 찍었다. 테이블 쪽으로 다가가는 그를 보고 우엘벡이 소스라치며 예민하게 반응했다.

"안심하세요. 원고는 들여다보지 않겠습니다. 선생님이 질색하신다는 건 잘 알고 있습니다. 하지만……" 제드는 잠시 생각하더니 말을 이었다. "선생님이 어떤 방식으로 주석을 달고 수정을 하시는지 보고

* 초리조는 살라미 유의 고추를 넣은 스페인 소시지이고, 파테 드 캉파뉴는 돼지고기를 향신료와 다져 틀에 넣고 굳힌 일종의 스프레드이다.

싶어요."

"난 싫은데."

"내용은 안 보겠습니다. 절대로요. 그저 전체적으로 얼개를 짜는 데 아이디어를 얻고 싶을 뿐입니다. 그림상으로는 단어 하나 드러나는 일도 절대 없을 거라고 약속드리겠습니다."

우엘벡이 마지못해 원고 몇 장을 건네주었다. 줄을 그어 삭제한 곳은 극히 드문 반면, 중간에 별표를 한 곳은 수두룩했다. 이 별표 부분들은 화살표로 여백이나 따로 붙인 종이에 쓴 다른 문단에 이어졌다. 대략 직사각형을 이룬 이 문단들은 다시 무수한 별표와 화살표로 다른 문단에 이어져 나무 모양의 도표를 형성하고 있었다. 약간 기울어진 글씨는 거의 알아보기 힘들 정도였다. 우엘벡은 제드가 촬영하는 내내 그에게서 한시도 눈을 떼지 않았고, 그가 테이블에서 물러섰을 때에야 비로소 눈에 띄게 안도의 한숨을 내쉬었다. 우엘벡이 작업실을 나와 조심스럽게 문을 닫고는 부엌으로 돌아가며 말했다.

"저건 선생 전시회에 관한 원고가 아니오. 그건 아직 시작 안 했어요. 재출간되는 장루이 퀴르티스*의 작품집에 실을 서문이에요. 이제 원고를 보내야 하거든요. 와인 한잔하겠소?" 그는 아까 제드를 쌀쌀맞게 맞은 것을 만회하려는 듯 과장되게 명랑한 투로 말했다. 샤토 오존 와인은 거의 바닥을 보이고 있었다. 우엘벡이 팔을 활짝 벌려 장을 여니 와인이 사십 병 정도 보였다.

"아르헨티나산, 아니면 칠레산으로 하시겠소?"

---

* 프랑스의 소설가, 에세이스트. 아카데미 프랑세즈 회원이었다. 1947년 『밤의 숲』으로 공쿠르상을 수상했다.

"칠레산이요, 좀 바꿔보죠."

"오늘날 장루이 퀴르티스는 완전히 잊혔어요. 장편과 단편집을 열다섯 권쯤 출간했고, 끝내주는 파스티슈* 모음집을 남겼는데도…… 『프랑스가 나를 지치게 한다』의 파스티슈들은 프랑스 문학사에서 가장 성공적이라는 게 내 의견이오. 생시몽과 샤토브리앙을 모방한 것은 문자 그대로 완벽하고, 스탕달과 발자크를 모방한 것도 아주 훌륭해요. 그런데 오늘날에는 절판되었을뿐더러 읽는 사람들도 없어. 참으로 부당한 일이지. 다소 보수적이고 고전적이긴 했지만 나름대로 자기 분야에서 정직하게 자기 일에, 아니면 적어도 자기 일이라고 생각한 일에 매진한 훌륭한 작가였는데. 『사십대』도 매우 성공적이라고 생각해요. 진짜 노스탤지어가 무언지 보여주는 작품인데, 전통적 프랑스에서 현대사회로 넘어가는 과도기의 상실감이 잘 드러나 있어요. 책을 읽고 있으면 완벽하게 그 시절로 돌아가게 되지. 더러 좌파 신부 같은 인물 몇몇을 제외하면 희화화도 극히 절제되어 있고. 『젊은 커플』도 아주 놀라운 작품이에요. 조르주 페렉의 『사물들』과 똑같은 주제를 다루면서도 우스꽝스러워지지 않았으니까. 그것만 해도 대단한 거지. 당연히 페렉과 같은 천재성은 없지만, 그 시절 페렉에 필적할 만한 사람이 있기나 했소? 또 그 시절 흔히들 부르짖었듯 '소비사회'를 거부하며 배낭 하나 달랑 메고서 유럽을 가로지르려 했던 히피족이나 젊은이들 편에 서서 그들의 입장을 옹호한 것을 봐도 놀랍다고 할 수 있지. 소비사회

* 다른 작가의 스타일을 모방한 작품. 문학뿐 아니라 다른 예술 분야에도 존재하며 표절이나 패러디와는 구별된다. 회고, 오마주, 희화화 등 여러 목적이 있지만 주로 유머가 풍부한 스타일 실험으로 간주된다.

에 대한 그의 거부감은 젊은이들 못지않게 강력할 뿐 아니라, 나아가 훗날의 행보에서도 뚜렷이 드러나듯 보다 견고한 기초에 세워져 있거든. 조르주 페렉이 소비사회를 받아들인 것과는 반대로, 그는 아예 소비사회만을 유일하게 가능한 영역으로 간주했소. 오를리공항의 행복에 대한 그의 고찰은 내가 보기에 전적으로 설득력이 있어요. 장루이 퀴르티스를 반동분자로 치부하는 건 완전히 잘못이오. 그는 좋은 작가였소. 단지 인류가 어떤 의미로는 거의 변할 수 없으리라고 확신한 나머지 조금 서글퍼했을 뿐. 또 세상을 바라보는 라틴적 시선의 잔혹함을 정확히 인식했음에도 이탈리아와 사랑에 빠졌던 것뿐이고. 내가 왜 이런 얘기를 선생한테 늘어놓고 있는지 모르겠군, 선생은 장루이 퀴르티스 따위 안중에도 없을 텐데. 하지만 정말 그렇다면 선생이 틀린 거요, 알면 십중팔구 좋아하게 될 테니. 선생에게서도 일종의 노스탤지어가 느껴지거든. 물론 현대사회, 즉 프랑스가 산업국가였던 시절에 대한 노스탤지어겠지만. 내가 틀렸소?" 우엘벡이 냉장고에서 초리조와 소시지와 빵을 꺼냈다.

"맞습니다." 제드가 한참을 숙고한 뒤 말문을 열었다. "저는 늘 공산품이 좋았어요. 예컨대 사진을 그렇게 많이 찍으면서도 이제껏…… 이 소시지를 찍을 생각은 한 번도 해보지 않았으니까요." 제드가 식탁으로 손을 뻗어 즉시 해명했다. "물론 아주 맛있게 먹긴 합니다. 좋아하니까요…… 하지만 사진은, 안 찍을 겁니다. 구성성분의 산지가 균일하지 않은데다, 한 층 한 층 자를 때마다 지방질이 달라지는 걸 보면…… 좀 의욕이 떨어져요."

우엘벡이 탄트라교의 주술 속으로 빨려들듯 양팔을 벌리며 고개를 주억거렸다. 사실 그는 취했고 부엌의 원통의자 위에 웅크리고 있다가 중심을 잡으려던 것이었다. 다시 입을 뗐을 때 그의 목소리는 부드럽고 깊었으며 순진한 흥분으로 가득차 있었다. "내가 소비자로서 완벽하다고 생각하는 공산품이 세 가지 있소. 파라부트 신발과 캐논 리브리스 노트북 프린터, 카멜 레전드 파카가 그것들이오. 이 제품들을 열렬히 사랑하는 나는 이것들이 자연히 해지거나 낡으면 어김없이 똑같은 제품을 재구입해서, 함께 인생을 보낸다고 말할 수 있을 정도요. 나를 행복한 소비자로 만드는, 완벽하고 충실한 하나의 관계가 정립된 거지. 내 삶은 어느 모로 보나 절대 행복하다고 할 순 없지만 적어도 이거 하나는 건진 거요. 좋아하는 신발을 정기적으로 사 신을 수 있다는 것. 일견 별것 아닌 것 같지만, 굉장한 거요. 특히 인간관계가 보잘것없는 사람한텐 더욱 그렇지. 그런데 이제는 이 단순한 즐거움마저 빼앗겨버렸소. 내가 좋아하는 상품들이 몇 년 만에 진열대에서 사라졌거든. 이유는 너무 간단한데 글쎄, 생산이 중단됐다는 거야. 이제껏 제조된 파카 중에서 가장 아름다운 내 카멜 레전드 파카의 경우는 불쌍하게도 한 시즌만 지나면 끝이고……" 그는 굵은 눈물방울을 뚝뚝 떨어뜨리며 천천히 울기 시작하더니 와인 잔을 다시 채웠다. "잔인한 일이야. 아시오, 지독하게 잔인하다고. 하다못해 하찮은 동물도 멸종하기까지 수천, 수백만 년이 걸리는데, 공산품은 한번 더 기회를 주는 법도 없이 며칠 내로 단칼에 지구상에서 제거되니 말이야. 무력한 공산품은 그저 당할 수밖에. 이건 소비자가 원하는 것을 무엇보다도 잘 알고 있을 생산라인 결정권자의 파쇼적이고 무책임한 횡포요. 그들은 소비자의 신상품에 대한 기대를 충족시키겠다면서 실은 소비자의 삶을 지치고 절망적인 탐색으로 바꿔놓고 말았소. 줄기차게 변형을 거듭하는 상품들 속에서 끝없이 방황하도록 말이지."

"무슨 말씀인지 이해합니다." 제드가 끼어들었다. "롤리플렉스 더 블렌즈의 생산이 중단되었을 때 가슴 아파한 사람이 한둘이 아니었죠. 하지만 어쩌면…… 어쩌면 신화적 위치에 오를 만큼 천문학적인 가격의 상품들에 대해선 사랑과 신뢰를 간직해도 되지 않을까요? 가령 오이스터 퍼페추얼 데이 데이트의 경우, 롤렉스사가 생산을 중단하리라고는 상상이 되지 않는군요."

"선생은 아직 젊구먼…… 지독하게 젊어. 롤렉스도 다른 모든 회사들이나 마찬가지일 거요……" 우엘벡은 동그란 초리조 조각 세 개를 집어 빵에 올린 다음 한입에 먹어치우고는 다시 잔을 채웠다. "카메라를 새로 샀다고 하셨지요…… 어디 설명서 좀 봅시다."

그는 이 분쯤 삼성 ZRT-AV2의 설명서를 훑었다. 한 줄 한 줄에서 자신의 암울한 예견을 확인할 수 있다는 듯이 고개를 끄덕이면서. 마침내 그가 설명서를 돌려주며 말했다.

"아름답고 현대적인 상품이요. 좋아할 만하겠소. 하지만 일 년, 아니 조금 더 써서 이 년 후에는 기능을 업그레이드했다는 미명하에 신상품으로 대체되리라는 것만 알아두시오."

그가 말을 이었다. "우리 역시 상품이오…… 문화상품. 우리도 곧 한물간 신세가 될 거요. 공산품들과 똑같은 절차를 거쳐서 말이오. 하지만 우리에겐 딱히 이렇다 할 기술 발전이나 기능 개선이 적용되진 않을 거요. 말 그대로 새로운 것을 요구할 뿐이지. 하지만 이건 정말 아무것도 아니오, 암, 아무것도 아니지……"

그가 경쾌하게 말을 이으며 두번째 소시지를 자르다가 멈칫하더니, 칼을 손에 든 채 쩌렁쩌렁한 목소리로 노래하기 시작했다. "사랑하라, 웃어라 그리고 노래하라!"

그가 와인 병을 들고 팔을 마구 휘젓는 바람에 타일바닥에 병이 떨어져 산산조각났다.

"제가 줍겠습니다." 제드가 자리에서 벌떡 일어나며 말했다.

"괜찮아요, 놔두시오."

"아닙니다, 유릿조각에 베일지도 몰라요. 혹시 마포걸레가 있습니까?" 제드가 주위를 둘러보았지만 우엘벡은 대답 없이 가볍게 고개만 까딱거렸다. 구석에 작은 빗자루와 플라스틱 쓰레받기가 있었다.

"다른 병을 따겠소……" 작가는 일어나 제드가 그러모으고 있는 유릿조각들 사이를 비틀비틀 걸어 부엌을 가로질렀다.

"이 정도면 웬만큼 마신 것 같은데요…… 사진도 다 찍었고요."

"왜 이러시나, 지금 이렇게 가면 안 되지! 이제 막 재미있어지려는데…… 사랑하라, 웃어라 그리고 노래하라!" 작가가 다시 한번 노래하더니 칠레산 와인 한 잔을 단숨에 들이켰다. 그리고 당당하게 덧붙였다. "푸크라 불두! 비스트로예! 비스트로예!" 얼마 전부터 이 고명한 작가는 더러 낡았거나 분명히 어법에 맞지 않는 이상한 단어들을 사용하는 버릇을 들였다. '탱탱'의 친구이자 술주정뱅이인 하독 선장처럼 유치한 단어를 만들어내는 것이 아니라면 말이다. 작가에게 남은 몇 안 되는 편집자 등의 친구들은 기운 빠지고 몰락한 늙은이에게는 거의 모든 것을 용서하는 심정으로, 이런 약점을 눈감아주었다.

"너무 요란한 거 아니오? 내 초상화를 그리겠다는 그 발상 말이오,

너무 요란뻑적지근해……"

"정말요?" 제드가 놀라 물었다. 드디어 유릿조각들을 다 쓸어모았다. 그는 초대형 공업용 쓰레기봉투(보아하니 다른 크기는 없는 것 같았다)에 유릿조각들을 쓸어넣고는 다시 자리에 앉아 소시지 한 조각을 집어들었다.

"그게요……" 그는 차분히 말을 이었다. "전 선생님의 초상화 작업을 정말로 잘해내고 싶습니다. 지난 십 년간 동네의 말고기 푸주한부터 다국적 기업의 CEO까지 사회 전 계층을 아우르는 사람들을 표현하려고 노력해왔어요. 그중 유일하게 실패한 작품이 있는데, 바로 예술가, 좀더 정확히는 제프 쿤스의 초상이었어요. 이유는 모르겠어요. 아, 그러고 보니 신부를 그리는 데도 실패했군요. 주제에 어떻게 접근해야 할지 막막했거든요. 제프 쿤스의 경우는 작업을 하다가 막판에 갈기갈기 찢어버린 터라 그야말로 최악이었지요. 저는 이 실패에 머물고 싶지 않습니다. 그리고 선생님 초상은 잘해낼 자신도 있어요. 선생님의 시선 속에는 뭔가 있거든요, 뭐라고 표현할 길은 없지만 아무튼 그림으로 전달할 수 있을 것 같아요……"

순간 열정이라는 단어가 머릿속을 스치자 제드는 단숨에 십 년 전 올가와 마지막으로 함께 보낸 주말로 되돌아갔다. 때는 성령강림대축일인 일요일이었고, 제드와 올가는 볼 드 뤼그니 호텔의 테라스에 앉아 있었다. 테라스 아래로 나무들이 미풍에 하느작거리는 드넓은 정원이 내려다보였다. 해는 기울었고, 공기는 더할 나위 없이 포근했다. 올가는 바닷가재 수프를 앞에 두고 명상에 잠겨 있는 듯했다. 아무 말도 하지 않은 지 적어도 일 분은 되었다. 그녀가 고개를 들어 제드를 똑바로 보더니 물었다.

"여자들이 대체 왜 자기를 좋아하는지 알아?"

제드가 알아들을 수 없는 대답을 우물거렸다.

"여자들은 자기를 좋아해." 올가가 힘주어 말했다. "아마 자기도 알 기회가 있었을 거야. 사실 자기가 귀여운 편이긴 하지. 하지만 그게 이유는 아니야. 외형적인 아름다움은 중요한 게 아냐. 그래, 이유는 다른 거야……"

"말해봐."

"아주 간단해. 자기는 눈빛이 강렬하거든. 열정적인 눈빛 말이야. 그게 바로 여자들이 가장 원하는 거야. 눈빛에서 에너지와 열정을 읽을 수 있는 남자가 섹시하다고 생각하거든."

제드가 올가가 내린 결론을 숙고하는 사이, 그녀는 뫼르소 화이트와인을 한 모금 마시고는 애피타이저를 맛보았다. 잠시 후 그녀가 가벼운 씁쓸함을 담아 말했다.

"다만 그 열정이 여자가 아니라 예술작품을 향한 것이더라도 알아채지 못하지…… 물론 처음에는 말이야."

그로부터 십 년이 지난 후 제드는 우엘벡을 관찰하며 그의 눈빛 속에도 열정이, 환각에 사로잡힌 것과도 같은 강렬한 무엇이 도사리고 있음을 깨달았다. 아마 여러 여자의 열정에 불을, 그것도 강렬한 불을 지폈으리라. 그렇다, 여자에 대해 제드가 알고 있는 것으로 미루어 짐작하자면, 개중에 어떤 여자들은 지금 눈앞에서 파테 드 캉파뉴를 게걸스레 삼키며 고개를 까딱까딱하는 이 고통받는 늙다리에게 어렵지 않게 빠져들었을 터였다. 그는 이제 사랑은 물론, 그 어떤 인간관계를 맺는 데도 무심해져버렸는데.

"사실 난 인간이라는 종에 대한 연대감이 아주 희박하오……" 우엘벡이 제드의 머릿속을 꿰뚫기라도 한 것처럼 운을 뗐다. "인간에 대한 소속감이 하루하루 조금씩 사그라진다고 할까. 하지만 선생의 최근 그림들은 마음에 들었소. 인간들을 묘사하고 있는데도 말이지. 지엽적인 것을 뛰어넘는 어떤…… 일반성을 획득했다고 할까. 여하튼 그렇다는 말이오. 내 원고를 미리부터 주워섬기고 싶지는 않소. 그럼 아예 아무것도 안 쓰게 될 테니. 그건 그렇고 3월 말까지 원고를 못 끝낼 것 같은데 괜찮겠소? 요사이 컨디션이 영 안 좋아요……"

"문제없습니다. 전시회를 늦추면 되니까요. 필요하신 만큼 기다리겠습니다. 이제 선생님은 제게 더없이 소중한 분입니다. 그것도 아주 순식간에 그렇게 됐어요. 이제껏 제게 이만한 영향을 준 사람은 아무도 없었습니다!" 제드가 돌연 들떠서 부르짖었다.

"재미있는 건……" 이내 냉정을 찾은 제드가 차분히 말을 이었다. "사람들이 초상화가에게 모델을 세상에 하나밖에 없는 사람으로 만들어줄 무언가를, 즉 모델의 개성을 강조해주기를 기대한다는 겁니다. 어떤 의미로는 저도 그러고 있고요. 하지만 시각을 달리하면, 흔히 인식되는 것보다 훨씬 더 인간들은 서로 닮은 것 같아요. 특히 얼굴의 평평한 부분이나 위턱을 그릴 때면 똑같은 퍼즐을 되풀이해서 맞추는 기분이 든다니까요. 인간이 소설, 위대한 서구 소설의 주제라는 건 잘 압니다. 미술의 가장 중요한 주제이기도 하고요. 하지만 저는 일반적으로 생각하는 것만큼 인간들 사이에 큰 차이가 있는 건 아니라는 생각을 떨칠 수가 없어요. 다만 사회가 복잡해지고 세분화되고 계급화되었을 뿐이라는 거죠……"

"그렇소, 조금은 비잔틴적이랄까……"『플랫폼』의 작가가 기꺼이 동의했다. "하지만 난 선생이 정말 초상화가라는 인상은 못 받았소. 피카소가 그린 도라 마르의 초상화를 보시오, 그게 어디 그림이요? 하긴 피카소의 그림은 죄다 흉측하지. 피카소가 흉측하게 일그러진 세계를 그리는 건 그의 영혼이 흉측하기 때문이고, 피카소에 대해 할 수 있는 말은 그게 전부요. 그자의 전시회를 특별대우 해줄 이유가 없다니까. 피카소의 작품에는 빛의 표현도 없고, 색이나 형태의 구성에서도 혁신을 일으키지 못했어요. 정말 특기할 만한 뭔가가 전혀 없다니까. 있다면 오직, 통장 잔고가 두둑한 몇몇 육십대들이나 혹할 무지막지한 어리석음과 발기지속증이라도 걸린 듯이 쏟아내는 낙서 같은 그림 나부랭이들뿐이지. 반면 반다이크가 그린, 상인길드에 소속된 듀콘의 초상화*, 그건 정말 달라요. 반다이크가 관심을 가진 게 듀콘이 아니라 상인길드이기 때문이지. 그리고 이게 바로 내가 선생의 초상에서 이해한 것이기도 해요. 어쩌면 완전히 헛다리 짚었는지도 모르지만. 어쨌거나 내 원고가 마음에 안 들면 쓰레기통에 처넣어버리면 그만 아니겠소. 미안하오, 말이 좀 거칠었어. 이게 다 피부 진균증 때문이오……"
제드가 질겁해서 지켜보는 가운데 우엘벡은 피가 날 때까지 맹렬하게 발을 긁었다. "피부 진균증에 세균성 감염, 아토피성 습진까지 두루 퍼졌소. 제대로 감염이 된 거요. 나는 지금 이렇게 썩어가고 있는데, 아

---

* 우엘벡이 묘사한 이 그림은 실재하지 않는 상상의 작품이다. 듀콘(Ducon)의 프랑스어 발음은 '뒤콩'인데, 경멸과 조롱이 담긴 별칭으로 자주 쓰인다.

무도 관심이 없어. 어느 누구도 날 위해 해줄 수 있는 게 없다고. 수치스럽게도 의학조차 날 버렸지. 그런 내게 남은 할일이 뭐겠소? 긁는 거요. 쉬지 않고 긁는 것, 이게 바로 내 삶이 돼버렸소. 볼썽사납게 끝도 없이 긁어대는 것이……"

잠시 후 다소 진정된 우엘벡은 몸을 일으키더니 말했다. "이제 좀 피곤한걸. 그만 쉬어야겠소."

"물론 그러셔야죠!" 제드가 재빨리 일어났다. 그리고 이럭저럭 일을 잘 마쳤다는 기분으로 마무리를 했다. "지금껏 시간을 내주신 것만으로도 감사합니다."

우엘벡이 그를 문까지 배웅했다. 그가 어두운 밤 속으로 사라지기 직전에, 작가가 귀띔했다. "선생이 지금 무얼 하고 있는지 알겠소. 그 결과도 알고 있고. 선생은 좋은 예술가요. 세세한 얘기를 접어두고 간단히 말하면 그렇소. 결국 내 사진은 수천 장이나 찍혔소. 하지만 다음 세기까지도 살아남을 내 이미지가 딱 하나 있다면, 그건 바로 선생의 그림일 거요." 우엘벡이 별안간 아이처럼 미소 지었다. 문자 그대로 상대를 무장 해제시키는 미소였다. "아셨소, 내가 얼마나 그림을 진지하게 생각하는지……" 그는 말하고 문을 닫았다.

V

제드는 굼뜬 차량들 틈에서 쩔쩔매다가 가까스로 시간에 맞춰 공항의 금속탐지대에 이르렀다. 이미 늘어선 줄에 끼어들어 자리를 잡고 보니, 그를 제외하면 모두 애가 두셋씩 딸린 가족들이었다. 그의 앞에 있던 네 살쯤 돼 보이는 금발의 사내애가 징징거리고 있었다. 아이는 알 수 없는 소리로 뭐라고 떼를 쓰다가 급기야 바닥에 드러눕더니 제 성질에 겨워 몸을 떨며 울기 시작했다. 아이의 엄마와 아빠가 지친 시선을 교환했다. 아이 아빠가 고약한 작은 괴물을 붙잡아 일으키려 했다. 전날 우엘벡은 중압감이 쌓여 소설을 쓰는 것이 불가능하고, 같은 이유로 사는 것도 불가능하다고 말했었다. 앙드레 지드에서부터 장폴 사르트르까지 주워섬긴 자유에 관한 온갖 이론들은 죄다 무책임한 독신자들이 고안해낸 한낱 부도덕한 요설에 불과하다는 말도 했다. 그는 칠레 와인을 세 병째 따며, 나를 포함해서 말이오, 라고 덧붙였었다.

여객기의 좌석은 따로 지정되어 있지 않았다. 탑승이 시작되자 제드는 청소년 무리에 묻어가려 했지만 철제 탑승계단 아래서 제지당했다. 여행가방의 부피가 너무 커서 직원에게 맡겨야 했다. 결국 그는 가운데 통로 가까이에 앉게 되었다. 자리에서 몸을 들썩거리며 끊임없이 사탕을 달라고 칭얼대는 다섯 살 난 여자아이와, 갓난애를 무릎에 앉힌 푸석한 머릿결의 뚱뚱한 여자 사이였다. 비행기가 이륙한 지 얼마 안 되어 아기가 울음을 터뜨렸고, 삼십여 분 후에는 기저귀를 갈아줘야 했다.

보베틸레공항 출구에 멈춰 선 제드는 여행가방을 내려놓고 친천히 숨을 골랐다. 유아차와 아이들로 거치적거리는 가족들이 파리의 마요 시문행 셔틀버스에 꾸역꾸역 오르고 있었다. 바로 옆에 흰색 미니버스가 한 대 서 있었다. 버스 측면의 커다란 유리창에 '보베 순환버스'라 쓰여 있었다. 제드가 다가가 물으니 운전사가 보베로 가는 셔틀버스라고 했다. 요금은 이 유로였다. 표를 구입하고 보니 그가 유일한 승객이었다.

"보베역으로 모실까요?" 얼마쯤 달리다 운전사가 물었다.

"아니요, 시내로 갈 겁니다."

운전사가 놀란 듯 제드를 힐끔 보았다. 언뜻 보아도 공항 이용객들이 보베시 관광특수로 이어지는 것 같지는 않았다. 그럼에도 프랑스의 여타 모든 도시와 마찬가지로, 시내의 보도를 정비한다든가 도시의 문화와 역사를 소개하는 안내 표지판을 개선한다든가 하는 노력은 있어왔다. 보베에 처음으로 사람이 살았던 흔적은 지금으로부터 육만 오천 년 전으로 거슬러올라간다. 그후 로마인들이 요새로 만든 이 도시는 카이사로마구스, 벨로바쿰이라는 이름으로 불리다가, 275년에 외적의 침략으로 파괴되었다.

기름진 밀밭에 둘러싸인데다가 상업적 교차로에 위치한 보베는 11세기에 이르러 괄목할 만한 번영을 누린다. 특히 직물수공업이 흥했고, 보베 나사羅紗는 비잔틴제국까지 수출할 정도였다. 밀롱 드 낭퇴유 백작 주교*가 고딕 건축양식의 대표 걸작인 생피에르대성당(미슐랭 가이드에서 별 셋을 받은 가볼 만한 곳이다) 건설 계획을 지시한 것은 1225년이었다. 결국 미완성으로 남았지만, 유럽에서 가장 높은 무수한 고딕식 궁륭들은 장관이다. 직물산업의 퇴보와 운명을 함께한 보베의 쇠락은 18세기 말부터 시작되었고 그뒤 실제로 멈춘 적이 없었다. 제드는 어렵지 않게 '키리아드호텔'에 방을 잡았다. 분위기가 하도 괴괴해서 저녁식사 시간이 될 때까지 그는 자신이 유일한 숙박객인 줄 알았다. 그러나 그날의 요리인 송아지 스튜를 먹기 시작했을 때, 삼십대 일본인 한 명이 겁먹은 눈초리로 두리번거리며 들어와 그의 옆 테이블에 앉았다.

일본인은 송아지 스튜를 추천받자 불안해하는 기색이 역력했다. 그리고 마침내 개중에 무난해 보이는 메뉴로 선택한 등심 스테이크가 몇 분 후에 나오자 도무지 결심이 서지 않는 듯 처량하게 포크 끝으로 음식을 건드리며 깨지락거렸다. 제드가 보니 대화를 나누고 싶어하는 눈

---

* 당시에는 주교가 백작 주교라는 이름으로 종교적, 정치적 권력을 모두 장악한 도시의 진짜 주인이었다.

치였다. 아니나 다를까 그가 감자튀김 몇 개를 느릿느릿 빨아먹더니 제드에게 영어로 말을 걸어왔다. 이 딱한 남자는 이 지역에서 가동중인 마지막 나사직물 공장에 자동직물제조 기기를 납품하는 데 성공한 산업기계 전문 제조업체 고마쓰의 직원이었다. 보베에는 납품한 기계가 고장나서 수리하러 온 참이었다. 예전 같으면 이럴 때 서너 명이 함께 출장을 왔고 사정이 여의치 않을 때도 두 명은 왔을 텐데, 가혹한 예산 감축 탓에 그 홀로 보베에 떨어져 성난 고객, 하자 있는 기계와 마주하게 되었다는 요지의 한탄이었다.

제드는 그가 정말 고약한 상황에 빠졌음을 공감했다. 그런데 전화로 도움을 받을 수는 없나? "타임 디퍼런스(시차 때문에)……" 일본인이 슬프게 대답했다. 새벽 한시쯤에는 일본의 출근시간일 테니 누군가와 통화할 수 있지 않을까? 하지만 그때까지는 그 혼자일 것이고, 방에선 일본 케이블 방송조차 볼 수 없었다. 그는 할복자살이라도 할까 고민하는 양 잠시 나이프를 들여다보더니, 등심 스테이크를 먹기 시작했다.

방으로 올라온 제드는 볼륨을 죽여놓고 〈탈라사〉*를 보면서 휴대전화를 열었다. 프란츠에게서 세 개의 메시지가 와 있었다. 프란츠는 기다렸다는 듯 신호가 떨어지자마자 전화를 받았다.

"여보세요? 어떻게 됐어요?"

"그럭저럭, 잘됐어요. 그런데 원고가 좀 늦어질 것 같아요."

"아, 안 돼요. 그럴 순 없어요. 3월 말에는 받아야 돼요. 안 그러면

* 공영방송 프랑스3에서 방영되는 해양 관련 교양 프로그램으로, 1975년에 시작한 대표적 장수 프로그램.

인쇄에 차질이 생겨요."

"제가……" 제드는 망설이다 질러버렸다. "제가 괜찮다고 했어요. 필요한 만큼 시간을 가지라고요."

프란츠가 알아들을 수 없는 괴성을 흘리더니 잠시 침묵했다. 폭발 직전의 날 선 목소리가 이어졌다.

"이봐요, 만나서 얘기합시다. 지금 좀 화랑으로 오시지요."

"그건 곤란한데요. 제가 보베에 있거든요."

"보베요? 아니, 보베에서 뭐하는 겁니까?"

"잠시 머리 좀 식히려고요. 이렇게 보베에 와 있으니 참 좋네요."

파리 북역으로 가는 기차가 여덟시 사십칠분에 있었고, 목적지까지는 한 시간 조금 넘게 걸렸다. 열한시에 제드는 화랑에서 낙담한 프란츠와 마주했다. 그가 나무라는 투로 운을 뗐다. "우리 화랑의 작가가 선생 혼자는 아니에요…… 전시회를 5월에 못 열면, 12월까지 밀린단 말입니다."

십 분 후 도착한 마릴린 덕에 분위기가 조금 나아졌다. "12월이면 나는 아주 좋아요." 그녀는 대뜸 던져놓더니, 신바람이 나서 탐욕스레 말을 이었다. "그러면 영국 잡지들을 요리할 시간을 좀더 벌 수 있으니까요. 사실 영국 잡지들은 원래 아주 일찌감치 접촉해야 하거든요."

"좋아요, 그럼 12월에 여는 걸로 하죠……" 기운 빠진 프란츠가 마지못해 침울하게 양보했다.

"나는……" 제드가 살짝 손을 들어올리며 무슨 말을 하려다가 그만두었다. "나는 예술가예요" 또는 그 비슷한, 다소 우습게 들릴 수도 있는 거창한 말을 하려 했었다. 하지만 그는 마음을 고쳐먹고 이렇게만 말했다. "실은 우엘벡의 초상화를 그리는 데도 시간이 더 필요해요. 이건 정말 잘 그리고 싶거든요. 이제껏 그린 것 중 최고로요."

VI

미술평론가 대부분이 주장하기로, 제드 마르탱은 〈작가, 미셸 우엘벡〉에서 '직업 시리즈' 기간 전반에 걸쳐 완성한 작품들을 특징짓는 사실주의적 배경 묘사와 결별했다. 그에게는 쉽지 않은 결정이었던 만큼 이 결별에는 각고의 노력이 엿보인다. 그는 배경에 환상적 요소를 끌어들이면서도 가능한 한 사실주의적 작풍을 유지하기 위해 갖가지 수법을 동원했다. 그림 속의 우엘벡은 꽉 채워 쓰거나 절반만 쓴 원고 무더기가 쌓인 책상 앞에 서 있다. 그의 뒤로 5미터 남짓 떨어진 것으로 추정되는 하얀 벽은 손으로 쓴 원고들로 한 치의 빈틈도 없이 빼곡하게 뒤덮여 있다. 미술평론가들은 역설적으로 제드 마르탱이 텍스트에 대단히 중점을 둔 것처럼 보인다고 강조했다. 요컨대 그는 현실 속에 존재하는 모든 레퍼런스를 멀리한 채 텍스트에만 집중한다는 것이었다. 하지만 문학평론가들은 우엘벡이 집필기간에 작업실 벽에 도배해 놓는 갖가지 자료들은 대개 집필중인 소설의 배경이 되는 장소를 찍은 사진이라고 입을 모아 증언한다. 꽉 채워 썼건 절반만 썼건 원고로 벽을 도배하는 일은 극히 드물다는 것이다. 제드 마르탱이 종이에 둘러싸인 우엘벡을 묘사한 것은, 문학에서의 사실주의적 문제에 대한 입장을 표명하고자 해서가 아니었고, 우엘벡을 형식주의자로 묘사하기 위해서는 더더욱 아니었다. 더구나 우엘벡은 형식주의를 공공연히 배척하지 않았던가. 제드 마르탱은 그저 단순히, 거대한 자포동물의 촉수처럼 꼬리에 꼬리를 물고 여러 갈래로 나뉘며 연결되는 텍스트들의 조형미에 매혹되었던 것뿐이리라.

어쨌거나 그림이 일반에 공개되었을 때 배경에 관심을 가진 사람들은 극히 일부였다. 풍부한 인물 표현에 배경은 가려졌다. 책상에 놓인 원고에서 수정할 부분을 막 찾은 순간에 포착된 우엘벡은 신들린 듯 격정에 사로잡혀 있었고, 혹자는 주저 없이 악마에 홀린 것 같다고 평했다. 움직임을 표현하느라 살짝 흐릿하게 처리된 수정펜을 든 그의 손이, 왕푸신의 다채로운 표현에 따르면 "몸을 늘여 먹잇감을 덮치는 코브라처럼 날쌔게" 종이에 달려들었다. 왕푸신은 여기에서 전통적으로 극동아시아의 작가들에게서 널리 쓰이는 진부한 은유를 역설적으로 비틀고자 한 것이었다(왕푸신은 무엇보다도 시인이고자 했지만, 그의 시들은 더이상 거의 읽히지 않았고 이제는 시중에서 구할 수도 없었다. 반면 제드 마르탱의 작품에 대한 그의 평론은 미술사에서 빼놓을 수 없는 중요한 레퍼런스였다). 제드 마르탱의 이전 그림들보다 명암의 대비가 극명한 우엘벡의 초상은 작가의 신체 대부분을 어둡게 처리하고, 얼굴 윗부분과 맹수의 발톱처럼 기다랗고 앙상하며 굽은 손가락들만 집중적으로 밝게 부각시켰다. 그림 속 작가의 시선은 표현법이 하도 기이해서 현존하는 회화 전통으로는 설명할 방도가 없었고, 차라리 부두교의 종교의식을 다룬 민속학 관련 문헌에서 접근법을 찾아야 한다는 것이 평론가들의 중론이었다.

10월 25일, 제드는 프란츠에게 전화를 걸어 그림이 완성되었음을 알렸다. 지난 몇 달 동안 그들은 자주 만나지 못했다. 이번에 제드는 그전처럼 준비작업이나 크로키 등을 봐달라고 프란츠에게 전화를 걸지 않았고, 프란츠는 프란츠대로 다른 전시회 준비로 겨를이 없었다. 전시회들은 성공적인 편이었다. 프란츠의 화랑은 몇 년 전부터 뜨고 있었고 그의 주가도 차츰 상승곡선을 그렸지만, 이 모든 것이 아직 실질적인 판매로 이어지지는 못했다.

프란츠는 저녁 여섯시에 도착했다. 거실 한가운데서 116×89센티미터의 캔버스가 할로겐 조명을 환하게 받고 있었다. 프란츠는 천을 씌운 접의자에 앉아 십여 분간 잠자코 그림을 감상했다.

"좋아요……" 마침내 그가 입을 열었다. "선생은 더러 사람을 질리게 하지만, 좋은 예술가예요. 기다릴 가치가 충분했다는 걸 인정해야겠군요. 좋은 그림입니다, 아주 좋아요. 그런데 정말 우엘벡한테 선물할 작정입니까?"

"약속을 했습니다."

"원고는요? 곧 들어오나요?"

"이달 말까지 올 거예요."

"서로 연락은 닿는 겁니까?"

"그렇지는 않아요. 8월에 받은 이메일이 다니까요. 프랑스로 돌아왔고, 루아레에 있는 어릴 때 살던 집을 다시 샀다는 내용이었어요. 하지만 이런 일들과는 상관없이 어쨌든 10월 말에는 원고를 보내겠다고 했어요. 전 그를 믿어요."

VII

10월 31일 아침, 과연 제드는 오십 장가량의 제목 없는 문서가 첨부된 이메일을 받았다. 그는 분량이 너무 많지 않을까 지레 걱정하면서 프란츠와 마릴린에게 즉시 전달했다. 마릴린은 오히려 잘됐다고, '볼륨감이 있는' 것은 언제든 좋은 거라며 제드를 안심시켰다.

비록 오늘날에는 그저 역사 속의 색다른 문헌으로 간주되지만, 우엘벡의 텍스트—제드 마르탱의 작품에 헌정된 최초의 본격 평문—에 일견 흥미로운 직관이 없는 것은 아니다. 그는 제드 마르탱의 작업에 주제와 테크닉의 다양함을 뛰어넘는 일관성이 있음을 처음으로 환기시킨다. 예술가가 대학 시절을 포함해 수년간 공산품의 본질을 좇는 데 헌신한 후, 작품 이력의 제2기로 넘어가 이번에는 그 공산품의 생산자들에게로 관심을 돌렸다는 사실에서 심오한 논리를 발견하는 것이다.

당대 사회에 대한 제드 마르탱의 시선은 정치평론가의 것이라기보다는 민속학자의 것이라고 우엘벡은 강조한다. 또한, 비록 제드 마르탱의 작품 중에서는 극히 드물게 군중이 등장하는 〈베아테 우제*의 주식상장〉이 표현주의 시대를 연상시킨다 하더라도, 마르탱은 참여예술가가 아니라고 잘라 말한다. 게오르게 그로스**나 오토 딕스***의 신랄하고 자극적인 화풍과는 거리가 멀다는 것이다. 우엘벡은 후드 트레이닝복을 입고 독일의 거대 포르노 기업을 향해 열의 없이 무심하게 박수를 보내고 있는 제드 마르탱의 주식 브로커들은, 프리츠 랑이 연출한 무성영화 〈마부제 박사〉에서 긴 외투를 입고 쉴새없이 응접실을 오가며 서로를 스치는 부르주아들의 직계 후손이라고 주장한다. 그들은 똑같이 무심하고 똑같이 초연한 방식으로 다루어지고 있다. 제드 마르탱의 그림 제목은 그림 자체와 마찬가지로 늘 직접적이고 단순하다. 그는 사실을 기술할 뿐, 주석 역할을 하는 부제나 시적 표현은 극도로 자제한다. 그럼에도 가장 완성도 높은 작품 중 하나인 〈IT산업의 미래에 대해 이야기하는 빌 게이츠와 스티브 잡스〉에는 '팰로앨토에서의 대화'라는 부제를 달아놓았다.

버들가지로 엮은 의자에 푹 파묻히듯 앉은 빌 게이츠는 대화 상대를 향해 미소 지으며 양팔을 활짝 벌리고 있었다. 카키색 반소매 셔츠와

---

* 독일의 거대 섹스용품 회사.

** 독일의 표현주의 화가. 사회의 부정과 거짓, 인간 욕망의 추악함을 예리하게 파헤치거나 바이마르체제의 모순을 폭로하는 풍자화를 주로 그렸다.

*** 독일의 화가, 판화가. 다다이즘 성향을 보였다가 종교를 주제로 한 표현주의적 경향으로 기울었다.

면바지 차림에다 맨발에 슬리퍼를 신은 그는, 이제 더이상 마이크로소프트사가 전 세계적으로 맹위를 떨치던 시절의 군청색 양복을 입었던 그 빌 게이츠, 브루나이의 술탄에게서 왕좌를 직접 찬탈해 세계 제1의 부호라는 왕관을 쓴 그 빌 게이츠가 아니었다. 또한 아직은 스리랑카의 고아원들을 방문하고 서아프리카 국가들에 만연한 천연두의 위험을 국제사회에 환기시키는 등, 세상사에 연대감과 괴로움을 느끼는 그 빌 게이츠도 아니었다. 바로 세계 최고 소프트웨어 기업의 체어맨 자리를 내던진 후 의심의 여지 없이 행복하고 느긋해 보이는 과도기의 빌 게이츠, 한마디로 휴가중인 빌 게이츠였다. 너드였던 그의 과거를 상기시키는 것은 오직 알이 두꺼운 금속테 안경뿐이었다.

그의 맞은편 흰 가죽소파에 앉은 양복 차림의 스티브 잡스는 역설적이게도 전통적으로 프로테스탄트 자본가와 결부된 이미지인 근엄함의 화신처럼 보였다. 깊은 고민에 빠져 해결책을 구하려는 듯 오른손으로 아래턱을 감싸쥔 굳은 자세와 상대를 향한 의혹으로 가득찬 눈길 속에는, 발랄하고 여유로운 캘리포니아인의 모습은 눈을 씻고 찾아봐도 없었다. 제드 마르탱이 우스꽝스럽게 입혀놓은 알로하셔츠조차 다소 굽은 자세와 역력히 드러나는 혼란스러운 표정이 자아내는 전반적인 침울함을 해소하지는 못했다.

두 사람이 마주앉은 장소는 스티브 잡스의 자택임이 확실했다. 절제된 디자인의 흰색 가구들과 화려한 색상의 민속적 벽지가 어우러진 공간 면면이 애플사 창립자의 심미안을 연상시켰다. 마이크로소프트사의 창립자가 시애틀 근교에 지은, SF영화 세트장이 되기 일보 직전인 신기한 하이테크놀로지 소품들이 범람하는 주택과는 지극히 대조적이었다. 두 남자 사이의 낮은 테이블 위에는 수공예 원목 체스판이 놓여 있었는데, 검은 말이 불리한 상황, 즉 스티브 잡스가 고전하는 상황에서 중단된 채였다.

자서전 『미래로 가는 길』에서 빌 게이츠는 철저한 냉소주의가 엿보이는 대목들을 이따금 내비친다. 특히, 가장 혁신적인 상품을 선보이는 전략이 꼭 기업에 유리한 것만은 아니라고 허심탄회하게 고백하는 대목이 그러하다. 많은 경우 경쟁사들이 신제품을 출시하고 나서 혁신에 뒤따르는 갖가지 문제점에 직면해 이런저런 고배를 마시는 것을 지켜본 다음, 다음 분기에 경쟁사 출시 상품의 복제품을 저가로 시장에 방출하는 것이 바람직하다는 것이었다(그는 아울러 실명을 직접 거론하지 않은 채 이 경쟁사가 애플임을 공공연하게 암시한다). 우엘벡은 글을 통해, 그럼에도 이 표면상의 냉소주의는 빌 게이츠의 본질이 아니라고 주장한다. 우엘벡에 따르면 게이츠는 오히려 이 경이롭고도 감동적이기까지 한 대목들을 통해 신비의 '보이지 않는 손', 즉 자본주의에 대한 믿음을 공고히 하고 있는 것뿐이다. 그동안 겪어온 여러 차례의 부침과 명명백백한 역효과에도 불구하고 시장은 늘 옳고, 따라서 시장의 행복이 곧 전체의 행복이라는 것이 그의 절대적이고 확고한 신념이다. 그리고 이 신념은 그림 속의 빌 게이츠에게서도 드러난다. 제드 마르탱이 빌 게이츠의 따뜻하고 정겹게 활짝 벌린 팔과, 태평양 너머로 저무는 해의 마지막 광선에 반짝이는 안경을 통해 묘사하고자 했던 것이야말로 바로 자신만의 철저한 진실에 갇힌, 충직한 자본주의자의 순진한 신념으로 가득한 존재였다. 반면 병마와 싸우느라 여윈 스티브 잡스는 고통스럽고 수심에 찬 표정을 지으며 수염이 듬성듬성 난

꺼칠한 턱을 오른손으로 괴고 있었는데, 그 모습이 자리를 드문드문 채운 무심한 청중 앞에서 아마 두번째 설교를 토해내야 하는 순간 난데없이 의혹에 사로잡힌 순회목사를 연상시켰다.

그럼에도 게임의 주인은 오히려 지고 있는데다 미동도 없이 앉아 있는 쇠잔한 스티브 잡스인 듯한 분위기였다. 우엘벡은 바로 이 점에 이 그림의 심오한 역설이 있음을 강조한다. 잡스의 시선 속에는 설교자나 선구자의 불꽃뿐만 아니라 쥘 베른이 흔히 묘사하는 발명가의 불꽃이 일렁이고 있었다. 제드 마르탱이 그려놓은 체스판 위의 형국을 좀더 주의 깊게 살펴보면 잡스가 반드시 지는 게임이라고는 할 수 없었다. 그가 퀸을 희생시키는 대신 세 수 만에 비숍-나이트 체크메이트를 만들 경우 승산이 있었다. 이와 마찬가지로, 그라면 신제품에 대한 전광석화와 같은 직감으로 시장에 돌연 새로운 규범을 제시할 수 있을 것만 같았다. 두 남자의 뒤쪽에 위치한 유리창 너머로, 거의 초현실적이라 할 에메랄드빛 평야가 보였다. 평야는 완만한 경사를 그리며 침엽수림까지 뻗어 있고, 그 뒤로 해안절벽이 늘어서 있었다. 더 멀리에는 금빛을 띤 적갈색 파도들이 끊임없이 출렁이는 태평양이 펼쳐졌다. 멀리 잔디밭에서는 어린 소녀들이 원반던지기를 하며 놀고 있었다. 해거름이었다. 마르탱은 캘리포니아의 북쪽에서 기우는 태양이 내뿜는 오렌지빛 향연을 비현실적이리만치 웅장하게 표현했다. 지구의 가장 앞쪽에서 해가 저물고 있었다. 잡스의 시선에서 읽을 수 있는 것은, 막연한 이별의 슬픔이었다.

시장경제를 확신하는 두 진영이요, 민주당의 결연한 두 지지자이기도 한 이들은, 그럼에도 오노레 드 발자크의 소설에 나오는 은행가와 쥘 베른의 소설에 나오는 엔지니어의 차이만큼이나 다른 자본주의의 두 단면을 대변하고 있었다. 우엘벡은 '팰로앨토에서의 대화'는 지나치게 겸손한 부제라고 단언하며 글을 맺는다. 제드 마르탱은 차라리 '자본주의에 대한 짧은 이야기'*라는 부제를 달았어야 했다. 왜냐하면, 결국 그 이야기니까.

* 자크 아탈리의 『미래에 대한 짧은 이야기』(2006)를 패러디한 것. 국내에는 '미래의 물결'이라는 제목으로 번역 출간되었다.

VIII

몇 번의 번복 후, 전시회 오픈 날짜가 12월 11일 수요일로 결정되었다. 마릴린의 말로는 이상적인 날짜였다. 이탈리아의 인쇄소에서 급하게 제작된 카탈로그는 제때 도착했다. 우아하고 호사스럽기까지 한 책자였다. 카탈로그에 돈을 아끼면 안 된다고 단호히 말한 사람은 마릴린이었다. 프란츠는 신기할 정도로 날이 갈수록 마릴린에게 고분고분해졌다. 그는 통화중인 그녀를 복슬강아지처럼 졸졸 따라다녔다.

입구 가까이에 카탈로그를 쌓아놓고 그림이 제대로 걸렸는지 전체적으로 살피고 나자, 세 사람은 오픈식 시간인 저녁 일곱시까지는 할 일이 없었다. 화랑 주인이 의심의 여지 없는 신경과민 증세를 보이기 시작했다. 그는 디젤 블랙진 위에 슬로바키아 농촌의 전통 자수가 수놓인 야릇한 셔츠 차림이었다. 상당히 여유로워 보이는 마릴린은 휴대전화로 몇 가지 세부사항을 점검하고 나서 그림과 그림 사이를 유영했고, 프란츠는 그런 그녀의 뒤꽁무니를 졸졸 따라다녔다. 이츠 어 게임, 이츠 어 밀리언 달러 게임(이건 게임이야, 백만 달러가 걸린 게임).

여섯시 삼십분 무렵, 두 단역배우의 연속공연에 지친 제드가 잠시 산책이나 하고 오겠다고 알렸다. "한 바퀴만 돌고 올게요. 좀 걷고 싶어서요. 걱정 마요. 좀 걸으면 기분이 좋아져요."

뱅상 오리올 대로에 들어서자마자 제드는 이것이 지나친 낙관이었음을 깨달았다. 자동차들이 흙탕물을 튀기며 쏜살같이 내달리고 있었다. 날은 추웠고 장대비가 퍼부었다. 이것이 이날 저녁의 뱅상 오리올 대로에 대해 말할 수 있는 전부였다. 긍정적 에너지가 감지되는 곳은 오직 카지노 슈퍼마켓과 셸 주유소뿐이었다. 이 두 곳만이 욕망과 행복과 기쁨을 불러일으킬 수 있는 사회적 제안을 하고 있었다. 이 삶의 장소들은 제드가 이미 아는 곳이었다. 카지노 슈퍼마켓은 그가 로피탈 대로의 '프랑프리 슈퍼마켓'으로 다니기 전까지 수년간 단골이었던 곳이고, 셸 주유소는 일요일에도 프링글스와 에파르 생수를 살 수 있는 고마운 곳이었다.* 하지만 케이터링 서비스에 맡긴 칵테일파티가 준비된 오늘 저녁에는 프링글스도 에파르 생수도 필요하지 않았다.

그럼에도 제드는 열 명쯤 되는 슈퍼마켓 손님들 사이를 파고들었다. 여러 가지로 개선된 부분들이 금세 눈에 띄었다. 서적 코너의 정기간행물 진열대에 있는 신문 잡지의 선택의 폭은 한층 넓어졌고, 이탈리아 생生 파스타의 진열대도 더욱 풍성해졌다. 확실히 이탈리아 생 파스

---

* 프랑스에서는 슈퍼마켓과 상점 대부분이 일요일에 영업을 하지 않는다.

타의 발전을 가로막는 것은 아무것도 없는 듯 보였다. 특히 즉석요리 코너는 근사하고 다채로운 셀프 샐러드바를 신설한 덕에 넉넉해져 있었다. 나란히 진열된 열다섯 종류의 샐러드 중에 맛있어 보이는 것들이 있었다. 다시 오고픈 생각이 들 정도였다. 지랄스러울 정도로 다시 오고 싶소, 우엘벡이었다면 이렇게 말했으리라. 그러자 제드는 문득 그의 빈자리가 고통스러우리만치 아쉬웠다. 몇몇 중년 여자들이 샐러드바 앞에서 미심쩍은 표정으로 재료들의 칼로리를 계산하고 있었다. 제드는 우엘벡이 그와 마찬가지로 대형 마트를 좋아한다는 것을 알고 있었다. 작가는 대형 마트야말로 진짜 시장이라고 입버릇처럼 말했다. 또한 제드와 마찬가지로 다소 공상과학적이 될 먼 미래에는 세상에 존재하는 온갖 종류의 상점이 하나로 융합된, 인간에게 필요한 모든 것을 제공하는 토털 하이퍼마켓이 출현하길 소원했다. 우엘벡과 함께 새롭게 단장한 카지노 슈퍼마켓에 와서, 못 보던 상품이나 영양성분이 유난히 명료하고 세세하게 표시된 새로운 라벨을 발견하면 팔꿈치로 서로를 툭툭 치는 것으로 신호를 보내며 시간을 보냈더라면 좋았을 텐데!

제드는 우엘벡을 향한 우정이라는 감정에 잠식당한 것일까? 우정은 과장된 말이었으리라. 어쨌거나 제드는 자신이 이런 종류의 감정을 느낄 처지가 아니라고 생각했다. 그는 인생에서 우정이 싹트기에 최적기인 어린 시절과 청소년기에도 우정이라는 감정에 사로잡힌 적이 없었다. 그런데 이제 와서 새삼스레 때늦은 우정이 그를 찾아들 리는 만무했다. 여하튼 제드는 우엘벡과 만날 수 있어서 기뻤고, 특히 그의 글이 마음에 들었다. 더욱이 작가에게 회화에 대한 전문적 식견이 없다는 점을 감안하면 놀랍도록 뛰어난 직관이라고 생각했다. 그는 물론 우엘벡을 오픈식에 초대했고, "들르겠다"는 대답을 들었다. 이 대답은 작가가 나타날 확률이 거의 없음을 의미했다. 전화 통화에서 우엘벡은 새집을 정리하고 꾸미느라 몹시 들떠 있었다. 두 달 전 그가 감상적 순례의 일환으로 어린 시절을 보낸 마을을 찾았을 때 예전에 살던 집이 매물로 나와 있었다. 이것을 '완벽한 기적', 즉 운명의 표지로 여긴 그는 흥정도 하지 않고 즉시 구입한 후, 짐—대부분이 풀지도 않은 상자들—을 옮겨 이사했다. 그리고 지금은 집안에 가구들을 들이는 데 정신을 쏟고 있었다. 그는 온통 이사 얘기뿐, 제드의 그림은 안중에도 없어 보였다. 그러거나 말거나 제드는 늦게라도 들르는 기자들이 있으니 그림은 오픈식이 끝나고 며칠만 더 전시해놓고 가져다주마고 약속했다.

일곱시 이십분경 제드가 화랑으로 돌아오니 유리문 너머로 그림들 사이를 거닐며 전시회장 안을 돌고 있는 오십 명 남짓의 사람들이 보였다. 사람들은 제시간에 왔고, 그건 틀림없이 좋은 징조였다. 멀리서 그를 알아본 마릴린이 승리의 표시로 그를 향해 주먹 쥔 손을 흔들어 보였다.

"거물이 떴어……" 제드가 가까이 가자 마릴린이 말했다. "완전 거물이."

아닌 게 아니라 몇 미터 떨어진 곳에서, 프란츠가 이란 출신인 듯한 젊고 매력적인 여인을 끼고 있는 프랑수아 피노*와 얘기를 나누고 있었다. 피노는 예술재단 운영차 참석한 것이었다. 팔을 정신없이 흔들어대고 있는 제드의 화상은 긴장한 기색이 역력했다. 그를 도와주러 갈

---

* 여러 명품 브랜드를 소유한 케링 그룹의 회장. 엄청난 현대미술품 컬렉션으로 정평이 나 있다.

까 하는 생각이 얼핏 스쳤지만 제드는 이내 며칠 전 마릴린이 몇 번이고 신신당부한 말, 그리고 누구보다 그 자신이 잘 아는 말을 떠올렸다. 그는 침묵할 때가 가장 낫다는 것.

"그게 다가 아니야……" 홍보 담당이 말을 이었다. "저기, 회색 옷 입은 남자 보여요?" 그녀가 지적으로 보이는 삼십대가량의 젊은 남자를 가리켰다. 대단히 옷을 잘 차려입은 사내였다. 색상 차가 미미한 밝은 회색 계열의 양복과 넥타이와 와이셔츠가 절묘한 조화를 이루었다. 그가 〈편집회의를 주재하는 장피에르 페르노 기자〉 앞에 멈춰 섰다. 제드의 작품 가운데 상대적으로 오래된 것으로, 동료들과 함께 있는 주인공을 그린 첫번째 그림이었다. 완성하는 데 특별히 애를 먹은 기억이 있었다. 숭배와 혐오감이 묘하게 뒤섞인 복잡다단한 표정으로 카리스마 넘치는 리더의 지시를 듣는 장피에르 페르노의 후배 기자들의 얼굴을 표현하기란 여간 녹록지 않아 거의 육 개월을 끌었었다. 하지만 이 그림이 제드를 해방시켜주었다. 그는 이후에 여러 명이 등장하는 〈경영 일선에서 물러나는 건축가 장피에르 마르탱〉에 금방 착수할 수 있었고, 조직에 속한 직업세계를 다룬 복잡한 구성의 그림들도 모두 완성해낼 수 있었다.

"저 남자, 로만 아브라모비치의 유럽 구매 대리인이에요." 마릴린이 설명했다. "런던하고 베를린에서 본 적이 있어. 하지만 파리에서는 한 번도 못 봤는데. 어쨌든 현대미술 갤러리에는 나타난 적이 없었어요."

그녀가 말을 이었다. "전시회 첫날부터 잠재적 경쟁구도가 생겼다는 건 좋은 일이에요. 이 바닥은 좁아서, 저들은 서로 잘 알죠. 이제 가격을 가늠하고 산출해보느라 머리들을 굴릴 거예요. 그러니까 경쟁이

되려면 적어도 둘은 있어야 되는데, 이건……" 마릴린의 얼굴에 매력적이고 장난기어린 미소가 떠올랐다. 미소 짓는 그녀가 어린 소녀처럼 보여, 제드로서는 뜻밖이었다. "저기 좀 봐, 셋이 됐어요…… 저기, 저 부가티 그림 앞에 있는 남자 보여요?" 마릴린이 살짝 붓고 지친 얼굴의 늙수그레한 남자를 가리켰다. 짧은 잿빛 콧수염을 기르고, 마름질이 엉성한 검은색 양복을 입은 사내였다. "카를로스 슬림 헬루예요. 레바논 출신의 멕시코인이죠. 저래 보여도 통신회사로 어마어마한 돈을 벌었어요. 통계자료에 따르면 세계 재계 순위로 3위나 4위쯤 될 거예요. 그리고 미술작품 컬렉터죠……"

마릴린이 '부가티 그림'이라고 한 것은 실은 〈몰샤임 공장을 시찰하는 엔지니어 페르디난트 피에히*〉였고, 아닌 게 아니라 몰샤임 공장은 세계에서 가장 빠르고 비싼 자동차 부가티 베이론 16.4가 생산되는 곳이었다. W16기통 엔진이 장착되고 네 개의 대형 터빈이 보강된 부가티 베이론은 엔진출력 1001마력에, 2.5초 만에 시속 100킬로미터까지 순간 가속하며 최고속도 시속 407킬로미터를 자랑한다. 이 정도 속력을 감당할 수 있는 타이어가 시중에 없는 만큼, 미슐랭은 부가티 베이론 16.4를 위해 특수 고무를 개발해야 했다.

슬림 헬루는 그림 앞에서 적어도 오 분 정도 미동도 없이 서 있다가 뒤로 살짝 물러나는가 싶더니 다시 몇 센티미터쯤 앞으로 다가갔다. 제드는 그가 이 규격의 그림을 감상하기 위한 이상적 거리를 택했다는 걸 알아차렸다. 그야말로 진짜 컬렉터였다.

---

* 엔지니어 출신의 폭스바겐 그룹 회장. 스포츠카를 생산하는 프랑스의 부가티사는 독일 폭스바겐에 합병되었고, 자동차는 프랑스의 몰샤임 공장에서 생산된다.

그러고 나서 멕시코인 억만장자는 뒤돌아 출구로 향했다. 그는 누구와도 인사를 나누거나 대화하지 않았다. 프랑수아 피노가 스쳐지나가는 그에게 날 선 시선을 던졌다. 이 정도 수준의 경쟁자에게라면 제아무리 피노라도 상대가 되지 못하리라. 슬림 헬루는 피노의 시선을 무시한 채, 화랑 앞에 주차돼 있는 검은색 벤츠 리무진의 뒷좌석에 올라탔다.

이번에는 로만 아브라모비치의 구매 대리인이 '부가티 그림' 앞으로 다가갔다. 사실 묘한 구석이 있는 작품이었다. 제드는 이 그림을 그리기 몇 주 전, 몽트뢰유의 벼룩시장에서 〈북경 소식〉과 〈건설중인 중국〉의 과월호들을 폐품 가격보다도 낫지 않은 헐값에 구입했다. 어딘지 느슨하고 여백이 많은 표지 구성이 중국 사회주의리얼리즘과 가깝게 느껴졌다. 훗날 자료 조사를 철저히 한 유난히 호전적인 한 미술평론가는, 공장을 시찰하는 페르디난트 피에히를 거대한 V자 모양으로 늘어서서 따라다니는 엔지니어와 기계공들이 〈건설중인 중국〉 122호 표지에 수채화로 그려진 마오쩌둥 주석과 그를 수행중인 농학자들 및 중간 빈민층 농부들과 매우 흡사하다고 지적했다. 해당 호에는 '후난성 시골에 젖줄을 댄 쌀 문화를 위해 전진!'이라는 표제가 붙어 있었다.* 게다가 이 그림은 다른 미술평론가들이 오래전에 지적했듯 제드가 시도한 유일한 수채화였다. 직원들 무리보다 2미터쯤 앞서가고 있는 페르디난트 피에히는 걷는다기보다는 떠다니는 것처럼 보였다. 투명 에폭시를 칠한 바닥에서 몇 센티미터가량 붕 떠 있는 듯했다. 세 대의 알루미늄 작

* 후난성 근교의 샹탄이 마오쩌둥의 고향이다.

업대에서는 각기 다른 제조공정중인 부가티 베이론의 차체들을 맞아들이고 있었고, 뒤쪽의 전면 유리창 너머로는 보주산맥이 펼쳐져 있었다. 우엘벡은 카탈로그 발문에서, 제드 마르탱이 십여 년 전 개인전을 개최할 때 개시 작품으로 택한 미슐랭 지도 사진과 위성사진 속 지역이 바로 이 보주산맥으로 둘러싸인 몰샤임 마을이었다는 신기한 우연의 일치를 지적하기도 했다.

이 단순한 지적에서 이성적이고 융통성 없는 미셸 우엘벡은 흥미롭지만 지엽적인 에피소드 이상의 것을 보지 못했으나, 제드의 첫 전시회를 상찬했던 〈르몽드〉의 기자 파트리크 케쉬쉬앙은 이보다 더 광신적일 수 없는 불같은 칼럼을 끌어냈다. 그가 데스크에 제출한 기사는 이러했다. "우리에게 인간과 협력해 친지를 창조한 신을 보여준 바 있는 제드 마르탱은 이번에는 인간의 몸을 빌려 모습을 드러낸 신을 보여준다. 신은 이제 천공의 조화로움에서 멀리 떨어진 지상으로 내려와, 인간 노동의 신성함과 존귀함에 영광을 돌리고자 몸소 더러운 기름때 속에 손을 담갔다. 그 자신이 진짜 인간이요 진짜 신으로서, 하루하루 힘든 노동을 하는 인류에게 뜨거운 사랑으로 희생적 은혜를 베풀기 위해 내려온 것이다. 페르디난트 피에히를 따르기 위해 작업대를 떠나는 그림 왼쪽의 기계공의 모습에서, '이리 오라, 내 너를 사람 낚는 어부가 되게 하리니'라는 예수의 부름에 어망을 내던지고 화답한 베드로를 어찌 떠올리지 않을 수 있겠는가?" 케쉬쉬앙은 마지막 제조공정에 이른 부가티 베이론 16.4의 모습이 그림에 없는 것조차 신新 예루살렘의 암시라고 주장했다.

〈르몽드〉는 케쉬쉬앙의 기사에 퇴짜를 놓았다. 페피타 부르기뇽 편집국장은 이 '광신자의 얼빠진 넋두리'가 게재되는 것을 보느니 차라리 사표를 쓰겠다고 협박했다. 결국 이 기사는 그다음 달 종합예술 월간지 〈아트 프레스〉에 실렸다.

밤이 이슥해지고 파장할 때가 다 되었다. 페피타 부르기뇽이 이번에도 무관심하다고 제드가 염려하자 마릴린이 상황을 정리했다. "사실 이제 이 정도 단계까지 왔으면, 언론 따위는 신경 끄기로 해요. 이제 진짜는 언론으로 판가름 나는 게 아니니까요."

밤 열시경에 마지막 남은 손님들까지 다 가고 케이터링 서비스 회사 직원들이 식탁보를 접기 시작하자, 프란츠가 화랑 입구 근처의 플라스틱 의자에 무너져내리듯 앉으며 말했다. "빌어먹을, 힘들어 죽겠네." 아닌 게 아니라 그날 그는 앞뒤 재지 않고 열과 성을 다하며, 관심을 보이는 모두를 상대로 제드의 예술세계와 화랑의 역사에 대해 지치지도 않고 되풀이해 설명했다. 그가 저녁 내내 잠시도 쉬지 않고 떠들어대는 동안, 제드는 이따금 고개를 주억거린 것이 전부였다.

"냉장고에서 맥주 좀 갖다줄래요?"

제드가 스텔라 아르투아 한 팩을 가져오자, 프란츠는 병째 벌컥벌컥 들이켜고 나서 말했다.

"자, 이제는 주문을 기다리는 일만 남았어요. 다음주에 정산을 해봅시다."

IX

제드가 노트르담 드 라 가르 성당 앞 광장으로 나오자 느닷없이 싸늘한 가랑비가 경고처럼 내리는가 싶더니 몇 초 만에 뚝 그쳤다. 성당 계단을 올라가니 늘 그렇듯 양쪽 문이 활짝 열려 있었다. 안에는 아무도 없는 것 같았다. 제드는 망설이다가 뒤돌아보았다. 잔 다르크 거리가, 지하철역이 지상으로 불쑥 솟은 뱅상 오리올 대로까지 뻗어 있었다. 저멀리 팡테옹*의 돔이 보였다. 하늘은 어둡고 흐릿한 잿빛이었다. 사실, 그는 신에게 특별히 할 말이 없었다. 어쨌든 지금은 그랬다.

나시오날광장에는 인적이 없었다. 가지가 앙상한 나무들 틈새로, 다닥다닥 붙어 있는 톨비악대학의 직사각형 건물들이 어렴풋이 보였다.

---

* 프랑스를 빛낸 인물을 안장한 국립묘지. 여기서는 '신전'이라는 중의적 의미로 쓰였다.

제드는 샤토 데 랑티에 거리를 돌아 단골 카페로 갔다. 약속보다 이른 시각이었음에도, 프란츠는 이미 레드와인 잔을 앞에 두고 앉아 있었다. 언뜻 보기에도 첫 잔이 아니었다. 얼굴은 벌겋고 머리와 수염은 텁수룩한 품새가 몇 주간 한잠도 못 잔 사람 같았다. 그는 제드가 자리에 앉자마자 대뜸 본론부터 꺼냈다.

"자, 그림마다 거의 다 주문이 들어와서 지금 경매에 부쳐놓은 상황입니다. 좀더 올릴 수 있을 것 같긴 한데, 지금으로서는 평균가가 대략 오십만 유로 정도에서 오락가락해요."

"뭐라고요?"

"들었잖아요. 오십만 유로요."

프란츠가 초조한 듯 헝클어진 흰 머리칼을 비비 꼬았다. 제드는 처음 보는 버릇이었다. 그가 잔을 비우고 곧바로 추가 주문을 했다.

"지금 팔면, 삼천만 유로가 우리 수중에 들어오는 겁니다. 대략이요."

카페에 침묵이 내려앉았다. 그들 가까이에 회색 코트를 입은 비쩍 마른 노인이 피콩 맥주* 한 잔을 앞에 두고 꾸벅꾸벅 졸고 있었다. 그의 발치에는 흰 털과 갈색 털이 섞인 쥐잡이 개가 주인을 따라 졸고 있었다. 다시 비가 조용히 내리기 시작했다.

잠시 후 프란츠가 물었다. "자, 어떻게 하면 좋겠습니까? 지금 팔까요?"

"좋으실 대로요."

"좋으실 대로라니, 이런 젠장! 그 돈이 다 얼만 줄이나 알아요?" 프

* 스피리츠에 오렌지 껍질, 용담 뿌리, 설탕 등을 섞어 만든 쓴맛이 나는 술인 피콩을 탄 맥주.

란츠가 고함을 지르다시피 했고, 그 서슬에 가까이 있던 노인이 소스라치며 화들짝 깼다. 발치의 개가 힘겹게 몸을 일으키더니 그들을 향해 으르렁거렸다.

"천오백만 유로…… 각각 천오백만 유로란 말입니다." 프란츠가 이번에는 부드럽게, 하지만 목멘 소리로 말을 이었다. "그런데도 선생은 아무렇지도 않은 것 같군요……"

"아니, 아니, 그렇지 않아요. 죄송합니다." 제드가 재빨리 대답했다. "충격을 받아서 그래요." 잠시 사이를 두고 덧붙였다.

프란츠가 의혹과 혐오감이 뒤얽힌 눈초리로 그를 응시했다. "좋아요, 알겠어요." 마침내 그가 말했다. "난 래리 거고지언*이 아니에요, 이런 유의 일을 견딜 만큼 신경줄이 질기지 못하다고요. 지금 팔겠습니다."

"잘 생각하셨어요." 몇 분 뒤 제드가 대답했다. 카페에 다시 침묵이 내려앉았다. 안심하고 주인의 발치에 도로 누워 잠든 쥐잡이 개의 코 고는 소리가 유일한 잡음이었다.

"선생 생각에는……" 프란츠가 활기를 되찾았다. "어떤 그림이 가장 가격이 셌을 것 같아요?"

제드는 잠시 생각하고는 예상을 말했다. "혹시 '빌 게이츠와 스티브 잡스'요?"

"정확합니다. 백오십만 유로까지 올라갔죠. 미국인 중개인이 값을

---

* 1980년대 초 현대미술 작품 판매에 탁월한 능력을 보여준 유명 아트딜러. '세계 최고의 미술 비즈니스맨'으로 불리며 막강한 영향력을 행사하고 있다.

불렀는데, 스티브 잡스 본인의 대리인 같았어요."

"지구상에서……" 프란츠가 한껏 격앙되어 날 선 목소리로 말을 이었다. "지구상에서 최고로 돈이 많은 사업가들이 미술시장을 지배하기 시작한 건 이미 오래된 얘기죠. 미학적으로 가장 전위적인 동시에 자신들을 재현한 그림을 구입하기는 그들에게도 이번이 처음일 거예요. 선생한테 초상화를 의뢰한 기업체 대표들이 일일이 거론하기도 힘들 만큼 많아요. 프랑스혁명 이전의 왕정시대 미술로 회귀했다고 할까요. 지금도 벌써 그렇지만, 선생이 압박 좀 받게 될 거라는 얘깁니다. 미셸 우엘벡에게 초상화를 주겠다는 생각은 변함없나요?"

"물론입니다. 약속을 했는걸요."

"편한 대로 하세요. 훌륭한 선물입니다. 자그마치 칠십오만 유로나 되는…… 사실 말이야 바른 말이지, 자격은 충분해요. 작가 양반의 글이 중요한 역할을 했으니까요. 선생의 변화과정에 이론적, 체계적 당위성을 부여해, 신진 구상화가들을 비롯한 저 모든 삼류 화가 나부랭이들과 똑같은 취급을 받지 않게 해주었죠. 물론 그림들은 뢰르에루아르의 창고에 두지 않고 은행 금고에 고이 모셔두었습니다. 위임장을 써드릴 테니, 우엘벡 초상화는 언제고 필요할 때 찾아가세요."

프란츠가 잠시 사이를 두었다가 다른 이야기를 꺼냈다. "참, 웬 여자분이 찾아왔었어요. 젊은 러시아 여자분이요. 누군지 아시겠죠." 프란츠가 명함을 꺼내 제드에게 내밀었다. "아주 아름다운 분이던데요……"

날이 저물기 시작했다. 제드는 벗어놓은 점퍼 안주머니에 명함을 집어넣고서, 점퍼를 반쯤 걸쳤다.

"잠깐만요……" 프란츠가 그를 붙잡았다. "가시기 전에 지금 상황이 어떤지 확실히 파악했으면 해요. 지금 세계적으로 내로라하는 기업의 대표들한테서 받은 전화가 줄잡아 오십 통은 되거든요. 비서가 대신 걸어온 경우도 있지만 대개는 직접 걸었어요. 다들 선생이 초상화를 그려주기를 원했어요. 최소한 백만 유로씩은 제안했고요."

제드는 점퍼를 마저 다 입고는 지갑을 꺼냈다.

"내가 낼게요." 프란츠가 빈정거리듯 찡그리며 말을 이었다. "대답하실 필요 없어요, 뭐라고 할지 아니까요. 일단 생각해보겠다고 해놓고, 며칠 있다 거절하고서 작업을 중단할 게 뻔해요. 나도 이제는 선생에 대해 어렴풋이 알 것 같아요. 선생은 미슐랭 지도 때도 그랬어요. 몇 년 동안 구석에 틀어박혀 혼자 죽어라 작업하다가, 작품을 전시하고 이름이 나기 시작하면 다 놓아버리지요."

"이번엔 좀 달라요. 이번에는 〈미술시장을 양분한 데이미언 허스트와 제프 쿤스〉를 놓아버린 때부터 답보 상태였으니까요."

"압니다. 그게 내가 전시회를 개최하기로 결심한 계기이기도 한걸요. 한편으로는 선생이 그 그림을 완성하지 못한 게 다행이라는 생각이 들어요. 아이디어는 좋았지만요. 역사적 통찰이 담긴 프로젝트였지요. 당대 미술계 동향에 대한 제법 정확한 증거자료가 되었을 거예요. 아닌 게 아니라 미술시장이 양분된 경향이 있거든요. 한편으로는 재미와 섹스를 추구하며 키치적이고 순진무구한 경향을 보이고, 다른 한편으로는 죽음과 견잡을 수 없는 폭력을 다루며 시니컬한 경향을 보이죠. 사정이 이렇더라도 그 그림은, 잘나가는 부자 동료의 성공을 질시하는 이류 예술가의 작품으로 보이기 십상이었을 거예요. 어쨌거나 우리는 시장에서의 성공이 모든 걸 정당화하고 가능하게 하며 모든 이론을 대체하는 시대에 살고 있어요. 누구도 그보다 더 멀리 내다보지 못해요. 누구도, 절대로요. 이제 선생은 그 그림을 다시 시작해볼 수도 있어요. 프랑스에서 현재 가장 비싼 작가가 됐으니까요. 하지만 난 선생이 그 그림을 그리지 않으리라는 걸 알아요. 이제 다른 걸 하겠죠. 어쩌면 초상화를 관두거나, 나아가 구상화 자체를 관둘 수도 있을 거예요. 아니면 아예 회화를 접고, 사진으로 돌아갈지도 모르고요. 정말 예측 불허죠."

제드는 침묵을 지켰다. 잠을 깬 옆 테이블의 노인이 자리에서 일어나 문으로 향했다. 개도 녹작지근한 몸을 힘겹게 일으켜 짧은 다리로 뒤뚱뒤뚱 주인을 따라갔다.

프란츠가 말을 이었다. "여하튼 난 언제나 선생의 화상이라는 걸 알아주셨으면 합니다. 무슨 일이 있어도요."

제드는 고개를 끄덕였다. 카페 주인이 저장고에서 나와 카운터 위의 네온사인에 불을 켜고는, 제드에게 고개를 까딱해 보였다. 제드도 고개를 까딱하며 화답했다. 제드와 프란츠는 단골, 그것도 이제는 제법 오래된 단골이었지만 카페 주인과 실질적 친분을 쌓지는 않았다. 가게 주인은 십여 년 전, 제드에게 자신과 카페의 사진을 찍도록 허락한 사실조차 잊고 있었다. 바로 그 사진이 소박한 직업 시리즈의 두번째 작품인 〈카페식 담뱃가게 지배인, 클로드 보리롱〉의 영감이 되었고, 미국의 주식 중개인은 이 작품에 삼십오만 유로를 제시했다. 카페 주인에게 제드와 프란츠는 어디까지나 카페의 다른 손님들과 계층도 연령도 다른, 예외적인 고객이었다. 요컨대 그들은 카페 주인이 염두에 둔 주 고객층이 아니었다.

제드는 자리에서 일어나 프란츠에게 언제 또 만날지 물었고, 그와 동시에 불현듯 이제 자신이 부자가 되었음을 깨달았다. 그가 막 문 쪽으로 가려는데 프란츠가 물었다.

"크리스마스엔 뭘 하시죠?"

"아무것도요. 늘 하던 대로 아버지를 만날 겁니다."

X

늘 하던 대로라고 할 수는 없겠군, 제드는 잔 다르크 광장 쪽으로 걸어가며 생각했다. 전화기 너머의 아버지는 완전히 쇠잔해 있었고 심지어 연례행사인 크리스마스 식사를 취소하고픈 의사까지 내비쳤다. "누구에게도 짐이 되고 싶지 않다……" 직장암이 별안간 악화되어 인공항문을 달아야 했다. 아버지는 변이 줄줄 새고 있다고 마조히스트적 희열이 담긴 목소리로 말했다. 제드가 주장을 굽히지 않자 그는 아들의 집에서 만나는 것을 조건으로 저녁 약속을 수락했다. "다른 인간들 면상은 이제 못 참아주겠구나……"

노트르담 드 라 가르 성당 광장에 이른 제드는 망설이다가 예배당 안으로 들어갔다. 언뜻 보았을 때는 텅 빈 줄 알았는데 제단을 향해 앞으로 나아가다보니, 기껏해야 열여덟 살쯤 된 듯한 흑인 소녀가 제단의 성모마리아상 앞에 무릎을 꿇고 있었다. 그녀는 두 손을 모으고 나지막이 웅얼거리며 기도에 열중하느라 제드에게는 전혀 신경쓰지 않았다. 무릎을 꿇는 바람에 얇은 흰색 바지 위로 고스란히 드러난 볼록한 엉덩이가, 본의 아니게 제드의 눈에 들어왔다. 용서받아야 할 무슨 잘못을 저지른 것일까? 병든 부모라도 있나? 어쩌면 둘 다일지도. 믿음이 신실해 보였다. 사실 믿음은 제법 쓸모가 있었다. 다른 이들을 위해 더는 할 수 있는 일이 없을 때(살다보면 이런 경우는 흔하며, 솔직히 인생의 대부분이 그렇다고 할 수 있다. 특히 지금 제드 부친의 암이 그렇다), 최소한 그들을 위해 기도하는 방법이라도 남아 있으니 말이다.

제드는 성당을 나왔다. 마음이 불편했다. 잔 다르크 거리 위로 어둠이 내렸다. 자동차들의 빨간 불빛이 뱅상 오리올 대로를 향해 천천히 멀어지고 있었다. 멀리 보이는 팡테옹의 돔이 형언할 수 없이 이상야릇한 푸르스름한 불빛에 잠겨 있었다. 외계인들의 구형 우주선이 파리 지역을 집중 공격하고 있는 듯하다고 할까. 바로 이 순간에도, 도시 곳곳에서, 사람들이 죽어나가고 있을 터였다.

다음날, 제드는 장식초에 불을 붙이고 사각 테이블 위에 코키유 드 소몽*을 올려놓았다. 명색이 크리스마스였다. 준비하는 사이 알프광장에는 어느새 어둠이 깔렸다. 아버지는 여섯시에 오겠다고 약속한 터였다.

여섯시 일분에 아래층에서 벨이 울렸다. 제드는 인터폰으로 문을 연

* 버섯과 연어를 다져 베샤멜소스에 버무린 후 가리비 껍데기 위에 올린 요리.

후 엘리베이터가 올라오는 동안 몇 번에 걸쳐 천천히 길게 심호흡을 했다.

그는 거실 한가운데 우두커니 서 있는 아버지의 꺼칠한 양볼에 빠르게 볼을 갖다대며 인사했다. "앉으세요, 앉으시라니까요……" 아버지는 순순히 의자 끝에 걸터앉아 조심스런 눈초리로 주위를 둘러보았다. 순간 제드는 아버지가 한 번도 자신의 아파트에 온 적이 없음을 깨달았다. 아버지는 제드의 말을 듣고 나서야 외투를 벗었다. 그는 얼마간은 사지 절단을 꿋꿋이 참아내고 있음을 보여주려는 사람처럼 웃음을 지으려 애썼다. 샴페인을 따려는 제드의 손이 약하게 떨렸다. 하마터면 냉동실에서 막 꺼낸 샴페인 병을 떨어뜨릴 뻔했다. 땀이 차올랐다. 아버지는 여전히 경직된 미소를 짓고 있었다. 여기 해고와 채용의 부침을 겪으며 직원 오십여 명 규모의 기업을 역동적으로, 때로는 냉혹하게 이끌어온 한 남자가 있다. 수천만 유로, 때로 수억 유로가 걸린 계약들도 성사시킨 남자가. 하지만 죽음을 코앞에 두고 그는 겸허해져 있다. 그는 가능한 한 오늘 저녁이 무사히 지나가기를, 무엇보다도 자신이 아무런 사고도 치지 않기를 바라는 것 같았다. 그것은 분명 마지막 남은 그의 유일한 야심이었다. 마침내 샴페인 병이 열리자 제드는 다소 긴장을 풀었다.

"네가 성공했다는 소식 들어서 안다……" 아버지가 잔을 들어올리며 말했다. "네 성공을 위해 건배하자꾸나."

대화다운 대화를 시작하는 실마리라는 생각이 제드의 머리를 스쳤다. 그는 자신의 그림들에 대해, 이미 십여 년도 전에 착수한 이 작업에 대해, 사회를 굴러가게 하는 다종다양한 톱니바퀴들을 묘사하고

자 했던 작품 의도에 대해 이야기했다. 제드는 전날 식품점에 주문한 음식을 아버지와 먹는 동안, 샴페인에 이어 와인을 간간이 따라 마시며 한 시간가량 편안하게 이야기를 나누었다. 그리고 다음날, 아버지와 나눈 이야기를 이제껏 누구에게도 한 적이 없음을 새삼 깨닫고 놀랐다. 아버지는 이따금 질문도 던지며 그의 이야기에 귀기울여주었다. 이 어린아이가 경이롭고도 궁금하다는 표정이었다. 치즈를 먹을 때까지 분위기는 완벽했다. 제드의 이야깃거리가 떨어지고, 아버지가 중력에 의해 짓눌림의 고통을 느끼기 전까지. 여하튼 저녁식사 동안 다소 원기를 회복하는 듯했던 아버지가 슬프다기보다는 믿을 수 없다는 어투로 고개를 설설 저으며 나직하게 뇌까렸다. "빌어먹을 놈의 인공항문……"

그리고 알근한 취기가 묻어나는 목소리로 말했다. "난 말이다, 어떤 의미로는 네 어미가 이 세상에 없는 것이 다행이다 싶어. 얼마나 곱고 우아한 여자였는데…… 네 어미는 아마 육체가 쇠락하는 걸 못 견뎠을 거다."

제드가 움찔했다. 드디어 올 것이 왔군, 드디어 여기까지 왔어. 그 세월을 다 보내고 이제야 말할 참이군. 하지만 다음 순간 제드는 아버지의 급변한 어조에 놀라야 했다. 아버지는 분노에 가까운 격앙된 목소리로 또랑또랑 말했다.

"그렇다고 오늘밤 왜 네 어미가 자살했는지 밝힐 생각은 없다! 나도 모르니까!" 금세 흥분을 가라앉힌 아버지는 축 늘어졌다. 제드는 땀을 흘렸다. 방안이 너무 더운지도 몰랐다. 난방기를 조절해볼 엄두가 나지 않았다. 괜히 건드렸다가 또 고장날까 두려웠다. 이제 돈이 생졌으니 분명 이사를 할 터였다. 그게 바로 사람들이 돈을 벌면 하는 일이니까. 삶의 조건을 개선하는 일. 하지만 어디로 이사할 것인가? 제드는 특별히 원하는 곳이 없었다. 어쩌면 이사하지 않고 공사를 할 수도 있을 것이다. 어쨌든 온수기는 교체해야 한다. 제드는 자리에서 일어나 난방기를 요모조모로 조절해보았다. 아버지는 뭐라고 뇌까리며 고개를 까닥거리고 있었다. 제드는 아버지에게 다가갔다. 아버지의 손을 잡아주거나 어깨를 다독이거나 해야 마땅하겠지만, 도대체 뭘 어떻게 한단 말인가? 이제껏 한 번도 해본 적이 없는 일이었다. "인공항문이라니……" 아버지가 꿈꾸는 듯한 목소리로 다시 한번 중얼거리고는 말했다.

"네 엄마가 우리 생활에 만족하지 않았다는 건 나도 진즉에 알았다. 하지만 그게 죽을 이유냐? 나 역시도 내 삶이 만족스럽지 않았다. 이제야 고백하지만, 나도 뼛속까지 부정직하고 천박하기 이를 데 없는 부동산 개발업자들의 감시를 받으며 멍청한 관광객들을 위해 머저리 같은 휴양시설을 짓는 대신, 건축가로서 다른 경력을 쌓고 싶었단 말이다. 하지만 뭐, 됐다. 그건 일이었고, 일상이기도 했으니까…… 네 엄마는 삶이 재미없었던 모양이야, 그게 다다. 사실 네 엄마의 죽음보다 더 충격이었던 건, 네 엄마가 죽기 직전에 길에서 마주쳤다는 이웃 여자가 해준 얘기야. 장을 보고 돌아오는 길이었대. 독약을 구해오던 길이었겠지. 어떻게 구했는지는 지금까지도 알 길이 없구나. 이웃 여자가 그러는데 네 엄마가 그렇게 행복해 보이더란다. 굉장히 들뜨고 행복에 겨워 보였대. 영락없이 바캉스라도 떠나는 사람의 표정이었다더구나. 네 엄마가 입안에 털어넣은 건 청산가리였다. 즉사했을 거야. 고통을 겪진 않았을 거다."

그러고 나서 아버지는 입을 다물었다. 침묵이 길어졌고, 제드는 깜빡 정신을 잃었다. 광활한 평야가 눈앞에 펼쳐졌다. 초원의 풀들이 미풍에 살랑거리고 언제까지나 계속될 것 같은 환한 봄 햇살이 내리쬐고 있었다. 제드는 불현듯 정신을 차렸다. 아버지는 여전히 고개를 까딱거리며, 고통스런 내적 갈등에 사로잡힌 채 웅얼거리고 있었다. 제드는 망설였다. 디저트를 준비해놓은 터였다. 냉장고에 초콜릿 프로피트롤*이 있었다. 그걸 꺼내와야 할까? 아니면 기다렸다가 어머니의 자살에 대해 좀더 들어야 할까? 그는 사실 어머니에 대한 기억이 전혀 없었다. 그러니 이것은 누구보다 아버지에게 중요한 이야기인 듯했다. 그는 조금 더 기다리기로 마음먹었다.

"난 다른 여자는 몰랐다……" 아버지의 목소리는 무기력했다. "정말 단 한 번도 한눈을 팔지 않았어. 욕망조차 느껴본 적이 없었지." 그는 다시 고개를 끄덕이며 웅얼거리기 시작했다. 제드는 냉장고에서 프로피트롤을 꺼내와야겠다고 생각했다. 아버지는 평생 접한 적도 없고 어디 쓰이는지도 모르는 완전히 새로운 물체를 대하듯 경이로운 눈으로 프로피트롤을 바라보았다. 그러고는 하나를 집어 손가락으로 이리저리 돌리며 개똥처럼 신기하다는 듯 마냥 들여다보다가 결국, 입안에 넣었다.

말이 없는 격정의 이삼 분이 이어졌다. 그들 부자가 파티셰가 예쁘

* 작은 슈크림에 초콜릿 크림을 얹은 디저트.

게 포장해놓은 상자에 든 프로피트롤을 맹렬한 기세로 차례차례 입안에 밀어넣는 즉시 꾸역꾸역 삼키는 격정의 시간이. 잠시 후 분위기가 어느 정도 진정되자 제드는 커피를 마시자고 했고, 아버지도 그러자고 했다.

"담배 생각이 나는구나. 있니?"

"전 담배 안 피워요." 제드가 벌떡 일어났다. "사올게요. 이탈리광장에 늦게까지 여는 담뱃가게가 있어요." 제드는 손목시계를 보더니 믿을 수 없다는 표정을 지었다. 이제 겨우 여덟시였다.

"크리스마스 저녁인데 문을 열었을까?"

"가볼게요."

제드는 외투를 걸쳤다. 밖으로 나오니 난폭한 돌풍에 얼굴이 얼얼했다. 얼음장 같은 대기 중에 눈송이가 회오리치고 있었다. 영하 10도는 될 것 같은 날씨였다. 이탈리광장에 있는 담뱃가게는 막 문을 닫으려던 참이었다. 가게 주인이 구시렁대며 카운터로 되돌아왔다.

"뭘 드릴까?"

"담배요."

"어떤 담배요?"

"글쎄요, 좋은 걸로 주시죠."

그가 제드에게 짜증 섞인 시선을 던졌다. "던힐! 던힐하고 지탄을 가져가쇼! 여기 라이터도!"

아버지는 여전히 의자에 무너져내린 채 미동도 하지 않았다. 문 열리는 소리에도 아무 반응이 없었다. 하지만 지탄 담뱃갑을 뜯어 한 개비를 꺼내더니, 호기심어린 눈길로 한참을 바라보다가 불을 붙였다. "담배를 끊은 지 이십 년도 더 됐구나…… 이제 와서야 무슨 상관이겠니?" 아버지는 한 모금, 또 한 모금을 들이마셨다. "맵구나…… 맛있다. 내가 젊었을 때는 내남없이 담배를 피웠지. 회의 때도, 카페에서 얘기할 때도, 늘 담배를 물고 살았다. 이렇게 세상이 변하다니 참 신기한 노릇이야……"

그는 아들이 가져다놓은 코냑을 한 모금 홀짝이고는 다시 침묵했다. 제드는 침묵 속에서 점점 더 거세지며 휭휭하는 바람소리를 들었다. 창밖으로 시선을 던지니 눈송이들이 회오리를 그리며 펄펄 쏟아지고 있었다. 폭풍이 본격적으로 시작되었다.

"나는 늘 건축가가 되고 싶었다. 내 생각에……" 아버지가 말을 이었다. "어릴 때는 동물을 좋아했어. 아마 모든 아이들이 그렇겠지만, 난 질문을 받으면 나중에 커서 수의사가 되고 싶다고 했지. 하지만 그때도 실은 건축에 끌렸던 것 같구나. 열 살 때 여름을 나려고 헛간을 찾아온 제비들에게 둥지를 지어줬던 기억이 난다. 제비들이 흙과 침으로 어떻게 둥지를 짓는지, 백과사전에서 보고 배웠지. 몇 주 동안 공을 들인 끝에 완성했었다……" 아버지의 목소리가 희미하게 떨리더니, 다시 말을 멈추었다. 제드가 걱정스러운 눈으로 아버지를 바라보았다. 그는 코냑을 크게 한 모금 들이켜고는 말을 이었다.

"하지만 제비들은 내가 지은 둥지에 오지 않았어. 단 한 번도. 그러기는커녕 내가 둥지를 지어놓은 후로는 아예 헛간에 둥지를 틀지 않더구나……" 별안간 노인이 오열을 터뜨렸다. 눈물이 얼굴을 타고 하염없이 흘러내렸다. 차마 똑바로 볼 수 없는 민망한 광경이었다. "아버지……" 제드는 당황해서 어쩔 줄 몰랐다. "아버지……" 아버지는 도무지 눈물을 그치지 못할 것처럼 보였다.

"제비들은 원래 사람들이 만든 둥지를 쓰지 않아요." 제드가 다급하게 말했다. "제비들한테는 절대로 둥지를 지어줄 수 없다고요. 심지어 사람의 손이 닿기만 해도 둥지를 내버리고 다른 데로 가서 새로 둥지를 트는걸요."

"네가 그걸 어떻게 알아?"

"몇 년 전에 동물들의 생태에 관한 책에서 읽었어요. 그림 때문에 자료 조사를 해야 해서요."

거짓말이었다. 제드는 그런 책 따위 펼쳐본 적도 없었다. 하지만 아버지는 순식간에 안도하며 안정을 되찾았다. 제드는 깨달았다. 아버지가 육십 평생 이 중압감을 가슴에 안고 살았다는 것을……! 이 중압감은 건축가로 활동하는 내내 아버지를 놔주지 않고 따라다녔으리라……!

"바칼로레아를 통과하고 나는 파리 국립예술학교에 등록했다. 네 할머니가 좀 걱정하셨지. 내가 공과대학에 들어가기를 바라셨거든. 하지만 아버지가 적극 밀어주셨다. 내 짐작으로는 아버지 당신이 사진작가로서 예술적 야망을 품고 계셨던 것 같아. 비록 결혼식 사진이나 연회 사진 말고는 찍을 기회가 없으셨지만……"

제드는 아버지가 건축에서 기술적 문제 외의 것에 관심을 쏟는 것을 본 적이 없었다. 게다가 경력 후반으로 갈수록 아버지의 관심은 경제적 문제에 치우쳤다. 아버지도 예술학교를 다녔다는 사실, 건축도 예술 교과목에 포함된다는 사실이 제드로서는 놀랍고 거북했다.

"그래, 나 역시도 예술가가 되고 싶었다……" 아버지가 한스럽다못해 독기가 서린 듯한 목소리로 말했다. "하지만 이루지 못했어. 나 젊었을 때는 실용주의가 대세였다. 실은 그때뿐 아니라 벌써 수십 년째 이 실용주의가 득세하고 있지만. 르코르뷔지에*와 반데어로에** 이후, 건축 분야에서는 아무런 사건도 일어나지 않았어. 모든 신생 도시들, 즉 1950년대에서 1960년대 사이에 교외에 건설된 도시들은 죄다 이 두 사람의 영향을 받았다. 예술학교에 다닐 때 학우들과 다른 시도를 해보려는 야심을 품은 적이 있었지. 우리는 기능의 우월성이나 '살기 위한 장치'라는 개념을 무시하진 않았다. 다만 우리가 문제시했던 것은 인간이 아무데나 살고 있다는 사실에 관한 것이었지. 즉 주거환경이 무시되고 있음을 문제시한 것이었다. 마르크스주의자들이나 자유주의자들처럼 르코르뷔지에도 생산성을 중시했다. 그가 인간을 위해 구상한 것은 장식이 철저히 배제된 실용적이고 네모난 업무용 건물과, 이 업무용 건물에 탁아소나 체육관, 수영장 같은 몇 가지 부대시설만 추가한 주거용 건물이었다. 그리고 그 둘 사이를 잇는 고속도로를 닦아놓으면 끝이었지. 르코르뷔지에는 인간이 주거공간에서 신선한 공기와 햇살을 누리는 걸 아주 중요시했다. 그래서 주거공간과 업무공간 사이의 빈 공간에는 숲이나 강 같은 자연을 야생 그대로 둬야 한다고 강조했지. 인간다운 가족이라면 일요일에 대자연 속을 산책할 권리가 있다는 고정관념이 머릿속에 박혀 있었던 것 같아. 그래서 그는 무슨

---

* 현대 건축에 지대한 공헌을 한 프랑스 건축가. 밀집도시 거주자들의 생활환경 개선에 노력한 도시 계획가이자 이론가.

** 독일 태생의 미국 건축가. 철강과 유리를 사용한 초고층 건축의 선구자.

일이 있어도 이 자연공간을 확보하려 했지. 아직 환경주의자라는 말이 생겨나기 이전의 환경주의자라고 할까. 그는 자연 한복판에 일정하게 공간을 한정해놓고서 그 안에 주거공간을 마련해놓으면 인류에게 충분하다고 생각했고, 그 외에 인류를 위해 자연을 변형시킨다는 건 있을 수 없는 일이라고 생각했지. 지금 다시 생각해봐도 끔찍스럽게 원시적인 발상이야. 당장 초원과 평야와 숲이 마을과 자유롭고 복잡 미묘하게 어우러지고 발전하는 어떤 시골 풍경과 비교해봐도, 르코르뷔지에가 구상한 마을이 지독히 퇴보적이라는 걸 알 수 있거든. 참으로 폭력적이고 전체주의적인 발상이 아니냐? 우리에게 르코르뷔지에는 추한 것에 단단히 재미를 들인 폭력적이고 전체주의적인 인물로 보였다. 하지만 20세기를 지나오는 내내 가치를 인정받은 건 바로 그의 비전이었어. 우리는 차라리 샤를 푸리에*의 영향을 받았는데 말이다……" 그가 아들의 놀란 표정을 보고 미소 지었다. "우리가 주목했던 건 특히 푸리에의 섹스론이었다. 사실 꽤 터무니없는 데가 있는 논리지. 그가 라인 혁명군이었던 시절에 얽힌 우화 같은 이야기들, 그 파란만장한 모험담들 때문에 푸리에의 글은 문자 그대로 받아들이기가 좀 어려워. 그를 신봉하는 자들이 있었고, 실제로 그를 진지하게 받아들여 그의 저서들을 토대로 새로운 사회의 모델을 구축하려 한 사람들이 있었다는 사실이 놀라울 정도지. 그를 사상가로 놓고 본다면 도저히 이해할 수 없거든. 그 사상이란 게 전혀 이해할 수 없는 거니까. 사실 푸리에는 사상

* 프랑스 철학자. 마르크스와 엥겔스로부터 비판적이고 공상적인 사회주의의 선구자라는 평가를 받았다. 이상적 공동체 사회를 지향해 팔랑스테르(사회주의적 생활공동체 및 그 주택)를 구상했다.

가가 아니라 일종의 구루*다. 그 방면 최초의 구루라고 해야 하나. 모든 구루가 그렇듯 구루의 성공은 이론에 바탕을 둔 지적 신봉이 아니라, 그와 반대로 맹목적이고 한결같은 낙관주의와 일맥상통하는 무지에서 비롯되는 거니까. 특히 섹스에 관한 한 사람들은 굉장한 낙관론을 필요로 하거든. 하지만 푸리에의 진짜 관심사, 그러니까 그가 무엇보다 중요시했던 것은 섹스가 아니라 사회의 생산구조였지. 그가 주로 고민한 것은 이런 것들이었어. 왜 인간은 일하는가? 인간이 사회조직 내에서 일정한 자리를 차지하고 유지하고 임무를 수행하게 하는 것은 무엇인가? 이런 물음에 자유주의자들은 오로지 이욕이라고 답했지. 우리 친구들은 그 대답으로는 불충분하다고 여겼다. 마르크스주의자들은 어땠냐 하면, 관심조차 없었으니 아예 아무 대답도 하지 않았고. 이게 바로 오늘날 공산주의가 실패한 원인이기도 하다. 금전상의 자극제가 제거되는 순간 인간은 일하기를 멈추고, 업무를 대충 해버리고, 결근이 어마어마한 비율로 증가하게 되지. 공산주의는 이제껏 가장 기본적인 이윤조차 생산하고 분배할 능력을 가진 적이 없었어. 푸리에는 프랑스혁명 이전의 왕정시대를 겪었기 때문에, 과학과 기술의 진보로 자본주의가 출현하기 이전처럼 사람들이 물욕이 아닌 다른 것으로 자극받더라도 열심히, 때로는 그냥 열심히 정도가 아니라 아주 열심히 일할 수 있다는 사실을 간파했지. 그 다른 것은 뭐였냐 하면 말이다, 현대인의 눈에는 너무 막연해 보일 수 있겠지만, 수도사에게는 신에 대한 사랑이었고 일반인에게는 직업에 대한 명예심, 즉 소명감이었다."

---

* 원래 힌두교, 불교 시크교 등에서 일컫는 스승으로 자아를 깨달은 신성한 교육자를 지칭하는 말이지만 오늘날 보통 어떤 분야의 전문가나 스승을 뜻한다.

아버지가 말을 멈추었다. 그는 아들이 이제는 자신의 이야기에 매우 주의 깊게 귀기울이고 있음을 알아차렸다. "그래……" 그가 말을 이었다. "네가 그림을 통해 이루고자 하는 것과 어느 정도 일맥상통하는 점이 있겠구나. 푸리에의 주장에는 횡설수설이 많고 책도 전체적으로 도저히 읽어주기 힘든 수준이지만, 그럼에도 새겨둘 만한 것들이 있는 건 사실이다. 어쨌거나 당시에 우리 친구들은 그렇게 생각했다……"

아버지는 다시 추억에 잠긴 듯 입을 다물었다. 어느덧 잠잠해진 돌풍은 별이 총총한 고요한 밤에 자리를 내주었다. 지붕은 소복이 쌓인 눈에 덮여 있었다.

"난 젊은 혈기로 가득했었다……" 아버지가 겨우 말문을 열었다. 회의적 어조는 한결 누그러졌다. "넌 이미 유복한 가정에서 태어났으니 이해하기 힘들 거다. 난 젊었고, 건축가가 될 준비가 돼 있었어. 그리고 난 파리에 있었지. 모든 것이 가능할 것 같았다. 게다가 난 혼자가 아니었고, 당시엔 파리에도 명랑한 기운이 넘쳐흘렀지. 세상을 다시 건설할 수 있을 것만 같았어. 네 엄마를 만난 것도 바로 그때다. 네 엄마는 국립음악학교에 다니고 있었어. 바이올린 전공이었다. 우리 친구들은 그야말로 예술가 그룹 같았다. 그래 봤자 건축 잡지에 여럿이 함께 기사 너덧 개를 쓴 게 전부였지만. 기사 내용은 거개가 정치적인 것이었다. 우리는 거기서 푸리에가 제안한 것처럼, 다양한 조직으로 복잡하게 분화된 사회에는 개인의 창조성에 일임한 복잡하게 분화된 다양한 건축이 어울린다는 견해를 피력했어. 그러면서 반데어로에와, 특히 르코르뷔지에를 맹렬하게 비난했지. 반데어로에는 기업체의

'오픈스페이스' 모델로 가능하게 된 변형 가능한 텅 빈 구조를 보급시켰다는 점에서, 르코르뷔지에는 감옥에나 알맞을 똑같은 공간들로 나뉜 집단수용소 같은 건물들을 지치지도 않고 찍어냈다는 점에서 맹공격을 했어. 이 기사들이 얼마쯤 반향을 일으켰지. 질 들뢰즈도 한마디 했던 걸로 기억한다. 이러나저러나 난 일이 필요했고, 그건 다른 친구들도 마찬가지였지. 우리는 큰 건축사무소에 취직했고 이내 삶은 훨씬 재미없어졌다. 하지만 금전 사정은 금세 나아졌지. 프랑스가 급속도로 재개발된 때였으니까. 일이 많은 시기였지. 랭시의 저택도 그때 구입한 거란다. 잘한 일이라고 생각했었다. 당시에는 쾌적한 동네였거든. 더구나 헐값이었으니까. 부동산 개발업자인 한 고객이 중개를 했어. 집주인은 한눈에도 지식인으로 보이는 노신사였는데, 늘 스리피스 정장 차림에 라펠 단춧구멍에는 꽃을 꽂고 있었지. 만날 때마다 꽃이 바뀌었어. 1930년대의 벨 에포크에서 튀어나온 것 같달까. 여하튼 나는 그 분위기에 영 적응이 안 되더라고. 글쎄, 볼테르 강둑*에서나 마주칠 법한 사람이랄까…… 여하튼 랭시에서 볼 수 있는 타입은 절대 아니었다. 종교역사와 비의학秘義學을 전공한 은퇴한 대학교수였어. 유대교 신비철학과 그노시스주의에 대해 아주 해박했던 것으로 기억한다. 하지만 이 학문들에 대한 나름의 독특한 견해가 있었던 것 같아. 가령, 르네 게농**을 몹시 경멸했는데 말끝마다 '그놈의 머저리 같은 게농'이라며 게농을 들먹이는 식이었어. 게농의 저서들을 신랄하게 공격하는

* 부촌인 파리 7구의 고급 골동품상들이 늘어선 거리.

** 프랑스의 철학자. 형이상학과 비의학, 영지주의 관련 저서 및 현대 문명을 비판하며 동양정신의 회복을 주장하는 다수의 저서를 남겼다.

비평문도 여러 편 썼던 것 같아. 결혼은 한 적이 없어. 시쳇말로 '학문과 결혼했다'고 할까. 한번은 그가 인문학 잡지에 쓴 장문의 기사를 읽었는데 '운명'에 대해서 제법 흥미로운 고찰을 개진했더구나. 동시성* 의 원칙에 바탕을 둔 새로운 종교를 발전시킬 수 있다는 내용이었지. 아마 그이의 서재는 그것만으로도 집값과 맞먹는 가치가 될 거다. 프랑스어, 영어, 독일어로 쓰인 오천 권 이상의 장서가 있었으니까. 내가 윌리엄 모리스**의 저서들을 발견한 것도 그 서재에서였다."

아버지가 제드의 안색이 변하는 것을 보고 말을 멈추었다.

"윌리엄 모리스를 아니?"

"아니요, 하지만 저도 그 집에서 살았었잖아요. 그 서재가 기억나요……" 제드는 한숨을 내쉬고는 잠시 머뭇거리다 물었다. "아버지가 왜 그 오랜 세월을 다 보내고 나서야 이런 이야기를 하는지 이해가 안 돼요."

아버지의 대답은 간단했다. "죽을 날이 얼마 남지 않았으니까. 뭐, 그렇다고 내일모레 당장 죽는 건 아니지만. 그래도 얼마 남지 않은 건 확실해……" 아버지가 주위를 둘러보고는 그럭저럭 밝게 웃으며 물었다. "코냑 더 마실 수 있을까?" 제드가 즉시 잔을 채웠다. 아버지는 지탄에 불을 붙이고 맛있게 한 모금을 빨아들였다.

---

* 정신과의사이자 심리학자인 카를 구스타프 융이 발전시킨 용어로, 상호 연관성이 없는 두 개 이상의 사건이 동시에 일어나, 그 조합에서 어떤 의미를 유추해내는 사람에게 실제로 의미 있는 일이 되는 상황을 말한다.

** 영국의 디자이너, 사회주의 사상가, 화가, 건축가, 작가, 시인, 출판가, 공예가. 영국의 장식미술에 지대한 공헌을 했으며, 이상적 사회주의자로서 수많은 저작을 남기고 정치에 참여함으로써 사회주의 사상에도 절대적 영향을 미쳤다.

"그러던 어느 날 네 엄마가 임신을 했지. 임신 막바지에 상태가 좋지 않아서 제왕절개를 해야 했다. 의사가 더는 아이를 가질 수 없다고 통보한데다, 흉터가 몹시 심하게 남았어. 네 엄마한텐 못 견딜 노릇이었을 거다. 정말이지 아름다운 여자였거든…… 우리의 결혼생활은 불행하지 않았다. 심각하게 싸운 적도 없었고. 대화가 부족했던 건 사실이지. 내가 말을 많이 안 했어. 그런데다 바이올린도 네 엄마의 우울함에 한몫했을 거야. 절대로 그만두는 게 아니었는데. 그날 저녁이 지금도 생생하다. 벤츠를 타고 귀가하던 길에 바놀레 시문에서였어. 밤 아홉시 무렵이었는데도 여전히 교통이 혼잡했어. 뭐 때문에 그런 생각이 들었는지는 나도 모르겠다. 아마 눈앞에 보인 메르퀴리알 쌍둥이 타워 때문이었던 것 같아. 그즈음에 그와 유사한 프로젝트를 추진하고 있었거든. 순환도로 진입램프 한가운데 정차한 차 안에서 그 흉한 건물들을 마주하고서 그저 보기 싫다는 생각을 하고 있다가, 불현듯 이렇게 계속 살 수는 없다는 생각이 들었다. 그때 내 나이 마흔이었고 성공가도를 달리고 있었지만, 그렇게 계속 살 순 없었어. 그 몇 분 사이에 난 내가 원하던 건축을 할 수 있는 내 회사를 차리기로 결심했다. 물론 만만치 않으리라는 건 알았지만 시도도 못해보고 죽고 싶지는 않았다. 그후 예술학교 동기들에게 동업을 제안했지만 다들 이미 안정된 삶에 안착한 상태였어. 그들 또한 성공했던 거고, 그래서 위험부담을 떠안고 싶어하지 않았다. 별수 없이 난 혼자서 모험에 뛰어들었다. 베르나르 라마르슈 바델에게 다시 연락한 게 그때야. 그 몇 년 전에 만나 의기투합한 적이 있었거든. 그 친구가 로베르 콩바스니, 에르베 디 로자니 하는 자유구상파* 화가들을 소개해주었지. 가만, 내가 윌리엄 모리스 이야기를 했던가?"

"네, 바로 오 분 전에 말씀하셨어요."

"아?" 아버지가 말을 멈추었다. 그의 얼굴에 당황스러운 표정이 어렸다. "던힐을 피워봐야겠구나……" 아버지가 담배 연기를 몇 모금 내뿜었다. "이것도 맛있는걸. 지탄과는 다르지만 여하튼 맛있구나. 왜 다들 갑자기 담배를 끊는지 이해를 못하겠네."

아버지는 말을 멈추고 담배가 다 타들어가도록 끝까지 맛을 음미했다. 제드는 기다렸다. 아주 멀리 바깥에서 고독한 경적소리가 연주를 시도하고 있었다. 〈아기 예수 나셨네〉였다. 음이 틀리는가 싶더니 연주가 되풀이되었다. 그리고 또다시 찾아든 정적. 경적의 콘서트는 더 열리지 않았다. 파리의 지붕 위에 소복이 쌓인 눈이 이제는 두툼하고 견고하게 자리잡았다. 이 정적에 결정적인 무언가가 있다고, 제드는 생각했다.

"윌리엄 모리스는 라파엘전파** 화가들과 친분이 두터웠다." 아버지가 말을 이었다. "초기의 단테이 게이브리얼 로세티에서부터 후기의 에드워드 번존스까지. 예술은 중세 이후 퇴화하기 시작했다는 것이 라파엘전파들의 기본적 생각이었어. 르네상스 초기부터 일체의 영성이나 진정성과 단절된 채 순전히 산업적, 상업적인 활동으로 전락했다

* 1980년대 초에 프랑스에서 미니멀아트, 개념미술 등 '진지한 예술'에 대한 반동으로 일어난 예술운동. 소설에 등장하는 베르나르 라마르슈 바렐, 로베르 콩바스, 에르베 디 로자는 자유구상운동의 실제 주역들이다.

** 허식이 많은 빅토리아조의 미술에 반대해 라파엘 이전 시대의 미술로 돌아갈 것을 주장한 예술운동. 밝고 강렬한 색채, 풍부한 세부묘사, 자기표현을 억제한 솔직하고 평면적인 화면을 추구했다.

는 거였지. 보티첼리건 렘브란트건 레오나르도 다빈치건, 이른바 르네상스 시대의 거장이란 사람들도 알고 보면 대기업의 CEO 같다면서 말이다. 바로 오늘날의 제프 쿤스나 데이미언 허스트와 똑같은 거지. 이른바 르네상스 시대의 거장들은, 오십 명에서 많게는 백여 명의 조수들이 그림과 조각품과 벽화를 대량 생산해내는 아틀리에를 철의 손으로 운영했어. 그들은 작업 전반에 걸쳐 지시를 내리고, 완성품에 사인을 하고, 특히 당시의 메세나였던 군주나 교황의 주변에 공적 인맥을 쌓는 데 주력했지. 라파엘전파나 윌리엄 모리스는 이것을 예술과 수공예, 그리고 작품 구상과 실제 제작의 경계가 허물어진 현상으로 봤어. 요컨대 그림, 옷, 가구, 무엇이 됐건 누구나 나름대로 미美의 생산자가 될 수 있다는 거였지. 마찬가지로 누구나 일상에서 아름다운 물건들에 둘러싸일 권리가 있다는 것이기도 했고. 윌리엄 모리스는 이와 같은 신념을 행동하는 사회주의자로서의 활동과도 결부시켰다. 사회주의자로 프롤레타리아 해방운동에 점점 더 깊숙이 관여하게 되었거든. 그가 원한 건 결국 산업적 생산 시스템에 종지부를 찍는 것이었어.

재미있는 건 발터 그로피우스가 바우하우스를 설립했을 때, 윌리엄 모리스와 노선이 정확히 일치했다는 거다. 윌리엄 모리스에 비해 덜 정치적이었는지는 몰라도, 사실 그로피우스 역시 사상적 고민이 더 많은 사회주의자였지. 1919년 '바우하우스 선언'에서 그는 예술과 수공예의 차이를 초월하겠다고 공포하고서, 누구나 아름다움을 추구할 권리가 있다고 선언했다. 윌리엄 모리스의 강령과 정확히 일치하는 바지. 하지만 바우하우스가 점차 산업에 가까워짐에 따라, 그도 점점 기능주의자에 생산 제일주의자가 되고 말았다. 칸딘스키나 클레 같은 예술가들이 학내에서 열외로 밀려나고 헤르만 괴링의 탄압으로 학교가 폐쇄되었을 때, 그로피우스는 자본주의적 건축 사업으로 완전히 방향을 틀어버렸지.

사실 우리 친구들 그룹도 그다지 확고한 정치적 색채를 내지는 못했다. 하지만 윌리엄 모리스의 사상은 일체의 장식을 금했던 르코르뷔지에의 압박에서 우리를 해방시켰다. 로베르 콩바스의 변화가 지금도 기억에 생생하구나. 사실 그 친구는 처음엔 윌리엄 모리스를 그리 탐탁지 않아했다. 라파엘전파의 그림은 그 친구의 세계랑은 좀 거리가 있었거든. 하지만 윌리엄 모리스가 디자인한 벽지들이 매우 아름답다는 것만은 인정해야 했지. 그랬다가 모리스에 대해 속속들이 알고 나자 태도가 완전히 열광적으로 변해버렸다. 콩바스는 가구에 사용되는 패브릭, 벽지, 프리즈* 등의 문양을 그리며 형언할 수 없는 희열을 느끼는 것 같았고, 어떤 때는 건물 전체가 그의 그림들로 채워지기도 했지. 당시는 미니멀아트가 대세인 때라, 콩바스 같은 자유구상파들은 상당히 고립되어 있었지. 그래피티파도 아직 존재하지 않던 때였고. 설령 존재했다고 해도 적어도 알려진 바는 없었지. 그래서 우리는 조금이라도 흥미롭다 싶은 공모전 프로젝트가 있으면, 신청 서류를 제출하는 수밖에 도리가 없었다. 그러고 나서 기다렸지……"

아버지는 추억 속에 멈춰 선 듯 다시 말문을 닫고 몸을 웅크렸다. 그러자 아버지가 오그라들고 작아진 것처럼 보였다. 제드는 그제야 바로

* 건축물의 외면이나 내면, 기구의 외면에 붙인 띠 모양의 장식물.

조금 전까지만 해도 아버지가 격정적으로 열변을 토했음을 깨달았다. 어릴 때 이후로 아버지의 그런 모습을 보긴 처음이었다. 이어 앞으로도 그런 모습은 다시 볼 수 없으리라는 생각이 머리를 스쳤다. 아버지는 평생에 걸친 희망과 실패를 마지막으로 한번 더 겪고 난 참이었다. 인간의 삶은 대개의 경우 보잘것없다. 인생은 한정된 몇 가지 일화로 간단히 요약돼버리고 만다. 이번에야말로 제드는 아버지가 느끼는 씁쓸함, 잃어버린 세월, 암, 스트레스, 아내의 자살 등을 절감했다.

아버지가 담담하게 이야기를 끝맺었다. "심사위원은 거개가 기능주의자들이었다. 난 필사적으로 노력했다. 우리 모두 어떻게든 현실의 벽을 타개해보려고 발버둥쳤지. 콩바스와 디 로자는 쉽게 포기하지 않고 수년간 내게 꾸준히 전화를 걸어, 길이 좀 보이냐고 물었지. 그러다가 더는 희망이 보이지 않자 그림에만 전념했어. 난 나대로 평범한 의뢰들을 받아들였고. 그 첫번째 공사가 포르앙바레즈 해변의 휴양시설이었다. 그러고는 일감이 밀려들었지. 주로 해변 휴양시설이었어. 내가 꿈꾸었던 프로젝트들은 상자에 고이 모셔두었다. 지금도 랭시 집의 내 책상서랍 속에 있어. 가서 보려무나……" 아버지가 잠시 사이를 두었다가 덧붙였다. "내가 죽거든." 하지만 그전에 제드는 이미 완벽하게 이해했다.

"늦었구나." 아버지가 말하며 의자에서 몸을 일으켰다. 제드가 손목시계를 보니 새벽 네시였다. 아버지는 일어나 화장실에 다녀온 뒤 외투를 걸쳤다. 아버지가 떠날 채비를 하는 그 이삼 분 동안, 제드는 그들 부자관계가 새로운 국면에 접어들었거나, 아니면 아예 반대로 서로 다시는 만나지 못하리라는 느낌을 받았다. 아버지가 기다리는 표정으로 그의 앞에 엉거주춤 서 있었으므로, 제드는 말했다. "택시 부를게요."

XI

12월 25일 아침, 제드가 잠에서 깨어났을 때 파리는 온통 눈으로 뒤덮여 있었다. 뱅상 오리올 대로를 지날 때 걸인 하나가 눈에 띄었다. 텁수룩하고 무성한 수염을 기르고, 얼굴은 덕지덕지 때가 끼어 진갈색에 가까운 사내였다. 제드는 동냥그릇에 이 유로짜리 동전을 놓았다가, 다시 돌아와 십 유로짜리 지폐를 보탰다. 걸인의 입에서 놀라움의 신음이 새어나왔다. 제드는 이제 부자였다. 죽은 듯 가라앉은 풍경 위로 구름다리 같은 지하철 지상 역의 금속 아치가 불룩 솟아 있었다. 오후가 되면 눈이 녹을 것이고 이 모든 것은 진흙탕으로, 구정물로 변하리라. 그리고 삶도 천천히 제자리를 찾아가리라. 사교적으로도 상업적으로도 정점을 찍는 두 시기, 즉 크리스마스이브와 한 해의 마지막날 밤 사이의 일주일은 한없이 길다. 사실, 이 시간은 아득하기만 한 죽은 시간이다. 12월 31일 저녁이 되어서야 비로소 죽었던 시간은 기지개를 켜고 깨어나기 시작한다. 아주 강렬하고 현란하게.

제드는 집으로 돌아와 올가의 명함을 찬찬히 살펴보았다. 미슐랭 TV, 피에르 프르미에 드 세르비 대로, 편성국장. 그녀 또한 악착스럽게 굴지 않고도 사회적으로 성공했다. 그런데 아직 미혼이었다. 여기까지 생각이 미치자 제드는 마음이 불편해졌다. 지난 세월 동안 그는 막연히 그녀가 사랑을 찾았거나, 적어도 러시아 어딘가에서 가정을 꾸렸으리라 상상했었다.

다음날 오전 느지막이, 제드는 모두 휴가를 떠나고 사무실에 아무도 없기를 바라면서 전화를 걸었다. 웬걸, 전혀 그렇지 않았다. 오 분여를 기다리자 까칠한 목소리의 비서가 전화를 받아 올가는 회의중이니 연락을 전하겠다고 대답했다.

그는 전화기 옆에서 꼼짝 않고 몇 분을 기다렸다. 신경이 곤두섰다. 이젤 위에 얹힌 우엘벡의 초상화가 그를 정면으로 노려보고 있었다. 아침에 은행에서 찾아다놓은 것이었다. 몹시 강렬한 작가의 눈빛이 제드의 불안을 가중시켰다. 그는 벌떡 일어나 캔버스를 뒤집어놓았다. 칠십오만 유로라…… 그가 중얼거렸다. 아무 의미 없었다. 피카소 또한 무의미했다. 하긴 무의미하기로는 피카소가 더했다. 무의미의 순위를 매길 수 있다면.

제드가 부엌으로 향하는 순간, 전화벨이 울렸다. 그는 허둥지둥 달려가 전화를 받았다. 올가의 목소리는 변하지 않았다. 사람의 목소리는 절대 변하지 않는다. 눈빛 또한 목소리 못지않게 변하지 않는 부분이다. 대개 노화가 무엇인지 한눈에 보여주는 육체의 쇠락에도 불구하고 목소리와 눈빛만은 끈질기게 건재해, 성격이나 꿈, 욕망 등 한 인간의 개성을 결정짓는 모든 것을 가혹하리만치 반박할 수 없게 증명한다.

"화랑에 들렀다면서?" 제드는 보편적 화제로 대화를 시작하기 위해 물으면서, 스스로 판단하기에도 자신의 그림들이 보편적 화제가 되었음에 움찔했다.

"응, 무척 좋더라. 정말…… 독창적이었어. 이제껏 전혀 보지 못한 거였거든. 하지만 놀랍지 않아, 난 자기가 재능이 있다는 걸 벌써부터 알고 있었으니까."

완전한 침묵이 흘렀다.

"시시한 프랑스인 같으니……" 올가는 가볍게 놀리는 말투로 애써 감정을 숨기려 했지만, 영 서툴렀다. 제드는 다시 기분이 좋지 않아졌다. 눈물이 날 것 같았다. "석세스풀한 시시한 프랑스인."

"만나자." 제드가 황급히 대꾸했다. 누군가는 먼저 해야 할 말이었다. 그리고 그가, 먼저 했다.

"이번주엔 일이 너무 많아."

"그래? 어째서?"

"1월 2일에 방송을 시작하는데, 처리해야 할 일이 산더미야." 올가가 잠시 생각에 잠겼다. "31일에 방송국에서 주최하는 새해맞이 파티가 있어. 초대하면 올래?" 그녀가 다시 잠깐 침묵했다가 말했다. "자기가 와줬으면 좋겠어……"

저녁에 제드는 파티에 대한 세부정보가 담긴 올가의 메일을 받았다.

장소는 장피에르 페르노의 사택이었다. 그는 뇌이[*]의 사블롱 대로에 살고 있었다. 파티의 주제는 그다지 놀랍지 않게도,[**] '프랑스의 시골'이었다.

제드는 장피에르 페르노에 대해 속속들이 안다고 생각했었다. 그럼에도 위키피디아에는 몇 가지 놀라운 사실이 올라와 있었다. 인기 아나운서는 많은 출판물의 저자였다. 『맛있는 프랑스』 『프랑스의 축제』 『우리의 고향을 찾아서』 외에, 두 권에 걸친 『환상적인 수공예 장인들의 세계』가 있었다. 모두 미셸 라퐁 출판사에서 간행되었다.

소개글이 열광적 찬사 일색인 것도 놀라웠다. 때로 장피에르 페르노는 일각에서 비판의 대상이었는데, 오늘날은 이 모든 것이 일소된 듯 보였다. 소개글에 따르면 장피에르 페르노의 천재성은 '돈과 허식'[***]의 시대라 불리는 1980년대를 지나온 대중이 대자연과 진정성, 진실된 가치에 목말라하고 있음을 간파했다는 데 있었다. 비록 그를 믿어준 마르탱 부이그[****]의 공적도 간과할 수 없지만, TF1의 오후 한시 뉴스는 전적으로 그의 개성과 비전에 기댄 장피에르 페르노표 방송이었다. 그는 폭력적이고 간결하고 황당하고 광기어린 시사뉴스를 후다닥 처리한 후, 곧이어 불안과 스트레스에 전 시청자들을, 인간이 계절 변

---

* 파리의 북쪽 외곽에 있는 부촌.

** 프랑스의 평화로운 농촌 곳곳의 소식을 오후 한시 뉴스에서 매일 소개하고, 프랑스의 농산물과 수공업 등을 주제로 저서를 출간한 장피에르 페르노의 이력을 암시하고 있다.

*** 짙은 화장과 불룩 솟은 어깨 패드 등 과장되고 과시적인 1980년대 패션계에서 나온 용어로 사회 전반에 확대 사용되었다.

**** 부이그 그룹의 회장을 맡고 있는 통신 미디어 재벌. 장피에르 페르노가 진행했던 뉴스를 방영하는 TF1도 부이그 그룹 소유이다.

화의 리듬에 따라 자연과 조화를 이루며 사는 잘 보존된 목가적 전원으로 안내하는 구세주의 임무를 매일 한결같이 수행했다. 이렇게 해서 TF1의 낮 뉴스는 구약성서의 「시편」에 이르는 찬란한 계단의 오라를 지니게 되었다. 소개글의 필자는 개인적으로 가톨릭 신자임을 고백하면서, 그럼에도 프랑스의 농촌과 '로마 가톨릭 교회의 장녀'*와 완벽하게 조화를 이루는 장피에르 페르노의 벨트안샤웅(세계관)이 범신론, 나아가 에피쿠로스 학파의 지혜와도 잘 어우러지리라는 견해를 숨기지 않았다.

다음날 제드는 이탈리2 쇼핑센터에 있는 '프랑스 루아지르' 서점에서 『환상적인 수공예 장인들의 세계』 1권을 구입했다. 책의 구성은 단순했다. 흙, 돌, 금속, 나무 등 수공예 재료에 따라 장이 나뉘어 있었다. 사진이 내용의 거의 전부여서 책장이 술술 넘어갔다. 제드는 책을 훑으며, 퇴행적 복고주의의 인상을 그다지 많이 받지는 않았다. 다종다양한 수공업의 발생 시기와 발전과정에서 중요한 성장을 보인 시기를 체계적으로 기록함으로써, 장피에르 페르노는 보수주의의 옹호자라기보다는 점진적 진보의 옹호자처럼 보였다. 제드는 어쩌면 장피에르 페르노의 사상과 윌리엄 모리스의 사상에 합일점이 있을지도 모른다는 생각이 들었다. 물론 윌리엄 모리스의 확고한 사회주의적 신념을 제외한다면 말이다. 장피에르 페르노의 뉴스를 애청하는 사람들 대부분이

* 프랑스의 다른 이름. 프랑스인의 시조인 프랑크족의 왕 클로비스 1세가 고대 로마제국이 무너진 이래 유럽으로 밀려든 게르만 정복자들 중에서는 처음으로 로마 가톨릭 교회에서 세례를 받고 개종한 사건에서 연유한다. 여기서는 프랑스의 뿌리 깊은 가톨릭 정서를 강조하기 위해 쓰였다.

우파 성향이었지만, 그는 매일 뉴스를 진행하며 극도로 신중한 프로의 자세를 견지했다. 심지어 그가 오후 한시 뉴스의 지휘권을 잡은 지 바로 일 년 후인 1989년에 창당된 CPNT당*과 결부돼 보일 수 있는 일체의 말과 행동을 삼갔을 정도였다. 그러고 보니 이 1980년대 막바지에 정말 세상이 뒤집히긴 했군, 제드는 생각했다. 흔히 그렇듯 당시에는 의식하지 못하고 지나쳤지만, 세계 역사에 남을 중대한 변화가 있었다. 제드는 동시에 자크 세겔라**에 의해 고안되어 1988년 모두의 예상을 뒤엎고 미테랑이 재선되는 데 밑거름이 된 '조용한 힘'이라는 슬로건을 떠올렸다. 고향을 배경으로 사진을 찍은 늙은 페탱주의자***의 미라 같은 모습이 담겨 있는 포스터가 눈앞에 선했다. 제드는 당시 열세 살이었고, 난생처음 대통령 선거와 정치 슬로건에 관심을 가졌었다.

장피에르 페르노는 매일 대중에게 주입되는 뉴스를 통해 당시 사회를 휩쓸었던 이 이데올로기의 변화에 가장 의미심장하고 지속적인 요소로 작용했음에도, 자신의 엄청난 유명세를 정치 경력이나 정치적 참여에 재투자하는 것은 한사코 거부해왔다. 그는 노엘 마메르****와는 반대로 끝까지 엔터테이너로 남고 싶어했으며, 콧수염도 기르지 않았다. 또

---

* 전통으로의 회귀를 주장하는 우파 정당으로, CPNT는 각각 Chasse(사냥), Pêche(낚시), Nature(자연), Traditions(전통)을 의미한다.

** 프랑스의 대표적 광고인. 미테랑에 이어 2007년 대선에서도 1차 투표 때까지 사회당 후보인 세골렌 루아얄을 지지했다가, 2차 투표 때 돌연 니콜라 사르코지의 편으로 돌아섰다.

*** 미테랑은 나치 점령하에서 페탱이 이끄는 비시 정권에 참여하고 그에게 훈장까지 수여받은 사실로 곤욕을 치른 적이 있다.

**** 방송기자 출신의 녹색당 국회의원. 대선 출마 경력도 있다. 콧수염을 기르고 있다.

한 CPNT당의 초대 당수인 장 생조스와 가치관을 공유할 테지만, 절대 공식적으로 그를 지지하지는 않았다. 장 생조스의 후계자인 프레데리크 니우에 대해서도 마찬가지였다.

1967년 발랑시엔에서 출생한 프레데리크 니우는 열네 살 때 중학교 졸업 기념으로 아버지에게 난생처음 권총을 선물받았다. 그는 유럽 공동체 및 국제경제법 DEA*와 동시에 유럽 안보 및 국방법 DEA를 취득한 후, 캉브라이대학에서 행정법을 가르쳤다. 그 밖에도 노르 지방의 철새 및 비둘기 사냥협회 회장직을 맡았다. 1988년에는 에로 지역에서 열린 낚시 대회에서 7.256킬로그램짜리 잉어를 건져올려 일등을 차지했다. 그로부터 이십 년 후 그는 필리프 드 빌리에**와 동맹을 맺음으로써, 자신이 당수 자리에 오른 당을 붕괴 위험으로까지 몰고 갔다. 전통적으로 급진주의나 사회주의의 영향권 안에 있으며 반교권주의적인 남서 지방의 사냥꾼들이 극우주의자와 연합한 그를 절대로 용서하지 않을 터였다.

12월 30일 오후에 제드는 우엘벡에게 전화를 걸었다. 작가의 목소리에는 원기가 넘쳐흘렀다. 한 시간 남짓 장작을 패고 난 참이라고 했다. "장작을 패요?" "그렇소." 그는 이제 루아레의 집에는 벽난로가 있다고 답했다. 개도 한 마리 있다고 했다. 크리스마스에 몽타르지***의 동물보호협회에서 데려온 두 살배기 잡종이었다.

"31일 저녁에 뭐하십니까?" 제드가 물었다.

---

* 석사와 박사 중간단계의 박사준비과정.

** 극우당인 MPF(Mouvement Pour la France, 프랑스를 위한 운동)당의 당수.

*** 파리에서 남쪽으로 120킬로미터 떨어진 곳에 위치하며 루아레에 속하는 도시.

"아무것도. 특별한 계획이 없소. 요즘 토크빌을 다시 읽고 있어요. 시골에선 해가 금세 떨어지거든. 특히 겨울엔."

제드는 그를 파티에 초청할까 생각했지만, 이내 자신이 주최자가 아닌 파티에 누군가를 초대할 수는 없음을 깨달았다. 더구나 작가도 어차피 거절할 터였다.

"약속대로 선생님의 초상화를 가져다드릴까 해서요. 1월 초순에 어떠십니까?"

"내 초상화? 그렇군……좋지요, 좋지요." 그는 아무래도 상관없는 듯했다. 두 사람은 몇 분 남짓 화기애애하게 대화를 나누었다. 『소립자』의 작가의 목소리에는 제드가 이제껏 그에게서 느끼지 못했던 무언가가 있었다. 그에게서 발견하게 되리라고는 전혀 기대하지 않았던 것이었고 사실 지난 수년 동안 어느 누구에게서도 느끼지 못했던 것이어서, 제드는 시간이 지나서야 그것의 정체를 파악할 수 있었다. 그것은 행복이었다. 작가는 행복한 것 같았다.

XII

장피에르 페르노 사저의 대문 양쪽에는 방데 지방 농부 차림의 경비원들이 쇠스랑을 들고 서 있었다. 제드는 그들 중 한 명에게 메일을 프린트한 초대장을 내밀어 보이고는 널찍한 안마당으로 들어섰다. 횃불들이 켜져 있어 포석이 깔린 마당 전체가 대낮처럼 환했다. 십여 명의 초대 손님이 활짝 열린 두 개의 커다란 문으로 향하고 있었다. 문을 통과하면 바로 연회장이었다. 제드는 벨벳 바지에 C&A*에서 구입한 심퍼텍스 방수 점퍼 차림이었는데, 속옷만 입고 온 듯한 끔찍한 기분을 느껴야 했다. 여자들은 롱드레스를, 남자들은 대부분 턱시도를 입고 있었다. 제드는 2미터쯤 떨어진 곳에서 아름다운 흑인 여자와 함께 있

* 저가 의류 브랜드.

는 쥘리앵 르페르스를 알아보았다. 여자가 르페르스보다 머리 하나는 더 컸다. 그녀는 광택이 있는 흰색 롱드레스를 입고 있었다. 깃 부분에 금색 장식이 있고, 엉덩이 윗부분까지 등이 깊게 파인 드레스였다. 횃불 빛이 그녀의 맨등을 훑으며 어른거렸다. 르페르스는 〈그랑제콜* 스페셜〉 방송 때 입던 평범한 턱시도를 입고 있었다. 일종의 방송용 턱시도랄까. 그는 혈색이 붉고 인상이 좋지 않으며 관직에 있는 듯한 느낌을 주는 땅딸막한 남자와 심각한 대화에 빠져 있었다. 제드는 그들을 지나쳐 연회장의 첫번째 홀로 들어갔다. 귀를 찌르는 고성이 그를 맞이했다. 십여 명의 브르타뉴 백파이프 연주자들이 듣기 괴로울 정도로 깽깽거리는 켈트 전통음악을 끝도 없이 연주하고 있었다. 그는 그곳을 성큼성큼 빠져나가서 두번째 홀로 들어가, 알자스 민속의상 차림의 두 웨이트리스가 내미는 게뷔르츠트라미너 '레이트 하비스트'와 에멘탈 치즈 향을 가미한 크낙키 소시지를 받아들었다. 흰 두건을 쓰고 허리에 흰색 빨간색 앞치마를 두른 두 웨이트리스는 각자 쟁반을 들고 손님들 사이를 누비고 있었다. 쌍둥이라 해도 될 만큼 서로 빼다박은 모습이었다.

연회장은 쭉 이어진 네 개의 커다란 홀로 이루어져 있었다. 천장 높이가 족히 8미터는 될 듯했다. 제드는 이렇게 큰 집은 난생처음 보았다. 보기는커녕 이렇게 큰 집이 있다는 것조차 몰랐다. 하지만 곰곰 따져보면 최근에 그의 그림을 구입한 사람들의 저택에 비하면 이 정도는 아무것도 아닐 터였다. 이삼백 명의 초대 손님이 웅성거리는 소리가

* 소수의 엘리트만 입학할 수 있는 프랑스 최고의 전문인 양성 대학. 에나, 폴리테크니크 등이 있다.

브르타뉴 백파이프의 괴성을 점차 뒤덮었다. 얼이 빠진 그는 정신을 잃을 것 같아 오베르뉴 지방 특산물들이 차려진 뷔페 테이블에 몸을 기댔다. 그리고 제쥐 라기올* 꼬치와 생푸르생 와인 한 잔을 받아들었다. 치즈의 토속적이고 강렬한 향에 그는 얼마간 정신을 차리고 몸을 추스를 수 있었다. 그는 생푸르생 와인을 단숨에 들이켜고는 한 잔을 다시 청한 후, 사람들 속으로 걸어나갔다. 실내 공기가 걷잡을 수 없이 후텁지근해졌다. 겉옷을 보관소에 맡겼어야 했다. 그의 점퍼는 드레스 코드와 지독히도 어울리지 않았다. 그는 다시 한번 자책했다. 남자들은 죄다 턱시도 차림이군, 정말 모조리 턱시도야. 그가 절망스럽게 되뇌는 찰나, 가슴장식이 달린 하얀 셔츠에 암청색 테르갈** 바지를 입은 피에르 벨마르***가 맞은편에 보였다. 바지에 성조기 색깔의 넓은 멜빵을 메고 있었고, 하얀 셔츠에는 음식 얼룩이 묻어 있었다. 제드가 반갑게 손을 내밀자 프랑스 TV 홈쇼핑의 황제는 놀라며 손을 맞잡았다. 제드는 한결 평온해진 마음으로 홀 안을 다시 어슬렁거렸다.

제드는 이십 분 남짓이 지나서야 올가를 발견했다. 그녀는 커튼에 몸이 반쯤 가려진 채 문틀에 서서 장피에르 페르노와 업무에 관련된 듯한 대화를 나누고 있었다. 말을 하는 쪽은 거의 장피에르 페르노였다. 그가 오른손을 절도 있게 움직여 문장에 리듬을 맞추며 이야기하면, 올가는 이의를 달거나 지적하는 일이 거의 없이 경청하며 간간이

---

* 제쥐는 알자스 지방의 건조 소시지, 라기올은 프랑스 남부 오브락 지역 특산 치즈이다.

** 폴리에스테르 섬유 상표.

*** 작가, 텔레비전 및 라디오 프로듀서, 진행자. 1987년 TF1에 〈텔레쇼핑〉이라는 프로그램으로 TV 홈쇼핑을 처음 도입했고, 후에 홈쇼핑 전문 채널을 만들었다.

고개를 끄덕일 뿐이었다. 제드는 그녀에게서 몇 미터 떨어진 곳에서 얼어붙었다. 그녀는 작은 크리스털들이 점점이 박힌 크림색 띠 두 줄로 가슴을 가린 탑을 입고 있었다. 목 뒤로 묶은 두 줄의 띠는 태양 모양의 은빛 브로치로 고정되어 배꼽 부근에서 교차했고, 몸매가 드러나는 짧은 치마에 연결되어 있었다. 역시 크리스털들이 흩뿌려진 치마 속으로 하얀 가터벨트가 눈에 띄었다. 그 아래 극도로 섬세한 스타킹도 흰색이었다. 노화는, 특히 겉으로 드러나는 노화는 점진적으로 진행되는 것이 아니다. 삶은 오히려 급작스런 추락을 겪을 때마다 형성되는 몇 단계가 쌓이면서 특징지어진다고 할 수 있다. 우리는 오랜만에 누군가를 만났을 때, 종종 그가 폭삭 늙어버렸다는 인상을 받기도 한다. 반대로 전혀 변하지 않았다는 인상을 받을 때도 있지만, 이것은 허상에 불과하다. 퇴화는 우선 내부조직부터 은밀하게 파고들었다가 어느 날 갑자기 밖으로 터져나온다. 올가는 십 년 동안 눈부신 미모의 단계를 유지하고 있었다. 그러나 이것만으로는 행복하기에 충분치 않으리라. 제드는 자신 또한 십 년 동안 외모가 그다지 변하지 않았다고 생각했다. 그는 행복을 마주해보지도, 심지어 행복해질 거라고 생각해보지도 못한 채, 이른바 작품활동만 했다.

장피에르 페르노가 말을 멈추고, 봄 드 브니즈 와인을 한 모금 삼켰다. 올가의 시선이 잠시 분산되었다가 돌연, 초대 손님들 한가운데 미동도 없이 서 있는 제드에게 꽂혔다. 그녀는 아나운서의 팔뚝에 손을 지그시 올려놓으며 양해를 구하는가 싶더니 어느새 그의 앞에 나타나 입안 가득 키스했다. 이어 그녀는 물러나 그의 두 손을 잡았고, 잠깐 동안 그들은 아무 말도 하지 않았다.

아르투어 반 아셴동크 연미복을 입고 사람 좋은 웃음을 짓고 있는 장피에르 페르노의 눈에 자기 앞으로 다가오는 두 사람이 들어왔다. 장피에르 페르노의 표정이 환해졌다. 이 몇 분 동안 그는 인생에 대해 잘 알고 있고, 심지어 인생과 아주 친한 듯한 인상을 주었다. 올가가 두 남자를 서로 소개했다.

"선생에 대해선 익히 알고 있습니다!" 아나운서가 외쳤다. 그의 웃음이 한층 더 만개했다. "이리 오시죠!"

장피에르 페르노는 TF1 사장인 파트리크 르 레*(미슐랭 TV에 투자하려 했으나 실패한)의 팔을 살짝 스치며 마지막 홀을 재빨리 통과한 후, 석회질 내벽에 천장이 둥글고 높은 널따란 복도로 제드와 올가를 이끌었다. 장피에르 페르노의 집은 이 복도와 지하 동굴들 때문에 대저택을 넘어 중세 로마네스크 시대의 수도원을 연상시켰다. 그들은 다갈색 가죽으로 쿠션을 댄 육중한 문 앞에서 걸음을 멈추었다. "제 서재예요." 아나운서가 설명했다.

그는 제드와 올가가 방을 구경할 수 있도록 문간에서 비켜섰다. 일렬로 늘어선 마호가니 책장들은 주로 관광 가이드북으로 채워져 있었다. 경향에 상관없이 온갖 종류의 가이드북이 뒤섞인 채였다—루타르 가이드북, 블루 가이드북, 프티 퓌테, 론리 플래닛. 진열대에는 『환상

* TF1의 전 사장. 직선적이고 과격한 언사 때문에 공공연히 조롱의 대상이 되며, 특히 "우리의 일은 인간의 뇌가 쉬고 있을 때 코카콜라를 파는 것이다"라는 말은 프랑스 사회에서 수많은 논란과 패러디를 낳았다. 2008년 7월, TF1에서 완전히 물러났으나, 소설에서는 아직 사장인 것으로 묘사되고 있다.

적인 수공예 장인들의 세계』에서부터 『맛있는 프랑스』까지 장피에르 페르노의 저서들이 있었다. 유리 장식장은 방송연예대상에서 수상한 다섯 개의 트로피와 출처가 불분명한 스포츠 대회 우승컵들로 채워져 있었다. 커다란 마호가니 책상은 등받이가 높은 가죽의자와 짝을 이루었다. 책상 뒤에 있는 할로겐등 아래서 제드는 미슐랭 시기에 자신이 찍은 사진들 중 하나를 대번에 알아보았다. 아나운서가 선택한 사진은 묘하게도 바루아 지역의 골짜기나 베르동 지역의 협곡처럼 단박에 눈길을 끄는 스펙터클한 지역의 사진이 아니었다. 그것은 구르네앙브레* 지역에 포커스를 맞춰 심도나 조명 효과 없이 평면적으로 촬영한 사진이었다. 제드는 이 사진을 정확히 수직으로 촬영했던 기억이 났다. 지역구분선이 좌우대칭을 이룬 가운데, 흰색, 초록색, 갈색의 얼룩이 고르게 분포돼 있는 지도였다. 확연히 눈에 띄는 주거밀집 지역 없이 전체적으로 고요하고 조화로운 분위기를 풍겨, 거의 추상화를 방불케 했다. 제드는 아일랜드에 있는 미셸 우엘벡을 방문하기 위해 보베공항에서 비행기를 탔을 때 이륙 직후 저공비행하는 순간 내려다보았던 그 풍경임을 기억해냈다. 구체적인 실제 풍경과, 촌락이며 초원이며 평야가 눈에 띄지 않게 나란히 놓인 이 지도에서 그는 똑같은 느낌을 받았다. 균형과 평온한 조화.

"지금은 그림으로 방향을 틀었다는 걸 알고 있습니다." 장피에르 페르노가 입을 뗐다. "저를 주제로 그림을 그리셨다는 것도요. 사실 그 그림은 제가 구입하려 했죠. 하지만 피노가 값을 너무 높게 부르는 바

---

* 북 노르망디 지방에 속한 곳이며, 보베에서는 약 30킬로미터 떨어져 있다.

람에 당해낼 수가 없었어요."

"프랑수아 피노가요?" 제드가 놀라서 외쳤다. 〈편집회의를 주재하는 장피에르 페르노 기자〉는 고전적 기법으로 그린 소박한 그림으로, 브르타뉴 사업가인 피노의 익히 알려진 와일드한 취향에 전혀 맞지 않았다. 아마 컬렉션에 변화를 주기로 작정한 모양이었다.

"어쩌면 제가……" 제드가 말을 이었다. "죄송합니다. 어쩌면 제가 그림의 주인공들에게 일종의 우선권을 드렸어야 했다는 생각이 드는군요."

"시장의 이치인걸요……" 페르노가 만면에 웃음을 띠며 관대하게 말했다. 제드의 등이라도 토닥여줄 기세였다.

아나운서가 다시 앞장서서 천장이 둥근 복도를 걸었다. 그의 등뒤로 연미복 꼬리가 천천히 너울거렸다. 제드가 손목시계를 흘깃 보니, 거의 자정이었다. 그들은 연회장으로 통하는 문을 다시 지났다. 이제 홀 안의 소음은 절정에 달해 있었다. 새로운 초대 손님들이 속속 도착했다. 전체 인원이 사오백 명은 됨 직했다. 얼큰하게 취한 파트리크 르레가 작은 무리 한가운데서 거드름을 피우며 요란스레 떠들고 있었다. 그는 샤토뇌프 뒤 파프 와인 한 병을 통째로 차지하고서 병째 꿀꺽꿀꺽 마시고 있었다. TF1의 간판 아나운서 클레르 샤잘*이 드러나게 굳은 표정으로 그의 팔을 붙잡으며 말려보려는 중이었다. 하지만 거대 방송사의 사장은 이미 어떤 선을 넘었음이 분명했다. 그가 고함을 질

* 1991년부터 2015년까지 8시 주말뉴스를 진행했다.

렀다. "우리 TF1이 최고야! 장피에르, 네가 새 채널을 맡았다 이거지, 그래 봤자 길게 버텨야 육 개월일걸! M6 방송국을 보라고. 〈로프트〉* 로 우리를 엿먹이려다가 우리 〈코란타〉**에 곱절로 당했잖아! 우리 때문에 좆 된 거라고! 좆!" 그가 거듭 욕설을 퍼붓더니 와인 병을 어깨 너머로 던져버렸다. 병은 쥘리앵 르페르스의 정수리를 스치며 나이 지긋한 세 남자의 발치에서 산산조각났다. 중간 톤 회색 스리피스 정장을 차려입은 그들이 엄한 눈초리로 파트리크 르 레를 노려보았다.

장피에르 페르노는 전 상사에게로 성큼성큼 걸어가 그 앞에 우뚝 섰다. "너무 많이 마셨어요, 사장님." 말소리는 차분했지만, 온몸의 근육이 연미복 안에서 팽팽해졌고 얼굴도 전투를 준비하는 사람처럼 굳었다. "오케이, 오케이……" 파트리크 르 레가 힘없이 수그러들며 말했다. "오케이, 오케이……" 이때 두번째 홀에서 믿을 수 없을 만큼 큰 테너 소리가 쩌렁쩌렁 울려왔다. 이어 바리톤, 베이스가 차례로 가세하며 가사 없이 돌림노래를 불렀다. 회중의 대다수가 소리 나는 쪽으로 고개를 돌렸다. 그 유명한 코르시카 다성 중창단이었다. 베레모를 쓰고 검은색 사라우***에 바지를 입은 다양한 연령의 열두 사내가 이분이 조금 넘도록 공연을 펼쳤다. 경악이었다. 그것은 잘 봐줘서 음악

---

* 청춘 남녀 후보자를 멋진 저택에 몰아넣고 일거수일투족을 24시간 카메라에 담아 편집한 후 매일 방송하며, 주마다 생방송 쇼를 통해 한 명씩 탈락시켜 최종 우승자를 가리는 리얼 서바이벌 쇼.

** 〈로프트〉와 형식은 같으나, 후보자들의 연령과 외모, 계층이 다양하며, 멋진 집이 아닌 오지에서 극한의 체험과 승부를 통해 우승자를 가린다는 점에서 서바이벌이라는 이름에 더 걸맞은 리얼리티 쇼.

*** 소매가 넓고 짧은 블라우스. 주로 농부들이 작업복으로 입는다.

이었지, 놀랍도록 야만적이고 전투적인 고함에 가까웠다. 노래는 일순간에 뚝 그쳤다. 장피에르 페르노가 사람들 앞으로 나아가 웅성거림이 가라앉기를 기다렸다가 큰 소리로 외쳤다. "여러분, 새해 복 많이 받으세요!" 첫번째 샴페인 병이 펑 하고 열렸다. 아나운서가 중간 톤 회색 정장을 입은 세 남자에게 다가가 차례로 악수를 했다. "미슐랭 경영진들이야……" 올가가 그들 무리에게 다가가기 전 제드에게 귀띔했다. "재정적인 면에서 TF1은 미슐랭과 게임이 안 돼. TF1이 까먹은 거 뒤치다꺼리하느라 부이그 그룹이 넌더리가 난 모양이야." 장피에르 페르노가 세 남자에게 그녀를 소개하고 나서 말했다. "파트리크 르 레가 혹시 깽판을 놓지 않을까 예상했었어요. 제가 TF1을 떠나는 걸 몹시 언짢아했거든요."

"우리 사업에 적어도 무심하지는 않다는 증거 아니겠소." 세 사람 중 가장 나이가 많은 사람이 받아쳤다. 제드는 조깅바지에 후드티를 입고 래퍼 모자를 거꾸로 돌려쓴 사십대 남자가 다가오는 것을 보았다. 놀랍게도 그는 미슐랭 프랑스의 홍보국장인 파트리크 포레스티에였다. "요!" 그가 외치며 세 명의 미슐랭 경영진에게로 가서 한 사람씩 하이파이브를 하자, 그들도 차례로 "요!" 하고 화답했다. 이 순간을 기점으로 분위기가 돌변했다. 갑자기 대화 소리가 요란해졌고, 바스크와 사부아 지방의 오케스트라가 동시에 연주를 시작했다. 제드는 식은땀을 흘리며, 이 사람 저 사람과 웃는 얼굴로 정겹게 새해 인사를 나누는 올가를 얼마간 따라다니려 애썼다. 올가가 다가가면 친근하면서도 사뭇 진지한 표정을 짓는 사람들을 보며, 제드는 올가가 자기 스태프들에게 인사를 돌리고 있는 것임을 알아차렸다.

욕지기가 치민 제드는 마당으로 허둥지둥 달려나가 키 작은 종려나무에 대고 토했다. 밤공기가 이상스러우리만치 푹했다. 세 명의 경영진을 비롯한 몇몇 손님은 일찌감치 연회장을 떴다. 그들은 어디에서 온 것일까? 같은 연회장에서 나온 것이 맞을까? 그들은 삼각형을 형성하며 방데 지방 농부들 앞을 말없이 유유히 지나쳤다. 자신들이 대표하는 권력과 세상의 현실을 충분히 의식하면서. 그림의 좋은 주제가 되었겠는걸. 웃고 떠드는 프랑스의 텔레비전 스타들을 뒤로한 채 슬며시 연회장을 떠나는 그들을 보면서 제드는 생각했다. 연회장에서는 쥘리앵 르페르스의 사회로 외설적인 노래 경연대회가 열리고 있었다. 감청색 옷을 입고 수수께끼처럼 서 있는 장피에르 페르노가 이 모든 것을 의연한 시선으로 지켜보고 있었다. 고주망태가 된 파트리크 르 레가 마당 포석 길에서 비틀거리며 미슐랭 경영진들을 소리쳐 불렀지만, 그들은 뒤도 돌아보지 않았다. '서유럽 방송세계의 이직', 제드가 그리지 않을 그림의 제목은 이쯤 되리라. 그는 다시 토했다. 위장 구석에 아직도 담즙이 남아 있었다. 크레올 펀치*와 압생트를 섞어 마신 것이 잘못이었다.

이마가 피투성이가 된 파트리크 르 레는 이제 샤를 드골 대로의 모퉁이를 돈 미슐랭 경영진들을 따라잡기를 포기하고, 제드의 앞에서 마당 포석 길 위를 엉금엉금 기었다. 음악이 잔잔해졌다. 연회장에서 들려오는 음악은 사부아 그루브의 느린 리듬으로 바뀌어 있었다. 제드는 하늘의 무심한 별자리들을 올려다보았다. 프랑스 방송계에 새로운 유

* 럼, 오렌지, 레몬, 바닐라, 파인애플, 꿀, 설탕을 섞어 만든 식전 칵테일.

형의 재기발랄한 지형도가 그려졌으며 어쨌든 어떤 구조적 움직임이 지속적으로 일고 있다는 것, 그것이 외투를 찾아 느릿느릿 정문으로 향하는 초대 손님들의 대화 속에서 제드가 얻은 결론이었다. 그는 '새로운 피' '시험과정'이라는 단어를 포착했고, 이로써 거개의 대화가 프랑스 방송계의 새 얼굴인 올가를 중심으로 돌아가고 있음을 눈치챘다. 그녀가 '제도권 출신'이라는 점이 미모와 함께 가장 빈번하게 언급되었다. 바깥 기온은 가늠하기 어려웠다. 언뜻 냉기가 느껴지는가 하면, 어느새 열기가 치미는 식이었다. 속이 다시 울렁거렸다. 제드는 종려나무 위에다 웩웩거렸지만 트림만 나왔다. 몸을 일으키니 백표범 외투를 입은 올가가 걱정스런 눈길로 그를 바라보고 있었다.

"집에 가자."

"집에…… 당신 집?"

올가가 잠자코 그의 팔을 잡아 자신의 차로 이끌었다. "심약하고 시시한 프랑스인 같으니……" 그녀는 웃으며 말하고는 시동을 걸었다.

XIII

하루의 첫 섬광이 멜턴으로 안감을 댄, 선홍색과 노란색 문양의 톡톡한 이중커튼의 틈새로 스며들었다. 옆에서 올가가 고른 숨소리를 내며 자고 있었다. 짧은 나이트가운 자락이 허리까지 올라가 있었다. 제드는 그녀의 동그랗고 하얀 엉덩이를 그녀가 깨지 않도록 살살 어루만졌다. 십 년 동안 그녀의 육체는 거의 늙지 않았지만, 가슴만은 약간 처졌다. 만개했던 아름다운 육체가 시들기 시작한 것이었다. 이제부터 쇠락에 가속이 붙을 터였다. 그녀는 제드보다 두 살 연상이었다. 그러자 자신이 다음달이면 마흔이 된다는 사실이 새삼 실감났다. 그들은 거의 인생의 반을 산 셈이었다. 세월이 훌쩍 지나버렸다. 그는 몸을 일으켜 바닥에 널린 옷가지들을 주섬주섬 주워모았다. 간밤에 옷을 벗은 기억이 없었다. 분명 올가가 벗겼을 터였다. 그는 베개에 머리를 대자마자 곯아떨어진 듯했다. 그들은 섹스를 했을까? 아마 그렇지 않을 것이다. 이 단순한 사실 하나만으로 문제는 이미 심각했다. 그토록 오랜 세월을 떨어져 있었다면 적어도 시도는 했어야 하는데. 짐작건대 그가 발기하지 않았을 것이고 이 사실은 과도한 알코올 탓으로 돌리면 그만이겠지만, 올가가 적어도 오럴을 시도했을 수는 있었으리라. 하지만 그런 기억도 없었다. 그가 요구해야 했을까? 그들의 관계에서 당연하고도 정상적으로 보이는 이 성적 권리를 그가 망설였다는 사실 또한 불길했다. 이것이야말로 그들의 관계가 끝났다는 징조일지 몰랐다. 성은 덧없는 것이다. 성사되기는 어렵지만, 허물어지기는 더없이 쉽다.

그는 하얀 가죽으로 쿠션을 댄 방문을 등뒤로 닫고서 기나긴 복도로 나왔다. 오른쪽에는 다른 방들과 사무실 하나가 있고 왼쪽에는 접견실들이 있었는데, 루이 16세 양식의 쇠시리 장식을 하고 헝가리식 쪽매널마루가 깔린 작은 응접실들이었다. 갓을 씌운 커다란 램프들이 이 공간 저 공간을 희미하게 밝히고 있는 집이 광활하게 느껴졌다. 제드는 그중 한 응접실에 들어가 커튼을 살짝 들춰보았다. 성에가 얇게 깔린 기이하게 널따란 포슈 대로가 끝도 없이 펼쳐졌다. 활기의 기미라고는 인도에 정차된, 천천히 엔진이 돌아가는 검은색 재규어 XJ가 뿜어내는 배기가스가 유일했다. 옆 건물에서 파티 드레스를 입은 여자가 비트적거리며 걸어나와 재규어의 조수석에 올라탔다. 차가 부르릉거리며 개선문 쪽으로 진입했다. 차가 사라지자 도심 풍경에 다시 완전무결한 적막이 감돌았다. 포슈 대로의 순결한 땅을 반짝이게 하는 파리한 겨울 해가 라데팡스 사이로 떠오르자 제드는 모든 것이 선명하게 보였다. 익숙지 않은 선명함이었다. 제드는 복도 끝에서 널찍한 부엌으로 꺾어들어갔다. 부엌 중앙에는 현무암으로 상판을 깐 조리대가 있었고, 벽면은 무광택 알루미늄 부엌가구들로 채워져 있었다. 냉장고 안에는 드보브 에 갈레 초콜릿 한 상자와 개봉한 리더 프라이스 오렌지주스 한 통 말고는 아무것도 없었다. 그는 부엌을 죽 둘러보다가 네스프레소 머신을 발견하고 커피를 한 잔 뽑았다. 올가는 상냥했어, 상냥하고 사랑스러웠지, 날 사랑했고. 제드는 그들 사이에 이제 더는 아무 일도 일어나지 않으리라는 것, 결코 아무 일도 일어날 수 없으리라는 것을 깨달음과 동시에 커져가는 슬픔을 곱씹으며 되뇌었다. 그는 생각했다. 삶은 때로 우리에게 기회를 주지만, 너무 비겁하거나 우유부단해서 그 기회를 덥석 움켜잡지 못하면 이내 거두어가버린다. 인생에서 무언가를 할 수 있는 순간이 있다, 행복 속으로 들어갈 수 있는 어떤 순간이. 그 순간은 며칠 동안, 때로는 몇 주 혹은 몇 달 이상 지속된다. 대신 인생에 정말 단 한 번, 꼭 한 번뿐이다. 나중에 아무리 그 순간으로 되돌아가려 해도 불가능하다. 더이상 열정과 신뢰와 믿음을 위한 자리는 없고, 희미한 체념과 서로를 향한 서글픈 연민과 뭔가 일어날 수도 있었으리라는 적확하고 무의미한 감정만이 남을 뿐, 우리에게 주어졌던 선물을 받을 자격이 없다는 것만 증명한 셈이 되고 마는 것이다. 제드는 커피를 두 잔째 뽑으며 잠기운을 완전히 몰아내고는 올가에게 남길 글을 썼다. "생각을 좀 해봐야 할 것 같아." 그는 지우고 다시 썼다. "당신은 내게 과분한 여자야." 그는 다시 줄을 박박 그어 지우고 새로 썼다. "아버지가 오늘내일하셔." 하지만 올가에게 아버지 얘기는 한 번도 한 적이 없다는 생각이 떠올라 종이를 구겨 휴지통에 던져버렸다. 이제 곧 그는 아버지가 그를 얻었을 때의 나이가 된다. 아버지에게 자식이란 모든 예술적 야심의 끝을, 더 일반적으로는 죽음의 수락을 의미했으리라. 누구나 그렇겠지만 그의 부친은 좀더 특별한 경우였다. 그는 복도를 지나 침실로 돌아갔다. 올가는 몸을 웅크린 채 여전히 평화롭게 자고 있었다. 그는 올가의 고른 호흡을 유심히 지켜보며 일 분 가까이 머물렀지만 총체적 결론에 이르지 못했다. 문득 우엘벡이 떠올랐다. 작가라면 그래도 인생에 대해 무언가 알고 있을 터였다. 그는 적어도 그렇다고 믿었다. 어떤 식으로든 우엘벡이 총체적 결론의 일부가 되리라.

이제 날이 완전히 밝았는데도 포슈 대로는 여전히 휑했다. 그는 올가에게 아버지에 대해 말한 적도, 아버지에게 올가에 대해 말한 적도 없었다. 하물며 우엘벡이나 프란츠에게 이 두 사람 이야기를 했을 리는 만무했다. 물론 제드는 이 이외의 사회생활도 영위했지만 그것은 활발하게 움직이는 유기적인 조직망이 아니라, 가지를 치며 뻗어나가지도 세분화되지도 못한 채 최소한의 기본 골격만 유지한 그래프에 불과했다. 그는 집으로 돌아와 티탄 상자에 우엘벡의 초상화를 넣고서, 아우디 라이트밴 지붕의 루프캐리어에 고정했다. 그리고 이탈리 시문에서 10번 고속도로를 탔다.

파리의 가장 먼 외곽에 있는 창고들을 지날 때 보니 눈은 여전히 녹지 않은 채였다. 바깥 기온이 영하 3도였지만, 히터는 완벽하게 작동했다. 미지근한 공기가 차 안 전체에 고르게 감돌았다. 〈오토저널〉의 평가를 빌리자면 몇몇 렉서스 외에는 경쟁 상대가 없을 만큼 아우디의 마무리 공정은 최고 수준이었다. 제드가 경제적으로 새로운 계층이 되고 난 후 제일 처음 구매한 것이 바로 이 라이트밴이었다. 그는 대리점을 처음 방문하자마자 그 엄격함과, 정밀하게 조립된 금속부품들과, 매끄럽게 여닫히는 문에 반해버렸다. 이 모든 것이 금고처럼 제작되었다. 제드는 자동속도제어장치의 휠을 돌려 크루즈 컨트롤을 시속 105킬로미터로 설정했다. 시속 5킬로미터 단위로 패어 있는 작은 홈들 덕분에 장치 조작이 편리했다. 곡선 구간에서 즉각 작동하는 차량자세제어 시스템으로 인해 운전이 더욱 용이했다. 그야말로 완벽한 차였다. 아무 흔적도 없는 새하얀 눈이 평평한 평야를 베일처럼 뒤덮고 있었다. 햇살이, 잠든 보스 지역을 기세 좋게, 거의 명랑하다 싶을 정도로 내리비추고 있었다. 제드는 오를레앙에 조금 못 미쳐 쿠르트네 방향으로 연결된 60번 고속화도로로 접어들었다. 땅속 몇 센티미터 아래에서는 씨앗들이 움을 틔우고 깨어날 준비를 하고 있으리라. 제드는 여정이 너무 짧다고 느꼈다. 생각이 선명한 그림이 되어 떠오르려면 고속도로를 일정한 속도로 몇 시간 또는 온종일 달려야 했을 터인데. 그는 마지못해 주유소에 정차했다가, 다시 차를 출발시키면서 우엘벡에게 방문하겠다는 전화를 넣어야겠다는 생각이 들었다.

그는 몽타르지우에스트로 나가 톨게이트를 50여 미터 앞두고 주차한 뒤, 작가의 전화번호를 눌렀다. 열두어번째 신호음이 울렸을 때 전화를 끊었다. 태양이 자취를 감추었고, 새하얀 설경 위의 하늘은 우윳빛이었다. 톨게이트 요금소의 미색이 가세해 톤이 다른 흰색들이 은근하게 어우러진 풍경을 완성했다. 제드는 차에서 내렸다. 도심보다 훨씬 매서운 추위가 곧바로 엄습해왔다. 그는 간이휴게소의 쇄석포장도로를 몇 분간 어슷거리다 자동차 지붕 위에 얹힌 티탄 상자를 발견하고야, 불현듯 이 여행의 목적을 떠올렸다. 아울러 이제 모든 것이 끝났으니 우엘벡의 책들을 읽을 수 있겠다고 생각했다. 그런데 대체 이제 무엇이 끝났다는 거지? 질문과 동시에 답이 떠올랐다. 그는 프란츠의 예견이 정확했음을 깨달았다. 〈작가, 미셸 우엘벡〉은 그의 마지막 그림이 될 것이었다. 물론 여전히 그림에 대한 아이디어도 떠오를 테고 꿈도 꾸겠지만, 그것을 구체화할 동기나 에너지는 절대 다시 생기지 않으리라. 우엘벡은 소설가로서의 이력을 반추하며 그에게 이런 말을 했었다. 늘 메모하고 문장들을 늘어놓아볼 수는 있지만, 소설을 쓰려면 이 모든 것이 촘촘해지고 논박의 여지가 없게 될 때까지, 필연이라는 진정한 핵이 나타날 때까지 기다려야 한다고. 그러면서 소설은 절대 소설가 마음대로 쓸 수 있는 것이 아니라고 덧붙였다. 그에 따르면 책은 굳기를 스스로 결정하는 콘크리트 블록과도 같아서, 작가가 할 수 있는 일이란 그저 거기 그렇게 존재하며 무기력한 번민 속에서 책이 저절로 시작되기를 기다리는 것뿐이다. 그 순간 제드는 자신이 무기력 때문에 번민하는 일은 이제 다시 없으리라는 것을 깨달았다. 그리고 올가의 모습이 이루지 못한 행복의 유령처럼 그의 추억 속을 떠다녔다. 할 수만 있었다면 그녀를 위해 기도라도 했으리라. 제드는 다시 차에 올라 천천히 톨게이트 쪽으로 향하며 통행료를 지불하려고 신용카드를 꺼냈다.

그가 우엘벡이 사는 마을에 이르렀을 때는 얼추 정오가 다 된 시각이었지만, 거리에는 인적이 없었다. 도대체 이 마을의 거리에 사람이

다니기는 하는 걸까? 옛날식 기와지붕을 얹고 석회암을 쌓아올린 그 지역 특유의 전통 가옥들과, 차라리 노르망디 시골에서 흔히 볼 수 있는 노출 목재 골조 사이에 석회를 바른 가옥들이 뒤섞여 있는 곳이었다. 성당은 벽과 벽 사이를 아치형 벽이 잇고 있는 고딕양식이었는데, 그 아치형 벽은 온통 담쟁이덩굴로 뒤덮여 있었다. 여기저기 열심히 보수한 흔적이 보였다. 확실히 문화유산을 애지중지하는 곳이었다. 곳곳에 관상용 소관목과 잔디가 깔려 있고, 갈색 나무 표지판에는 자연보호구역인 뮈제 주변 산책에 대한 안내문이 쓰여 있었다. 다목적 문화전시장에서는 이 지역 특산 공예품들을 상설 전시하고 있었다. 이미 오래전부터 이곳에는 별장들밖에 남지 않은 듯했다.

우엘벡의 집은 마을에서 조금 떨어진 외곽에 있었다. 겨우 전화 통화에 성공했을 때 그가 길을 알려주었는데, 그 설명이 더할 수 없이 명료했다. 작가는 개를 데리고 얼어붙은 시골길을 한참 동안 산책하고 온 참이라고 했다. 그는 점심을 대접하겠다며 반가워했다.

제드는 석회를 바른 벽이 옆으로 길게 뻗은 L자형 주택의 대문 앞에 주차했다. 그리고 차 지붕에서 그림이 든 금속상자를 내리고 나서 초인종 손잡이를 당겼다. 집안에서 개 짖는 소리가 즉시 터져나왔다. 잠시 후 문이 열리자 털이 검고 텁수룩한 커다란 개가 으르렁거리면서 문가로 달려나왔다. 이어 벨벳 바지에 양털을 속에 댄 점퍼를 입은 『소립자』의 작가가 등장했다. 한눈에 보기에도 그는 달라져 있었다. 더 건강해지고, 근육도 더 많이 붙은 것 같았다. 걸음걸이도 힘찼고, 입가에는 호의적인 미소가 어려 있었다. 살은 조금 빠졌고 얼굴에는 가는 주름들이 패었으며 매우 짧게 자른 머리는 허옇게 세었다. 흡사 겨울철

털갈이를 하고 난 짐승 같은 느낌이었다.

거실 벽난로에서 불이 활활 타오르고 있었다. 그들은 암녹색 벨벳 소파에 자리를 잡고 앉았다. 우엘벡이 말했다. "원래 있던 가구들 말고 나머지는 내가 골동품 시장에서 구입한 거요." 그는 낮은 테이블에 얇고 동그랗게 자른 소시지와 올리브를 준비해두었다. 그가 샤블리 와인을 땄다. 제드는 금속상자에서 초상화를 꺼내 소파 등받이에 기대놓았다. 우엘벡이 그림을 흘깃 보고는 방안을 휘둘러본 끝에 말했다. "벽난로 위에 걸면 괜찮을 것 같은데, 선생 생각은 어떻소?" 그의 관심사는 오직 그뿐인 듯했다. 제드는 그거면 족하다고 생각했다. 사실 그림이란 것이 특별히 값비싼 장식품 이외에 달리 무엇이겠는가? 그는 와인잔을 홀짝홀짝 비웠다.

"집 구경 좀 하시겠소?" 우엘벡이 제안했고 제드는 당연히 수락했다. 그의 마음에 드는 집이었다. 얼마간은 조부모의 집이 연상되기도 했다. 사실 시골의 전통 가옥들은 거개가 이럭저럭 흡사하다. 거실 밖으로 커다란 부엌이 있었고, 부엌에는 곳간이나 창고로 활용되는 식품저장실도 딸려 있었다. 오른쪽에는 방이 두 개였다. 하나는 냉기가 흐르는 빈방으로 한가운데에 좁고 높은 이층침대가 놓여 있었고, 다른 방에는 구석에 아늑하게 자리잡은 어린이 침대와, 상판을 여닫을 수 있는 작은 책상이 있었다. 제드는 침대 머리 구석에 놓인 책장에 정리된 책들의 제목을 훑어보았다. 샤토브리앙, 알프레드 드 비니, 오노레 드 발자크……

"그래요, 저기가 내가 자는 방이오……" 우엘벡이 거실로 돌아와 다시 난로 앞에 앉았을 때 확인시켜주었다. "침대도 어릴 때 쓰던 거요. 시작했을 때처럼 끝낸다고 할까……" 그가 뜻 모를 표정으로 덧붙였다(만족감일까? 아니면 체념? 씁쓸함?). 제드는 대꾸할 말을 찾지 못했다.

샤블리가 석 잔째 들어가자 그는 좀 알딸딸해진 것 같았다. 작가가 말했다. "자, 이제 식사를 하실까. 어제 포토푀*를 했는데 오늘은 맛이 제대로일 거요. 포토푀는 다시 데워야 제맛이 나거든."

부엌까지 그들을 따라온 개는 커다란 천바구니에 들어가 몸을 웅크리고는 안도의 숨을 내쉬었다. 포토푀는 맛있었다. 똑딱거리는 괘종시계 소리가 어렴풋하게 들려왔다. 창문 너머 눈 덮인 평원과 지평선 위에 불쑥 솟은 시커먼 작은 숲이 보였다.

"조용한 삶을 택하셨군요……" 제드가 말했다.

"끝이 가까워오잖소. 조용히 늙어야지."

"글은 더 안 쓰십니까?"

"12월 초에 새들을 주제로 시를 긁적여봤소. 아마 선생이 전시회에 초대했을 때쯤일 거요. 사료통을 구입해서 비계 조각을 넣어놨거든. 그랬더니 겨울이 빨리 와 날이 벌써부터 부쩍 차가워진 탓인지 방울새, 피리새, 울새 등이 떼로 몰려들었어요. 비계 조각을 어찌나 잘 먹던지. 하지만 그걸로 시를 쓸 수는 없었소…… 그래서 저 개를 주제로 삼았어요. 그때가 P의 해여서 플라톤이라는 이름을 지어주었소.** 그러

* 고기와 야채를 덩어리째 푹 삶은 스튜.

** 혈통이 있는 반려동물의 경우, 족보 기록도 용이하고 나이도 쉽게 알아볼 수 있도록, 해마다 순서대로 알파벳을 지정하고 해당 알파벳으로 시작하는 이름을 지어준다.

고는 시를 쓰는 데 성공했지. 아마 플라톤 철학에 대한 가장 뛰어난 시가 아닌가 생각되오. 한편으로는 개에 관한 가장 뛰어난 시이기도 하고. 내 후기 작품 중 하나가 될 거요. 어쩌면 마지막 작품이 될지도 모르고."

그 순간 플라톤이 바구니 안에서 몸을 부르르 떨며 허공에 발을 쳐들고 흔들더니, 잠꼬대 같은 신음을 길게 흘리고는 다시 잠들었다.

"새는 하잘것없는 존재요." 우엘벡이 말을 이었다. "그저 알이나 품다가 여기저기 기를 쓰고 푸드덕대며 날아다니면서 벌레들이나 삼키는, 푸른 자연에 흩뿌려진 총천연색 점點들이라고나 할까. 벌레를 삼키고 오로지 저와 똑같은 것들을 재생산하는 데만 헌신하는, 어리석고 분주한 인생들이란 말이오. 하긴 더러 조촐한 비계 파티를 벌이기도 하는구먼. 반면 개는 그 자체로 이미 개별적 생이자, 한 세계의 대표 격이지. 하지만 개의 드라마는 분화가 안 된 무언가란 말이지. 역사가 있는 것도, 그렇다고 진짜 내러티브가 있는 것도 아니니까. 난 이제 소설이나 영화 같은 내러티브의 세계와는 얼추 끝난 것 같소. 음악도 마찬가지고. 이제 내 관심사는 오직, 시나 그림 같은 병렬적 세계요. 포토퐈 더 드시겠소?"

제드는 사양했다. 우엘벡은 냉장고에서 생넥테르 치즈와 에푸아스 치즈를 꺼내고 빵을 얇게 자른 뒤, 샤블리 와인 한 병을 새로 땄다.

"수고롭게 그림을 가져다주셔서 고맙소." 그는 잠시 사이를 두고 덧붙였다. "이따금씩 보겠소. 그림을 보면 내게도 열정적으로 살았던 순간들이 더러 있었다는 게 생각나겠지."

그들은 거실로 돌아와 커피를 마셨다. 우엘벡은 벽난로에 장작 두 개비를 던져넣고는 부엌으로 가서 분주히 몸을 놀렸다. 그사이 제드는 책장의 책들을 자세히 훑어보며 소설책이 의외로 많지 않은 데 놀랐다. 고전 몇 권이 전부였다. 반면 19세기의 사회개혁 관련 저서가 놀라울 정도로 많았다. 널리 알려진 마르크스, 프루동, 콩트부터 시작해 푸리에, 카베, 생시몽, 피에르 르루, 오언, 칼라일 같은 이름들이 보였고, 제드가 전혀 들어본 적 없는 이름도 상당수였다. 작가가 커피포트와 마카롱과 자두 술을 담은 쟁반을 들고 와서 말했다. "콩트가 이런 말을 했어요. '인류의 구성원은 산 자보다 죽은 자가 더 많다.' 내가 요새 그 말을 뼈저리게 실감하고 있지, 죽은 자들과 더 교류가 활발하거든……" 이번에도 제드는 대꾸할 말을 찾지 못했다. 토크빌의 『회상록』 구판이 낮은 테이블 위에 놓여 있었다.

"토크빌도 놀라운 경우요……" 작가가 말을 이었다. "『미국의 민주주의』는 그야말로 걸작이지. 모든 영역에서 철저하게 혁신적인, 전대미문의 통찰력을 보여주는 책이오. 아마 인류가 쓴 가장 지성적인 정치서적일 거요. 이 책을 저술하고 나서 그는 망슈 같은 조촐한 지역구에서 국회의원으로 선출되는 데 모든 에너지를 쏟아부었고, 그후에는 여타 평범한 정치인들과 하등 다를 바 없이 정부에서 한자리를 차지하기 위해 총력을 기울였소. 그 와중에도 통렬한 비판의식과 감식안만은 전혀 잃지 않았고." 그는 발치에 엎드린 플라톤의 등을 쓰다듬으며 토크빌의 『회상록』 책장을 넘겼다. "여기 잠깐, 그가 라마르틴에 대해서 뭐라고 썼는지 좀 들어보시오! 어이쿠, 이런, 아주 라마르틴을 작살내버렸구먼……!" 우엘벡이 듣기 좋은 목소리로 또박또박 읽어내려갔다.

이제껏 내가 살아온 이 이기주의적 야심으로 들끓는 세상에서, 라마르틴보다 더 공익을 생각지 않는 사람을 만났던 적이 있었는지 잘 모르겠다. 물론 자신의 영달을 위해 나라를 어지럽히는 자들은 숱하게 보아왔고, 이것은 익히 알려진 배덕이다. 하지만 단지 재미를 위해 능히 나라를 뒤엎어놓을 수 있을 것으로 보이는 자로는, 라마르틴이 유일무이하다.

"토크빌은 이런 별종이 존재한다는 사실에 놀라움을 금치 못해요. 그 자신은 나라에 득이 될 일을 위해 노력하는 뼛속까지 정직한 인간이었으니 말이오. 야망이나 탐욕 따위의 감정은 이해하지만, 라마르틴 같은 그런 어마어마한 코미디언 기질이나 무책임함, 딜레탕티슴 앞에서는 아연실색하고 마는 거요. 자, 들어보시오."

나는 또한 그처럼 부정직하고 진실을 철저히 경멸하는 영혼은 알지 못한다. 방금 그가 진실을 경멸한다고 말했는데 이것은 잘못이다. 그는 진실에 대해서 어떤 식으로든 사고할 시간조차 갖지 않았을 테니까. 그는 말을 하고 글을 쓸 때, 진실에서 빠져나갔다가 어느새 되돌아온다. 그가 골몰하는 것은 오로지 자신이 창출하고자 하는 어떤 효과뿐이다.

우엘벡은 손님이 있다는 것도 잊은 채, 점점 더 신이 나서 책장을 넘기며 계속해서 속으로 읽어나갔다.

제드는 얼마간 기다리며 주저하다가, 자두 술을 단숨에 비우고는 헛기침을 했다. 우엘벡이 시선을 들어 그를 보았다. "제가 여기 온 건……" 제드가 말했다. "물론 그림을 드리기 위해서지만, 한편으로는 한 말씀 듣고 싶어서이기도 합니다."

"한 말씀?" 작가의 웃음기가 점차 가시고 얼굴은 핏기 없이 무거운 슬픔으로 뒤덮였다. "선생 생각으로는……" 마침내 그가 느릿느릿 말했다. "내 인생이 내리막을 걷고 있고 내가 실망했다, 이거요?"

"음…… 네, 어느 정도는요."

"그렇다면 선생이 잘 본 거요. 내 인생은 내리막을 걷고 있고, 나는 실망했으니까. 젊었을 때 바랐던 것들 중 이루어진 게 하나도 없소. 살면서 재미있었던 순간들도 있었지만, 늘 힘에 부쳤고 안간힘을 써야 했지. 선물처럼 거저 얻은 게 아무것도 없으니까. 이제는 다 지긋지긋해. 지금 내가 바라는 건 그저 너무 큰 고통 없이, 중병에 걸리는 일도 거동이 불편해지는 일도 없이 끝나는 것뿐이오."

"꼭 제 아버지처럼 말씀하시는군요……" 제드가 조용히 말했다. 우엘벡은 '아버지'라는 단어에 마치 불경한 말이라도 들은 듯 흠칫하더니, 이윽고 얼굴 가득 정중하지만 무감각하고 온기 없는 미소를 지었다. 제드는 마카롱 세 개를 차례로 꾸역꾸역 삼키고 자두 술을 벌컥벌컥 마셨다.

"아버지가……" 제드가 말을 이었다. "윌리엄 모리스에 대해 말씀하신 적이 있어요. 선생님도 그를 알고 계신지, 그렇다면 어떻게 생각하시는지 알고 싶습니다."

"윌리엄 모리스……" 작가의 어투가 다시 누그러지며 담담해졌다.

"부친께서 윌리엄 모리스에 대해 말씀하셨다니 참으로 신기한 일이오. 지금은 윌리엄 모리스를 아는 사람이 거의 없는데."

"웬걸요, 아버지가 젊은 시절 교류했던 건축가나 예술가들 사이에서는 그렇지 않았던 모양입니다."

우엘벡이 자리에서 일어나 오 분 남짓이나 책장을 뒤지더니, 아르누보 스타일의 덩굴무늬로 장식된 누렇게 바랜 얇은 책 한 권을 꺼냈다. 그러고는 다시 자리에 앉아 얼룩지고 뻣뻣해진 책장을 조심조심 넘겼다. 수년간 한 번도 펼쳐보지 않은 책임이 분명했다.

마침내 그가 입을 열었다. "여기 좀 보시오. 윌리엄 모리스의 시각이 적이 드러나는 대목이 있어요. 1889년 에든버러 컨퍼런스에서 한 연설이오."

> 요컨대 이것이 예술가로서의 우리 입장입니다. 우리는 상업적 생산 시스템에 의해 치명적 타격을 입은 수공업의 마지막 대표자들입니다.

"그는 말년에는 마르크스주의에 동조했지만, 출발은 달랐어요. 정말 독창적이었지. 작품을 생산할 때 그는 예술가의 입장에서 출발했거든. 그리고 그것을 공업이건 농업이건, 산업 전반에 걸쳐 보편화하려 했소. 그 시대의 정치적 성찰이 얼마나 풍요로웠는지 오늘날은 아마 상상하기도 힘들 거요. 체스터턴*도 『돈키호테의 귀환』에서 윌리엄 모리스에게 경의를 표했지. 중세 기독교와 수공업으로의 회귀에 바탕을 둔

혁명을 상상하는, 기이한 소설이지. 이 혁명이 영국의 섬들에 점차 확산되면서, 노동자들, 사회주의자들, 마르크스주의자들의 운동을 밀어내고 산업 생산 시스템마저 무너뜨리면서, 농업이나 수공업 공동체들을 번성시킨다는 줄거리요. 동화적 분위기에서 기술한, 완전히 비현실적인 이야기요. '브라운 신부' 시리즈에서 크게 벗어나지 않는달까. 내 생각엔 체스터턴의 신념이 상당량 주입된 소설인 것 같소. 어쨌거나 알려진 바를 종합할 때 윌리엄 모리스가 걸출한 인물임은 분명하오."

장작 한 개비가 난로 속에서 스르르 무너지며 불티를 퍼뜨렸다. "불똥막이를 샀어야 하는 건데……" 우엘벡이 구시렁거리고는 알코올로 입술을 축였다. 제드는 여전히 작가를 뚫어져라 바라보며 미동도 없이 앉아 있었다. 불가해할 만큼 극도로 신경이 예민해져 있었다. 우엘벡의 놀란 눈초리에 제드는 자신이 왼손을 발작적으로 떨고 있음을 깨닫고 당황했다. "죄송합니다." 마침내 그가 긴장을 풀고 해명했다. "제 상황이 요즘 좀…… 특별해서요."

"통상적 기준으로 보자면 윌리엄 모리스의 삶이 그리 행복했던 건 아니오." 우엘벡이 말을 이었다. "그럼에도 모두들 증언하기로, 그는 명랑하고 낙천적이고 활달한 사람이었던 모양이오. 그가 화가들의 모델이었던 제인 버든을 만난 건 스물세 살 때였소. 제인 버든은 열여덟 살이었고. 이 년 후 그들은 결혼했고, 모리스는 자기도 그림에 뛰어들어볼까 진지하게 고민했지만 재능이 부족하다고 판단해 포기하고 말죠. 그림에 대한 경외심이 남달랐던 사람이니까. 그는 템스 강가의 업

---

* 길버트 키이스 체스터턴. 영국의 에세이스트, 소설가, 시인. 신부 탐정이 주인공인 추리소설 '브라운 신부' 시리즈로 유명하다.

턴에 자신이 직접 설계한 집을 짓게 하고, 아내와 두 딸과 함께 살 그 집을 직접 꾸몄소. 그의 아내를 만나본 사람들의 한결같은 증언에 따르면, 그녀는 절세미인이었지만 정조가 깊지는 못했소. 라파엘전파 운동의 선두주자인 단테이 게이브리얼 로세티와 특별한 관계였거든. 모리스는 로세티를 화가로서 깊이 존경했었소. 그래서 집으로 들여 먹이고 재워주니까 떡하니 부부 침대까지 꿰차버린 거요. 그래서 모리스가 아이슬란드로 여행을 떠난 거예요. 거기서 아이슬란드어를 배우고, 영웅 전설들도 번역했지요. 몇 년 후 귀국해 해명을 요구했고, 이에 로세티가 순순히 물러났소. 하지만 부부 사이의 뭔가가 이미 깨져버렸어요. 진정으로 친밀한 육체관계는 두 번 다시 이루어지지 않았소. 그때 모리스는 이미 갖가지 사회운동에 발을 담그고 있었어요. 그는 너무 온건하다고 판단한 '사회민주연맹'을 떠나, 공산주의자들을 노골적으로 지지하는 '사회주의자동맹'을 창설했소. 그리고 죽는 날까지 공산주의자들의 입장을 옹호하는 데 전 재산을 아낌없이 투자했지요. 신문기사, 컨퍼런스, 회의 등의 홍보수단을 총동원한 것은 물론이고……"

우엘벡은 입을 다물더니, 체념어린 표정으로 고개를 저으며 플라톤의 등을 부드럽게 어루만졌다. 개가 기분좋은지 가르랑거렸다.

"또한." 우엘벡이 천천히 입을 뗐다. "빅토리아 시대의 정숙을 강조하는 풍조와도 끝까지 싸웠소. 자유연애를 옹호하기 위해 투쟁했지요."

그가 덧붙였다. "실은 나도 늘 못 견디게 혐오스럽다고 생각해온 말이 있는데, 그게 한편으로는 설득력이 있는 게 사실이오. 사심 없어 보이는 대의적 사회활동이 개인적 차원의 문제를 보상한다는 의견 말이오. 선생은 어떻게 생각하시오?"

제드는 묵묵부답인 채 일 분여를 흘려보내고 나서야 겨우 물었다. "선생님께선 그가 공상가였다고 생각하십니까? 완전히 비현실적인?"

"어떤 의미로는, 맞소, 틀림없이 그래요. 그는 아이들이 완전히 자유로운 분위기에서 더 잘 배울 수 있을 거라는 생각에서 학교를 없애려 했소. 회한이 범죄자들에게 충분한 벌이 되리라는 생각에서 감옥을 없애려 했고. 연민과 혐오감이 뒤얽힌 감정 없이, 그 모든 터무니없는 공상들을 읽어내기란 어려운 일이지. 그럼에도 말이오, 그럼에도……" 우엘벡은 머뭇거리며 단어를 찾았다. "그럼에도 역설적으로 그는 실용적 측면에서 몇 가지 성공을 거뒀소. 수공업으로의 회귀라는 자신의 신념을 실행에 옮기기 위해 일찌감치 실내장식 회사를 차렸소. 그곳 노동자들은 당시의 다른 공장 노동자들에 비해 노동량이 훨씬 적었어요. 말이야 바른말이지, 당시의 공장은 감옥 이상도 이하도 아니었거든. 무엇보다 중요한 건 모리스의 공장 노동자들이 자유롭게 일했다는 거요. 각자가 책임지고 처음부터 끝까지 맡은 임무를 완수했지요. 윌리엄 모리스의 핵심 원칙은 중세와 마찬가지로, 착상과 제작이 절대 분리될 수 없다는 거였소. 모든 증언에 따르면, 작업환경도 목가적이었다고 해요. 강가에 위치한 환하고 통풍이 잘되는 아틀리에였다지요. 사회주의자들의 선전운동을 재정적으로 뒷받침하는 데 쓰인 일부 소액을 제외하고는 모든 수익이 노동자들에게 재분배되었소. 회사는 모두의 예상을 뒤엎고 상업적인 면에서도 즉각 성공을 거뒀어요. 그들은 목공예 다음에 보석세공, 가죽, 유리, 패브릭, 태피스트리로 점차 사업을 확장했고, 손을 대는 족족 성공했지요. '모리스 회사'는 처음부터 줄곧 흑자를 기록했소. 이것은 푸리에의 팔랑스테르나 카베의 이카리아* 공동체나 할 것 없이, 19세기를 통틀어 번성한 그 어떤 노동자 협업체제도 도달하지 못한 유일한 사례요. 윌리엄 모리스가 세운 회사를 제외하고는 그 어떤 사회주의 공동체도 수익성 있는 효과적 생산체제를 이룩하지 못했지. 나머지는 죄다 실패의 연속이었소. 더 훗날 등장한 공산사회들은 아예 말할 것도 없고……"

우엘벡이 다시 침묵했다. 실내가 어둑해지기 시작했다. 그는 몸을 일으켜 갓을 씌운 전등을 켜고 벽난로에 장작 한 개비를 더 던져넣고는, 도로 자리에 앉았다. 제드는 양손을 무릎에 올려놓고 말없이 여전히 주의 깊게 그를 응시했다.

"모르겠소." 우엘벡이 말문을 열었다. "난 너무 늙었어. 이젠 무언가를 결론짓고 싶지도 않고, 그런 습관도 없어졌소. 아니면 아주 간단한 것들만 할 수 있지. 번 존스가 그린 윌리엄 모리스의 초상화들이 있는데, 아시오? 천연 염색재료들을 새롭게 혼합해보고 있거나, 딸들에게 책을 읽어주는 모습을 그린 그림들이지. 그림을 보면 그는 체격이 다부지고 덥수룩한 머리에 얼굴은 불그레하며 생기가 넘치는 사내로 묘사돼 있소. 또 안경을 걸치고 턱수염을 무성하게 기른 모습이지. 모든 그림에서 끊임없이 정력적이고, 열성적이고, 이루 말할 수 없이 천진한 인상이 풍겨요. 확실하게 말할 수 있는 건, 윌리엄 모리스가 제안한 사회 모델은 모든 사람이 윌리엄 모리스를 닮은 세상에서라면 전혀 비

---

* 카베가 상상한 유토피아로, 공산주의 사상에 입각해 이카리아섬에 건설된 이상주의적 도시이다. 후에 미국에서 같은 이름의 여러 공동체로 발전되었다.

현실적인 것은 아니리라는 것이오."

제드는 또다시 한참을 기다렸다. 그사이 근처 평야에 어둠이 내렸다. 마침내 그가 몸을 일으키며 말했다. "감사합니다. 조용히 지내시는데 성가시게 해서 죄송해요. 하지만 선생님의 의견이 제게는 중요했습니다. 많은 도움이 됐어요."

문간에 서니 오싹한 한기가 그들을 감쌌다. 하얀 눈이 희미하게 반짝거렸다. 헐벗은 시커먼 나뭇가지들이 어두운 잿빛 하늘에서 또렷이 모습을 드러냈다. 우엘벡이 말했다. "빙판길이겠군요. 운전 조심하시오." 차에 올라 유턴을 하는 순간, 제드는 작별의 표시로 어깨 높이에서 천천히 손을 흔드는 작가를 보았다. 작가 옆에 앉은 개도 그가 떠나도 된다는 듯 고개를 흔드는 것처럼 보였다. 제드는 기꺼이 작가를 다시 보고 싶었지만 이제 그럴 일은 없으리라는 직감이 들었다. 불의의 사고나 갖가지 방해요소가 생길 것만 같다는 직감이었다. 요사이 그의 대인관계는 그야말로 단출해지는 중이었다.

제드는 시속 30킬로미터가 넘지 않는 느린 속도로 구불구불하고 황량한 지방도로들을 통과한 끝에 10번 고속도로에 이르렀다. 고속도로 진입램프에 접어들었을 때 아래쪽으로 보이는 헤드라이트들의 거대한 띠를 본 그는 교통체증이 끝도 없이 이어지리라 짐작했다. 바깥 기온이 영하 12도로 떨어졌지만 차 안의 온도는 19도를 유지했다. 히터가 완벽하게 작동되고 있었다. 전혀 조급해할 이유가 없었다.

라디오를 켜니 프랑스 앵테르 채널에서 한 주간의 문화계 소식을 파헤치는 프로그램이 방송되고 있었다. 리포터들이 불쑥불쑥 요란한 웃음을 터뜨리며 떠들어댔다. 그들의 의례적인 환성과 웃음소리는 견디기 힘들 만큼 저속했다. 프랑스 뮤직 채널은 이탈리아 오페라를 내보내고 있었는데, 인위적이고 쓸데없이 화려하기만 한 기교에 이내 질렸다. 제드는 라디오를 껐다. 이제껏 음악을 좋아한 적도 없었지만, 지금은 특히 그런 것 같았다. 그는 자신이 세상을 예술적으로 재현하는 일에 투신하게 된 이유, 심지어 세상을 예술적으로 재현하는 일이 가능하다고 생각하게 된 이유가 무엇이었던가를 언뜻 떠올렸다. 세상은 감동적인 예술의 주제가 되지 못하며, 그 자체로는 특별한 재미도 마력도 없는 이성적 장치로 나타나는데 말이다. 그는 교통정보만 나오는 오토루트 FM으로 채널을 돌렸다. 퐁텐블로와 느무르 지점에서 사고가 났다. 파리까지 거북이걸음을 면하기 어려울 듯했다.

1월 1일, 일요일이었다. 길이 막힌다고 구시렁대며 느릿느릿 돌아오는 이 모든 사람들에게 오늘은 단지 한 주의 끝일 뿐 아니라 연휴의 마지막날이며 새해의 첫날이기도 하구나, 제드는 생각했다. 이제 몇 시간 후면 그들은 파리 외곽의 접경에 이를 것이고, 짧은 밤을 보내고 나면 서구의 생산 시스템 속에서 자신들의 자리—지위가 높건, 낮건—를 다시 찾으리라. 믈룅쉬드에 이르니 허연 안개가 자욱했다. 정체는 계속되었다. 차들은 5킬로미터 이상이나 되는 거리를 찔끔찔끔 움직였고, 길은 믈룅상트르에 이르러서야 뚫렸다. 바깥 기온은 영하 17도였다. 제드 자신이 수요와 공급의 법칙의 수혜를 입은 지 한 달이 채 지나지 않았다. 빗발처럼 쏟아지는 부의 광명은 돌연 그를 감싸고는 모든 경제적 질곡으로부터 해방시켜주었다. 제드는 이제 자신이 진정으로 속했던 적이 단 한 번도 없는 이 세상을 떠나리라는 것을, 그나마 풍성하지도 않았던 인간관계가 하나하나 말라가다가 마침내 완전히 고갈되리라는 것을 예감했다. 그의 삶은 현재 안주하고 있는, 완벽하게 마감처리된 이 아우디 A6 올로드 안과 같으리라. 고요하고 기쁨이 없는 상태, 요컨대 무감각한 중립 상태 말이다.

3부

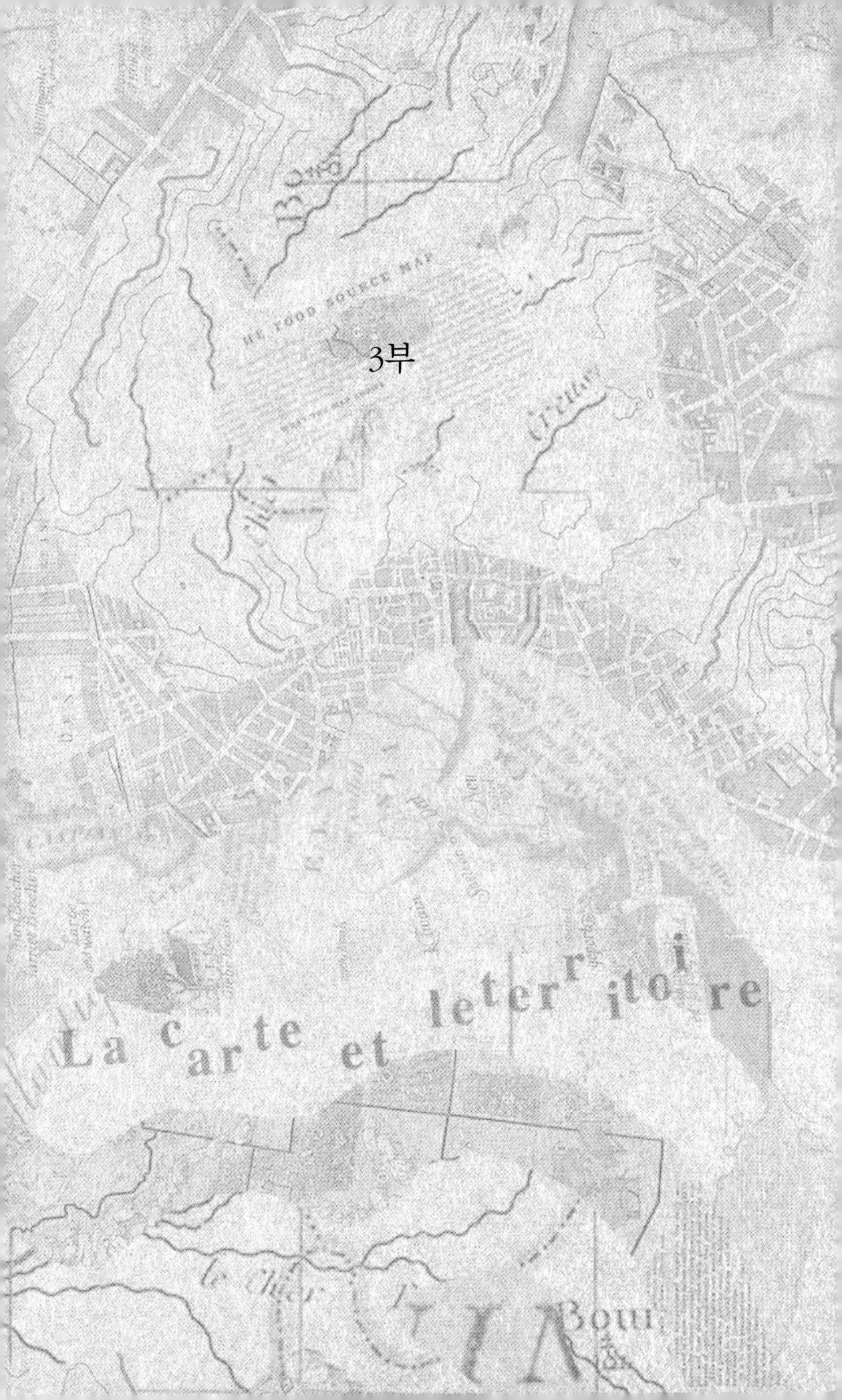

I

르노 사프란의 문을 열었을 때 자슬랭은 자신의 경찰 이력에서 최악의 순간을 겪으리라는 것을 직감했다. 완전히 탈진한 페르베르 경위가 바리케이드에서 몇 발짝 떨어진 풀밭에 미동도 없이 앉아 손으로 머리를 감싸고 있었다. 자슬랭으로서는 동료가 이런 상태에 빠진 모습을 보기는 처음이었다. 경찰청 수사국에서는 다들 감정적 반응을 통제하기 위해 강인함의 외피를 둘렀다. 그렇지 않으면 다른 직업을 찾아봐야 했다. 페르베르는 십 년 경력의 형사였다. 몇 미터 떨어진 곳에 있는 몽타르즈 관할 지방치안대의 대원 세 명도 마비 상태였다. 그들 중 두 명은 넋이 나간 시선으로 풀밭에 무릎을 꿇고 있었고, 나머지 한 명—아마도 저 둘의 상관인 듯했다. 자슬랭은 얼핏 계급장을 알아본 것 같았다—은 금방이라도 기절할 것처럼 휘우뚱거리고 있었다. 눈부시게 푸르른 평원에 핀 미나리아재비들을 부드럽게 흔드는 산들바람이 옆으로 길게 뻗은 시골집에서 그들에게로 악취를 실어나르고 있었다. 자슬랭의 차가 도착했을 때 이 네 사람 가운데 반응을 보이는 이는 아무도 없었다.

자슬랭은 여전히 탈진 상태인 페르베르에게 다가갔다. 희멀끔한 낯빛에 투명하기 그지없는 푸른 눈, 그리고 검은 단발머리를 한 서른두 살의 크리스티앙 페르베르는 어둡고 감성적이고 로맨틱한 용모의 잘생긴 사내로, 수사국에서는 꽤 보기 드문 인물이었다. 그럼에도 그는 근성이 있는 유능한 형사라, 자슬랭이 함께 일하기 좋아하는 동료 가운데 하나였다. "크리스티앙……" 자슬랭은 가만히 그의 이름을 부르다가 점점 목소리를 높였다. 페르베르가 벌받는 아이처럼 천천히 눈을 치켜떴다. 애처로운 원망이 서린 시선이었다.

"그 정도야?" 자슬랭이 나직하게 물었다.

"말도 마세요. 상상을 초월해요. 이번 범행을 저지른 자식은…… 살려둬선 안 돼요. 지구상에서 아예 없애버려야 한다고요."

"곧 잡힐 거야, 크리스티앙. 우리가 언제 범인을 못 잡은 적 있었나?"

페르베르가 고개를 주억거리더니 울먹이기 시작했다. 이 모든 것이 너무나 낯선 광경이었다.

자슬랭이 느끼기에 한참 시간이 흐른 뒤 페르베르가 천천히 몸을 일으켰다. 그는 여전히 몸을 가누기 힘겨워하며 자슬랭을 몽타르지 치안대원들 쪽으로 안내했다. "제 상관인 자슬랭 경정이십니다……" 이 말에 두 젊은 대원 중 하나가 토하기 시작했다. 그는 땅바닥에 한참을 토하고는 숨을 몰아쉬더니, 주변을 개의치 않고 또다시 속을 게워냈다. 이 또한 대원에게서 보기 지극히 드문 광경이었다. "베고도 대장입니다." 토하고 있는 대원의 상관이 끊임없이 몸을 떨며 기계적으로 말했다. 무능의 표시. 결국 몽타르즈지 치안대에서는 기대할 것이 없었다.

"그들은 사건에서 곧 손을 뗄 겁니다." 페르베르가 브리핑을 했다. "수사를 시작한 건 우리예요. 피살자가 파리에서 약속이 있었는데, 나타나지 않는다는 신고를 받고 조사를 시작했습니다. 주소지가 이곳이라 관할 치안대에 확인을 요청했고, 시체가 발견됐습니다."

"여기서 시체가 발견됐으면 수사도 여기서 맡으려고 하지 않겠어?"

"그렇지 않을 겁니다."

"왜 그렇게 생각하지?"

"경정님도 시체 상태를 보시면…… 아마 저와 같은 의견이실 겁니다." 그가 말을 멈추더니 몸서리를 치며 다시 구역질을 했다. 하지만 신물만 넘어올 뿐, 더는 게워낼 것이 없었다.

자슬랭은 활짝 열린 대문 쪽으로 눈길을 돌렸다. 문 주변에 겹겹이 몰린 무수한 파리떼가 자기 차례라도 기다리는 듯 윙윙거리며 날아다녔다. 파리의 시점에서 사람의 시체는 고깃덩이에 불과하다. 순수한 고깃덩이 그 자체. 스멀스멀 다시 악취가 풍겨왔다. 정말이지 지독했다. 만일 그가 이 범행현장을 목격하고 견뎌야 한다면, 몇 분간만이라도 정신을 똑바로 차리고서 파리의 시점을 취할 터였다. 파리, 더 정확히 '무스카 도메스티카(집파리)'의 놀라운 객관적 시점을. 집파리 암컷은 한 마리당 오백여 개에서 많게는 천여 개까지 알을 낳을 수 있다.

알은 유백색에 길이는 약 1.2밀리미터이다. 만 하루 만에 부화하는 유충(구더기)은 유기물(시체나 쓰레기, 배설물처럼 대체로 죽었거나 부패한 것들)을 먹고 산다. 구더기는 희멀건 색이며 길이가 3~9밀리미터이다. 입이 있는 부분이 좀더 가늘고, 다리는 없다. 세 번의 탈피 끝에 구더기들은 서늘하고 건조한 장소로 기어가 불그스름한 번데기로 변모한다.

성충이 된 파리의 수명은 이 주에서 한 달까지이며, 실험실 환경에서는 더 오래 버티기도 한다. 번데기를 찢고 나온 후에는 성장을 멈춘다. 작은 파리들은 연령이 낮은 것이 아니라 유충 단계에서 영양 섭취를 충분히 하지 못한 것들이다.

번데기에서 나온 지 대략 서른여섯 시간이 지나면 암컷은 교미를 할 수 있다. 수컷은 암컷의 등에 올라타 정자를 주입하며, 암컷은 대개 한 번의 교미로 몸속에 정자를 저장했다가 수차례 알을 낳는다. 수컷은 영역성을 가지고 있어서 일정한 영역을 지키며 다른 수컷들의 침입을 막고, 영역 내에 들어오는 모든 암컷 위에 올라타려 한다.

"게다가 피살자가 유명인입니다……" 페르베르가 덧붙였다.

"누군데?"

"미셸 우엘벡이요."

상관의 무반응에 페르베르가 덧붙였다. "작가예요. 아니, 작가였죠. 아주 유명했고요."

유명 작가가 이제는 구더기떼의 먹이로 전락했군, 자슬랭은 용기를 내기 위해 '마인드컨트롤'을 하며 생각했다.

"나도 들어가야겠지?" 마침내 그가 부하에게 물었다. "안에 들어가서 한번 봐야지?"

페르베르는 대답하기 전에 한참을 망설였다. 생시르 오 몽 도르 경찰학교에서 강연했을 때, 자슬랭은 수사 담당자가 범행현장을 반드시 두 눈으로 직접 확인해야 한다는 점을 각별히 강조했다. 살인, 특히 강도살인도 아니고 우발적인 살인도 아닐 경우 살인은 대단히 내밀한 것이다. 살인자는 범행을 통해 피살자에 관련된, 개인적인 무언가를 드러낼 수밖에 없다. 따라서 범죄현장에는 대개 개인적이고 독특한 무언가가 범인의 서명처럼 남아 있다는 것이었다. 자슬랭은 강의를 마치며, 사이코패스의 소행으로 가닥을 잡고 수사를 진행하는, 끔찍하고 제의적인 살인의 경우 특히 그러하다고 덧붙였다.

"제가 경정님이라면 현장감식반을 기다리겠습니다……" 마침내 페르베르가 대답했다. "그들은 살균마스크를 가지고 있을 테니 적어도 냄새는 피할 수 있지 않겠습니까?"

자슬랭이 곰곰 생각해보니 괜찮은 타협안이었다.

"언제 도착한다는데?"

"두 시간 후에요."

베고도 대장은 요동치는 배를 타고 있는 것처럼 여전히 비칠거렸다. 무엇이 되었건 염려되는 일을 할 수 있는 상태가 아닌 것 같았다. 그저 얼른 병원이나 집에 가서 강력한 신경안정제를 삼키고 자는 게 최선일 듯싶었다. 그 옆에 꿇어앉아 있는 두 부하도 상관처럼 무기력하게 흐느적거리며 고개를 절레절레 젓기 시작했다. 자슬랭은 그들을 이해했다. 기껏해야 속도위반 딱지나 떼고 카드 사기 조서나 작성하는 시골

치안대원들이잖은가.

"괜찮다면 마을을 한 바퀴 둘러볼까 하는데." 그가 페르베르에게 말했다. "분위기도 살필 겸 해서."

"그럼요, 그럼요, 그렇게 하세요…… 경정님이 책임자시잖아요……" 페르베르의 얼굴에 피로한 미소가 떠올랐다. "제가 전천후이지 않습니까. 안 계실 동안 손님맞이도 제가 다 하겠습니다."

페르베르는 풀밭에 다시 앉아 몇 번이나 코를 훌쩍거리더니 점퍼에서 문고판 책을 꺼냈다. 제라르 드 네르발의 『오렐리아』였다. 자슬랭은 등을 돌려 마을로 향했다. 마을이라고 해봤자, 숲속 한가운데 한적한 곳에서 꾸벅꾸벅 졸고 있는 집들이 옹기종기 모인 아주 자그마한 촌락이었다.

II

프랑스 국립경찰청은 내무부 산하 고등전문기관으로 각 부처를 아우르며, 경정은 이 국립경찰청의 일원이다. 경정의 임무는 공공서비스의 방향과 업무 원칙을 기획, 집행하는 것이며, 이에 대한 실질적, 조직적 책임이 있다. 또한 경정은 경찰업무를 담당하는 인력에 대한 지휘권이 있고, 민생 치안 및 범죄 소탕에 관련한 계획이나 기획안을 설정, 구현, 평가한다. 법적으로 부여된 사법관의 권한도 수행하며, 제복을 입는다.

경정의 초봉은 이천팔백구십팔 유로다.

자슬랭은 수풀로 이어지는 길을 따라 천천히 걸었다. 기묘한 느낌의 진녹색 수풀 속에는 뱀이나 파리, 나아가 최악의 경우 전갈이나 등에까지 우글댈 것 같았다. 욘 지방에서 전갈은 드물지 않았고, 개중에 어떤 것들은 루아레 지방 접경까지 진출하기도 했다. 자슬랭은 이 사실을 이곳에 오기 전, 검증된 정보만 게재하는 훌륭한 사이트인 '경찰 소식'에서 읽어 알고 있었다. 사실 겉보기와는 달리 시골에서는 별별 일들이 다 일어나고 온갖 악질 사건들도 흔하다며, 그는 서글픈 생각에 잠겼다. 게다가 이 마을은 인상 자체도 썩 좋지 않았다. 검은 널빤지 지붕을 얹은 완벽하게 깔끔한 하얀 집들, 가차없이 리모델링한 성당, 장난스러운 표지판, 이 모든 것에서 텔레비전 연속극을 위해 설치한 세트장 같은 가짜 마을의 분위기가 풍겼다. 게다가 그는 마을 주민이라고는 한 사람도 마주치지 못했다. 이런 환경에서라면 무언가를 보거나 들은 사람이 전혀 없기가 십상이었다. 돌연, 증언 수집이 불가능한 임무로 여겨졌다.

그럼에도 그는 특별히 할 일이 없었으므로 발길을 돌리지 않았다. 자슬랭은 유치한 충동에 사로잡혀, 지금부터 마을 주민을 단 한 명이라도 마주친다면 이 살인사건을 밝혀낼 수 있을 거라고 생각했다. 순간 '셰 뤼시(뤼시의 집)' 카페가 보였다. 큰길가에 면한 문은 열려 있었다. 그는 희망을 품으며 카페 쪽으로 걸음을 재촉했다. 하지만 그가 길을 건너려는 순간, 팔 하나(여자의 팔이었다. 저 여자가 바로 뤼시일까?)가 불쑥 튀어나오더니 문을 쾅 닫아버렸다. 빗장을 이중으로 거는 소리가 들렸다. 공권력을 행사해 강제로 문을 열게 해서 심문할 수도 있겠지만, 시기상조라는 판단이 들었다. 어쨌거나 페르베르가 이끄는 팀의 누군가가 할 일이었다. 게다가 페르베르 본인도 증언 수집에는 일가견이 있었다. 그와 만나면 누구도 경찰과 대면하고 있다는 인상을 받지 않았다. 혹여 신분증을 보았더라도 그 사실을 금세 잊어버리고 편안하게 이것저것 술술 털어놓는 것이었다. 그는 차라리 심리학자나 민속학과 조교 같은 인상을 주었다.

카페 바로 옆의 마르틴 하이데거 거리가 자슬랭이 마을에서 아직 탐사하지 않은 쪽으로 뻗어 있었다. 그 거리를 따라 걸으며, 그는 마을의 길 이름을 짓는 권한이 절대적으로 시장에게 있는 현실에 대해 생각하지 않을 수 없었다. 자슬랭은 라이프니츠 골목길 모퉁이에 있는 현란한 색상의 기괴한 그림 앞에서 걸음을 멈추었다. 양철 표지판에 그린 아크릴화로, 오리의 머리와 지나치게 큰 음경을 가진 남자의 그림이었다. 그의 상반신과 다리는 온통 갈색 털로 뒤덮여 있었다. 자슬랭은 표지판의 안내문을 보고야 눈앞의 건물이 아르 브뤼*와 몽타르지 요양소에 있는 정신병 환자들의 작품에 한정된 미술관임을 알게 되었다. 몽타르지 시청의 창의성에 대한 그의 경외감은 파르메니드광장에 있는, 유럽 및 일본 신용카드 사용이 가능한 전자결제 시스템이 설치된 으리으리한 새 주차장을 발견하고 최고조에 이르렀다. 주차구역을 구분해놓은 하얀 페인트 선은 마른 지 일주일도 채 되지 않은 것 같았다. 현재는 에메랄드그린의 마세라티 그란투리스모 한 대만 주차되어 있었다. 자슬랭은 자동차 등록번호를 수첩에 휘갈겨 적어두었다. 수사에서는 메모가 필수적이다. 그가 생시르 오 몽 도르 경찰학교의 학생들에

* 아웃사이더 예술. 프랑스 화가 장 뒤뷔페가 만들어낸 용어로, 아마추어 화가나 정신병자, 어린아이 등의 그림에서 나타나는 다듬지 않은 거친 형태의 미술을 말한다. 진부한 원칙에서 벗어나 본능과 무의식을 창작의 동력으로 삼으며, 작품의 강렬한 원시성과 진실성, 순수성을 중시한다.

게 늘 강조하는 말이었다. 그는 이 말과 함께, 자신의 105×148밀리미터 로디아 무지수첩을 주머니에서 꺼내 보이곤 했다. 수사할 때는 아무리 하찮아 보이는 것도 메모해두는 것이 중요하고, 하루라도 메모를 하지 않고 지나가는 날이 있어서는 안 된다. 비록 수사 결과 이 메모들이 역시나 순전히 쓸모없는 것으로 판명된다 할지라도, 그것은 중요치 않다. 핵심은 뇌를 꾸준히 자극하고 최소한의 지적 활동을 유지하는 데 있다. 왜냐하면 정신이 완전히 깨어 있지 않은 수사관은 자신감이 없고, 자신감이 없으면 정작 중요한 단서가 나타나도 무기력하게 반응할 수밖에 없기 때문이었다.

자슬랭은 까맣게 몰랐지만, 사실 묘하게도 그의 말은 우엘벡이 딱 한 번 특강 요청을 받아들여, 2011년 4월 루뱅 라 뇌브 대학의 '크리에이티브 라이팅' 수업시간에 작가라는 직업에 대해 강의할 때 학생들에게 주문했던 내용과 거의 비슷했다.

마을의 남쪽은 에마뉘엘 칸트 원형광장에서 끝났다. 순전한 도시적 산물로, 절제미가 돋보이는 곳이었다. 회색 쇄석으로 바닥을 포장한 이 원형 공간은 어느 거리와도 연결되지 않았고 주변에도 집 한 채 없었다. 약간 떨어진 곳에서 강물이 천천히 흐르고 있었다. 평원에 내리쬐는 태양은 점점 더 뜨거워졌다. 사시나무들이 늘어선 강가가 그나마 그늘진 곳이었다. 자슬랭은 계속해서 200여 미터 이상 나아가다가 장애물 앞에서 멈춰 섰다. 폭이 넓고 비스듬한 콘크리트 둑이었다. 경사면의 꼭대기는 물길을 끌어온 강 수면과 높이가 같았다. 그는 몇 미터를 더 가서야 이 보잘것없는 물줄기가 실은 기다란 못이었음을 깨달았다.

자슬랭은 못가의 무성한 풀숲에 앉았다. 물론 그는 알 턱이 없었지만, 그가 수년째 불편을 겪고 있는 소화불량과 요통 때문에 지친 기색으로 앉아 있는 그곳은 어린 우엘벡이 자주 혼자서 외로운 연극놀이를 하던 장소였다. 자슬랭의 머릿속에서 우엘벡은 하나의 사건, 골치 아플 것으로 예상되는 하나의 사건일 뿐이었다. 유명인 살인사건의 경우 사건의 진상이 밝혀지기를 바라는 대중의 기대심리가 높아서, 아무 성과 없이 며칠만 지나도 대중은 대번에 경찰의 업무능력을 비난하고 무능을 비웃게 마련이다. 경찰에게 닥칠 수 있는 유일한 최악의 사건은 아동 살인사건이고, 그보다 더 최악은 영아 살인사건이다. 갓난아기의 경우는 그야말로 지옥이다. 소문이 골목길을 돌아나가기 전에 즉각 범인을 밝혀내야만 한다. 마흔여덟 시간만 수사가 지체되어도 대중에겐 이미 용납할 수 없는 일로 여겨지기 때문이다. 손목시계를 보니 현장을 비운 지 한 시간도 더 지나 있었다. 순간 자슬랭은 페르베르를 혼자 남겨둔 것에 자책감을 느꼈다. 못 수면은 좀개구리밥으로 뒤덮여 있었고, 그 색깔이 탁하고 불결해 보였다.

III

자슬랭이 범죄현장으로 돌아왔을 때는 기온이 약간 떨어졌다. 파리 떼도 줄어든 것 같았다. 페르베르는 둘둘 만 점퍼를 베개 삼아 풀밭에 누워서 여전히 『오렐리아』 삼매경이었다. 캠핑이라도 온 것 같은 분위기였다. "정말 센 놈이야……" 자슬랭은 그를 알게 된 후로 스무 번도 넘게 되풀이한 말을 뇌까렸다.

"치안대원들은 다 갔나?" 자슬랭이 주위를 둘러보고 놀라 물었다.

"몽타르지 병원 심리치료센터 사람들이 와서 데려갔습니다."

"벌써?"

"네, 저도 놀랐어요. 요사이 지방치안대원들 일이 부쩍 힘들어졌나 봅니다. 여기도 우리만큼이나 자살이 많아요. 하지만 심리치료가 상당한 발전을 이룬 것은 인정해줘야 합니다."

"자네가 어떻게 그걸 다 아나? 자살률 같은 것들을?"

"〈경찰력 연합회보〉 한 번도 본 적 없으세요?"

"응……" 자슬랭은 페르베르 곁 풀밭에 털퍼덕 널브러지며 대답했다. "난 뭐든 잘 안 읽어." 보리수들 사이로 그늘이 드리우기 시작했다. 자슬랭은 서서히 희망을 되찾았다. 그가 몇 미터 떨어진 곳에 시체가 있다는 현실을 거의 잊고 있었을 때, 현장감식 전문요원의 푸조 파트너가 바리케이드 앞에 요란스레 급정거하더니, 곧장 두 남자가 완벽하게 일치하는 동작으로 튀어나왔다. 방사능 폭발물처리반을 연상시키는, 상하의가 붙은 우스꽝스러운 흰색 작업복 차림이었다.

자슬랭은 값비싸고 난해하기 짝이 없는 장비들로 꽉 찬 자그마한 특수차량을 끌고 다니는 이 범죄현장 감식 전문요원들이 영 마뜩잖았다. 꼭 둘씩 짝을 지어 작업하는 것도, 경찰의 계급서열을 드러내놓고 경멸하는 태도도 불쾌했다. 하지만 실은 요원들 편에서도 마음에 들려고 애쓰는 눈치가 전혀 아니었다. 그들은 오히려 어떤 상황에서건 전문기술인으로서 문외한에게 모욕적인 교만을 떨며, 가능한 한 일반 경찰과 차별화되려고 기를 쓰는 것 같았다. 해마다 꾸준히 증가하는 그들의 예산을 정당화하려는 수작임이 분명했다. 그들의 기술이 놀라운 수준으로 진보한 것만은 사실이었다. 이제 그들은 몇 년 전이었다면 불가능했을 조건에서도 지문이나 DNA를 채취해낼 수 있었다. 하지만 그들이 무슨 자격으로 이 모든 진보에 대해 유세를 떤단 말인가? 그들에게 그 모든 성과를 가능하게 해준 기계들을 만들어내거나 개선할 능력이 있는 건 아니었다. 그저 그 기계들을 다룰 줄 아는 것뿐이었고, 거기에는 적당한 기술 습득만 필요할 뿐 어떤 특별한 능력이나 지력이 요구되지는 않았다. 차라리 그 기계들을 강력범죄 수사대에 직접 넘기는 편이 훨씬 효과적일 터였다. 자슬랭은 해마다 이런 요지의 보고서를 상부에 정기적으로 올렸지만 받아들여지지 않았다. 하긴 그도 바라지 않는 일이었다. 공공기관은 기성 질서가 확고한 고루한 동네였다. 그가 보고서를 제출하는 진짜 이유는, 그렇게 해서라도 짜증을 삭이기 위해서였다.

페르베르가 부드럽고 우아하게 몸을 일으켜 두 남자에게 상황을 설명했다. 그들은 자신들의 조급함과 프로정신을 보여주려는 속셈으로 고개를 짧게 까딱해 보였다. 그 와중에 페르베르가 자슬랭을 가리켜 보였다. 수사 책임자가 누군지 알려주는 듯한 눈치였다. 두 남자는 대꾸는커녕 자슬랭 쪽을 거들떠보지도 않고 마스크를 꺼내 썼다. 자슬랭은 계급에 따른 서열에 특별히 민감하게 구는 옹졸한 사람이 아니었다. 그는 이제껏 경정의 지위에 합당한 예를 깍듯이 지키라고 요구해본 적이 단 한 번도 없었고, 이것에는 어느 누구도 이의를 달 수 없을 터였다. 하지만 저 두 꼭두각시에게는 화가 치밀었다. 그는 무리를 이끄는 늙은 원숭이처럼 어기적거리는 평소 걸음걸이에 속도를 내어, 숨을 거칠게 몰아쉬며 그들에게 향했다. 그리고 인사를 기다렸지만 아무 반응이 없자, 통보했다. "저와 함께 가시죠." 대답을 바라지 않는 단호한 어투였다. 두 꼭두각시 중 하나가 흠칫했다. 물론 그들은 범행현장에 아무도 얼씬거리지 못하게 하고서, 휴대용 단말기에 이해할 수 없는 정보들을 입력하며 저희끼리 오붓하게 일하는 데 익숙할 터였다. 하지만 어떻게 거부하겠는가? 명분이 전혀 없었다. 두 남자 중 한 명이 마스크를 내밀었다. 마스크를 쓰는 동안 자슬랭은 범죄현장의 현실이 피부에 와닿는 느낌이었고, 문제의 집에 다가갈수록 그런 기분은 더한층 또렷해졌다. 그는 그들을 앞서게 하고 몇 발짝 뒤에서 따라가다가, 두 좀비가 집안에 들어서려다 멈칫한 채 얼어붙는 모습을 보면서 희미한 만족감을 느꼈다. 그는 그들을 지나쳐, 거실 안으로 거리낌없이, 그럼에도 불안한 마음으로 들어서며 뇌까렸다. "나는 법의 살아 있는 몸통이다." 실내가 점점 어둑해졌다. 외과수술용 마스크의 효능은 탁월해, 냄새가 거의 완벽하게 차단되었다. 뒤에 있던 두 현장감식 전문요원이 마음을 다잡고 용기를 내어 거실로 들어오다가, 문가에서 다시 멈춰 서는 기척이 났다. "나는 법의 몸통이다. 도덕의 불완전한 몸통이다." 자슬랭은 이미 시야에 들어오고 만 장면을 정식으로 다시 들여다보기 전에 다소 주문 같은 말을 되뇌었다.

경찰은 시신에서 추론을 시작해야 하는 직업이다. 즉 경찰은 시신의 자세, 손상 정도, 보존 상태 등을 기록하고 묘사하는 데 이력이 난 사람이다. 하지만 이 경우에는 문자 그대로 시신이라고 할 만한 것이 아예 없었다.* 그는 뒤돌아보았다. 두 현장감식 요원은 몽타르지의 치안대원들과 한 치도 다름없이 고개를 흔들며 비칠거리고 있었다. 깨끗이 잘려나간 피살자의 머리는 조금도 훼손되지 않은 채 벽난로 앞 안락의자 위에 놓여 있었고, 의자의 암녹색 벨벳 천 위에 고인 핏물은 작은 웅덩이를 이루고 있었다. 피살자의 머리 맞은편 소파에는 역시 잘려나간 커다란 검은 개의 머리가 있었다. 나머지는 그야말로 참극이요, 대학살이요, 미친 난도질이었다. 가죽끈처럼 갈기갈기 포를 떠놓은 살

---

* 프랑스어 corps는 '육체' '몸통'과 '시신' '시체'이라는 의미를 동시에 가지고 있다. 중의적인 의미를 가진 단어를 통한 언어유희다.

점들이 바닥에 흩뿌려져 있었다. 그럼에도 사람의 표정도 개의 표정도 공포로 굳어 있다기보다는 차라리 의심이나 분노를 드러내고 있었다. 사람과 개의 살점이 어지럽게 뒤섞인 채 널려 있는 가운데, 너덜거리는 살점이 붙은 뼈들을 한데 쌓아놓은 벽난로까지 50센티미터 너비의 깨끗한 통로가 나 있었다. 자슬랭은 필시 살인자가 터놓은 것이리라 짐작하면서 조심조심 그 길을 따라 걷다가 뒤를 돌았다. 그는 벽난로를 등지고 대략 60제곱미터 넓이의 거실을 휘둘러보았다. 카펫 전체가 핏물로 그린 복잡한 아라베스크 문양으로 뒤덮여 있었다. 부분적으로 거무스름하게 변색된 붉은 살점들도 아무렇게나 놓여 있는 게 아니라 난해한 암호들을 이루고 있는 것 같았다. 자슬랭은 퍼즐을 마주한 기분이었다. 발자국은 전혀 눈에 띄지 않았다. 살인자는 살점들을 잘라 구석부터 배치하면서, 문으로 향하는 길만 남도록 차츰차츰 중앙으로 나오는 체계적인 방법을 사용한 것이었다. 그림을 전체적으로 짜맞춰보려면 풀샷 사진이 필요했다. 자슬랭이 문득 두 현장감식 요원에게로 시선을 돌리니, 한 명은 지적장애 환자처럼 여전히 비칠거렸고 다른 한 명은 안간힘을 다해 자신을 추스르며 주머니에서 디지털백 카메라를 꺼내들었으나 아직 셔터를 누를 여력은 없는 듯했다. 자슬랭이 휴대전화를 열었다.

"페르베르? 자슬랭인데, 자네가 좀 해줬으면 하는 일이 있어."

"말씀하십시오."

"이리로 와서 현장감식반 두 양반 좀 모셔가야겠어. 지금 상태로는 아무 일도 못할 것 같아. 그리고 이번 사건은 사진을 달리 찍어야겠어. 평소처럼 클로즈업만 찍을 게 아니라 실내를 전체적으로 조망할 수 있는 사진이 필요해. 가능한 한 실내가 한눈에 들어오게. 하지만 저치들한테 지금 당장 설명할 필요는 없어. 정신 차릴 때까지 기다려야지."

"저한테 맡기십시오…… 이제 곧 우리 팀도 도착할 겁니다. 몽타르지에 다 왔다고 전화를 했어요. 십 분이면 온답니다."

자슬랭은 전화를 끊고 생각에 잠겼다. 페르베르는 끊임없이 그를 놀라게 했다. 사건 발생 몇 시간 만에 페르베르의 팀 전원이 모였다. 아마 개인 차량들을 동원했으리라. 그의 가볍고 나약해 보이는 외모는 확실히 거죽에 불과했다. 그는 팀원들에게 카리스마 있는 상관이었고, 자슬랭이 이제껏 휘하에 두었던 가장 뛰어난 리더였다. 이 분 후 거실 한쪽으로 조심조심 들어오는 페르베르가 보였다. 그는 두 현장감식 요원의 등을 토닥이며 정중하게 출구로 이끌었다. 자슬랭은 이제 거의 임기 말년이었다. 일 년 조금 더 남았고, 길어야 이삼 년, 최대한 버티면 사 년까지 가능했다. 그는 상부에서 자신에게 바라는 것이 더이상 사건을 해결하는 것이 아니라 후계자를 정해 그의 뒤를 이어 사건을 해결할 수 있도록 업무를 인수인계하는 것임을 암묵적으로 느끼고 있었다. 하긴 두 달에 한 번씩 갖는 면담 때 총경이 이러한 바람을 노골적으로 드러낸 적도 여러 번이었다.

페르베르와 두 현장감식 요원이 밖으로 나가고, 그는 거실에 홀로 남았다. 실내는 더한층 어둑해졌지만 불을 켜고 싶지 않았다. 이유를 설명할 길은 없었지만, 살인이 백주대낮에 저질러졌으리라는 직감이 들었다. 거의 비현실적으로 느껴지는 정적이 흘렀다. 이번 사건이 특별히 그와도 개인적으로 관련이 있다는 이 느낌은 대체 어디서 비롯되는 것일까? 그는 바닥에 흩어진 살점들이 이루고 있는 난해한 암호들을 다시 한번 찬찬히 관찰했다. 혐오감보다는, 차라리 이토록 끔찍한 구성원을 잉태한 인류와 지구 전체에 대해 연민 같은 것이 느껴졌다. 사실 자슬랭은 참사에 독하게 단련되었을 현장감식 요원들조차 나가떨어지게 만든 이 광경을 너끈히 버텨내고 있는 자신이 자못 놀라웠다. 일 년 전, 범죄현장을 견디는 데 어려움을 느끼기 시작한 그는 파리의 동쪽 끝 뱅센 숲속에 있는 불교사원을 찾아가 시신 옆에서 명상하는 '부정관不淨觀'*을 수련하겠다고 청했었다. 당직 라마승은 일단 그를 만류했다. 라마승의 생각으로는 워낙에 힘든 수행법인데다가, 서구인의 의식구조에는 맞을 법하지 않았다. 그가 직업을 밝히자 라마승은 생각을 바꿔, 한번 숙고해보겠다고 했다. 며칠 후 라마승에게서 전화가 왔다. 그는 특별한 경우이니 부정관이 맞을 수도 있겠다는 것이었다. 유럽에서는 위생법규에 위배되므로 부정관이 실시되지 않았다. 라마승은 더러 서양인을 받아들이기도 하는 스리랑카 소재의 사원을 소개해줄 수 있다고 했다. 자슬랭은 개를 데려갈 수 있는 항공사를 찾은 후(이것이 가장 어려웠다), 이 주 휴가를 얻었다. 매일 아침 아내가 해변에 나가 있는 동안 그는 벌레나 맹수에 대한 아무런 대비책 없이, 죽은 지 얼마 되지 않은 시신이 들어오는 시체안치소로 향했다. 그는 정신 집중에 관한 설법을 듣는 가운데 부처의 가르침을 따르려 노력하면서, 최대한 정신을 집중했다. 그렇게 해서 창백한 시체를 주의 깊게 관찰할 수 있었고, 곪은 시체도 주의 깊게 관찰할 수 있었고, 사지가 절

* 시신이 부패하는 과정을 지켜보며 육신의 덧없음을 깨우치고 탐욕을 없애는 수행법.

단된 시체도 주의 깊게 관찰할 수 있게 되었고, 벌레가 갉아먹은 시체 또한 주의 깊게 관찰할 수 있게 되었다. 단계마다 그는 마흔여덟 번에 걸쳐 되뇌어야 했다. "이것이 내 운명이요, 온 인류의 운명이다. 나는 여기서 벗어날 수 없다."

자슬랭은 이제 부정관이 완벽한 성공이었음을 확인했다. 경찰이라면 누구에게나 주저 없이 추천해주고 싶을 정도였다. 그렇다고 그가 불교 신자가 된 것은 아니었다. 시체를 보는 순간 본능적으로 일어나는 반감이 현저히 줄긴 했지만, 여전히 살인자에게는 증오심을 느꼈다. 살인자가 이 지구상에서 축출되고 제거되기를 소망할 정도의 증오와 공포를 느꼈다. 평원을 물들인 석양빛에 감싸인 채 문을 나서며, 자슬랭은 자신의 내면에서 끈질기게 버티고 있는 이 증오심에 쾌재를 불렀다. 경찰이 효과적으로 업무를 수행하는 데는 증오심이 필수였다. 이성적 동기, 요컨대 진실의 추구라는 동기로는 대체로 충분치 않았다. 더구나 이번 사건에는 증오심이 유달리 강했다. 복잡다단하고 흉포하지만 이성적인 정신세계의 소유자, 아마도 정신분열증 환자와 대치한 느낌이었다. 파리에 돌아가자마자 '연쇄살인범'들의 파일부터 열람해야 할 터였다. 아울러 외국의 자료 파일도 요청해야 할 듯싶었다. 그가 기억하기로, 프랑스에서 이런 유의 사건이 일어난 적은 한 번도 없었다.

자슬랭이 피살자의 집에서 나오니, 팀원들에게 둘러싸여 지시를 내리고 있는 페르베르가 보였다. 생각에 잠겨 속속 도착한 자동차 소리도 못 들은 것이었다. 개중에는 양복에 넥타이를 맨 거구의 사내도 끼어 있었다. 처음 보는 얼굴이었다. 아마도 몽타르지의 검사인 듯했다.

자슬랭은 페르베르가 팀원들에게 임무를 배분하기를 기다렸다가 그에게 원하는 것을 다시 한번 설명했다. 범행현장을 풀샷으로 찍은 사진들이 그것이었다.

"난 파리로 돌아갈 걸세." 그가 알렸다. "자네도 같이 가겠나, 크리스티앙?"

"네, 이곳 일은 문제없이 진행중입니다. 회의는 내일 아침에 하나요?"

"너무 일찍은 말고. 정오쯤 하지." 그는 그날 자신이 늦은 시간까지 일하리라는 것을 알고 있었다. 분명 새벽까지 일할 것이었다.

IV

그들이 10번 고속도로로 접어들었을 때는 해가 완전히 떨어졌다. 페르베르는 속도제한기를 시속 130킬로미터에 맞춰놓고, 자슬랭에게 음악을 틀어도 되겠느냐고 물었다. 그는 괜찮다고 했다.

친구들도 이미 모두 죽고 어떤 의미로는 이미 과거에 속하게 된, 실질적으로 삶이 끝나버린 노인의 감정을, 형제나 친구처럼, 곧 태어난 곳으로 돌아가리라는 약속처럼 죽음을 대하는 노인의 음산하고 담담한 감정을 프란츠 리스트가 말년에 작곡한 실내악 소품들보다 더 잘 표현한 음악은 아마 없으리라. 〈수호천사에게 올리는 기도〉가 흘러나오는 가운데 자슬랭은 젊은 시절을, 학생 시절을 떠올리기 시작했다.

자못 역설적이게도 그는 인체 해부는 물론 그냥 시체를 보는 것조차 견디지 못해 1학년과 2학년 사이에 의대 공부를 포기했다. 다음으로 그가 흥미를 느낀 것은 법이었다. 그리고 여느 학우들처럼 변호사를 꿈꾸었으나, 부모의 이혼으로 생각이 바뀌었다. 이른바 황혼이혼이었고, 자슬랭은 이미 스물세 살에 외아들이었다. 젊은 부부가 이혼할 경우, 양육을 분담해야 하는 자녀가 있고 또 모든 것에도 불구하고 이럭저럭 감정이 남아 있으므로 대개 거친 대립의 수위는 낮아진다. 하지만 남은 것이라곤 경제적 이해와 재산뿐인 나이든 사람들이 이혼할 경우, 한계를 모르는 야만적 전투가 일어나게 마련이다. 자슬랭은 그때 변호사란 직업에 대해 똑똑히 알게 되었다. 그는 변호사의 교활함과 게으름이 절묘하게 뒤섞인 태도에 감탄을 금치 못했는데, 그것은 변호사들의 직업적 자세를 한마디로 요약하는 것이었다. 가정법원 전문 변호사가 특히 그러했다. 자슬랭 부모의 경우 이혼소송은 이 년 이상 계속됐고 그 이 년은 끊임없는 분쟁의 연속이었다. 그 과정에서 그의 부모는 죽는 날까지 두 번 다시 만나지도 전화 통화도 하지 않을 정도로 서로에 대해 극도의 증오심을 키웠다. 그 모든 것이 제아무리 덜떨어진 인간이라도 『바보들을 위한 이혼』*을 한 번 읽고 나면 십오 분 만에 판결을 내릴 수 있는 역겹도록 상투적이고 관습적인 결말의 이혼에 도달하기 위해서였다. 자슬랭은 당사자들이 직접 나서건 살인 청부업자를 고용해서건, 이혼소송중인 부부가 서로를 살해하는 일이 흔치 않다는 것이 놀랍다고 숱하게 생각했다. 그리고 경찰에 대한 두려움이야말로 인간사회를 지탱하는 진짜 기반이라는 결론을 내리게 되었고,

* 각 권마다 한 가지 분야를 쉽고 유머러스하게 설명한 시리즈 간행물. '바보들을 위한 영어' '바보들을 위한 컴퓨터' '바보들을 위한 요리' 같은 식이다.

그런고로 그가 경정 외부 선발시험에 응시한 것은 어찌 보면 아주 자연스러운 일이었다. 자슬랭은 좋은 성적으로 합격했고, 파리 출신이라는 이유로 차이나타운이 있는 파리 13구의 경찰서에서 연수를 마쳤다. 연수생활은 혹독했다. 그가 경력 초기에 맞서야 했던 중국인 마피아들의 세계는 이후의 그 어떤 사건에서도 경험하지 못했을 정도로 복잡하고 헤아릴 길 없고 난투가 끊이지 않았다.

생시르 오 몽 도르 경찰학교의 학생들 중 많은 수가 오르페브르 강변로*에서 근무하기를 꿈꾸었고, 오로지 그것만을 위해 어린 시절부터 경찰의 꿈을 키워온 학생들도 왕왕 있었다. 그런 만큼 경쟁도 치열했기 때문에, 오 년간의 동네 경찰서 근무 후 강력범죄 수사대로 보내달라는 그의 신청이 받아들여졌을 때 자슬랭은 적잖이 놀랐다. 바로 그 시절, 그는 한 여자를 만나 살림을 차렸다. 그녀는 경제학을 전공하던 학생이었고, 교육계로 진로를 결정했으며 막 파리도핀대학의 강의 조교가 되고 난 참이었다. 하지만 그는 결혼은 전혀 생각지 않았고, 팍스** 조차 고려치 않았다. 부모의 이혼이 남긴 영향이 지워지지 않은 까닭이었다.

"댁까지 모셔다드릴까요?" 페르베르가 조용히 물었다. 그들은 파리 서남쪽의 오를레앙 시문에 와 있었다. 자슬랭은 여기까지 오는 동

* 오르페브르 강변로 36번지에 있는 파리 경찰청 수사국을 이르는 별칭. 프랑스에서 가장 뛰어난 수사관들이 거쳐간 프랑스 사법경찰의 상징과도 같은 곳이다.

** PACS, Pacte Civil de Solidarité(시민연대계약). 성(性)에 관계없이 두 성인이 공동생활을 목적으로 상호결합을 약속하는 사회적 계약. 동거 커플로서의 사회적 권리가 법으로 인정되는 한편, 결혼보다 제도적으로 자유롭고 유연하다.

안 그들이 단 한 마디도 나누지 않았음을 깨달았다. 대화는커녕 생각에 잠겨, 톨게이트에서 멈춰 선 것도 의식하지 못했다. 어쨌거나 무엇이 됐건 사건에 대해 의견을 나누기는 아직 이른 시점이기도 했다. 하룻밤이 지나면 충격도 가라앉고 생각도 정리될 터였다. 하지만 낙관은 금물이었다. 범죄의 잔혹성과 피살자가 유명인이라는 점을 고려할 때, 소문은 삽시간에 일파만파 퍼질 테고 그에 대한 중압감도 어마어마해질 것이었다. 아직 언론에는 노출되지 않았지만 이 휴식도 하룻밤이면 끝이었다. 오늘밤 당장 총경에게 휴대전화로라도 소식을 전해야 했다. 그러면 총경은 즉시 파리 경찰청장에게 연락을 취하리라.

자슬랭과 엘렌은 폴리보 거리 모퉁이 근처, 파리 식물원에서 몇 발짝 떨어지지 않은 조프루아 생틸레르 거리에 살고 있었다. 그들 커플이 밤에 동네로 외출할 때면, 식물원 한 켠에 있는 동물원에서 이따금 코끼리들의 울음소리와 야수들(사자, 표범, 퓨마?)의 오싹한 포효가 들려왔다. 특히 보름달이 뜨는 밤이면 늑대들이 합창으로 울부짖는 소리가 들려왔고, 그럴 때마다 그들이 키우는 비숑 볼로네* 미슈는 극복할 수 없는 태생적 공포에 빠져들었다. 그들에게는 아이가 없었다. 두 사람이 함께 산 지 몇 년이 흘렀고 그들의 성생활은 시쳇말로 '끝내주게 만족스러웠'으며 엘렌은 '특별히 조심'하지 않는 터였으므로, 그들은 상담을 받기로 결정했다. 다소 굴욕적이었지만 검사는 금방 끝났고, 자슬랭은 정자감소증이라는 판정을 받았다. 그의 경우 이 병명은 완곡한 표현이라 할 수 있었다. 그는 사출량이 적었을 뿐만 아니라, 사출

---

* 몸집이 작고 털이 하얀 이탈리아산 견종.

된 정액에 그나마 불충분한 양의 정자조차 들어 있지 않았다. 즉 정자가 전혀 들어 있지 않았다. 정자감소증의 원인은 매우 다양하다. 정계정맥류, 고환 위축, 호르몬 결핍, 전립선 만성감염, 유행성감기, 그리고 그 밖의 다른 원인들. 대부분의 경우 정력과는 아무 상관이 없다. 어떤 남성들은 정자를 극소량 생산하거나 아예 무정자증이지만 사슴처럼 발기하는가 하면, 또 어떤 남성들은 거의 불능이지만 서유럽 인구를 다시 증가 추세로 돌려놓을 수 있을 만큼 사출량도 정자 수도 풍부하다. 이 두 가지 장점을 결합하면 포르노 산업이 내세우는 이상적 남성상을 특징짓기에 충분하리라. 자슬랭은 이 완벽한 남성상에 들어맞지 않았다. 그는 쉰이 넘은 나이에도 여전히 단단한 발기 상태를 유지하며 아내에게 만족을 줄 수 있었지만, 행여 아내가 원할 경우에 정액샤워를 제공할 수 있는 능력은 확실히 없었을 것이다. 그의 경우, 사정을 한다 해도 그 양이 티스푼으로 하나를 넘기지 못했다.

남성 불임의 주요 원인인 정자감소증의 치료는 여전히 어렵고 아예 불가능한 경우도 허다하다. 이 경우 해결책은 두 가지뿐이다. 다른 남성의 정자를 기증받거나 아예 깨끗이 입양하는 것. 자슬랭과 엘렌은 숱한 논의 끝에 포기하기로 결정했다. 사실 엘렌은 아이를 열렬히 원하지 않았다. 몇 년 후, 대신 그녀는 개 한 마리를 들이자고 했다. 파쇼 작가 드리외 라 로셸은 프랑스의 출산 감소(1930년대에도 이미 사회적 이슈였다)와 퇴폐문화를 개탄하면서, 당시 프랑스에 유행이었던 자유분방한 커플을 비난하기 위해 그들의 대화를 대략 이런 식으로 흉내냈다. "우리 강아지 키키의 재롱만으로도 얼마든지 재미있잖아, 자기야." 엘렌이 남편에게 고백한 바에 따르면 이 말은 사실 그녀의 견해와 정확히 일치했다. 개를 기르는 것은 재미있는 일이었고, 심지어 아이를 기르는 것보다 훨씬 재미있는 일이었다. 엘렌이 한때 아이를 가지려 했던 것은 우선 남들도 다 그러니까 하는 순응주의 때문이었고 또 친정어머니를 기쁘게 해주려는 마음에서였지만, 사실 그녀는 아이들을 그다지 좋아하지 않았고 진심으로 좋아해본 적도 없었다. 자슬랭이 곰곰 생각해보니 자신도 아이들을 좋아하지 않긴 마찬가지였다. 그는 아이들의 완강하고도 생래적인 이기주의와 법칙에 대한 본원적 몰이해, 결국 헛되고 소모적일 교육을 필요로 하는 근본적인 부도덕성이 싫었다. 그렇다, 아이들은 사양이었다. 어쨌거나 인간의 아이들은, 확실히 아니었다.

오른쪽에서 삐걱거리는 소리가 났을 때, 자슬랭은 문득 차가 자기 집 앞에 서 있음을 깨달았다. 시간이 꽤 지난 듯했다. 일렬로 늘어선 가로등 불빛 아래, 폴리보 거리는 휑뎅그렁했다.

"미안하네, 크리스티앙……" 당황한 자슬랭이 사과했다. "딴생각을 좀 했나봐."

"괜찮습니다."

아홉시밖에 안 됐군, 자슬랭은 계단을 오르며 생각했다. 엘렌이 식사를 준비해놓고 기다릴 터였다. 그녀는 요리하는 걸 좋아했다. 때때로 그는 일요일 아침 무프타르 시장으로 장을 보러 가는 그녀와 동행했고, 그럴 때마다 번번이 파리의 이 아기자기한 동네에 매료되었다. 아담한 공원에 기대듯 서 있는 생메다르성당 종탑 꼭대기의 닭 모형은 시골 교회를 연상시켰다.

아니나 다를까, 4층 층계참에 이르니 겨자소스 토끼스튜 특유의 냄새와 그의 발소리를 알아챈 미슈가 좋아서 낑낑거리는 소리가 그를 맞이했다. 그는 열쇠구멍에 열쇠를 넣고 돌리며 생각했다. 오래된 커플, 전통적인 커플이긴 하지. 그들은 2010년대의 그들 연배에서는 흔히 볼 수 없는 커플의 전형이었다. 요새 젊은이들 사이에서 희망하는 이상적 커플의 형태로 다시 부상한 듯했지만, 그래 봤자 이제는 대체로 불가능한 커플이었다. 그는 현실에 있을 법하지 않은 행복과 평화의 섬에 살고 있음을, 그들 커플이 세상의 소음에서 벗어나 그가 일터에서 매일같이 맞닥뜨리는 야만이나 폭력과는 정반대되는 세상인 일종의 평온한 둥지를 꾸렸음을 인식했다. 그들은 여전히 함께해서 행복했고, 아마 죽음이 그들을 갈라놓을 때까지 그러할 터였다.

자슬랭은 행복에 겨워 낑낑거리며 달려드는 미슈를 얼굴 높이까지 번쩍 안아올렸다. 자그마한 몸뚱이가 황홀경에 빠져 경직되며 굳어버렸다. 비숑의 기원이 고대까지 거슬러올라간다면(파라오 람세스 2세의 무덤에서 비숑의 동상이 발견되었다), 비숑 볼로네가 프랑수아 1세의 궁정에 유입된 것은 페라레 대공이 조공으로 바치면서다. 코레조의 세밀화 두 점과 함께 도착한 복슬강아지 선물에 프랑스 국왕은 뛸듯이 기뻐했고, 이 동물에게 '숫처녀 백 명보다 더 사랑스럽다'는 평가를 내렸다. 그리고 페라레 대공이 만토바 공국을 정복할 수 있도록 결정적인 군사 지원을 해주었다. 이후 비숑은 퍼그나 푸들에게 왕좌를 빼앗기기까지, 앙리 2세를 비롯한 다수의 프랑스 국왕이 가장 애호하는 강아지가 되었다. 일하는 개로 보낸 어두운 과거를 뒤로하고 뒤늦게 반려동물의 위치에 합류한 셔틀랜드 쉽독이나 티베탄 테리어 같은 개들과는 달리, 비숑은 애초부터 인간에게 기쁨과 행복을 안겨주는 것 외에는 다른 존재의 이유가 없었던 듯하다. 그리하여 비숑은 세대를 수없이 거듭하며 아이들에게는 너그럽고 노인들에게는 순종하면서 이와 같은 애완견의 임무를 한결같이 이행해오고 있다. 비숑은 또한 혼자 있는 것을 엄청나게 괴로워하므로, 구입 시에는 이 점을 염두에 두어야 한다. 비숑에게 주인의 부재는 무조건 유기로 간주되며, 이것은 비숑에게 세계를 이루는 핵심과 구조, 즉 세계 전체가 한순간에 무너지는 것을 의미하므로 심각한 우울 증세를 보이고 음식도 거부한다. 따라서 몇 시간 정도는 괜찮지만 그 이상 비숑을 혼자 두는 것은 절대 바람직하지 않다. 마침내 프랑스의 대학도 이 점을 인정하기에 이르렀으므로, 엘렌은 미슈를 수업에 데려갈 수 있었다. 공식적 허가라기보다는 암묵적 양해사항이었다. 비숑은 대체로 가방 안에 얌전히 앉아 있었지만, 때로는 몸을 가볍게 흔들기도 하고 나가게 해달라고 보채기도 했다. 그럴 때면 엘렌은 다른 학생들이 기뻐하는 가운데, 비숑을 책상 위에 올려놓았다. 강아지는 책상 위를 활보하며 슘페터나 케인스를 이래저래 언급하는 교수의 말에 더러 하품을 하거나 짧게 짖기도 했고, 이따금 주인을 힐끔힐끔 바라보기도 했다. 그러다가 다시 부들부들한 가방 안으로 들어가는 식이었다. 반면 본질적으로 파쇼적 조직인 항공사는 대학과 같은 관용을 보여주지 않았다. 그런 연유로 몹시 유감스럽게도 자슬랭과 엘렌은 장거리 여행은 죄다 포기해야 했다. 그들은 매년 8월 여름이면 프랑스와 그 인접국을 여행지로 한정하고 자동차 여행을 떠났다. 관례적으로도 법적으로도 개인에게 주택과 위상이 같은 자동차는 흡연자들이나 반려동물 주인들에게 자유를 누릴 수 있는 마지막 공간 중 하나이자, 세번째 밀레니엄이 시작되는 이 시점에 인간에게 제공된 마지막 일시적 자치권역 중 하나로 남아 있었다.

미슈는 그들이 처음 기른 비숑이 아니었다. 자슬랭이 불치일 확률이 높은 불임 선고를 받고 나서 얼마 되지 않아, 그들은 미슈의 조상, 즉 아비인 미셸을 구입했고 셋은 아주 행복하게 지냈다. 너무나 행복해서 미셸이 여덟 살에 견사상충에 감염되었을 때의 충격은 실로 엄청났다. 견사상충은 일종의 기생충질환으로, 선충류가 우심실과 폐동맥에 기생해 일으키는 질병이다. 가장 흔한 증상은 피로감이며, 그다음은 기침, 심한 경우 심장발작을 일으켜 가사 상태에 이르기도 한다. 견사상충 치료에 위험부담이 없지는 않다. 몇몇은 길이가 무려 30센티미터에 달하는 기생충 수십 마리가 개의 심장 안에 있는 경우도 있다. 그 며칠 동안 자슬랭과 엘렌은 미셸이 죽을까봐 두려움에 떨었다. 확실히 개는 일종의 어린아이이다. 보다 순종적이고, 유순하고, 평생을 분별력이 있는 나이에 머무르다가, 대개는 부모보다 먼저 세상을 떠나는 어린아이. 개를 사랑하기로 마음먹는 것은, 불가피하게 우리 곁을 떠날 수밖에 없는 존재를 사랑하길 받아들이는 것이다. 희한하게도 그들은 미셸이 병에 걸리기 전까지는 이런 문제를 전혀 의식하지 못했다. 미셸이 병에서 회복된 다음날, 그들은 미셸에게 후손을 보게 해주기로 결정했다. 상담을 받은 사육사들은 난색을 표했다. 두 사람이 세월을 너무 흘려보낸 것이었다. 그들의 개는 이미 노쇠한 편이라 정자 기능이 저하되었을 우려가 있었다. 결국 퐁텐블로 근처의 동물센터에서 리지 레이디 드 외르트비즈라는 이름의 어린 암컷과 미셸의 짝짓기를 수락해주었고, 둘 사이에서 강아지 두 마리가 태어났다. 암컷과 수컷 한 마리씩이었다. (시쳇말로) 종견의 소유주로서, 관례상 강아지 선택의 우선권은 그들에게 있었다. 그들은 수컷을 골랐고, 미슈라는 이름을 지어주었다. 그들의 우려와 달리 미슈는 눈에 띄는 결함이 없었고, 집에 도착했을 때 아비인 미셸도 특별한 질투심을 보이지 않고 아주 잘 받아들였다.

하지만 몇 주 후, 자슬랭과 엘렌은 미슈의 고환이 여전히 내려오지 않은 상태임을 발견하고 이 상태로 비정상이 되리라 예감했다. 그들은 이 수의사에서 저 수의사에게로 두 차례나 문의했고, 그 결과 아비가 너무 노쇠한 탓이라는 똑같은 대답을 들었다. 두번째로 문의한 수의사는 실패할지도 모른다고 경고하면서 위험을 무릅쓰고 수술을 감행해 보겠다고 했다가 결정을 번복했다. 그들 커플에게는 자슬랭의 불임보다 더 지독한 타격이었다. 이 불쌍한 강아지는 후손도 보지 못할뿐더러, 어떤 성적 충동이나 만족도 느끼지 못할 터였다. 이제 미슈는 후손에게 생명을 물려주지도 종족의 기본적 요구에 부응하지도 못하는, 시간의 제약을 받는 개로 철저히 전락했다.

시간이 지남에 따라 그들은 이 강아지가 박탈당한 성생활을 전혀 아쉬워하지 않으리라는 것을 깨달았다. 어쨌거나 개는 쾌락주의자도 자유사상가도 아니며 온갖 에로틱한 기교도 알지 못한다. 교미의 순간 개가 느끼는 만족감은 안도감 이상의 것이 아닌, 짧고 기계적인 생존 본능일 뿐이다. 비숑은 워낙에 권력욕이 매우 약한 종이었다. 종족보존이라는 최종 속박에서 벗어난 미슈의 경우는, 그 아비에 비해 한층 더 순종적이고 온순하고 명랑하고 천진해 보였다. 주인에게 미슈는 언제나 변함없는 기쁨의 원천이자, 사랑을 베푸는 주인의 손에 전적으로 운명이 달려 있는 순진무구한 마스코트 그 자체였다. 당시 자슬랭의 나이는 오십을 바라보고 있었다. 거실 카펫 위에서 털인형을 가지고 노는 이 자그마한 존재를 바라보면서, 그는 이따금 본의 아니게 어두운 생각들에 사로잡혔다. 이제껏 그는 자기 세대에 유행했던 가치관의 영향으로, 성이란 긍정적 에너지이자, 함께 나누는 쾌락이라는 순수한 수단을 통해 인간 화합을 증대시키는 결합의 원천이라고 여겨왔다. 하지만 이제 그가 성에서 발견하게 되는 것은 그와 배치되는 것들, 남을 지배하기 위한 극악무도한 싸움과 투쟁, 경쟁자를 제거하기 위한 몸부림, 종족을 최대한 퍼뜨리겠다는 일념하에 늘어만 가는 무차별적 교접, 모든 갈등과 대학살과 고통의 원천뿐이었다. 성은 그에게 점점 더, 가장 직접적이고 확실한 악의 증거처럼 보였다. 경찰 이력은 그의 이런 생각을 바꾸어줄 수 없었다. 범죄 동기는 돈 아니면 섹스, 둘 중 하나였다. 인류는 적어도 범죄에 관한 한 이 두 가지 외에 다른 것을 상상할 능력이 없는 듯했다. 그들에게 지금 막 떨어진 살인사건은 언뜻 보기에 독특한 경우이긴 했다. 하지만 이런 사건은 적어도 삼 년 만에 처음이었고, 인간이 저지르는 범죄의 천편일률적인 동기는 정말 지긋지긋했다. 다른 동료들과 마찬가지로 자슬랭은 추리소설을 즐겨 읽지 않았다. 그럼에도 작년에 어쩌다 책 한 권을 읽게 되었는데, 엄밀히 따지면 소설이라고 할 수 없는 수기 형식의 책이었다. 방콕에서 활약하던 전직 사립탐정이 자신의 경력을 회상하는 내용을 서른 편의 짧은 이야기 형식으로 묶은 것이었다. 그의 고객은 대부분 젊은 태국 여자에게 정신없이 빠져든 서양 사내들이었다. 그들은 태국인 애인이 그들이 없을 때도 평소에 주장하듯 정조를 지키는지 알고 싶어했다. 대부분의 경우 여자는 애인이 한 명 혹은 그 이상 있었고, 그들과 함께 서양인 애인이 주는 돈을 신나게 써젖혔다. 또 이전 관계에서 태어난 아이가 있는 경우도 드물지 않았다. 어떤 의미에서는 분명 좋은 책이 아니었다. 적어도 좋은 추리소설은 아니었다. 작가는 최소한의 상상력도 발휘하려 하지 않았고, 주제나 내러티브를 변주하려는 시도도 전혀 보이지 않았다. 하지만 바로 이 짓누르는 듯한 단조로움이야말로 소설에 사실주의와 진정성의 독특한 정취를 부여하는 요인이었다.

"자슬랭!" 엘렌의 목소리가 귀청을 때리자 문득 정신을 차린 자슬랭은, 1미터 앞에 머리를 풀어헤치고 실내복을 입은 아내가 버티고 서 있음을 깨달았다. 그는 여전히 가슴께에 미슈를 들어올린 채였다. 시간이 얼마나 흘렀는지 가늠할 수 없었다. 강아지가 놀란 눈으로 그를 보았다. 하지만 두려워하는 기색은 아니었다.

"괜찮아? 좀 이상해 보이네……"

"희한한 사건이 떨어졌거든."

엘렌은 잠자코 다음 말을 기다렸다. 함께 산 지 이십오 년이 되도록 집에서는 업무 얘기를 한 번도 하지 않았던 남편이었다. 일반적 정서의 한도를 넘어서는 끔찍한 일들을 일상적으로 대면하는 경찰들 대부분이, 일단 귀가한 뒤에는 일에 대해서는 함구하는 편을 택한다. 그들에게 자신을 방어하는 최선의 방법은 휴식으로 주어진 단 몇 시간 동안만이라도 머리를 비우는 것, 비우려고 애쓰는 것이었다. 술에 의지하는 이들도 있다. 그들은 간신히 침대까지 몸을 이끌고 갈 기운만 남긴 채 알코올에 절어서 인사불성 상태로 저녁식사를 끝낸다. 젊은 형사들 가운데 더러는 쾌락에서 출구를 찾기도 한다. 여자의 품에서 학대당하고 난도질당한 시신의 모습을 마침내 지워버리는 것이다. 여하튼 말하는 것을 택하는 사람은 거의 없었다. 미슈를 내려놓은 자슬랭은, 이날 밤도 역시 잠자코 식탁으로 가서 늘 앉던 자리에 앉아 아내가 레물라드소스* 셀러리를 가져오길 기다렸다. 그는 늘 레물라드소스 셀러리를 매우 좋아했다.

* 겨자, 양파, 케이퍼, 오이피클, 허브 등을 첨가한 마요네즈 소스.

V

다음날 자슬랭은 걸어서 출근했다. 그는 포세 생베르나르 거리에서 모퉁이를 돌아 강변로를 따라 어슬렁어슬렁 걷다가, 라르슈베셰 다리 위에서 한참을 서 있었다. 그가 생각하기에 그곳이 노트르담대성당이 가장 아름답게 보이는 장소였다. 화창한 10월의 오전이었다. 공기는 상쾌하고 청명했다. 그는 또다시 요한 23세 광장에 잠시 멈춰 서서 관광객들과 대개 짝을 이뤄 산책을 하며 손을 잡거나 키스하는 동성애자들을 지켜보았다.

페르베르는 자슬랭과 거의 동시에 센 강가에 있는 경찰청 수사국 건물에 도착해 4층 출입 통제대가 있는 계단에서 그를 따라잡았다. 오르페브르 강변로의 경찰청 수사국에 엘리베이터가 웬 말이겠어, 자슬랭은 체념하며 생각했다. 그는 페르베르가 그를 앞지르지 않기 위해 계단을 거의 다 올라와 보폭이 큰 걸음을 멈추고 주춤거리는 것을 알아챘다.

자슬랭과 페르베르가 기다리는 팀 사무실로 제일 먼저 들어온 사람은 라르티그였다. 표정이 썩 좋지 않았다. 남프랑스인 특유의 가무잡잡하고 매끈한 얼굴에는 수심과 긴장이 역력했다. 평소에는 쾌활한 편인 친구였다. 페르베르는 그에게 현장에서 증언을 수집하라는 임무를 맡겼었다.

라르티그가 즉시 보고했다. "실패예요. 소득이 전혀 없어요. 뭔가를 보거나 들었다는 사람이 아무도 없어요. 다들 몇 주 동안 마을에서 낯선 자동차 한 대 못 봤답니다……"

몇 분 후에 메시에가 들어와 인사하고는 오른쪽 어깨에 메고 있던 배낭을 책상에 올려놓았다. 이제 겨우 스물세 살인 그는 강력범죄 수사대에 들어온 지 육 개월째인 팀의 막내였다. 페르베르는 그를 좋아했으므로 그의 자유로운 옷차림을 용인해주었다. 그는 대개 트레이닝 바지와 상의에 면점퍼 차림이었고, 이런 차림새는 더구나 웃음기라고는 찾아볼 수 없는 그의 강파르고 근엄한 얼굴과 어울리지도 않았다. 이따금 페르베르가 그에게 패션 스타일 좀 바꿔보라고 충고하는 것은 친근감의 표현이었다. 메시에는 자동판매기에서 코카콜라 라이트를 뽑아오고 나서 수사 결과를 보고했다. 평소보다 얼굴이 초췌했다. 간밤에 한숨도 못 잔 것 같았다.

"휴대전화 조사에는 아무 문제가 없었습니다……" 그가 말했다. "비밀번호도 설정해놓지 않았더군요. 하지만 별 내용이 없었어요. 통화 상대는 주로 출판사 편집자, 보일러 기름 배달부, 이중창 설치기술자 같은 이들이었고…… 내용도 실생활에 관련되었거나 업무에 관계된 게 다예요. 사생활이 전혀 없는 자였습니다."

메시에가 놀란 것은 어떤 의미에서 생뚱맞다고 할 수 있었다. 그의 통화 내역을 조회했어도 마찬가지 결과가 나왔을 터였다. 하지만 그가 피살을 당할 만한 동기가 없었다는 것은 사실이다. 우리는 늘 피살자들의 삶에는 그 사건을 정당화해줄 만한, 설명이 되어줄 만한 뭔가가 있다고 짐작한다. 적어도 삶의 한구석을 자세히 들여다보면 흥미로운 일이 벌어지고 있거나 벌어졌다고 생각하는 것이다.

"그런데 컴퓨터는 달랐어요." 메시에가 말을 이었다. "암호를 두 개 연속으로 설정해놓은데다 암호 자체도 간단치 않았거든요. 소문자에, 잘 통용되지 않는 구두점에…… 게다가 파일들도 죄다 철통같이 보안을 걸어뒀어요. 128바이트 SSL 더블 레이어로 보안접속을 했고요. 일단 사이버범죄수사대에 보내놨습니다. 대체 뭐하는 작자랍니까? 편집증 환자예요?"

"작가였어……" 페르베르가 일러주었다. "원고가 해킹당하지 않게 보호하고 싶었나보지."

"아, 뭐……" 메시에는 납득이 안 가는 눈치였다. "이 정도로 철저히 보안을 했다면 작가라기보다는 소아성애 동영상이나 맞교환하는 자라고 봐야 맞겠는걸요."

"둘 다일 수도 있지." 자슬랭이 재치 있게 받았다. 나쁜 의도가 없었던 그 단순한 말 한마디가 살인사건을 휩싸고 있는 고약한 불확실성을 강조해주었고, 회의는 납덩이처럼 가라앉은 분위기에서 끝났다. 그들은 오리무중에 빠졌음을 인정해야 했다. 명확한 동기도, 증언도, 단서도 없었다. 이 사건은 텅 빈 수사 파일로 몇 년 동안 미결로 남아 있다가 다른 범죄로 체포된 연쇄살인범이 취조 끝에 추가 범죄를 자백하는 과정에서, 즉 순전히 우연에 의해서 진실이 드러나는 그런 비통한 사건들 중 하나가 될 가능성이 컸다.

오렐리가 도착하자 분위기가 어느 정도 나아졌다. 오렐리는 곱슬머리에 주근깨가 있는 예쁘장한 젊은 형사였다. 자슬랭은 그녀가 약간 산만한데다 덜렁대는 편이라 정확함이 요구되는 임무를 100퍼센트 믿고 맡기기에는 적합하지 않다고 생각했다. 하지만 그녀는 활기차고 한결같이 명랑했으며, 이것은 팀 내에서 값진 장점이었다. 그녀는 현장감식반으로부터 첫번째 결과물을 막 받아온 참이었다. 그녀가 우선 자슬랭에게 두툼한 자료를 내밀며 말했다. "경정님께서 요청하신 사진들이에요." A4 크기 인화지에 인화한 오십 여 장의 사진이었다. 범죄가 일어난 거실 바닥을 가로 길이 약 1미터의 직사각형으로 잡아 찍은 사진들이었다. 사진들은 노출이 정확하게 설정되어 어두운 부분 없이 선명했다. 또 거의 수직으로 촬영되었고 잘려나간 부분도 극히 드물어 사진을 한데 모으니 거실 바닥 전체를 재현하기에 충분했다. 오렐리는 사람과 개를 베어낸 도구에 대해서도 잠정 소견서를 받아왔다. 현장을 목격한 모두가 지각한 대로 놀라우리만치 정확하고 깔끔하게 베어낼 수 있는 도구였다. 소파 전체가 흥건히 젖었을 법한데도 피가 뿜어져 나온 흔적은 거의 없었다. 살인자는 매우 특별한 도구, 즉 레이저 절단기를 사용한 것이었다. 레이저 절단기는 와이어 버터 절단기 같은 것으로, 금속 와이어 역할을 하는 아르곤 레이저가 살을 잘라냄과 동시에 그 때문에 생기는 상처를 지져버렸다. 이 장비는 가격이 수만 유로에 달했고, 심각한 절단수술을 실시하는 종합병원의 외과수술실에서만 찾아볼 수 있었다. 더구나 피살자의 몸을 갈가리 찢어놓은 도구도 절단면의 정확도와 깨끗함으로 미루어 외과수술용 메스일 것으로 추정되었다.

감탄어린 웅얼거림으로 사무실이 술렁였다.

"그럼, 이 사건이 의학계와 관련 있다는 얘기가 됩니까?" 라르티그가 물었다.

"어쩌면." 페르베르가 대답했다. "어쨌거나 종합병원들을 돌면서 이런 유의 장비를 분실한 적이 있는지 확인해봐. 물론 범인이 며칠만 잠시 빌려간 것일 수도 있겠지만."

"종합병원들 어디요?" 오렐리가 물었다.

"우선 전국 종합병원들은 모조리 알아보고, 개인병원들도 조사해봐. 제조업체에도 지난 수년간 특별한 판매 사례가 있는지, 그러니까 병원이 아닌 개인에게 판매한 적이 있는지 알아봐. 아마 이런 유의 장비를 제조하는 업체는 그리 많지 않을 테지?"

"딱 하나예요. 전 세계를 통틀어 단 한 군데뿐이죠. 덴마크 기업입니다."

이제 막 도착한 미셸 쿠리에게도 이런 내용이 전달되었다. 그는 레바논 출신으로 페르베르와 동갑이었다. 포동포동하고 말쑥한 용모의 그는 외형적으로 모든 면에서 페르베르와 반대였지만, 경찰로서는 매우 드문 장점인 신뢰감을 주는 인상이란 점에서는 같았다. 그래서 그는 그리 크게 힘들이지 않고도 가장 내밀한 고백을 받아냈다. 당장 그날 아침만 해도 피살자의 측근들에게 살해 소식을 알리고 그들을 심문하고 온 참이었다.

"이를테면 측근들이라는 겁니다……" 그는 명확히 해두었다. "하지만 피살자는 정말 외롭게 살았던 것 같습니다. 이혼 경력 두 번에, 왕래가 없는 아들이 하나 있고요. 가족과 연락이 끊긴 지도 십 년 이상입니다. 애정관계도 전무하고요. 혹시 통화 내역을 파헤쳐보면 뭔가 나올 수도 있겠지만 지금까지 제가 찾은 건 두 사람뿐입니다. 그의 책을 출간하는 출판사의 편집자인 테레자 크레미지, 그리고 역시 작가인 프레데리크 베그베데입니다. 베그베데와는 오전에 통화를 했는데, 진심으로 놀라고 절망하는 것 같았습니다. 그래도 피살자와 못 만난 지 이 년은 된다더군요. 희한한 건 베그베데나 편집자나 똑같은 말을 되풀이했다는 겁니다. 피살자에게 적이 많았다고요. 오후에 이 두 사람과 약속을 잡아뒀습니다. 좀더 자세한 이야기를 들을 수 있을 겁니다."

"적이 많았다……" 자슬랭이 생각에 잠겨 말했다. "재미있군, 대개 피살자들은 적이 없는 법인데. 사람들에게 두루 사랑받았던 경우가 보통이지. 장례식에 참석해야겠어. 별 도움은 안 되겠지만 가끔은 장례식에서 건지는 것들도 있거든. 장례식에는 친구들도 참석하지만, 적들도 왕왕 참석하더라고. 쾌감을 맛보기 위해서랄까."

"그건 그렇고……" 페르베르가 말했다. "아직 사인은 모르는 거지? 정확히 무엇 때문에 죽었는지 말이야."

"네, 그건 좀 기다려야 한대요. 지금 시체 조각들을 부검하고 있어요.” 오렐리가 대답했다.

“산 채로 토막낸 건 아니겠지?”

“그건 아닐 거예요. 시간이 오래 걸리는 일인걸요. 못해도 한 시간은 걸렸을 거예요.” 오렐리가 살짝 몸서리를 치더니 고개를 설레설레 저었다.

그들은 각자 맡은 일을 하기 위해 회의가 끝나자마자 흩어졌다. 페르베르와 자슬랭만이 사무실에 남았다. 회의는 시작할 때에 비하면 잘 마무리된 편이었다. 두 사람은 이제 각자 할일이 생겼다. 확실한 단서가 있는 것은 아니었지만, 적어도 수사 방향은 정해졌다.

“언론은 아직 잠잠합니다.” 페르베르가 말했다. “아무도 모르고 있어요.”

“응.” 자슬랭이 창 너머 센강 하구로 떠내려가는 소형보트를 멍하니 바라보며 대답했다. “이상하지. 삽시간에 기사가 뜰 줄 알았는데.”

VI

기사는 바로 다음날 떴다. 〈파리지앵〉에 '작가 미셸 우엘벡, 극악무도하게 살해되다'라는 제목의, 세로로 반 단이 할애된 기사가 실렸다. 하지만 사건에 대한 정보가 극히 미미한 단신 수준이었다. 다른 신문들도 엇비슷한 위치에 자세한 정보 없이 몽타르지 지방검찰청 검사장이 발표한 공식성명의 핵심을 되풀이하는 데 그쳤다. 현장에 직접 기자를 보낸 듯한 언론사는 단 한 곳도 없었다. 시간이 좀더 지나자 문화부장관을 비롯한 각계 인사들의 애도가 이어졌다. 모두들 '망연자실하다'거나, 최소한 '깊은 슬픔을 느낀다'고 언명하며, '우리 기억 속에 생생히 살아 있을 위대한 창작자'를 기렸다. 요컨대 권위 있는 유명 인사가 사망했을 때 벌어지는 관습적 소란과 상황에 맞춘 어리석은 짓거리들의 틀에서 벗어나지 못한 것이었다. 이 모든 것이 수사팀에게 큰 도움이 되지 못했다.

미셸 쿠리가 테레자 크레미지와 프레데리크 베그베데와 만나고 실망해서 돌아왔다. 그에 따르면, 그들이 진심으로 슬퍼한다는 데는 의심의 여지가 없었다. 자슬랭은 쿠리가 본질적으로 복잡하고 불확실한 영역에 속하는 인간심리 같은 것에 대해 확실한 신념을 가지고 장담하는 것이 늘 당혹스러웠다. 쿠리는 늘 "그 여자는 그 사람을 진짜로 사랑했어요"라고 단언한다든가, 아니면 "그들이 진심으로 슬퍼한다는 데는 의심의 여지가 없었어요"라는 식이었다. 그는 이런 이야기들을 관찰이나 실험으로 증명되는 사실을 기술할 때와 똑같은 투로 말했다. 가장 기이한 것은, 수사 결과 대개는 그가 옳았음으로 판명난다는 것이었다. 언젠가 그가 자슬랭에게 "난 인간들을 알아요"라고 말한 적이 있었는데, "난 고양이들을 알아요"라거나 "난 컴퓨터를 알아요"라고 말할 때와 같은 어투였다.

어쨌거나 쿠리의 단언은 이 두 증인에게서 특별히 얻어낼 유용한 정보가 없었음을 의미했다. 두 사람은 우엘벡에게 적이 많았고, 그들이 우엘벡에게 부당하게 공격적이고 잔인하게 굴었다는 말만 되풀이했다. 쿠리가 좀더 자세한 리스트를 요구하자 테레자 크레미지는 조급하게 어깨를 으쓱해 보이며 언론자료들을 보내주겠다고 했다. 하지만 이 적들 중 누군가가 우엘벡을 살해했을 가능성에 대해서는 두 사람 모두 확실하게 부정적이었다. 테레자 크레미지는 지적장애 환자를 대하듯 단어들을 과장되게 명확히 발음하면서, 그 적은 문학적 적들을 의미하며 그들은 인터넷이나 신문, 잡지 아니면 최악의 경우 책에서 증오심을 표현할 뿐 그들 중 누구도 물리적 살인을 저지를 만한 위인이 못 된다고 설명했다. 도덕심 때문이 아니라 단지 그럴 용기가 없기 때문이죠, 그녀가 씁쓸하게 덧붙였다. 그러고는 아니, 범인을 찾을 곳은 문학계는 아니에요, 라고 결론지었다(쿠리는 그녀가 불행히도 문학계는 아니에요, 라고 말할 뻔했다는 인상을 받았다).

프레데리크 베그베데의 얘기도 거의 비슷했다. "난 우리 조국의 경찰을 굳게 믿습니다……" 그는 단언으로 서두를 뗀 뒤, 일류 농담을 했다는 듯 요란한 웃음을 터뜨렸다. 하지만 쿠리는 그를 용서했다. 작가는 이 돌연한 사망에 심한 타격을 받아 신경이 곤두서고 망연자실해 있었다. 베그베데는 곧이어 "파리의 똥구멍들은 거의 죄다" 우엘벡의 적이라고 밝혔다. 쿠리의 추궁에 그는 '누벨옵세르바퇴르닷컴' 사이트의 기자들을 거론하면서, 그들이 지금 우엘벡의 죽음에 틀림없이 쾌재를 부를 테지만, 그들 중 아무리 하찮더라도 신상에 해로운 일을 무릅쓸 인간은 아무도 없다는 점을 분명히 해두었다. "디디에 자코브 같은 치가 빨간불에 그냥 지나가는 게 상상이 되세요? 자전거를 타고도 그럴 엄두를 못 낼 인간이죠." 『프랑스 소설』의 작가는 대놓고 역겨워하며 아퀴를 지었다.

자슬랭은 두 증언을 노란 비닐파일에 정리해넣으면서 문학계도 흔한 질투와 경쟁심으로 얼룩진, 보통의 직업세계라는 결론을 내렸다. 그는 '증언' 서류철 맨 뒤에 이 비닐파일을 끼우며, 이로써 문학계에 대한 수사가 종결되었음을, 그리고 그가 문학계와 다시 접촉하는 일은 없을 것임을 깨달았다. 아울러 고통스럽게 깨달은 바가 하나 더 있었으니, 그것은 수사가 조금도 진척되지 않았다는 것이었다. 현장감식반의 검사 결과가 수사팀에 도착했다. 사람과 개 모두 시그자우어 M-45로 명치께에 한 방씩 맞고 사망한 것이었다. 총구를 몸에 직접 대고 쏜 것이었고, 권총에는 소음기가 장착돼 있었다. 피살자와 개는 그전에 이미 야구방망이일 수도 있는 길고 단단한 무언가에 맞고 쓰러진 상태였다. 불필요한 폭력 없이 간명하게 저질러진 범행이었다. 시신 절단과 포 뜨기는 그후에 일어났고, 즉석 시뮬레이션을 통해 산출해낸 결과 대략 일곱 시간이 걸렸으리라고 추정되었다. 사망 시점은 시신이 발견되기 사흘 전이었다. 따라서 살인은 토요일에 벌어진 것이었고, 시간은 한낮으로 추정되었다.

법에 따라 전화국에서 보관하게 되어 있는 피살자의 지난 일 년간의 통화 내역도 아무 도움이 되지 못했다. 우엘베은 이 기간에 거의 전화를 쓰지 않았다. 통화 횟수는 아흔세 통이 전부였고, 그중 사적으로 보이는 통화는 단 한 건도 없었다.

VII

장례식은 오는 월요일로 정해졌다. 우엘벡은 이 문제에 대해 공증인에게 위탁해서 필요한 경비와 함께 매우 상세한 지침을 내려둔 상태였다. 그는 화장이 아닌 전통적인 방식으로 매장되기를 원했다. 그리고 지극히 공식적인 문서에 개인적인 글을 덧붙였다. "나는 벌레들이 내 해골을 드러내주기를 바란다. 나는 내 해골과 늘 좋은 관계를 유지해왔고, 이제 해골이 살들의 속박으로부터 벗어난다고 생각하니 기쁘기 그지없다." 작가는 매우 구체적으로 파리의 몽파르나스 묘지에 묻히기를 원했고, 우연하게도 소설가 에마뉘엘 보브에게서 몇 미터 떨어지지 않은 자리를 삼십 년 상한으로 미리 분양받은 터였다.

자슬랭과 페르베르는 누구랄 것도 없이 장례식에 제법 어울리는 인물들이었다. 평소에도 어두운색 옷을 자주 입고 워낙 창백한 피부에 수

척한 편인 페르베르는 이런 상황에 걸맞은 슬픔과 심각함을 나타내는 데 아무 어려움이 없었다. 인생을 알고 있으며 더이상 인생에 대해 큰 환상이 없는, 지치고 체념한 분위기의 자슬랭 또한 이 상황에 완벽하게 들어맞았다. 더구나 그들은 장례식에 함께 참석할 기회가 꽤 많았다. 더러는 피살자의 장례식이었고, 그보다 더 자주는 동료의 장례식이었다. 자살도 있고 공무 수행중 사망한 경우도 있었는데, 후자의 장례식이 더 인상적이었다. 대개 엄숙한 표정으로 관에 훈장을 다는 순서가 있었고, 고위 장교가 참석했다. 장관이 참석하는 경우도 드물지 않았고, 공화국의 수장까지 참석하는 영광스런 장례식도 있었다.

그들은 열시에 파리 6구청으로 갔다. 그들이 안내받은 구청 내빈실의 창밖으로 내다보이는 생쉴피스성당광장의 전망이 매우 훌륭했다. 그들은 그곳에서 생전에 완강한 무신론을 표방했던 『소립자』의 작가가 육 개월 전 쿠르트네성당에서 은밀히 세례받았음을 알게 되었고, 이 사실은 모두를 놀라게 했다. 이 소식은 가톨릭 교회 당국을 곤혹스러운 불안감으로부터 구원해주었다. 가톨릭 교회는 대외홍보 차원이라는 명백한 이유에서 유명인의 장례식에서 소외당하기를 원치 않았다. 하지만 무신론의 꾸준한 증가와 의례뿐인 세례를 포함한 세례율의 감소 추세, 변함없이 고수되는 엄격한 규칙 때문에 그들은 점점 자주 실망스러운 상황을 마주하게 됐다.

메일로 소식을 전해받은 파리 대주교는 열한시에 있을 미사를 집전해달라는 요청을 흔쾌히 수락했다. 그리고 강론문을 쓰는 데 몸소 참여해 소설가의 작품에 내재한 보편적 인간가치를 강조하는 한편, 그가 쿠르트네성당에서 비밀리에 세례받은 사실은 '코다'*로 슬쩍 언급하기만 했다. 영성체와 여타 의식까지 다 해서 한 시간쯤 소요될 터였다. 따라서 우엘벡이 마지막 안식처로 인도될 시각은 정오경이었다.

페르베르가 자슬랭에게 언급한 바에 따르면, 이 부분에 대해서도 작가는 납작한 묘석 하나에 이르기까지 매우 상세한 지시를 내려둔 터였다. 묘석은 단순하게 검은 현무암으로, 그 높이가 지표면과 똑같아야 했다. 작가는 어떤 경우에도, 단 몇 센티미터라도, 묘석이 땅 위로 올라와서는 안 된다고 강조했다. 그리고 이름 말고는, 뫼비우스의 띠 그림이라든가 날짜, 다른 어떤 설명도 써넣어서는 안 되었다. 그는 생전에 파리의 한 석공에게 묘석 제작을 의뢰하고, 제작과정을 직접 지켜보았다.

"그러니까," 자슬랭이 지적했다. "이 작자는 자신을 쓰레기 취급하지는 않았던 거야……"

"맞아요." 페르베르가 조용히 대답했다. "사실 나쁜 작가는 아니었거든요……"

자슬랭은 까닭 없이 내뱉은 말에 금세 무안해졌다. 우엘벡이 자신을 위해 취한 조치는 19세기 유력 인사나 그전 세기의 소귀족이면 누구라도 했을 일이었다. 게다가 곰곰 생각해보니 자슬랭 자신도, 화장을 하고 그 재를 자연에 뿌림으로써 그 품안으로 돌아가 다시 자연의 일부가 된다고 믿는 현대의 간소화 경향에 반대하는 입장이었다. 당장 오

* 교향곡이나 소나타 등 악곡의 종결부. '꼬리'를 뜻하는 이탈리아어에서 비롯되었다.

년 전 기르던 개가 죽었을 때만 해도, 브르타뉴에 있는 부모님 집 마당에 묻어주고 작은 묘비까지 세워주었다. 작은 개 시신 옆에 특별히 좋아하던 장난감도 같이 묻어주었다. 작년에 부친마저 사망해 그 집을 상속받자, 자슬랭은 은퇴 후 엘렌과 함께 가서 살 요량으로 팔지 않았다. 인간은 자연의 일부가 아니라 자연 위에 올라서 있었고, 개 역시 인간에게 길들여진 이래로 자연 위에 올라섰다는 것이 그의 깊은 속내였다. 비록 그는 신을 믿지 않았지만, 화장에 대해 생각하면 할수록 불경스럽게 여겨졌다. 인간의 유골을 들이나 강, 바다, 또는 텔레비전 일기예보를 젊게 혁신시켰다는 평가를 받는 어릿광대 기상캐스터 알랭 지요페트레*가 그랬던 것처럼 태풍의 눈에 뿌리는 것이, 그에게는 인류학적으로 불경스럽게 생각되었던 것이다. 요컨대 인간은 하나의 의식意識, 즉 독창적이고 개인적이고 대체 불가능한 의식이며, 그런 인간에게 수세기가 흐른 미래에도 자신의 존재를 증명해줄, 적어도 이름 하나는 새겨진 묘비를 가질 자격이 있다는 것이 자슬랭의 깊은 속내였다.

"저기들 왔네요……" 구청 창문으로 생쉴피스성당 쪽을 내려다보던 페르베르가 자슬랭을 상념에서 살며시 끌어냈다. 아니나 다를까, 아직 열시 반밖에 되지 않았는데도 서른 명 남짓의 사람들이 성당 앞에 모여 있었다. 어떤 사람들일까? 아마 익명의 독자들일 터였다. 주로 복수심에 의한 살인사건의 경우, 범인이 피살자의 장례식에 참석하는 경우는 빈번했다. 이번 경우에는 그럴 가능성이 희박하다고 생각하면서도, 자슬랭은 카메라와 망원렌즈를 구비한 현장감식반의 사진 전문

* 암으로 사망한 1999년 12월 31일 당일까지 이십여 년간 TF1에서 유머와 독창적 아이디어를 도입한 일기예보 방송을 했으며, '태풍을 사랑하는 사람들의 모임'을 만들었다.

가 둘을 몽파르나스 묘지의 전망이 완벽하게 내려다보이는 프루아드보 거리의 아파트에 잠복시켰다.

십 분 후, 테레자 크레미지와 프레데리크 베그베데가 걸어오는 것이 보였다. 그들은 서로를 알아보고 볼인사를 나눴다. 자슬랭은 둘 다 상황에 맞는 적절한 태도를 훌륭하게 소화해내고 있다고 생각했다. 동양적 외모의 여자 편집자는 최근까지도 지중해 연안의 장례식에 더러 고용되는 직업 곡녀哭女를 해도 될 정도였고, 베그베데는 굉장히 침울한 생각에 빠져 있는 듯했다. 기실 『프랑스 소설』의 작가는 당시 쉰한 살밖에 되지 않았으므로, 아마 자신과 같은 세대인 지인의 장례식에 참석하기는 이번이 처음일 터였다. 그는 이것이 마지막이 아닐 것이며, 이제 점점 친구들과의 통화도 "오늘 저녁에 뭐해?"가 아니라 "누가 죽었는지 알아?"로 시작하리라고 생각할 터였다.

자슬랭과 페르베르는 구청에서 조용히 나와 성당 앞의 사람들 사이에 섞여들었다. 이제 모여든 사람은 쉰 명쯤 되었다. 열한시 오 분 전, 영구차가 성당 앞에 급정거했다. 흔히 볼 수 있는 장의사의 검은색 소형 밴이었다. 장의사 직원 두 명이 차에서 관을 꺼내는 순간, 군중 속에서 경악과 공포의 장탄식이 흘러나왔다. 현장감식 전문요원들은 범죄현장에 흩어져 있던 살점들을 모아 비닐봉투에 넣어 밀랍으로 봉한 뒤 훼손되지 않은 머리와 함께 파리로 보내는 고통스러운 임무를 수행했다. 일단 검사가 끝나자 시신은 사람의 일반적인 시신보다 부피가 훨씬 적은, 작은 무더기에 지나지 않게 되었다. 장의사 직원들은 1미터 20센티미터 길이의 어린이 관을 사용하는 것이 좋겠다고 판단했다. 이 실용정신은 원칙적으로는 칭송받을 만한 것이었겠지만, 교회 앞 광장에서 관을 운구하는 광경을 지켜보는 사람들에게 미친 영향을 고려하면 전적으로 유감스러운 것이었다. 자슬랭은 고통으로 호흡곤란을 일으킨 페르베르가 딸꾹질하는 소리를 들었다. 그 역시 가슴이 옥죄어오며 몸이 뻣뻣해졌다. 회중의 다수가 눈물을 쏟았다.

미사 자체는 늘 그렇듯 지루함 그 자체였다. 자슬랭은 열 살 이래로 가톨릭 신앙과 단절되었고, 그사이 장례식에 참석할 일이 제법 많았음에도 신앙심을 되찾지 못했다. 사실 그는 미사 예식에 대해 아무것도 몰랐고, 신부가 하고 싶은 말이 정확히 무엇인지도 이해할 수 없었다. 강론 중에는 그가 생각하기에 주제를 벗어난 듯한 예루살렘도 언급되었다. 그는 다만 상징적 의미가 있으리라고 추측했다. 그럼에도 예식이 적합해 보이더라는 것, 내세에 대한 약속도 이 경우에는 물론 환영이라는 것은 인정해야 했다. 가톨릭 교회의 개입은 출생이나 결혼식보다 장례식의 경우에 더 정당해 보였다. 장례식은 가톨릭을 이루는 구성요소와 관계된 것이 아니었던가. 가톨릭은 죽음에 대해 무언가 할말이 있었다. 하지만 사랑에 대해서도 그런지는 의문이었다.

장례식장에서는 대개 가족들이 관 옆에서 조의를 받지만, 이 장례식에는 가족이 없었다. 미사가 끝나자 장의사 직원 두 명이 다시 작은 관—자슬랭은 다시 한번 비탄어린 경련을 일으켰다—을 들어 영구차에 실었다. 자슬랭은 성당 앞 광장에서 관이 나오길 기다리고 있는 쉰명 남짓의 사람들을 보고 몹시 놀랐다. 모든 종류의 종교적 의식에 알레르기가 있는 우엘벡의 독자들인 듯했다.

도로 상황은 별다른 점이 없었다. 통행이 제한된 곳도 없었고, 특별히 예정된 행사가 있는 것도 아니었다. 따라서 영구차는 곧장 몽파르나스 묘지로 출발했다. 장례식을 위해 모인 백여 명의 사람들은 영구차가 달려간 경로를 걸어갔다. 뤽상부르공원을 따라 기느메르 거리를 걷다가 바뱅 거리, 브레아 거리로 접어들었고, 하위헌스 거리가 옆으로 나타날 때까지 라스파이 대로를 잠시 거슬러올라갔다. 자슬랭과 페르베르도 그들과 함께 걸었다. 온갖 연령과 사회계층의 사람들이 대개는 혼자, 더러는 둘씩 짝을 지어 왔다. 그들 사이를 잇는 특별한 공통점은 전혀 보이지 않았다. 자슬랭은 문득 자신과 페르베르가 시간낭비를 하고 있다는 확신이 들었다. 저들은 우엘벡의 독자들이었고, 그뿐이었다. 도무지 이 살인과 관련된 누군가가 저들 사이에 섞여 있을 것 같지 않았다. 할 수 없지, 그래도 산책 한번 잘했잖아, 그는 생각했다. 파리의 날씨는 여전히 쾌청했다. 하늘이 마치 겨울 하늘처럼 짙푸른 색이었다.

신부에게 이야기를 들었는지, 인부들이 관 위에 흙을 퍼넣지 않고 애도 행렬을 기다리고 있었다. 묘지를 보자 자슬랭의 매장에 대한 선호는 더욱 확고해졌다. 결심이 어찌나 굳었던지, 다음날로 당장 공증인에게 전화를 걸어 이 사실을 유서에 명시하게 해야겠다고 생각할 정도였다. 관 위로 흙이 떨어지기 시작했다. 무리에서 조금 떨어져 있던 삼십대 여자가 하얀 장미를 묘혈 안으로 던져넣었다. 자슬랭은 하여튼 여자들이란 남자들이 미처 생각지 못했던 것들을 잘도 생각해낸다고 감탄했다. 화장터에서는 늘 기계 소리와 소각로의 연소버너가 내는 엄청난 소음이 끊이지 않았는데, 이곳은 관을 점차 덮어가는 흙을 퍼넣는 삽질 소리 외에는 거의 완벽한 정적만이 흘렀다. 묘지 한가운데를 떠도는 술렁거림은 거의 들리지 않았다. 구덩이가 메워짐에 따라 흙이 떨어지는 소리도 점차 무뎌지고 희미해져갔다. 이윽고 납작한 묘석이 놓였다.

VIII

바로 다음날 오전, 자슬랭은 사진들을 받았다. 현장감식 전문요원들의 거만한 태도는 거슬렸지만, 일 처리만큼은 대체로 훌륭하다는 것을 인정하지 않을 수 없었다. 사진들은 멀리서 찍은 것임에도 밝고 선명하고 정확했다. 작가의 장례식에 참석하는 수고를 한 사람들의 얼굴이 또렷이 구분되었다. 사진들을 파일로 저장한 USB도 동봉되어 있었다. 자슬랭은 사진 속 얼굴들과 범죄기록부의 얼굴들을 대조해달라는 메모와 함께 USB를 즉시 사이버범죄수사대에 내부 우편으로 보냈다. 이제 경찰은 몇 분이면 해결되는 안면인식 소프트웨어를 갖추고 있었다. 자슬랭은 그리 큰 기대를 걸지는 않았지만, 어쨌거나 시도는 해봐야 했다.

결과보고서는 그가 퇴근 준비를 끝낸 초저녁에 도착했다. 예상대로 일치하는 얼굴은 없었다. 대신 사이버범죄수사대는 마침내 우엘벡 컴퓨터의 암호를 푸는 데 성공해서, 그 안에 담겨 있던 내용과 관련된 서른 장 남짓의 보고서를 동봉했다. 그는 집에서 차분히 검토할 요량으로 보고서를 챙겼다.

반가움에 낑낑대는 미슈의 소리와 감자를 곁들인 대구요리 냄새가 그를 맞아주었다. 녀석은 적어도 십오 분 동안 집안 여기저기를 휘저으며 뛰어다녔다. 엘렌은 알자스식 부르기뇽을 시작으로, 프로방스 요리부터 남서 지방 요리에 이르기까지 메뉴에 다양한 변화를 주려고 애썼다. 그녀는 이탈리아, 터키, 모로코 요리에도 매우 능숙했고, 파리 5구청에서 운영하는 극동아시아 요리 강좌에도 등록했다. 자슬랭이 엘렌에게 입을 맞추며 인사했다. 그녀는 예쁜 실크 원피스를 입고 있었다. "십 분이면 다 돼." 학교에 가지 않아도 되는 날이면 그녀는 느긋하고 행복해 보였다. 만성절 연휴가 시작된 참이었다. 엘렌은 해를 거듭할수록 경제학에 대한 관심을 잃어갔다. 경제 현상을 설명하고 향후 추이를 예견하는 이론들이 점점 일관성도 근거도 없는 것으로 여겨졌고, 순전히 협잡이나 사기 같았다. 때로 그녀는 경제학이 화학이나 물리학처럼 엄격하고 정확한 기준으로 이론이나 지력을 평가할 수 있는 분야라도 되는 양 노벨 경제학상을 수여하는 것이 놀랍다고 말했다. 교육에 대한 흥미 또한 현저히 줄어들었다. 엘렌은 젊은이들에게 더이상 별 관심이 없었다. 그녀의 학생들은 지적 수준이 형편없이 낮았고, 때로는 저들이 대체 왜 공부를 택했을까 하는 의문마저 들 정도였다. 그녀가 마음속으로만 생각하는 유일한 답은, 그들이 가능한 한 많은 돈을 벌고 싶어하기 때문이라는 것이었다. 인도주의에 열광하는 짧은 시기들이 있긴 하지만, 돈이야말로 저들을 실제로 살아 움직이게 하는 유일한 동력이었다. 평소에 그녀는 이토록 단정적인 말들을 피하는 편이긴 하지만, 결국 그녀의 직업은 출세에 눈먼 머저리들에게 모순되고 부조리한 학문을 가르치는 것이라고 요약할 수 있었다. 그녀는 남편이 강력범죄 수사대를 떠나는 대로 자신도 조기퇴직을 해야겠다고 마음먹었다. 남편은 그녀와는 달랐다. 그는 경찰 이력을 시작했던 스물여덟 해 전과 변함없이 자신의 일을 사랑했고, 악과 범죄를 인간사회의 시급하고 본질적인 문제로 여겼다.

자슬랭은 텔레비전을 켰다. 뉴스시간이었다. 미슈가 소파에 앉은 그의 곁으로 깡충 뛰어올랐다. 아나운서가 헤브론에서 발생해 유난히 많은 사상자가 속출한 팔레스타인 자살테러 소식을 전한 후, 며칠 전부터 증권가를 뒤흔드는 위기에 대해 보도했다. 몇몇 전문가들은 2008년의 위기상황보다 더 심각하리라고 전망했다. 전체적으로 특별할 것 없는 매우 고전적인 뉴스들이었다. 자슬랭이 채널을 바꾸려는데 엘렌이 요리를 제쳐두고 와서 소파 팔걸이에 걸터앉았다. 그는 리모컨을 도로 내려놓았다. 그래도 자기 전공 분야니 조금은 관심이 있으려니 여기며.

주요 금융업계를 두루 조망한 후 화면은 다시 스튜디오로 돌아왔고, 아나운서가 초청된 '전문가'를 인터뷰했다. 엘렌은 입가에 딱히 뭐라고 규정할 수 없는 웃음을 흘리며 인터뷰에 귀를 기울였다. 자슬랭은 원피스의 깊게 파인 부분으로 들여다보이는 그녀의 젖가슴을 보았다. 확실히 실리콘 젖가슴이었다. 십 년 전 부부가 같이 가서 주입한 것이었다. 결과는 성공이었다. 의사의 실력이 뛰어났다. 자슬랭은 여자들의 '섹시하게 보이고 싶어하는 긍정적 욕구'를 증명하는 실리콘 젖가슴에 대찬성이었다. 사실 이 욕구야말로 부부의 성생활이 끝나는 시기를 십 년, 나아가 이십 년 이상 연장하고, 여자를 섹시하게 만들어주는 가장 중요한 요인이었다. 그리고 그는 경탄할 만한 아름다움을, 작은 기적을 목도했다. 그들이 딱 한 번 도미니카공화국의 호텔클럽에서 바캉스를 보냈을 때, 호텔 수영장에서였다(이때 그들의 첫번째 강아지 미셸은 좀처럼 화를 풀지 않으려 했고, 그들은 개를 받아들여주는 호텔클럽을 찾지 못하는 한 다시는 개를 떼놓고 여행을 가지 말자고 다짐했다. 하지만 애석하게도 개를 받아주는 호텔클럽은 단 한 군데도 없었다). 여하튼 그때 자슬랭은 수영장에 누운 아내의 젖가슴을 바라보며 감탄을 금치 못했었다. 중력의 법칙을 거부하며 하늘을 향해 도도하게 솟아 있던 그 모습에.

얼굴은 자글자글한 주름투성이인데다 육체의 나머지 부분들은 비대해지고 탄력을 잃어 볼품없어진 여자의 실리콘 젖가슴은 우스꽝스러워 보인다. 하지만 엘렌은 그렇지 않았다. 그런 것과는 거리가 멀었다. 그녀의 몸은 아직 날씬했고, 엉덩이는 탄탄하고 조금도 처지지 않았다. 숱이 많고 곱슬곱슬한 적갈색 머리칼은 동그란 어깨 위에서 우아하게 물결쳤다. 한마디로 그녀는 매우 아름다운 여자였고, 한마디로 그는 운이 좋은, 아주 운이 좋은 사내였다.

물론 더 멀리 내다본다면, 모든 실리콘 젖가슴은 언젠가는 필연적으로 우스꽝스러워질 수밖에 없다. 하지만 더 멀리 내다본 그때는, 이런 것은 더이상 사람들의 관심사가 아닐 것이다. 사람들은 그때가 되면 자궁경부암이라든가 동맥파열이라든가 하는 문제에 관심을 갖는다. 또한 상속 대상자들 간의 부동산 분배 같은 유산 상속 문제에 신경을 집중한다. 여하튼 그때가 되면 다들 실리콘 젖가슴보다는 다른 관심거리들에 몰두할 터였다. 하지만 그들 부부는 아직 그 단계까지 이르지는 않았다고 자슬랭은 자부했다. 어쩌면 오늘밤 그들은 섹스를 나누리라. 어쩌면 내일 아침이 될 수도 있겠다. 자슬랭은 아침이 더 좋았다. 아침에 섹스를 하고 나면 하루종일 기분이 좋았다. 그들에게는 '아직 아름다운 날들이 몇 년 더 남아 있다'고 할 수 있었다.

그사이 경제 꼭지가 끝나고 이제는 다음날 프랑스에서 개봉하는 로맨틱코미디 영화를 소개하고 있었다. 엘렌이 물었다. "전문가라는 작자가 하는 말 들었어? 경제 진단이랍시고 하는 말 들었냐고?" 아니다, 실은 그는 뉴스에 전혀 귀기울이지 않고 그저 아내의 젖가슴만 보고 있었다. 하지만 그 말을 입 밖에 내는 것은 자제했다.

"당장 일주일만 지나면 저 사람이 내린 진단이 몽땅 틀렸다는 게 밝혀질걸. 그러면 뉴스에서 또다른 전문가를 불러서, 아니다, 저 사람을 또 데려다놓을 수도 있지. 이번처럼 확신하면서 다시 새로운 진단을 내릴 거라고." 그녀가 분개에 가까운 안타까움을 드러내며 고개를 설레설레 저었다. "대체 제대로 된 진단 하나 내릴 수 없는 교과목을 '학문'이라고 할 수 있는 거야?"

자슬랭은 카를 포퍼의 책을 읽지 않아서 어떻게 대꾸해야 할지 몰랐다. 그래서 그저 아내의 허벅지에 손을 올려놓을 따름이었다. 그녀가 미소 지어 보이고는 말했다. "곧 식탁 차릴게." 엘렌은 주방 오븐 앞으로 돌아갔지만, 식사 때 같은 화제를 다시 끄집어냈다. 그녀는 범죄를 예로 들며 범죄가 인간적인 행위라고, 물론 인간의 가장 어두운 면과 관련 있긴 하지만 그래도 어쨌든 인간적인 행위라고 했다. 그리고 또 다른 예로 예술을 거론하며, 예술은 어두운 면, 밝은 면, 중립적인 면 등 모든 것과 관련 있다고도 했다. 하지만 경제는 인간의 가장 기계적이고 예측 가능하고 관습적인 면 외에는 무엇과도 거의 아무 관련이 없다는 것이었다. 그것은 학문도 아닐뿐더러 예술도 아니었고, 결국 아무것도 아니었다.

자슬랭은 동의하지 않았고, 아내에게 그렇게 말했다. 오랫동안 범죄자들을 다뤄온 그의 경험으로 단언할 수 있는바, 범죄자들이야말로 상상할 수 있는 가장 기계적이고 예측 가능한 인간들이었다. 기개의 경우 그들은 돈 때문에 살인을 했다. 오로지 돈 때문에. 게다가 바로 그렇기 때문에 그들을 쉽게 체포할 수 있는 것이기도 했다. 반면에 세상 누구도 '오로지' 돈 때문에 일을 하지는 않았다. 거기에는 늘 다른 동기들이 있었다. 일에 대한 흥미, 성과에 따른 타인의 인정, 동료들과의 좋은 관계…… 또한 세상 누구도 완벽하게 이성적인 구매 자세를 보이지는 않았다. 아마도 경제이론을 그토록 근거 없는 것으로 만들어 종국에는 거짓이 되게 하는 것도, 바로 이 소비자들이나 생산자들의 동기가 본질적으로 불확실하기 때문이리라. 그에 비하면 범죄 수사는 과학적 학문, 적어도 논리적 교과목으로 간주할 수 있었다. 엘렌은 대꾸할 말이 없었다. 비논리적 경제요인의 존재는 오래전부터 '어두운 부분'이었고, 모든 경제이론의 은밀한 치부였다. 비록 그녀가 거리를 두고 자신의 일을 바라보기는 했지만, 이 경제이론이 여전히 그들의 살림살이와 대학 내에서의 그녀 입지에 기여하는 바를 부인할 수는 없었다. 그저 명목상의 혜택에 불과하긴 했지만. 자슬랭이 옳았다. 그녀 역시 전혀 논리적 경제요인으로 기능하지 않았다. 그녀는 소파에 누워, 카펫의 왼쪽 하단 구석에서 배를 내민 채 발라당 누워 황홀경에 빠진 강아지를 바라보았다.

밤이 깊어지자 자슬랭은 사이버범죄수사대에서 보내온 피살자의 컴퓨터 파일 관련 보고서를 검토했다. 그들은 우선 우엘벡이 그간의 인터뷰에서 숱하게 되풀이해왔던 대답과는 달리, 여전히 글을 쓰고 있었음을 밝혀냈다. 그것도 아주 많이. 하지만 그의 글은 상당히 기이했다. 시 같기도 하고 정치 선언문 같기도 했는데, 자슬랭으로서는 보고서에 발췌된 부분들을 거의 이해할 수 없었다. 그는 이 모든 것을 출판사 편집자에게 보내야겠다고 생각했다.

컴퓨터 안의 나머지 내용도 무엇 하나 쓸 만한 게 없었다. 우엘벡은 매킨토시의 '주소록' 기능을 이용했다. 보고서에는 주소록 전체가 고스란히 실려 있었는데, 그 내용이 가히 처절했다. 총 스물세 개의 목록 중 열두 개가 수공업자, 병원, 각종 서비스업종이 채우고 있었다. 개인 연락처는 열한 개에 불과했다. 그는 '수첩' 기능도 사용했는데, 이 또한 조금도 나을 게 없었다. 메모랍시고 해놓은 내용이 대략 '쓰레기봉투' '보일러 기름 배달' 따위였다. 결론적으로 자슬랭은 이렇게까지 지질한 삶은 거의 본 적이 없었다. 웹브라우저에도 흥미로운 것은 전혀 없었다. 우엘벡은 소아성애 사이트는 물론 포르노 사이트조차 접속한 적이 없었다. 그가 접속했던 가장 대담한 사이트는 '벨 앤드 섹시(예쁘고 섹시하게)'나 '리베레트(자유로운 아가씨)닷컴' 같은 에로틱한 여성 의류 및 속옷 사이트였다. 그러니까 그 불쌍한 중늙은이는 몸에 착 달라붙는 미니스커트나 속이 비치는 탑을 입은 여자들을 곁눈질이나 하는 것으로 욕구를 달랬던 것이었다. 자슬랭은 이 페이지를 들여다보고 있는 것만으로도 수치스러워 얼굴이 화끈거릴 지경이었다. 정말이지 이 범죄는 해결하기가 영 쉽지 않을 모양이었다. 인간이 살인자를 부르는 이유는 악덕 혹은 돈 때문이었다. 자슬랭의 생각보다 많지는 않았지만 어쨌든 우엘벡에겐 돈이 있었다. 하지만 언뜻 봐서는 도난당한 것이 전혀 없는 것 같았다. 수표책도 신용카드도 몇백 유로가 든 지갑도 고스란히 집안에서 발견되었다. 자슬랭은 행여 어떤 설명이나 의미를 찾을 수 있지 않을까 하는 심정에서 우엘벡의 정치 선언문을 읽어보려던 순간 그만 잠들고 말았다.

IX

자슬랭의 수사팀은 바로 다음날로 주소록에 있던 열한 개의 개인 연락처 활용에 착수했다. 이미 조사한 테레자 크레미지와 프레데리크 베그베데를 제외한 나머지 아홉 명은 모두 여자였다.

통신사의 문자메시지 보존기간이 일 년뿐이라면 메일은 무제한이다. 특히 사용자가 메일들을 개인컴퓨터가 아니라 제공자가 할당한 디스크공간에 저장했을 때 그러했는데, 우엘벡이 이 경우였다. 이렇게 하면 하드웨어를 교체해도 메시지들을 영구 보존할 수 있다. 우엘벡은 me.com서버에 40GB까지 메시지를 저장할 수 있었다. 그의 현재 통신량으로 계산해보면 칠천 년간 소진되지 않을 용량이었다.

메일을 개인 우편물로 간주할 것인지 아닌지는 법적으로 논쟁의 여지가 있었다. 자슬랭은 머지않아 사법공조 단계로 넘어가면 수사판사가 의무적으로 지정되는 만큼, 그전에 한시라도 빨리 팀 전체를 동원해 우엘벡의 메일을 파악하는 데 총력을 기울였다. 검사장들과 검사들이 대체로 무른 경향을 보이면, 살인사건의 경우라 해도 수사판사들이 진저리나도록 딴지를 걸 수 있기 때문이었다.

매일 거의 스무 시간씩 일한 결과, 목요일이 되자 수사팀은 마침내 여자 아홉 명의 신원을 파악할 수 있었다. 우엘벡의 인터넷 통신량은 사망 직전에는 현저히 감소했지만, 경우에 따라 왕성한 시기들이 있었다. 특히 책이 출간되는 무렵에는 하루 평균 서른 통 남짓의 메일을 받았다. 아홉 여자의 지리적 다양성은 놀라울 정도였다. 스페인, 러시아, 중국, 체코 여자가 각 한 명이고 독일 여자 두 명, 그리고 어쨌거나 프랑스 여자가 세 명이었다. 자슬랭은 피살자가 전 세계에 걸쳐 번역본을 출간한 작가였다는 사실을 상기했다. "재미 좋았겠는걸요……" 명단 작성을 막 끝마친 라르티그가 말했다. 사실 그는 이런 상황에서 으레 나오게 마련인 농담을 한 것일 뿐, 작가가 부러웠던 것은 전혀 아니었다. 메일 내용으로 보아 아홉 명의 여자는 모두 옛 애인이었고, 어떤 경우 삼십 년도 더 지난 관계였다.

여자들과는 쉽게 연락이 닿았다. 우엘벡은 그들 모두와 여전히 메일을 주고받았었다. 메일은 함께 나누었던 크고 작은 기쁨과 슬픔을 다시 음미하는 잔잔하고 소소한 내용들이었다.

세 명의 프랑스 여자는 다들 지방에 살고 있었음에도, 오르페브르 강변로 경찰청 수사국으로 즉시 출두했다. 한 명은 페르피냥에서, 다른 한 명은 보르도에서, 나머지 한 명은 오를레앙에서 왔다. 게다가 외국인들도 단지 시간을 좀 달라고만 했을 뿐, 프랑스에 오는 것을 거부하지 않았다.

자슬랭과 페르베르는 서로가 받은 인상을 비교해보려고 여자들을 따로따로 맞아들였다. 두 사람이 받은 인상은 놀라우리만큼 일치했다. 여자들 모두가 아직도 우엘벡에게 애틋한 감정을 품고 있었다. "우리는 꽤 자주 메일을 주고받았어요." 여자들이 이렇게 말했을 때, 자슬랭은 이미 다 읽어서 안다는 말이 튀어나올까봐 꾹 참았다. 여자들과 우엘벡의 재결합 가능성은 전혀 없었지만, 만일 기회가 되었다면 그녀들은 거부하지 않았으리라. 자슬랭은 끔찍하다고 생각했다. 여자들은 '전 애인'을 잊지 못한다는 것이 사실로 드러난 것이다. 엘렌에게도 전에 사귀었던 남자들이 있었다. 그녀가 자슬랭을 만난 것이 꽤 어린 나이이긴 했어도, 어쨌거나 전 애인이 몇 있었다. 만일 엘렌이 살면서 그들과 다시 마주칠 기회가 생긴다면? 이것이 범죄수사의 어려움이다. 수사를 하다보면 이렇게 본의 아니게 곤혹스런 개인적 문제에 직면하게 된다. 더구나 이번 수사에서는 범인 추적에 아무 소득이 없었다. 이 여자들은 우엘벡과 알고 지냈다. 심지어 그냥 알고 지낸 것이 아니라 아주 잘 알고 지냈다. 자슬랭은 이 여자들이 그 이상 털어놓지 않을 것임을 알았다. 여자들은 이런 문제에 매우 신중하며, 이미 끝난 사랑의 기억일지라도 마음 한구석에 한없이 소중하게 남겨둔다. 어찌 됐건 이 여자들은 우엘벡과 만난 지 수년이 넘었고, 개중에는 수십 년도 더 된 여자들도 있었다. 이들 중 누군가가 살인을 꿈꾸었거나, 살인을 꿈꾼 누군가의 측근이리라는 가정 자체가 기괴한 것이었다.

그토록 오래전 애인을 질투해서 살인을 꿈꾸는 애인이나 남편이 있을까? 이것에 대해서 자슬랭은 한 치의 의심도 없었다. 아내에게 과거의 남자들이 있었다는 것을 알게 되면, 질투심에 불행하다고 느낄 수는 있지만, 살인을 해봤자 상처만 들쑤실 뿐 득이 될 게 없다는 것 또한 알 것이기 때문이다. 여하튼 자슬랭은 팀원 중 한 명에게 이쪽 방향의 수사를 맡길 터였다. 물론, 가능성을 믿지는 않았다. 하지만 때로 확신이 틀리는 경우도 있다는 것을 알고 있었다. 이때 페르베르가 그의 사무실로 와서 물었다. "외국인들도 조사해볼까요? 하긴 돈이 들겠죠. 사람을 외국에 보내야 하니까요. 하지만 그럴 근거는 충분합니다. 어쨌건 살인사건 아닙니까?" 자슬랭은 그럴 필요 없다고 단호하게 대답하고는, 지난 이 주간 수십 차례 그랬듯이 책상 위에 있는 사진들을 아무렇게나 휘저어 뒤섞었다. 붉고 거무튀튀한 색의 액체가 가지를 치듯 뻗어나가며 뒤엉킨 범행현장 사진들과, 슬픈 표정을 지은 사람들의 얼굴을 기술적으로 완벽하게 클로즈업한 우엘벡의 장례식 사진이었다.

"걱정이 있어 보입니다, 경정님……" 페르베르가 말했다.

"응, 우리가 갈팡질팡하고 있는 것 같아. 어찌해야 좋을지 모르겠어. 좀 앉아, 페르베르."

페르베르는 계속해서 기계적으로, 카드놀이라도 하듯 자세히 들여다보지 않고 되는대로 사진들을 휘젓고 있는 상관을 잠시 바라보았다.

"그 사진들에서 찾고 싶은 게 정확히 뭡니까?"

"몰라. 뭐라고 딱 꼬집어 말할 수는 없지만, 여기에 뭔가 있을 것만 같아."

"로랭 경장에게 한번 보이면 어떨까요?"

"은퇴하지 않았나?"

"그런 셈이긴 한데, 정확히 어떤 자격인지는 모르겠지만, 주당 몇 시간씩 들러 일을 보는 것 같아요. 여하튼 그 자리에 후임자는 없어요."

기욤 로랭은 평범한 경찰에 지나지 않았지만 특이한 능력이 있었다. 한 번 본 것은 절대 잊지 않는, 사진과도 같이 정확한 시각적 기억력이 그것이었다. 그는 신문에서 스쳐지나가듯 한 번 본 얼굴을 십 년이나 이십 년이 지나도 귀신같이 알아보았다. 범죄파일과 즉각 대조해볼 수 있는 안면인식 프로그램이 개발되기 전 이런 일은 죄다 그의 몫이었다. 물론 로랭의 이 특별한 재능은 범죄자뿐 아니라, 어떤 상황이건 사진으로 본 사람들 모두에게 적용되었다.

다음 금요일 자슬랭과 페르베르는 로랭을 찾아갔다. 그는 희끗희끗한 머리칼의 작고 다부진 사내였다. 차분하고 웅숭깊어 보이는 분위기가 평생을 사무실에서 보낸 사람 같은 인상을 주었고, 이것은 얼마간 사실이기도 했다. 특이한 재능이 알려지자마자 그는 강력범죄 수사대로 인사발령을 받았고, 다른 모든 임무에서 제외되었다.

자슬랭이 사정을 설명하고 도움을 청하자, 그는 즉시 작업에 착수해 장례식 사진들을 차례차례 관찰했다. 어떤 사진들은 빨리 넘겨버리고, 어떤 사진들은 주도면밀하게 오래 살피며 거의 일 분이 지나서야 한쪽으로 옮겨놓았다. 무서운 집중력이었다. 대체 그의 뇌는 어떻게 작동하는 것일까? 지켜보는 것만으로도 기이했다.

이십여 분이 흐른 끝에, 로랭은 사진 한 장을 집어들더니 몸을 앞뒤로 흔들었다. "본 적이 있는 얼굴인데…… 어디서 봤는데……" 그가 들릴락 말락 뇌까렸다. 자슬랭은 신경이 곤두서서 흠칫했지만 끼어드는 것은 삼갔다. 로랭은 한동안 자기만의 주문이라도 되는 양 연방 "본 적이 있어…… 본 적이 있어……" 하고 중얼거리며 몸을 흔들었다. 자슬랭에게는 매우 길게 느껴지는 시간이었다. 별안간, 로랭이 들고 있던 사진을 자슬랭 앞에 불쑥 내밀었다. 안색이 매우 창백하고 예민해 보이는, 검은 머리를 어깨까지 기른 사십대 남자의 사진이었다.

"누굽니까?" 자슬랭이 물었다.

"제드 마르탱입니다. 확실해요. 어디서 사진을 봤는지는 100퍼센트 보장 못하겠는데, 아마 일간지 〈파리지앵〉이었던 것 같습니다. 전시회 소개 기사였어요. 이럭저럭 문화예술계와 관련 있는 인물일 겁니다."

X

아버지와 관련된 불길한 소식이 들려오지나 않을까 하고 있던 제드는 우엘벡의 죽음에 깜짝 놀랐다. 아버지는 전혀 당신답지 않게도 9월 말경 아들에게 전화를 걸어 보러 와달라고 했다. 그는 이제 나폴레옹 3세풍의 저택에 자리한 베지네의 요양원에서 지내고 있었다. 이전에 있던 곳보다 훨씬 비싸고 세련된 곳으로, 일종의 우아한 하이테크 양로원이었다. 침실과 거실이 구비된 방마다 케이블 채널이 나오는 대형 LCD텔레비전 및 DVD플레이어, 초고속 인터넷 통신망이 설치되어 있었다. 오리들이 헤엄치는 작은 호수와 암사슴들이 깡충거리며 뛰노는 오솔길이 있는 공원도 있었다. 원한다면 입소자들에게 배당된 정원 한 귀퉁이에서 채소를 재배하거나 꽃을 가꿀 수도 있었다. 하지만 신청자는 소수에 불과했다. 제드는 아버지를 이곳으로 옮겨오기 위해 끈질기게 싸웠다. 더는 아등바등 아낄 필요가 없다는 것을, 자신이 이제는 '부자'라는 것을 아버지에게 납득시키기 위해 몇 번이고 설명해야 했다. 물론 이 요양원은 한창때 프랑스의 상류 부르주아 계급에 속했던 사람들만 받았다. 서민 출신이라는 데 은근한 자부심을 가진 아버지가 언젠가 요약한 바에 따르면, 양로원 입소자들은 '겁쟁이에 속물들'이었다.

제드는 처음엔 아버지가 왜 보자고 했는지 연유를 몰랐다. 그들 부자는 공원을 잠시 산책한 후—아버지는 이제 걷는 것도 힘겨워했다—목재로 인테리어를 하고 가죽소파를 배치하는 등 영국식 클럽을 흉내 낸 카페테리아에 자리잡았다. 커피를 주문하자, 한껏 꾸민 과자 한 접시와 커피크림, 그리고 은도금 포트에 커피가 담겨 나왔다. 핫초콜릿 한 잔을 앞에 두고 꾸벅꾸벅 졸고 있는 노인 한 명을 제외하고는 아무도 없었다. 노인의 백발은 길고 곱슬곱슬했다. 밝은색 정장을 입고 실크 스카프를 목에 두른 모습은 성악가—가령 라말루레뱅 페스티벌에서 대상이라도 수상했을 법한 오페레타 가수 같은—를 연상시켰다. 요컨대 모나코나 스위스에서라면 몰라도 프랑스의 고급 휴양지역인 코트다쥐르에서도 찾아볼 수 없는 이런 하이테크 양로원보다는, '바퀴는 구른다'* 같은 곳에서 마주칠 법한 분위기의 노신사였다.

제드의 부친은 아들에게 말을 건네기 전에 이 곱게 늙은 노신사를 한참 동안 묵묵히 바라보았다. "저이는 복 받았어." 마침내 아버지가 말했다. "기면병이라는 희귀병에 걸렸거든. 전혀 고통을 느끼지 않아.

* 생활에 곤란을 겪고 있는 전직 예술가들을 돕고, 그들의 권리를 보호하는 단체.

늘 나른하고 지쳐서 잠만 자는 병이지. 밥 먹으면서도 졸고, 산책하다가도 10여 미터쯤 가다가 벤치에 앉아 그 자리에서 잠들어버려. 거의 매일 자고 있다고 보면 될 거야. 저렇게 잠만 자다가 어느 날 영영 깨어나지 않겠지. 끝까지 복 있는 사람들은 따로 있어……"

그는 아들을 돌아보더니, 눈을 똑바로 보며 말했다. "너한테 미리 알리는 게 좋겠다고 생각했다. 전화로는 도저히 말할 수 없을 것 같아서 오라고 했다. 스위스에 있는 기관에 연락해두었어. 안락사하기로 결정했다."

제드가 즉각 반응하지 않자, 그 틈을 타서 아버지는 자신의 주장을 좀더 펼쳤다. 아버지의 장광설을 한마디로 요약하면, 사는 게 지겹다는 것이었다.

"여기서 지내기가 불편하세요?" 마침내 아들이 떨리는 목소리로 물었다.

아니, 그는 이곳에서 아주 잘 지냈다. 이보다 더 잘 지낼 수는 없을 정도였다. 하지만 그의 머릿속을 온통 지배하는 생각은, 그는 이제 더 이상 '아무데서도' 편할 수 없으리라는 것이었다. 요컨대, '살아 있는 한' 이제 더는 편할 수가 없었다(신경이 날카로워진 아버지는 거의 화난 것처럼 언성을 높였다. 하지만 늙은 성악가는 어차피 곤히 잠들어 있었고, 실내는 매우 고요했다). 아버지는 더 살려면 인공항문을 교체해야 했고, 이런 우스개는 이제까지로 충분하다고 생각했다. 게다가 그는 도저히 참을 수 없을 만큼 엄청난 고통을 느꼈다.

"모르핀 주사를 안 놔줘요?" 제드가 놀라 물었다.

아, 물론 모르핀은 원하는 만큼 놔주었다. 아무래도 요양원측에서는 노인들이 얌전히 있는 편이 편할 테니까. 하지만 늘 모르핀에 취해 있는 삶을 삶이라고 할 수 있을까?

사실을 말하자면 제드는 그렇다고 생각했다. 걱정도 의무도 욕망도 두려움도 없이, 다만 태양과 미풍의 부드러운 애무를 즐기는 식물에 가까운 삶이라니, 특별히 부러울 정도였다. 하지만 아버지는 그와 시각이 다를 터였다. 그는 한 기업을 이끄는 대표였고, 활동적인 남자였다. 제드는 이런 사람들이 대개 약에 대한 거부감이 있다고 생각했다.

"게다가, 내가 어떻게 하든 네가 무슨 상관이냐?" 아버지가 공격적으로 내뱉었다(그제야 정신이 든 제드는 자신이 어느 순간부터 노인네의 하소연을 듣고 있지 않았다는 것을 깨달았다). 그는 머뭇거리다 우물쭈물하며 어떤 의미로는 상관이 있다고 답하고서 덧붙였다. "엄마가 자살한 것만으로도 그리 재미있지 않거든요……" 아버지가 아들의 말에 충격을 받고 움찔하더니 격하게 받아쳤다. "이건 경우가 달라!"

제드는 개의치 않고 퍼부어댔다. 부모가 둘 다 자살한 사람은 분명 정신 상태가 불안하고 혼란스러울 거라고, 세상과 연결된 끈이 그리 허약한 사람의 정신이 온전할 리 있겠느냐고. 그는 장시간에 걸쳐 노련하게 아버지를 설득했고, 그것은 돌이켜 생각할 때 그 스스로도 놀라운 일이었다. 정작 그 자신은 삶에 대한 애착이 큰 편이 아니었고, 남들이 보기에도 보통은 조심스럽고 우울한 사람이었기 때문이다. 여하튼 그는 아버지를 설득할 수 있는 유일한 방법은 책임감에 호소하는 것임을 직감했다. 아버지는 책임감이 강한 남자였고, 실제로 인생에서 중요시한 것은 오로지 일과 책임뿐이었다. "자기 안의 도덕심을 파괴하는 것은, 세상이 자기 자신에게 달려 있는 만큼, 세상에서 도덕을 몰아내는 것에 다름아니다." 제드는 문장의 조형적 우아함에 매혹되어 그 뜻을 진정으로 이해하지도 못한 채 기계적으로 되뇌며, 일반적인 수준의 논거들을 줄줄이 읊어댔다. 안락사 의뢰가 보편화되었다는 것은 문명의 퇴보를 단적으로 드러내는 예다. 저명한 안락사 지지자들이 위선을 떨고 있지만 잘 들여다보면 그렇게 성미가 고약한 이들도 없다, 그들은 일시적 효력밖에 없는 치료에 대해 도덕적인 우월감을 가지고 있다 등등.

다섯시 무렵 제드가 요양원을 나섰을 때는 찬란한 금빛으로 물든 태양이 이미 기울고 있었다. 참새들이 서리가 내려앉아 반짝이는 풀숲에서 총총거렸다. 자줏빛과 선홍빛 사이에서 망설이는 듯한 색깔의 구름떼가 갈가리 찢긴 기이한 형태로 석양을 향해 떠가고 있었다. 모든 것에도 불구하고 세상이 어느 정도는 아름답다는 것을 도저히 부인할 수 없는 저녁이었다. 아버지도 이런 것들에 마음이 흔들릴까? 아버지는 자연에 관심을 보인 적이 한 번도 없었다. 하지만 나이가 들면서 변했을지 누가 알겠는가? 이제껏 시골 풍경에 무심했던 제드만 해도 우엘벡의 집을 방문하면서 그 매력에 눈뜨지 않았던가. 그는 아버지의 꺼칠한 볼에 입을 맞추기 전에 아버지의 어깨를 지그시 눌렀고, 바로 그 순간 자신이 이겼다는 기분이 들었다. 하지만 그날 밤이 되자 다시금 의혹에 휩싸였고, 이 의혹은 날이 갈수록 증폭되었다. 아버지에게 전화를 하거나 다시 찾아가는 것은 조금도 도움이 못 될 터였다. 오히려 당신을 자극하는 결과만 초래할 수 있었다. 그는 어느 쪽으로 떨어질지 고민하며 지붕 꼭대기에 꼼짝 않고 서 있는 아버지를 상상했다. 그것은 당신 인생에서 마지막 남은 중요한 결정이 될 터였다. 제드는 아버지가 건설현장에서 문제에 부딪혔을 때 그랬던 것처럼, 이번에도 '단호하게 결정해버릴까봐' 두려웠다.

날이 갈수록 제드의 불안감은 커져만 갔다. 이제 그는 매순간 요양원 원장에게서 이런 전화가 오지 않을까 떨었다. "아버님께서 오늘 아침 열시에 취리히로 떠나셨습니다. 선생님께 남긴 편지가 있어요." 그래서 웬 여자가 전화를 걸어 우엘벡의 죽음을 알렸을 때, 그는 무슨 얘기인지 곧바로 이해하지 못하고 착오라고만 생각했다. 마릴린은 이름을 밝히지 않고 대뜸 용건부터 말했고, 그는 그녀의 목소리를 알아채지 못했다. 그녀도 신문에 나온 것 이상으로는 알지 못했지만, 제드가 신문을 읽지 않았을 거라는 생각에 전화를 걸어주는 것이 좋겠다고 판단한 것이었다. 제드는 전화를 끊고서도 한동안 착오일 거라 여겼다. 그가 느끼기에 그와 우엘벡의 관계는 이제 겨우 시작되었을 뿐이었고, 우엘벡과 다시 통화하고 만남을 거듭하다가 어쩌면 그와 같은 종류의 사람들에게 적합한 의미에서의 '친구'가 될 수도 있을 거라고 늘 생각해왔기 때문이다. 사실 지난 1월, 제드가 작가에게 초상화를 가져다준 후로 두 사람은 한 번도 만나지 못했다. 그러고 나서 벌써 11월 말이었다. 제드가 먼저 전화를 걸거나 만남을 시도하지 않은 것 또한 사실이었지만, 어쨌거나 우엘벡은 그보다 스무 살이나 많은 사람이었다. 제드는 나이를 먹은 것의 유일한 특권, 슬프고도 유일한 그 특권은 '조용히 내버려둘 것'을 요구할 권리라고 생각했고, 지난번 만남에서 우엘벡에게서 받은 인상도 무엇보다 '조용히 내버려두기'를 바란다는 것이었다. 그래서 제드는 우엘벡이 먼저 전화를 걸어오길 바랐다. 작가와 만난 후로도, 여전히 그에게 할 말도 듣고 싶은 대답도 많았다. 어쨌거나 그는 올해 초 후로 거의 한 일이 없었다. 그저 카메라를 다시 꺼내놓았을 뿐, 그렇다고 붓과 캔버스들을 정리한 것도 아니었다. 그는 극도로 혼란스런 상태였다. 오죽했으면 그 쉬운 이사조차 하지 못했다.

장례식 날 제드는 다소 지친 상태였고, 신부의 강론을 잘 이해할 수 없었다. 고통에 관한, 그리고 역시 희망과 부활에 관한 강론이었다. 결론적으로 메시지는 명료하지 않았다. 반면 길이 반듯반듯하고, 바둑판 모양으로 질서정연하게 구획이 되어 있고, 크기가 일정한 자갈을 깐 몽파르나스 묘지에서는 모든 것이 너무도 선명하고 명료했다. 우엘벡과의 관계가 불가항력에 의해 끝났다는 것. 그의 주위에 모여 있는, 그가 모르는 사람들도 그 확실한 사실에 공감하는 듯했다. 그리고 묘지에서의 그 순간을 다시 떠올리며 제드는 불현듯, 아버지가 기어이 안락사 계획을 강행하고야 말리라는 온전한 확신이 들었다. 조만간 그는 요양원 원장의 전화를 받을 것이고, 모든 것이 결론도 해명도 없이 그렇게 끝나버릴 터였다. 당신의 마지막 말은 결코 듣지 못할 것이며, 그에게 남는 것은 회한과 무기력뿐이리라.

한편 또다른 일이 그를 기다리고 있었다. 그로부터 며칠 후 페르베르라는 사내가 전화를 걸어왔다. 부드럽고 듣기 좋은 그의 목소리는 평소 제드가 상상하던 경찰의 목소리와 전혀 달랐다. 사내는 자신의 상관인 자슬랭 경정이 오르페브르 강변로에 있는 경찰청 수사국에서 제드를 만나길 원한다고 전했다.

XI

자슬랭 경정은 '회의중'이라고 했다. 제드는 대기실의 초록색 플라스틱 의자에 앉아 기다리며 〈경찰력〉 과월호를 읽다가 창밖을 내다보았다. 퐁뇌프 다리와 콩티 강변, 그리고 더 멀리로 보이는 퐁데자르 다리의 전망이 빼어났다. 겨울 햇살 속에서 센강은 마치 굳어버린 것처럼 보였다. 강 수면이 뿌연 회색이었다. 내키지 않았지만, 제드는 학사원 건물의 돔이 정말이지 우아하다는 것을 인정하지 않을 수 없었다. 물론 건물에 둥근 구조를 설치하는 것은 어떤 식으로도 정당화될 수 없었다. 논리적 관점에서 보자면 그것은 공간 낭비일 뿐이었다. 제드는 난생처음 모더니티는 어쩌면 착오가 아닐까 자문했다. 하지만 순전히 레토릭의 문제였다. 이미 모더니티는 서유럽에서 끝난 지 오래였다.

불시에 들이닥친 자슬랭이 제드를 상념에서 끌어냈다. 그는 신경이 곤두선 동시에 화난 사람처럼 보였다. 사실 그날 오전, 그는 또 한 차례 실망감을 맛본 터였다. 연쇄살인범 사건 파일에서는 전혀 소득이 없었다. 유럽, 미국, 일본, 피살자의 살점을 가죽끈처럼 잘라 방에 흩뿌려놓는 살인범은 전 세계 어디에도 전무했다. "이번만큼은 프랑스가 첨단을 걷는군요." 라르티그가 분위기를 누그러뜨리고자 농담을 시도했으나 애처롭게도 실패했다.

"죄송합니다." 자슬랭이 제드에게 말했다. "지금 제 사무실이 여의치 않은데, 우선 커피 한잔하시겠습니까? 여기 커피가 나쁘지 않아요. 머신을 막 새로 들였거든요."

이 분 후, 자슬랭이 작은 커피잔 두 개를 들고 돌아왔다. 커피 맛은 과연 훌륭했다. 자슬랭은 쓸 만한 커피머신 없이는 제대로 된 수사를 진행할 수 없다고 단언하고는, 제드에게 피살자와의 관계를 물었다. 제드는 그들의 관계에 대해 설명했다. 전시회, 카탈로그 발문, 그가 그린 작가의 초상화…… 제드는 이야기를 할수록 상대의 낯빛이 점점 어두워지고 몸도 점차 플라스틱 의자 위로 맥없이 무너지는 듯한 느낌을 받았다.

"알겠습니다…… 결국 피살자와 각별한 사이는 아니셨다는 말씀이군요……" 경정이 결론지었다.

네, 그런 셈이지요, 라고 제드가 동의했다. 하지만 그가 보기에 우엘벡에게 각별한 사이라고 할 만한 사람은 없었던 것 같았다. 적어도 삶의 후반부에는.

"압니다, 알아요……" 자슬랭은 완전히 낭패한 기색이었다. "제가 뭘 기대했는지 모르겠군요. 괜히 선생님만 성가시게 한 것 같습니다.

자, 어쨌든 제 사무실로 갈까요. 증언도 서면으로 작성해야 하고요."

자슬랭의 책상은 오전 내내 헛되이 들여다보고 있던 범죄현장 사진들로 뒤덮여 있었다. 아마 쉰번째쯤 들여다본 것이리라. 호기심을 느낀 제드가 책상으로 다가가 사진들 중 하나를 집어 자세히 들여다보았다. 자슬랭은 놀란 기색을 억눌렀다.

"죄송합니다……" 제드가 당황하며 말했다. "제가 보면 안 되는 것들이었나보군요."

"원칙적으로는 그렇습니다. 원칙적으로는 비밀수사니까요. 하지만 보십시오. 혹시 무슨 생각이 날 수도 있으니까……"

제드는 자슬랭에게는 다 똑같아 보이는 확대사진들을 자세히 관찰했다. 액체의 흐름과 갈가리 찢긴 조각들이 형성한 불분명한 퍼즐. "묘하군요……" 마침내 제드가 말했다. "잭슨 폴록이 연상되기도 하고요. 폴록이 단색으로 그림을 그렸다면요. 하긴 실제로 단색으로 그린 적도 있네요, 자주는 아니었지만."

"폴록이 누구입니까? 무식해서 죄송합니다."

"잭슨 폴록은 전후의 미국 화가입니다. 추상표현주의의 기수였지요. 샤머니즘의 영향을 크게 받았습니다. 1956년에 사망했고요."

자슬랭이 갑자기 호기심을 느끼며 제드를 유심히 바라보았다.

"그런데 이 사진들은 뭐죠?" 제드가 물었다. "그러니까 이것들이 실제로 다 뭐냐고요?"

자슬랭은 제드의 격렬한 반응에 놀랐다. 그는 제드가 주저앉으려는 찰나에 바로 의자를 들이밀었다. 제드는 의자 위로 무너져내렸고, 경련을 일으키며 몸을 부들부들 떨었다. "가만 계세요. 뭘 좀 마셔야겠습니다." 자슬랭이 말하고는 페르베르의 팀 사무실로 쏜살같이 달려가, 라가불린 싱글몰트 위스키 한 병과 잔을 가져왔다. 질 좋은 알코올을 쟁여두지 않고는 제대로 된 수사를 진행할 수 없다는 것이 그의 신념이었지만, 이번에는 말로 표현하는 것을 자제했다. 제드가 위스키 한 잔을 그대로 쭉 들이켰다. 자슬랭은 흥분을 억누르며 기다렸다.

"끔찍하지요……" 마침내 그가 말했다. "우리가 맡은 가장 끔찍한 범죄 중 하나입니다. 선생께서는……" 자슬랭이 머뭇거리다가 조심스럽게 말을 이었다. "선생께서는 살인자가 잭슨 폴록에게 영향을 받았을 수도 있다고 생각하십니까?"

제드가 몇 초간 아무 말 없이 고개를 설레설레 젓고 나서 대답했다. "글쎄요…… 분위기가 비슷한 건 사실입니다만, 단언할 수는 없군요. 20세기 말에 자신의 몸을 도구로 쓴 예술가들이 꽤 있었고, 실제로 몇몇 보디아트 예술가는 폴록의 계승자임을 자처했지요. 그래도 남의 몸을 사용하는 건…… 글쎄요, 1960년대에 빈의 행위예술가들이 한계를 넘은 적은 있었죠. 하지만 한때에 지나지 않는 극히 제한된 운동이었고, 오늘날에는 아무 영향도 미치지 못했어요."

"어처구니없는 가정이라는 건 잘 압니다……" 자슬랭이 해명했다. "하지만 지금 상황이 상황인지라…… 이런 말씀은 드리면 안 되지만, 수사가 완전히 진창 속을 헤매고 있습니다. 시체를 발견한 지 두 달이 지났는데 여전히 제자리걸음이에요."

"사건이 어디서 발생한 거죠?"

"루아레의 자택에서요."

"아, 그런가요? 그렇다면 제가 카펫을 알아봤을 텐데요."

"피살자의 집에 간 적이 있습니까? 루아레에요?" 이번에 자슬랭은 흥분을 감추지 못했다. 그가 취조한 사람 중 우엘벡의 집을 아는 사람은 제드가 처음이었다. 출판사 편집자도 가본 적이 없다고 했다. 그들은 일이 있으면 늘 파리에서 만났다.

"네, 한 번요……" 제드가 담담한 어조로 답했다. "초상화를 갖다주러 갔습니다."

사무실을 나간 자슬랭은 페르베르를 불러내, 복도에서 자초지종을 설명했다.

"흥미롭네요." 페르베르가 생각에 잠겨 말했다. "정말 흥미로워요. 어쩌면 이번 수사에서 얻어낸 것 중 가장 도움이 될 만한 것일지도 모르겠어요."

"어떻게 하면 이걸 가지고 수사를 더 진전시킬 수 있을까?" 자슬랭은 활기를 되찾았다.

그들은 임시 회의를 열었다. 오렐리, 라르티그, 미셸 쿠리가 참석했다. 메시에는 그가 관심을 쏟는 다른 사건 수사차 자리를 비웠다. 일종의 오타쿠라고 할 수 있는 청소년 정신질환자가 인터넷으로 살인을 조종하는 법을 찾아낸 것 같았다(아예 이 사건에서는 관심을 놓기 시작했군, 벌써부터 미결 가능성을 받아들이는 눈치니, 자슬랭은 서글프게 중얼거렸다). 얼마간 다양한 의견들이 쏟아져나왔다. 그들 중 예술계에 대해 조금이라도 아는 사람은 아무도 없었다. 결정적 의견을 낸 사람은 페르베르였다.

"그 사람과 함께 루아레를 한번 다녀오는 게 좋겠습니다. 범행장소 말이에요. 어쩌면 그는 우리가 발견하지 못한 것을 볼 수도 있을 테니까요."

자슬랭은 손목시계를 보았다. 오후 두시 반이었다. 점심시간이 훌쩍 지났다. 하지만 그보다는 증인을 홀로 그의 사무실에 남겨둔 지 거의 세 시간이나 되었다.

자슬랭이 사무실에 들어서니 제드가 그를 흘깃 바라보았다. 전혀 지루해하는 눈치가 아니었다. 그는 경정의 책상에 앉아 사진들을 주의 깊게 관찰하고 있었다. "이것들은……" 마침내 그가 말했다. "폴록을 조악하게 모방한 것에 불과합니다. 형태와 액체의 흐름이 있긴 하지만, 대략 여기저기 기계적으로 배치한 것이죠. 아무런 힘도, 살아 숨쉬는 격정도 느껴지지 않아요."

자슬랭이 그의 기분을 상하게 하지 않으려고 머뭇거렸다. "거긴 제 자리인데요……" 결국 달리 방법을 찾지 못한 그가 단도직입적으로 말했다. "아, 죄송합니다!" 제드가 벌떡 일어나며 자리를 내주었지만, 그리 당황한 기색은 아니었다. 자슬랭은 이어 제드에게 범행현장 답사 계획을 설명했다. "좋습니다." 제드가 즉시 대답했다. 그들은 다음날 출발하기로 했다. 자슬랭의 개인 차량을 이용할 터였다. 약속을 잡으면서 그들은 서로가 불과 몇백 미터밖에 떨어져 있지 않은 곳에 산다는 것을 알게 되었다.

"재미있는 친구로군……" 제드가 가고 나서 자슬랭은 혼잣말을 중얼거렸다. 그는 과거에도 종종 그랬듯, 특별한 이유 또는 공통의 직업이나 관심사 없이 같은 도시의 심장부에서 동거하는 이 모든 사람들에 대해 생각해보았다. 각자 무수한 별개의 삶을 살아가다가 때로는 섹스(이 경우는 점점 드물어지고 있다)나 범죄(이 경우는 점점 잦아지고 있다)로 만나기도 하는 이 모든 사람들에 대해. 하지만 경찰 이력을 시작할 때 그를 매료시켰던 이런 생각은, 예전에는 그와 같은 인간관계 속으로 더 깊숙이 들어가보고 탐구해보고 파헤쳐보고 싶게 만들었던 이런 생각은, 이제 어두운 무기력 외에 더이상 아무런 감흥도 주지 못했다.

XII

자슬랭의 삶에 대해 전혀 알지 못했음에도, 제드는 그가 메르세데스 A클래스의 핸들을 잡고 나타났을 때 그리 놀라지 않았다. 메르세데스 A클래스는 도시나 도시 근교에 사는 나이든 무자녀 커플에게 이상적인 차로, 이따금 도시를 벗어나 시골의 로맨틱한 호텔에 묵으러 장거리를 달리는 데도 별 무리가 없다. 또한 메르세데스 A클래스는 보수적 성향의 젊은 커플에게도 알맞아서, 메르세데스에 입문하는 젊은 커플들이 꽤 선호하기도 한다. 스타급 자동차 기업의 가장 저렴한 모델인 메르세데스 A클래스는 은근히 혁신적이다. 메르세데스 C클래스 세단과 메르세데스 E클래스 세단도 같은 계열로 묶인다. 메르세데스는 대체로 자동차에 큰 관심이 없는 사람들, '운전감'보다는 안전과 편안함을 우선하는 사람들, 그리고 물론 재정 사정이 상당히 여유로운 사람들이 선택하는 자동차다. 지난 오십 년 이래—도요타의 인상적일 만큼 막강한 상업전략과 아우디의 사활을 건 투쟁에도 불구하고—전 세계 부르주아들은 대체로 메르세데스의 충성 고객으로 남았다.

남부 고속도로의 교통은 원활했다. 제드와 자슬랭은 침묵을 지켰다. 삼십 분 남짓이 지나자 자슬랭은 '얼음을 깨야겠다'고 생각했다. 참고인을 편안하게 해주는 것이 중요하다고, 그 자신이 생시르 오 몽 도르 경찰학교 수업시간에 자주 되풀이해 강조하지 않았던가. 제드는 혼자만의 생각에 빠져 완전히 넋이 나가 있었다. 단순히 잠든 게 아니었다면 말이다. 자슬랭의 눈에는 흥미롭고도 인상적인 사람이었다. 경찰을 하면서 그가 만나온 자들은 거개가 '범죄자'들로, 모든 창의적 생각, 즉 거의 모든 생각이 꽉 막힌 단순하고 사악한 인간들이었다. 그저 체포하는 즉시, 범인 본인을 위해서나 타인과 인류 전체를 위해 없애버리는 편이 나은 모자란 짐승들이랄까. 이것이 자슬랭의 의견이었고, 그는 이런 생각을 점점 더 자주 하게 되었다. 하지만 판결은 그가 아닌 판사의 몫이었다. 그의 일은 사냥감을 추격해 판사, 더 일반적으로는 '프랑스 국민'(적어도 관용적 표현에 따른다면, 경찰은 국민의 이름으로 임무를 수행한다)의 발치에 가져다놓는 것이었다. 사냥 끝에 사냥꾼의 발치에 떨어지는 사냥감은 이미 죽은 경우가 대부분이다. 포획과정에서 목숨을 잃는 사냥감들은 생체기능을 정지시키는 정확한 부위, 이른바 급소에 탄환을 맞았거나 사냥개의 송곳니에 물린 경우다. 반면 경찰 수사 끝에 판사의 발치에 떨어지는 죄인들은 살아 있는 경우가 대부분이고(그래서 프랑스는 '국제 앰네스티'에서 정기적으로 발간하는 〈국제 인권실태조사〉에서 높은 순위를 차지한다), 그들의 운명은 판사의 판결로 판가름났다. 판사는 '프랑스 국민'을 대표하는 동시에 '프랑스 국민'에게 종속되어 있다. 특히 배심원들이 참여하는 중죄의 경우 판사는 정확히 국민에게 종속되는데, 자슬랭이 담당한 거의 모든 사건이 그런 경우에 해당되었다. 다양한 국제협약이 중죄인의 사형을 금지했다(프랑스 국민 대다수의 의견이 사형으로 기울 때조차도).

생아르노앙이블린의 톨게이트를 지나면서, 자슬랭은 제드에게 잠시 쉬면서 커피를 마시자고 했다. 자슬랭은 고속도로 휴게소의 전체적 분위기가 모호하게 느껴졌다. 폭넓게 선택할 수 있도록 다종다양한 신문 잡지들이 구비된 점(시골구석으로 갈수록 선택의 폭이 현저히 줄어든다), 휴게소 방문객을 겨냥한 기념품들이 여러 형태로 제작된 에펠탑과 사크레쾨르성당이라는 점에서 보면 분명 파리를 연상시켰다. 반면 어떤 부분들을 보면 지방색이 강해서, 이곳을 '방리외(파리 근교)'라고 말하기 어려울 것 같았다. 이곳은 수도권 지역을 아우르는 교통카드인 '카르트 오랑주'의 마지막 구간에 해당하는 곳으로, 톨게이트의 바리케이드가 '방리외'의 끝이자 지방의 시작을 상징적으로 나타냈다. 게다가 진열대에는 가티네산産 꿀이며 토끼고기 리에트* 같은 지방 특산물들도 보였다. 요컨대 이 고속도로 휴게소는 어느 진영에 속할지 결정하기를 거부하고 있었고, 자슬랭은 그 점이 마뜩잖았다. 그럼에도 그는 커피에 곁들여 먹으려고 초콜릿 브라우니 한 개를 집어들었다. 두 사람은 비어 있는 백여 개의 테이블 중 하나에 자리를 잡았다.

* 고기를 다져 만든 스프레드의 일종.

대화의 물꼬를 틀 거리가 필요했다. 자슬랭은 몇 차례 헛기침을 했다. "이렇게 동행해주셔서……" 마침내 그가 말문을 열었다. "감사합니다. 이럴 의무가 있는 것도 아닌데."

"경찰을 돕는 건 당연한 일이라고 생각합니다." 제드가 진지하게 대답했다.

"아, 네……" 자슬랭은 미소를 지어 보였지만, 상대에게서도 같은 반응을 끌어내는 데는 실패했다. "그렇게 말씀해주시니 저야 당연히 기쁩니다만, 우리의 모든 시민들이 선생님처럼 생각하는 건 아니라서요."

"저는 악이 존재한다고 믿습니다." 제드는 같은 어조로 말을 이었다. "죄의식도, 징벌도 믿습니다."

자슬랭은 할말을 잃고 입을 헤벌렸다. 대화가 이런 식으로 흘러가리라고는 전혀 예상하지 못했다.

"그럼 선생님은 일벌백계를 믿으십니까?" 자슬랭은 용기를 내어 질문해보았다. 청소부 노파가 그들에게 못마땅한 눈길을 던지며 마포걸레로 테이블들 사이 바닥을 닦으면서 그들 쪽으로 오고 있었다. 그녀는 지치고 의욕을 상실한 듯 보였을 뿐만 아니라 온 세상에 대한 증오로 가득차 있는 것처럼 보였고, 세상이, 온갖 더러움으로 뒤덮인 미심쩍은 그 거죽이 바로 이 마포걸레 하나로 압축된다는 듯, 양동이 속에서 걸레를 힘껏 비틀어짰다.

"저도 잘 모르겠습니다." 한참 만에 제드가 대답했다. "솔직히 한 번도 생각해본 적이 없는 문제라서요. 저는 처벌이 당연하고 필요한 것이라서 정당하다고 생각합니다. 죄인은 벌을 받아야 마땅하니까요. 세상이 균형을 잡으려면 악이 벌을 받아야 합니다. 그런데 왜 그런 질문을 하시죠? 경정님은 그렇게 생각 안 하십니까?" 제드는 상대가 침묵을 고수하자 다소 공격적으로 말을 이었다. "하지만 그건 경정님의 직업이 아니던가요?"

자슬랭은 정신을 가다듬고 생각을 정리하고서, 아니라고, 그건 '배심원단'의 입회하에 '판사'가 결정할 일이라고 대답했다. 그러고는 이 친구가 배심원이 되면 그야말로 인정사정없겠구나 생각하며, 그것은 우리나라 헌법의 기본 중 하나인 '권력분립'이라고 덧붙였다. 제드는 빠르게 고개를 끄덕여 알겠다는 뜻을 표했지만, 그에게는 자슬랭의 말이 부수적인 문제로 보였다. 자슬랭은 특별한 이유가 있어서라기보다는 그저 얼마간의 대화의 즐거움을 위해, 세드와 사형제도에 대해 토론해볼까 생각하다가, 이내 단념했다. 정말이지 파악하기 쉽지 않은 친구였다. 두 사람 사이에 다시 침묵이 자리잡았다.

"사실 제가 경정님과 동행한 건." 제드가 입을 열었다. "개인적인 이유에서이기도 합니다. 저는 우엘벡을 살해한 놈이 반드시 잡혀서 처벌받길 원합니다. 제겐 아주 중요한 문제예요."

"하지만 피살자와 특별한 관계는 아닌 걸로 아는데요……"

제드가 고통스러운 신음을 흘렸다. 자슬랭은 본의 아니게 상대의 아픈 곳을 건드렸음을 깨달았다. 칙칙한 회색 양복을 입은 비대한 사내가 감자튀김이 담긴 접시를 들고 그들에게서 몇 미터 떨어진 곳을 지나갔다. 그저 그런 회사의 영업사원쯤 되는 것 같았고, 기력이 다한 듯 지쳐 보였다. 그는 곧 심장발작이라도 일으킬 것처럼 가슴에 손을 얹고 잠시 꼼짝 않고 서 있다가, 자리에 앉았다.

“세상은 비루하기 짝이 없습니다.” 제드가 마침내 말했다. “그런데 살인을 저지른 놈이 세상을 더한층 비루하게 만들었어요.”

XIII

수프(작가가 말년을 보냈던 동네의 이름이다)에 도착했을 때, 제드와 자슬랭은 거의 동시에, 아무것도 변하지 않았구나 하는 상념에 빠져들었다. 하기야 변할 만한 이유도 없었다. 마을은 관광이라는 목적을 위한 완벽한 시골 풍경 그대로 굳어 있었었고, 앞으로도 인터넷 통신망이나 주차시설 등 안락한 삶을 위한 몇 가지 시설물들을 은근하게 더하면서 수세기에 걸쳐 이 모습을 유지할 터였다. 만일 현명한 종족이 나타나 자연 파괴적인 탐욕과 유해요인들로부터 마을을 보호하고 관리한다면, 아무것도 첨가되지 않은 채 이 모습 그대로 유지될 수도 있으리라.

마을은 전처럼 여전히 황폐했다. 고즈넉하고도, 구조상 적막한 곳이었다. 제드는 은하계에 중성자 폭탄이 폭발하고 난 이후 세상의 모습이 정확히 이렇지 않을까 생각했다. 외계인들은 이 작은 마을의 잘 손질된 고즈넉한 길로 침입해들어와 그 절제미에 환호할 것이다. 이 외계인들이 기초적 수준이라 할지라도 미적 감각을 갖추었다면, 금세 관리의 필요성을 절감할 것이고 필요한 복구 조치를 취할 것이다. 이것은 마음이 놓이는 동시에 그럴듯한 가정이었다.

자슬랭이 작가의 집 앞에 메르세데스를 조용히 주차했다. 제드가 차문을 열고 나오니 곧바로 한기가 달려들었다. 순간 처음 방문했을 때가 떠올랐다. 개가 펄쩍 뛰어오르고 껑충껑충 뛰며 그를 맞아주었었다. 그는 개와 그 주인의 잘린 머리를 상상하고는 새삼 범죄의 끔찍함을 깨달았다. 이곳에 온 것이 약간은 후회스러웠지만 이내 마음을 다잡았다. 쓸모 있는 사람이고 싶었다. 그는 살아오는 내내 쓸모 있는 사람이 되고 싶었고, 부자가 된 이후로 그 욕구는 더욱 강해졌다. 그리고, 지금 그럴 수 있는 기회가 왔다. 그것은 부인할 수 없는 사실이었다. 그는 살인자를 체포해서 제거하는 것을 도울 수 있을 터였다. 또한 지금 그의 곁에 의기소침하고 침울하게 서 있는 이 늙은 경찰도 도울 수 있을 터였다. 경찰은 다소 근심스런 표정으로 겨울 햇살을 받으며 미동도 없이 서서 숨을 고르고 있었다.

자슬랭은 거실로 들어서면서 범행현장이 깜짝 놀랄 만큼 말끔히 청소되었다고 생각했다. 그러면서 여기저기 흩어진 살점들을 하나하나 주워모았을 동료들의 모습을 상상했다. 카펫에는 군데군데 오래되고 옅은 얼룩들만 있을 뿐 더이상 핏자국은 보이지 않았다. 그것을 제외하면 집은 변한 것이 전혀 없었다. 자슬랭은 가구들의 위치까지도 정확하게 기억했다. 그는 제드를 보지 않으려고 애쓰며 소파에 앉았다. 참고인을 가만히 내버려두어야 했다. 참고인의 자발성을 존중하고, 그에게 떠오를 수 있는 직감과 감정에 제동을 걸어선 안 되었다. 참고인이 도움이 되길 바란다면, 이쪽에서 먼저 참고인에게 전적으로 도움을 줘야 했다.

아닌 게 아니라 제드는 침실로 향하고 있었다. 집안 전체를 둘러볼 모양이었다. 자슬랭은 페르베르와 함께 오지 않은 것을 후회했다. 페르베르는 감수성이 풍부했다. 즉 '감성적인 경찰'이었다. 그였다면 예술가를 어떻게 대해야 할지 알았을 텐데. 자슬랭은 늙어가는 아내와 불능인 강아지에게 열렬히 집착하는 늙고 평범한 경찰일 뿐이었다.

제드는 계속해서 이 방 저 방 기웃거리면서 일정한 간격으로 거실에 들렀다. 그는 서재를 한참 동안 응시했고, 작가가 소유한 장서에 처음 왔을 때보다 더 놀라고 더 깊은 인상을 받았다. 이윽고 제드가 자슬랭 앞에 다가와 우뚝 섰다. 자슬랭은 소스라치며 자리에서 벌떡 일어났다.

하지만 제드는 불안해하는 기색이라곤 전혀 없었다. 그는 수업시간에 배운 내용을 달달 외울 준비가 된 초등학생처럼 뒷짐을 지고 서 있었다.

"제 그림이 없어졌어요." 마침내 그가 입을 열었다.

"그림이요? 어떤 그림 말입니까?" 자슬랭이 열에 들떠 물었다. 자신이 알고 있었어야 했음을, '정상적으로라면' 알고 있었어야 했음을, 그럼에도 알 길이 전혀 없었음을 여실히 깨달으면서. 오한이 들었다. 감기, 혹은 그보다 더 심한 것에 걸린 것이리라.

"제가 작가에게 그려준 초상화요. 선물했는데, 없어졌네요."

자슬랭이 방금 들은 말을 해석하는 데는 시간이 걸렸다. 뇌의 톱니바퀴가 느릿느릿 굴러갔다. 몸 상태가 점점 더 나빠졌다. 죽을 만큼 피로했다. 이 사건에 그는 뼛속까지 지쳤다. 그가 핵심적인 질문, 유일하게 쓸모 있는 질문을 하기까지는 믿을 수 없을 만큼 오랜 시간이 걸렸다. "돈이 되는 겁니까?"

"네, 제법요." 제드가 대답했다.

"얼마나요?"

제드가 잠시 생각하더니 대답했다.

"요사이 제 주가가 좀 올랐어요. 그리 빠른 속도는 아니지만요. 제 생각엔, 아마 지금쯤 구십만 유로는 될 겁니다."

"뭐요? ……방금 뭐라고 하셨죠?" 자슬랭이 고함을 치다시피 물었다.

"구십만 유로요."

자슬랭이 소파에 털썩 주저앉더니, 낙담해 몸이 굳은 채 드문드문 알 수 없는 말들을 웅얼거렸다.

"제가 도움이 됐나요?" 제드가 머뭇거리며 물었다.

"사건이 해결됐어요." 자슬랭의 목소리에는 낭패감과 지독한 슬픔이 고스란히 배어 있었다. "오만 유로나 만 유로, 더러는 천 유로 때문에 살인을 저지르는 경우는 이미 봐왔죠. 그런데 구십만 유로라니……"

잠시 후 그들은 파리로 출발했다. 자슬랭은 몸 상태가 그리 좋지 않다며 제드에게 운전을 부탁했다. 그들은 갈 때 들렀던 고속도로 휴게소에서 다시 멈춰 섰다. 언뜻 보아서는 이유를 알 수 없었지만, 여러 개의 테이블들이 흰색과 빨간색 띠를 둘러 차단되어 있었다. 아마 가는 길에 보았던 비대한 영업사원이 결국 심장마비로 쓰러졌을지도 모를 일이었다. 제드는 이번에도 커피를 주문했고, 자슬랭은 술을 마시고 싶었지만 팔지 않았다. 그는 주유소에 딸린 슈퍼마켓의 지역특산품 코너에서 레드와인을 찾아냈다. 하지만 슈퍼마켓에서는 오프너를 팔지 않았다. 자슬랭은 화장실로 가서 문을 닫은 후, 변기 가장자리에 와인 병의 목 부분을 세게 한 번 내리쳐 깨뜨렸다. 그는 깨진 병을 들고 휴게소의 카페테리아로 돌아왔다. 와인 몇 방울이 셔츠에 튀었다. 그동안 제드는 모둠 샐러드 앞에서 기웃대다가, 결국 체다치즈 칠면조 샌드위치와 스프라이트를 골라왔다. 자슬랭은 첫 잔을 따라 단숨에 쭉 들이켰다. 다소 원기를 회복하고는 두번째 잔은 좀더 천천히 비웠다. “선생님을 보니 저도 시장하군요……” 자슬랭은 말하고는 프로방스풍 랩을 사와서 세 잔째 와인을 채웠다. 그 순간 관광버스에서 내린 스페인 청소년 한 무리가 왁자지껄하게 떠들면서 카페테리아로 들어왔다. 여학생들은 몹시 들떠 괴성을 질러댔다. 호르몬 분비량이 엄청나게 왕성할 터였다. 아마 수학여행중인 학생들일 텐데, 루브르박물관이나 퐁피두센터 같은 곳을 견학했으리라. 자슬랭은 지금 자신이 저들과 비슷한 또래의 청소년을 둔 아버지가 되었을 수도 있었다는 생각에 몸을 떨었다.

“사건이 해결됐다고 말씀하셨는데요.” 제드가 지적했다. “범인은 아직 못 찾았잖아요……”

그러자 자슬랭은 예술품 도난은 매우 특수한 영역이므로, 특화된 전문 기관인 문화재 및 예술품 도난방지 사무국에서 다룬다고 설명했다. 여하튼 살인사건이니 당연히 경찰이 수사를 계속하겠지만, 이제부터 중요한 진척사항은 사무국 쪽에서부터 나오길 기다려야 했다. 개인 소장의 경우 그 예술품의 소재를 아는 사람은 극히 드물었고, 백만 유로짜리 그림을 살 수 있는 사람은 더더욱 드물었다. 관련 인물은 전 세계적으로 만 명 내외밖에 되지 않을 터였다.

"그 그림에 대해 자세하게 설명해주실 수 있겠습니까?"

"물론입니다. 사진도 얼마든지 있는걸요."

그의 그림은 즉시 도난 예술품 파일인 예술품 온라인 수색 시소러스인 TREIMA에 등재될 터였다. 오만 유로 이상의 예술품은 모든 매매계약 시 의무적으로 이 파일의 조회를 거쳐야 했다. 이 규정을 준수하지 않을 때는 무거운 처벌을 받는다고 자슬랭은 일러주었다. 도난 예술품을 다시 파는 것은 점점 어려워지고 있었다. 우엘벡 초상화 절도를 제의적祭儀的 살인으로 가장한 것은 기발한 생각이었다. 제드가 개입하지 않았더라면 그들은 여전히 담보 상태를 면치 못했으리라. 하지만 이제 수사는 다른 국면으로 접어들 것이었다. 조만간 그림이 시장에 재등장할 테고, 그러면 그림의 경로를 쉽게 추적할 수 있을 터였다.

"그런데도 경정님은 그리 흡족한 눈치가 아니로군요……" 제드가 지적했다.

"실은 그렇습니다." 자슬랭이 병을 비우며 인정했다. 처음에 이 사건은 유난히 끔찍하긴 했지만 독특했었다. 그래서 치정이나 종교적 광신에서 비롯된 범죄, 또는 다른 무엇이리라 짐작했었다. 그랬는데 막상 가장 보편적이고 가장 만연한 동기, 즉 돈 문제와 다시 맞닥뜨리고 보니 허탈하기 짝이 없었다. 내년이면 그의 경찰 경력도 삼십 년을 맞는다. 그동안 그가 맡았던 사건 중에 범행동기가 돈이 아니었던 범죄가 과연 몇 건이나 될까? 한 손으로 꼽을 수 있을 정도였다. 이것으로 인간에게 절대 악은 극히 드물다는 사실이 증명된 셈이니 어떤 의미에서는 마음이 놓이기도 했지만, 자슬랭에게 오늘밤은 왠지 모르게 이 모든 것이 유난히 슬프게만 느껴졌다.

XIV

집으로 돌아온 제드는 사나운 짐승처럼 음험하게 부르릉거리며 자신을 맞아주는 난방기를 물끄러미 바라보았다. 결국 난방기가 우엘벡보다 오래 살아남았군, 그는 생각했다.

며칠 후 제드는 난방기가 또한 그의 부친보다 오래 살아남았다고 추측할 수 있게 되었다. 벌써 12월 17일이었고, 일주일 후면 크리스마스였다. 노인네에게서는 여전히 소식이 없었다. 제드는 요양원 원장에게 전화를 걸어보기로 마음먹었다. 그녀는 제드의 부친이 돌아올 날짜를 정확히 밝히지 않은 채 일주일 전 취리히로 떠났다고 알려주었다. 그녀는 특별히 걱정하는 눈치가 아니었다. 순간 제드는 취리히가 노인들의 안락사를 돕는 협회의 본거지이기도 하지만, 부자들, 그것도 세계적으로 아주 큰 부자들의 저택이 밀집한 곳이기도 하다는 사실을 새삼 떠올렸다. 요양원에는 취리히에 가족이나 지인이 사는 입소자가 많았다. 그러므로 그들 중 한 명이 취리히로 여행을 떠난다는 것은 원장에게 지극히 자연스럽게 여겨질 터였다. 낙담한 제드는 전화를 끊고는, 다음날 출발하는 스위스 에어라인 항공권 한 장을 예매했다.

샤를드골공항 제2청사의 광활하고 음울하며 그 자체로 치명적이랄 수 있는 대기실에서 출발을 기다리자니, 제드는 돌연 이런 생각이 들었다. 취리히에 가서 무얼 어쩌겠는가, 분명히 아버지는 이미 며칠 전에 돌아가셨고 그 재가 벌써 취리히 호수를 떠다닐 텐데. 인터넷 검색을 해보니 '디그니타스'(안락사협회의 이름이다)가 스위스의 환경단체에게 고소를 당했다는 뉴스가 있었다. 안락사 행위를 문제 삼은 것이 아니었다. 오히려 환경단체는 디그니타스의 존재를 반겼고, 그들의 투쟁에 전적으로 연대감을 느낀다고 공언했다. 문제는 그들이 호수에 방출하는 인간의 뼈와 골분이 상당량이라는 것이었고, 이것이 최근 유럽에 상륙한 브라질 잉어를 번식시켜 곤들매기를 비롯한 토종 물고기들의 개체수 감소를 초래한다는 것이었다.

제드는 '비더'나 '보르 오 락'처럼 호반에 위치한 특급호텔에 묵을 수도 있었지만, 지나친 호사를 견딜 자신이 없었다. 그는 글라트브루크 코뮌령에 속하는 공항 근처에 자리잡은 대규모의 실용적인 호텔을 예약했다. 사실 이 호텔만 해도 매우 안락했고 가격도 만만치 않았다. 하기는 스위스에 저렴한 호텔이 있기나 하나? 또 안락하지 않은 호텔은 있는가?

제드는 밤 열시경에 호텔에 도착했다. 혹한이었지만, 호텔방은 음산한 건물 외관에도 불구하고 포근하고 아늑했다. 호텔 식당이 막 문을 닫고 난 참이었다. 그는 잠시 룸서비스 메뉴를 훑다가, 문득 시장하지 않다는 것을 깨달았다. 더구나 무엇이 됐건 소화시킬 수 있을 것 같지도 않았다. 그는 잠시 포르노 영화를 볼까도 생각했지만, PPV* 기능을 이리저리 알아보다가 잠이 들어버렸다.

다음날 잠에서 깨니 주변이 하얀 안개에 잠겨 있었다. 호텔 리셉션 데스크에서 비행기의 이륙이 불가능하고 공항이 마비되었다고 일러주었다. 제드는 아침을 먹으려고 뷔페 식당으로 갔지만, 커피와 우유빵 반쪽만 간신히 삼켰을 뿐이었다. 그리고 얼마간 지도를 이리저리 살피다가 포기하고 택시를 불렀다. 지도가 복잡한데다가 안락사협회가 있는 곳은 취리히 교외, 그것도 아주 외곽이었다. 택시기사는 협회가 있는 이팡슈트라세를 잘 알았다. 제드는 번지수를 적어놓는 것을 깜빡했지만, 택시기사가 길이 짧아서 번지수를 몰라도 괜찮다고 안심시켜주었다. 그러면서 이팡슈트라세가 슈베르첸바흐 기차역에서 멀지 않은 데다 철로를 따라 나 있다고 알려주었다. 제드는 택시기사가 자신을 자살 지원자로 여기리라고 생각하자 거북해졌다. 그런데, 칼같이 끊는 스위스 독일어 악센트가 섞인 영어를 구사하는 이 퉁퉁한 오십대 남자는, 품위 있는 죽음과는 거리가 먼 상상에 빠진 음탕한 공모의 시선으로 룸미러를 통해 제드를 힐끔거리는 것이 아닌가. 제드는 택시가 이팡슈트라세 초입의 웅장한 뉴바빌로니아식 건물 앞에 멈췄을 때에야 비로소 그 눈빛의 연유를 알게 되었다. 키치하기 짝이 없는 야한 벽화와 낡

* 시청한 프로그램 수나 시간에 따라 요금을 지불하는 것.

은 레드카펫, 그리고 종려나무 화분으로 꾸며진 입구를 보니, 한눈에도 사창가임을 알 수 있었다. 제드는 안락사협회보다는 사창가와 더 관련 있어 보였다는 데 가슴 깊이 안도했다. 그는 요금을 지불하고 팁도 두둑이 주었다. 그리고 택시가 유턴해 멀어지기를 기다렸다가, 길 안쪽을 따라 걸어들어갔다. 디그니타스 협회는 하루에 백여 명의 고객이 몰리는 성황을 이루고 있었다. '바빌론 FKK 릴랙스 오아시스'는 디그니타스보다 영업시간도 길었고(디그니타스는 수요일만 밤 아홉시까지 야간 근무를 하고 나머지 근무시간은 일반 사무실과 똑같았다) 사창가 콘셉트에 맞춘 데코레이션에도 상당한 공을 들였지만(미심쩍은 감각이긴 했지만 여하튼 상당한 공을 들이긴 했다), 협회보다 더 많은 손님을 끌어들이는지는 전혀 미지수였다. 그에 반해 디그니타스—제드는 50미터 밖에서도 이 건물을 알아볼 수 있으리라 확신했다—는 아무런 장식 없이 기둥과 들보로만 이루어진 전형적인 르코르뷔지에식 구조의 밋밋한 흰색 콘크리트 건물이었다. 요컨대 도시 근교 반半주택가라면 지구상 어디에나 수두룩하게 널려 있는, 그렇고 그런 흰색 콘크리트 건물이었다. 한 가지 다른 점이라면 콘크리트의 품질만큼은 확실하다는 것이었다. 스위스 콘크리트는 폴란드, 인도네시아, 마다가스카르의 콘크리트와는 비교도 안 될 만큼 월등했다. 이십여 년의 세월이 흘렀음에도 협회 건물의 외벽은 균열 하나 없이 매끈했다. 제드는 아버지가 죽음을 몇 시간 앞둔 시점에도 이 점을 눈여겨보았으리라고 확신했다.

그가 벨을 누르려는 순간, 안에서 면바지와 점퍼를 입은 두 남자가 밝은색 나무관(합판으로 보이는 가볍고 저렴한 모델)을 메고 나오더니 건물 앞에 서 있는 푸조 파트너 영구차에 실었다. 그들은 제드에게는 눈길도 주지 않고 차문을 열어놓은 채 안으로 들어갔다가, 잠시 후 방금 전 것과 똑같은 두번째 관을 메고 나와 영구차에 실었다. 편의상 차문의 잠금장치는 아예 차단되어 있었다. 이로써 확실해진 셈이었다. 바빌론 FKK 릴랙스 오아시스가 이 정도까지 성황을 이루지는 못할 터였다. 제드는 죽음과 고통에 관련된 사업의 주가가 쾌락과 섹스 사업의 그것보다 훨씬 높아졌다고 생각했다. 아마도 몇 년 전에 데이미언 허스트가 제프 쿤스에게서 세계 미술시장의 넘버원 자리를 빼앗은 연유도 이와 무관하지 않을 터였다. 비록 제드가 그 사건을 반추하려던 그림을 망쳤고 끝내 완성하지 못한 것은 사실이었지만, 그 그림은 여전히 실현 가능했다. 훌륭한 화가의 손길이 필요하겠지만, 다른 누군가가 실현할 수도 있을 터였다. 반면, 쥐리히 교외의 철로를 따라 나 있는 음산하고 평범한 길에 몇 미터 사이를 두고 위치한 이 두 업체의 경제적 역동성의 차이를 명확히 표현할 수 있는 그림은 절대 가능하지 않으리라는 것이 제드의 생각이었다.

그가 상념에 잠긴 동안, 세번째 관이 영구차 안에 안착되었다. 제드는 네번째 관이 나오기 전에 건물 안으로 들어갔다. 그리고 몇 계단을 올라 세 개의 문이 보이는 층계참에 이르렀다. 그는 오른쪽에 있는 '바르테잘(대기실)'이라고 쓰여 있는 문을 밀고 크림색 벽과 칙칙한 플라스틱 가구들이 놓인 대기실 안으로 들어갔다. 실은 오르페브르 강변로 경찰청 수사국의 대기실과 약간 닮은 구석이 있었지만, 이곳에는 퐁데자르 다리가 내려다보이는 탁 트인 전망이 없었다. 창문으로 보이는 것이라곤 무색무취한 도시 근교의 주택가뿐이었다. 벽 윗부분에 고정된 스피커에서 구슬프긴 하지만 품위가 느껴지는 음악이 흘러나오고 있었다. 새뮤얼 바버의 곡쯤 되는 것 같았다.

이곳에 모여 있는 다섯 사람은 자살 지원자들임이 분명할 터였다. 그 이상 그들을 뭐라고 정의내리기는 힘들었다. 특히 나이를 분간하기가 어려웠는데, 대략 쉰 살에서 일흔 살 사이인 듯했다. 즉, 그리 연로하지 않은 편이었다. 아버지가 이곳에 왔을 때, 아마 그 기期에서 최연장자였으리라. 남자들 중 한 명은 붉은 혈색과 흰 콧수염으로 보아 영국인임이 분명했다. 하지만 나머지는 국적조차 짐작하기 쉽지 않았다. 갈색 빛을 띤 누런 안색에 양볼이 심하게 움푹 팬 매우 수척한 라틴계 남자—이곳에서 유일하게 중병에 걸린 듯 보이는—는 주간 만화 잡지 〈스피루〉 스페인어 판에 푹 빠져 있었다(그는 제드가 들어서자 잠깐 고개를 들었다가 이내 만화 속으로 다시 빠져들었다). 아마 남아메리카 어딘가에서 온 듯했다.

제드는 망설이다가 마침내 전형적인 알고이 지방 주부처럼 보이는 육십대 여자에게 말을 걸었다. 뜨개질에 엄청나게 능숙할 것 같은 인상을 풍기는 여자였다. 그녀는 여기서 나가 왼쪽 방으로 가면 안내사무실이 있을 거라고 일러주었다.

왼쪽 문에는 아무것도 쓰여 있지 않았다. 제드는 문을 밀었다. 장식용 그 이상도 이하도 아닌 여자(바빌론 FKK 릴랙스 오아시스에는 이보다 나은 여자가 분명히 더 많으리라고 제드는 생각했다)가 창구 뒤에 앉아 낑낑대며 십자말풀이를 하고 있었다. 제드가 용건을 전하자 그녀는 화들짝 놀라며 말하기를, 고객이 사망한 후에 가족이 찾아오는 일은 절대로 없다고 했다. 더러 사망 전에 오는 일은 있지만, 이후에는 절대 오지 않는다. "섬타임스 비포(사망 전에는 더러 오지만)…… 네버 애프터(후에는 절대 없어요)……" 그녀는 힘겹게 혀를 굴려 발음하며, 그 말만 반복했다. 그녀의 고지식함에 제드는 짜증스러워지기 시작했다. 그는 그전엔 올 수 없었고, 책임자를 꼭 만나야겠으며, 그에겐 아버지의 서류를 확인할 권리가 있다고 거듭 강조하며 언성을 높였다. 이 '권리'라는 단어가 인상적이었던 모양이었다. 그녀가 내키지 않은 기색이 분명한 태도로 수화기를 든 것이다. 몇 분 후, 밝은색 정장을 입은 사십대 여자가 안내실로 들어와 서류를 열람했다. 과연 아버지가 12월 10일 월요일 오전에 왔던 기록이 있었다. 그녀는 시술이 '완벽하게 정상적으로' 진행되었다고 덧붙였다.

제드는 아버지가 9일인 일요일 저녁에 이곳에 도착했으리라고 짐작했다. 아버지는 마지막 밤을 어디서 보냈을까? '보르 오 락'에서 묵는 호사를 누렸을까? 제드는 그다지 확신하지는 못했지만 그랬길 바라는 심정이었다. 어쨌든 아버지가 떠나며 계산을 깔끔하게 하고 아무것도 남겨두지 않았으리라는 것만은 확실했다.

제드는 더 자세한 정보를 원했다. 그는 일이 일어났을 때 여행중이어서 이곳에 올 수 없었고, 지금 이렇게 왔으니 아버지의 마지막 순간에 대해 더 많은 것을, 세부사항까지 모조리 알고 싶다고 애원하다시피 주장했다. 눈에 띄게 짜증스러워하던 여자는 결국 양보해 그를 자신의 사무실로 안내했다. 제드는 그녀를 따라 철제 서류장이 늘어선 길고 어둑한 복도를 지나, 공원에 면한 환하고 실용적인 그녀의 사무실로 들어갔다.

"자, 여기, 아버님의 자료입니다……" 그녀가 얇은 서류철을 내밀었다. '자료'라는 말은 좀 과한 듯했다. 그것은 달랑 종이 한 장이었고, 스위스 독일어로 앞면과 뒷면에 뭐라고 쓰여 있었다.

"무슨 말인지 도통 모르겠는데요…… 번역이 필요해요."

"도대체 원하는 게 정확히 뭐죠?" 그녀의 평정심에 시시각각 균열이 일고 있었다. "다 잘 처리됐다잖아요!"

"건강검진은 받으셨겠죠?"

"물론이에요." 제드가 서류에서 알아낸 것에 따르면, 건강검진이라 봤자 혈압을 측정하고 몇 가지 모호한 질문을 던지는 일종의 지원 동기 면담을 한 것이 전부였다. 극소수의 특수한 경우를 제외하고는, 전원 통과할 수준의 형식적인 절차였다. 예외 없이 십 분 이내로 끝날.

"우리는 스위스 법에 철저히 의거해서 일을 진행했습니다." 여자가 점점 더 냉랭하게 굴며 말했다.

"시신은 어떻게 했죠?"

"우리 고객님들의 대다수가 그렇듯 아버님도 화장을 선택하셨어요. 따라서 아버님의 뜻대로 그렇게 해드렸고, 재는 자연 속에 날려 보냈습니다."

잘된 일이로군, 이제 아버지는 취리히에 상륙한 브라질 잉어의 먹이가 된 거야, 제드는 생각했다.

여자가 서류를 도로 챙겼다. 이것으로 면담이 끝났다고 생각하는 게 분명했다. 그녀가 서류를 장에 도로 넣으려고 일어섰다. 제드도 따라 일어서서 그녀에게 다가갔다. 그리고 거칠게 따귀를 갈겼다. 여자는 짓눌린 신음을 흘렸지만 반격할 틈이 없었다. 제드가 곧이어 여자의 턱에 강력한 어퍼컷을 날린 다음, 손목을 빠르게 놀려 다시 턱을 수차례 강타했다. 여자는 휘우뚱거리며 숨을 고르려 애썼다. 제드가 한 발 뒤로 물러났다가 다시 있는 힘껏 그녀의 복강신경총을 걷어찼다. 이번에야말로 여자는 철제 책상 모서리에 세게 부딪치며 무너져내렸다. 무언가가 부러지는 소리가 선명하게 들렸다. 제드는 척추쯤이겠다고 생각했다. 여자 쪽으로 몸을 기울여보니 그녀는 맞아서 정신이 반쯤 나간 채 헐떡거리고 있었다. 하지만 숨은 붙어 있었다.

제드는 재빨리 입구로 향했다. 누군가 경보를 울리지 않을까 두려웠다. 하지만 안내원은 십자말풀이에서 눈을 들지조차 않았다. 그가 일을 조용하게 처리하긴 했다. 불과 200미터 떨어진 거리에 역이 있었다. 그가 가까스로 역사에 들어선 순간, 열차가 도착했다. 그는 표도 구입하지 않고 열차에 올랐고, 단속당하는 일 없이 취리히 중앙역에서 내렸다.

호텔에 도착했을 때, 제드는 폭력을 휘두르고 나서 원기가 회복되었음을 느꼈다. 타인에게 물리적 폭력을 가하기는 난생처음이었다. 배가 고팠다. 그는 산악지대에서 먹는 건조 햄과 그라우빈덴산産 고기가 곁들여진 라클레트*를 탐욕스럽게 먹어치웠다. 풍미가 기가 막힌 발레 레드와인도 함께했다.

다음날 아침 취리히의 날씨가 다시 개었다. 바닥에는 눈이 얇게 깔려 있었다. 제드는 공항으로 향했다. 여권심사대에서 혹시 체포되지는

* 삶은 감자에 녹인 치즈로 맛을 낸 스위스 가정식.

않을까 마음의 준비를 했지만 아무 일도 일어나지 않았다. 이어지는 날들도 잠잠했다. 그들이 고소하지 않는 것이 이상했다. 아마도 어떤 식으로든 그들의 사업에 이목을 집중시키고 싶지 않은 것이리라. 어쩌면 인터넷에 떠도는 협회 간부들의 착복 의혹이 사실인지도 몰랐다. 안락사 비용은 평균 오천 유로였다. 치사량의 펜토바르비탈 나트륨이 이십 유로 정도이고 화장을 하는 데 드는 비용도 저렴하다는 것을 감안하면, 호되게 책정된 가격이었다. 아닌 게 아니라 스위스가 거의 독점하다시피하고 있으며 한창 팽창추세인 이 사업은 황금알을 낳는 거위였다.

제드는 금세 다시 활력을 잃었다. 대신 그 자리에 깊은 슬픔이 들어앉았다. 그는 이것이 확정적이라는 것을 알았다. 파리로 돌아오고 나서 사흘 후, 제드는 난생처음 크리스마스 밤을 혼자 보냈다. 새해를 맞는 밤도 마찬가지로 혼자였다. 이어지는 날들도, 그는 한결같이 혼자였다.

에필로그

몇 달 후, 자슬랭은 퇴임했다. 사실 적절한 시기였다. 하지만 그는 이제껏 적어도 일 년이나 이 년 정도 근무를 연장하리라 생각했었다. 우엘벡 사건은 그를 뼛속까지 뒤흔들어놓았고, 그의 자신감과 업무능력에 대한 자부심을 일거에 산산조각냈다. 그를 질책하는 사람은 아무도 없었다. 오히려 그는 퇴임 시 총경으로 진급했다. 물론 직책을 수행하지는 않겠지만 퇴직연금은 다소 오를 터였다. 퇴임 축하파티도 열릴 예정이었다. 그것도 아주 대대적으로. 강력반 전체가 초청되었고, 경찰청장이 치하 연설을 할 예정이었다. 요컨대 그는 영광스럽게 떠나는 것이었고, 다들 그가 경력 전체를 종합해 좋은 경찰이었음을 자각하기를 분명히 바랐다. 그가 자신을 대체로 명예로운 경찰, 여하튼 끈질긴 경찰로 생각하는 것은 사실이었다. 어쩌면 끈질김이야말로 경찰뿐 아니라 다른 많은 직업, 적어도 진실이라는 개념과 관련 있는 다른 모든 직업에 꼭 필요한, 유일한 인간의 미덕일지도 몰랐다.

자슬랭은 퇴임을 며칠 앞두고 도핀광장에 있는 작은 식당으로 페르베르를 초대해 함께 점심식사를 했다. 4월 30일 월요일이었다. 많은 사람들이 노동절의 징검다리 연휴를 즐기느라 파리는 매우 한적했다. 식당도 관광객 커플이 듬성듬성 자리를 채우고 있을 뿐이었다. 봄이 완연했다. 새싹들이 돋아나고 미세한 먼지들과 꽃가루들이 햇살 속에서 춤췄다. 자슬랭과 페르베르는 테라스 테이블에 앉아 아페리티프로 파스티스 두 잔을 주문했다.

웨이터가 그들 앞에 잔을 가져다놓았을 때 자슬랭이 말했다. "그 사건에 대해선 정말 처음부터 끝까지 헤매기만 한 것 같아. 그 화가가 그림이 없어진 걸 발견하지 않았다면, 아마 우리는 아직도 진창에서 빌빌대고 있을걸."

"자신에게 너무 박하게 굴지 마세요. 어쨌거나 화가를 범행현장에 데려간다는 아이디어를 떠올린 건 경정님이시지 않습니까?"

"아니지, 페르베르." 자슬랭이 부드럽게 대답했다. "잊었나, 그건 자네 아이디어였어."

자슬랭은 잠시 사이를 두었다가 말을 이었다. "난 너무 늙었어. 이 짓을 계속하기엔 나이가 너무 많다고. 다른 곳들도 마찬가지지만, 해가 갈수록 특히 뇌가 둔해져. 뇌가 제일 빨리 둔해지는 것 같아. 사람은 애초 팔십 년이나 백 년을 살도록 생겨먹지 않았지. 선사시대처럼 그저 기껏해야 삼십오 년에서 사십 년쯤 살다 가는 게 맞는 거 같아.

오래 살다보니까 끝내주게 잘 버텨주는 기관들도 있고, 서서히 망가지는 기관들도 생기고. 서서히 망가지거나 혹은 빨리 망가지는 거지."

"이제 뭘 하실 겁니까?" 페르베르가 화제를 전환하려고 물었다. "계속 파리에 계세요?"

"아니, 브르타뉴에 가서 살 거야. 부모님이 파리로 올라오시기 전에 살던 집이 있어." 사실, 그 집에 정착하려면 그전에 손보아야 할 곳이 한두 군데가 아니었다. 자슬랭은 가까운 과거만 해도, 심지어 아주 가까운 과거(그의 부모세대)만 해도 그 모든 사람들이 오늘날이라면 도저히 받아들일 수 없는 불편한 생활조건 속에서 대부분의 삶을 보냈다는 것이 놀랍다고 생각했다. 욕조도, 샤워시설도, 실질적으로 효과적인 난방장치도 없이 말이다. 공사도 그렇지만 엘렌도 대학에서 한 해는 마저 채워야 했으므로, 실제로 브르타뉴에 정착하려면 여름의 끝자락은 되어야 할 터였다. 그는 페르베르에게 소일거리로 자질구레한 목공일은 싫지만 정원 돌보기는 좋다고 했다. 채소밭을 가꿀 생각을 하면 지금부터 기분이 좋다는 것이었다.

"그리고," 그가 입꼬리를 반쯤만 올려 빙그레 미소 지으며 말했다. "추리소설을 좀 읽을까 해. 일할 때는 거의 못 읽었으니 이제부터라도 한번 읽어보려고. 그런데 미국 소설은 싫어. 태반이 그것들인 것 같긴 하지만. 프랑스 소설 중에 추천할 만한 거 뭐 없어?"

"종케요." 페르베르가 주저하지 않고 대답했다. "티에리 종케라고, 제 생각엔 프랑스에서 최고예요."

자슬랭이 수첩에 작가 이름을 메모하고 있는데, 웨이터가 서대기 뫼니에르*를 가져왔다. 요리는 맛있었다. 많은 말이 오가지는 않았지만,

자슬랭은 마지막으로 페르베르와 함께하는 시간이 행복했다. 그는 다시 언제 만나냐는 둥, 연락하고 지내자는 둥의 상투적인 인사치레를 하지 않는 페르베르가 고마웠다. 그는 시골에 정착할 것이고, 페르베르는 파리에 남을 터였다. 페르베르는 좋은 경찰, 그것도 아주 좋은 경찰이 될 것이고, 아마 올해 안에 경감보가 될 것이고, 조금 더 지나면 경감, 그리고 경정이 되리라. 하지만 그들이 다시 만나는 일은 아마도 결코 없으리라.

그들은 식당에서 여유를 즐기며 느긋하게 시간을 보냈다. 관광객들은 전부 떠나갔다. 자슬랭은 디저트로 주문한 밤 조림 샤를로트**를 마저 먹었다. 플라타너스들 사이를 통과한 햇빛이 도핀 광장을 환하게 비췄다. 눈이 부셨다.

"페르베르……" 자슬랭이 망설이다가 말했다. 목소리가 약간 떨려 그 자신도 놀랐다. "한 가지만 약속해줘. 우엘벡 사건을 포기하지 말게. 우리가 더 애쓴다고 해결되는 일이 아닌 줄은 알지만, 예술품 도난 방지 사무국을 정기적으로 압박했으면 해. 그리고 그들이 뭔가 알아내면 나한테도 알려줘."

페르베르가 고개를 끄덕이며 약속했다.

---

* 생선에 밀가루를 입혀 버터에 구운 요리.

** 비스킷을 겹쳐 만든 일종의 케이크.

달이 바뀌어도, 우엘벡의 초상화는 통상적 네트워크에 그림자도 비치지 않았다. 살인자가 전문 절도범이 아니라, 스스로의 즐거움을 위해 절도행각을 벌였고 작품을 다시 내놓을 의도가 전혀 없는 수집가일 가능성이 점점 확신으로 굳어갔다. 예상 가능한 최악의 경우였다. 페르베르는 수사 방향을 병원 쪽으로 잡고 종합병원들을 집중 탐문하되, 조사에 응하는 곳에 한해 개인병원으로도 범위를 확대했다. 범인이 외과수술용 전문 도구를 사용했다는 것이 지금으로서는 유일하게 신빙성 있는 단서였다.

사건은 삼 년이 지나서야, 그것도 우연히 해결되었다. 니스-마르세유 방향 8번 고속도로를 순찰중이던 지방치안대가 시속 210킬로미터로 질주하던 포르셰 911 카레라를 저지했다. 운전자는 도주를 시도하다가 얼마 못 가 프레쥐스의 언덕에서 체포되었다. 차는 절도한 것이었고, 만취 상태였던 운전자는 경찰에는 익히 알려진 인물이었다. 파트리크 르 브라우제*은 상대적으로 경범죄인 매춘 알선, 폭력 등으로 여러 차례 경찰서를 들락거린 전적이 있으면서도, 곤충밀매업자라는 제법 특이하고 전문적인 혐의를 끈질기게 달고 다니던 치였다. 지구상에는 백만 종 이상의 곤충이 존재하고, 해마다 새로운 종이, 특히 적도 지방에서 발견된다. 재력이 되는 몇몇 아마추어들은 아름다운 희귀종이 있으면 상당한 금액, 심지어 매우 상당한 금액을 선뜻 지불한다. 박제된 것도 구입하지만 살아 있는 것을 선호한다. 곤충채집에는 엄격한 법규가 따르며, 하물며 수출입은 말할 것도 없다. 파트리크 르 브라우젝은 지금껏 이 법규를 잘도 피해다녔다. 그는 이 죄목으로는 걸려든 적이 없었고, 뉴기니, 수마트라, 기아나 등지로의 정기적인 여행을 정글과 원시적 삶에 대한 갈망으로 정당화했다. 아닌 게 아니라 그는 모험가 기질이 넘쳤고, 실제로 육체적으로도 그 기질을 증명해 보였다. 그는 식량과 전투용 나이프와 정수제를 챙겨 세계에서 가장 위험하다고 하는 정글들을 가이드도 없이 혼자서, 더러는 몇 주씩이나 탐험하고 다녔다.

이번에는 자동차 트렁크에서 공기구멍이 여러 개 뚫려 있는, 부드러운 가죽을 씌운 작은 하드케이스 트렁크가 나왔다. 구멍이 하도 작

---

* 실제로 파트리크 브라우에젝이라는 이름의 국회의원이 있는데, 그가 우엘벡에게 이 등장인물의 작명 연유에 대해 문의했으나 대답을 듣지는 못했다. 다만 우엘벡이 의회의 토론을 텔레비전으로 시청하기도 한다는 말을 작가의 홍보 담당자에게 들었을 뿐이었다.

고 촘촘해서 언뜻 보기에는 평범한 트렁크와 다를 바 없었다. 가방 안에는 플렉시글라스로 칸막이를 해놓은 칸칸에 오십 여종의 곤충이 들어 있었다. 지방치안대원은 그중 지네, 독거미, 집게벌레를 즉시 알아보았고, 나머지는 며칠 후 니스의 자연사박물관에서 정확히 밝혀주었다. 지방치안대원이 전문가—사실 이 범죄 분야의 전문가는 프랑스에 단 한 명뿐이다—에게 곤충 목록을 보내자 그는 신속하게 감정을 했다. 종합한 시장가격은 대략 십만 유로 내외로 협상될 수 있는 수준이었다.

파트리크 르 브라우젝은 범행을 순순히 시인했다. 칸에 사는 외과의사인 고객과 지난번 보낸 물건의 가격을 놓고 의견 대립이 있었다. 그래서 그가 추가 견본을 가지고 협상차 다시 들르게 되었다. 이번에는 협상 분위기가 험악해졌다. 그가 의사를 한 대 치자, 의사가 뒤로 넘어지며 그만 낮은 대리석 테이블에 머리를 부딪치고 말았다. 르 브라우젝은 그가 죽었다고 생각했다. "사고였어요. 죽일 생각은 눈곱만치도 없었다고요." 르 브라우젝이 변명했다. 그는 피살자의 집에 왔을 때처럼 택시를 부르는 대신, 피살자의 차를 훔쳐 달아났다. 이렇게 해서 늘 어리석고도 폭력적인 방식으로 저질러져온 르 브라우젝의 범죄는 마찬가지 방식으로 끝을 맺었다.

칸의 외과의사인 아돌프 프티소의 빌라로 출동한 것은 니스 지방수사부였다. 그는 칸의 고지대에 있는 캘리포니아 거리에 살고 있었으며, 미용성형과 음경 복구 전문 성형외과 지분의 80퍼센트를 소유하고 있었다. 그는 혼자 살았다. 상당한 재력가임이 한눈에 드러나는 대저택에 수영장과 잔디는 완벽하게 관리되어 있었고, 방이 좋이 십여 개는 됨직했다.

1층과 2층에서는 별다른 점이 눈에 띄지 않았다. 그저 전통적이고 상투적인 삶을 사는 그리 세련되지 못한 쾌락주의자 부르주아의 집이었다. 다만 이제는 그가 거실 바닥에 머리가 깨진 채 쓰러져 핏물 속에 잠겨 있다는 것이 다를 뿐. 르 브라우제의 자백은 아마 사실일 것이었다. 그것은 말다툼이 악화된 우발적 사건이었다. 어리석기 짝이 없는. 사전 계획의 가능성은 제기되지 않을 터였다. 그래도 아마 못해도 십 년형은 선고받을 것이다.

반면, 지하실에는 그야말로 깜짝쇼가 준비되어 있었다. 이곳에 온 수사팀은 모두가 강력범죄에 단련된 노련한 경찰이었다. 니스는 오래전부터 범죄율이 높은 지역으로 익히 알려져 있었고, 러시아 마피아가 등장하면서 점점 더 폭력적인 곳이 되었다. 하지만 수사팀을 이끄는 바르데슈 경감도, 나머지 경찰들도 이런 광경은 결코 본 적이 없었다.

가로와 세로가 각각 20미터, 10미터인 지하실의 사방 벽에는 높이 2미터짜리 유리진열장이 들어차 있었다. 진열장 안에는 괴물 같은 인간 키메라*들이 규칙적인 간격으로 설치된 스포트라이트를 받으며 나란히 배열되어 있었다. 성기가 상반신에 붙은 것들도 있고, 태아의 자그마한 팔을 코에 이어붙여 코끼리코를 만들어놓은 것들도 있었다. 일그러진 표정의 얼굴들 주위에 사지들을 이리저리 이어붙이고 뒤섞어 빙 둘러놓은 잡동사니 같은 작품들도 있었다. 이 모든 것이 경찰들은

---

* 하나의 개체에 유전자형이 다른 조직이 서로 접촉하여 존재하는 현상.

알 수 없는 방법으로 고스란히 보존되어 있었다. 차마 눈뜨고 견디기 힘든 현실이었다. 여기저기 베이고 더러는 안구가 아예 적출된 얼굴들의 표정은 고통으로 흉측하게 일그러진 채 굳어 있었고, 베이거나 절단된 부위 주위에는 피가 말라붙어 있었다. 아돌프 프티소는 비정상적으로 변태행각을 벌여온 심각한 정신병자였다. 시신이나 태아를 비밀리에 조달하는 공범이 있을 터였다. 바르데슈가 아무래도 수사가 길어지겠다고 생각했을 때, 수사팀에 갓 합류한 젊은 경장 하나가 바르데슈에게서 몇 미터 떨어진 땅바닥에 꽃이 꺾이듯 우아하고 조용하게 쓰러지며 정신을 잃었다.

아울러 르 브라우젝에게는 희소식이 되리라는 생각이 바르데슈의 머리를 스치고 지나갔다. 능숙한 변호사가 당연히 이 부분을 활용해 피살자를 괴물 같은 성격파탄자로 몰고 갈 것이고, 이것은 배심원단의 판단에 영향을 미칠 터였다.

지하실 중앙에는 환하게 빛나는 엄청나게 커다란 테이블이 놓여 있었다. 가로세로가 적어도 10미터에 5미터는 됨 직했다. 투명한 칸막이들로 나뉜 테이블 안에는 수백 종의 곤충이 종별로 모여 파드닥거리고 있었다. 경찰 한 명이 테이블 가장자리에 있는 버튼을 실수로 건드려 칸막이 하나를 열었다. 수십 마리의 독거미들이 털로 뒤덮인 다리를 부산하게 움직이며 옆 칸으로 돌진하더니, 곧바로 그곳에 있던 불그스름한 다족류 곤충들을 난도질하기 시작했다. 프티소 박사는 대부분의 동료들처럼 슬라브계 창녀들과 뻔하고 질펀한 향연을 벌이는 대신, 이런 식으로 저녁시간을 즐겼던 것이다. 간단히 말해 그는 신 행세를 한 것이었다. 신이 인간 백성들을 다스리듯, 그는 곤충 백성들을 다스렸다.

사건은 아마 이쯤에서 일단락되었을지도 몰랐다. 최근 니스로 발령을 받았고 바르데슈가 특별히 영입을 반겼던 브르타뉴 출신의 젊은 경장 르 게른이 개입하지 않았다면 말이다. 르 게른은 경찰이 되기 전 렌 국립예술대학에 이 년간 다녔었다. 그는 사방 벽에 빽빽이 들어찬 유리진열장의 몇 안 되는 좁은 틈새로 벽에 걸려 있는 작은 목탄화를 발견했고, 이 목탄화가 프랜시스 베이컨의 크로키라는 것을 즉시 알아보았다. 이렇게 네 점의 예술품이 각각 진열장 뒤의 네 구석, 즉 네 모서리에 하나씩 숨겨져 있었다. 베이컨의 크로키 외에, 군터 폰 하겐스의 플라스티네이션*(이 역시 상당히 혐오스러운)이 두 점, 그리고 마지막으로 르 게른이 제드 마르탱의 가장 최근작임을 알아본 초상화 〈작가, 미셸 우엘벡〉이 있었다.

바르데슈는 경찰서로 돌아오자마자 TREIMA에 작품들을 조회해보았다. 르 게른의 말이 전부 옳았다. 플라스티네이션 두 점은 합법적 경로로 구입한 듯했다. 반면 베이컨의 크로키는 십여 년 전에 시카고미술관에서 도난당한 것이었다. 절도범이 몇 년 전에 체포되었지만, 그는 작품을 구매한 사람들에 대해서는 철저히 함구했다. 이 세계에서는 꽤 드문 경우였다. 작품은 소품이었고, 베이컨의 주가가 한때 살짝 주

* 장기 및 인체 조직에 있는 물과 지방을 모두 제거하고 그 자리에 실리콘 같은 화학성분을 채워 만든 인체표본. 독일의 해부학 예술가 군터 폰 하겐스가 개발했으며 그는 이 인체표본을 공장에서 대량생산해 판매하는데, 이 공장은 이른바 '시체공장'으로 불리며 많은 논란을 낳고 있다.

춤했을 때 매매된 것이었다. 아돌프 프티소는 통상적 비율대로 시장가의 반값에 작품을 구입했을 터였다. 프티소의 소득 수준을 감안하면 막대한 지출이었지만, 여하튼 엄두를 낼 수는 있는 금액이었다. 반면에 바르데슈는 제드 마르탱의 작품들이 현재 도달한 가격 수준에 아연실색했다. 반값이라 해도 성형외과의의 소득으로는 도저히 감당할 수 없는 액수였다.

바르데슈는 즉시 예술품 도난방지 사무국에 전화를 걸었고, 그에 대한 사무국의 반응은 엄청났다. 지난 오 년간 사무국이 떠안은 가장 묵직한 사건에 관한 소식이었던 것이다. 제드 마르탱의 주가가 아찔한 고공행진을 함에 따라 그들은 문제의 그림이 시장에 나타날 날이 임박했다고 생각했었다. 하지만 그런 일은 일어나지 않았고, 그들은 점점 더 난감해지던 차였다.

바르데슈는 르 브라우제에게 또 한 번의 호재라고 생각했다. 그가 사건현장에서 천이백만 유로 상당의 그림을 내버려두고 취한 것은, 십만 유로 상당의 곤충들이 든 트렁크와 가치가 그만도 못한 포르셰 한 대였다. 비록 정글탐험가는 코앞에 있던 물건의 가치를 까맣게 몰랐겠지만, 능력 있는 변호사라면 그가 이 그림을 현장에 버려둔 사실로부터 피고의 당황과 공포, 범행의 우발성 등을 어렵지 않게 이끌어낼 수 있을 터였다.

전화를 받은 지 십오 분 만에, 예술품 도난방지 사무국장은 바르데슈에게 손수 전화를 걸어 공적을 살갑게 치하한 뒤, 이 사건을 수사했던 강력범죄 수사대의 페르베르 경감의 연락처(사무실과 휴대전화)를 전했다.

바르데슈는 즉시 동료에게 전화를 걸었다. 밤 아홉시를 조금 넘긴 시각이었지만 그는 여전히 사무실에 있었다. 막 퇴근하려던 참이었다. 그 역시 소식을 전해듣고 깊은 안도감을 표했다. 범인을 영영 잡을 수 없으리라는 생각이 들기 시작한 터였다. 그는 미제 사건은 오래된 상처 같아서 사람을 온전히 편안하게 내버려두지 않는다고, 바르데슈도 그 심정을 잘 알 거라고 반농담조로 덧붙였다.

물론이었다. 바르데슈도 잘 알았다. 전화를 끊기 전 그는 다음날 바로 간략한 보고서를 보내겠다고 약속했다.

다음날 오전이 끝나갈 무렵, 페르베르는 사건의 선보가 담긴 메일을 받았다. 아돌프 프티소의 성형외과는 그들의 조사에 응했던 병원 중 하나였다. 병원측은 레이저절단기를 보유하고 있었으나 이 절단기가 칸의 병원 밖으로 나간 적이 없다고 응답했었다. 페르베르는 당시의 확인서를 찾아냈다. 확인서에 프티소가 직접 서명했다. 고작 미용성형이나 복원수술이나 하는 성형외과에서 절단용 기계를 보유하고 있다는 데 의혹을 품었어야 했다는 생각이 페르베르의 머리를 스쳤다. 하지만 확인서에는 이 병원의 전문 분야가 적혀 있지 않았고, 그들이 받았던 확인서들은 백여 통에 달했다. 그렇다, 이 자료에 비추어 그들이 심하게 자책할 일은 없었다. 페르베르는 그렇게 결론짓고서, 브르타뉴에 있는 자슬랭에게 전화를 걸기 전에 두 살인자의 생김새에 잠깐 눈길을 주었다. 르 브라우젝은 기본적으로 무식하게 생겼으며 양심이 없어 보였지만, 그렇다고 정말로 잔인해 보이는 인상은 아니었다.

그저 페르베르가 일상적으로 부딪치는 범죄자들과 흡사한 평범한 범죄자의 얼굴이었다. 프티소의 경우가 훨씬 놀라웠다. 제법 잘생기고 영구적으로 보이는 선탠을 한 그는 당당한 표정으로 카메라를 향해 미소 짓고 있었다. 아닌 게 아니라 캘리포니아 거리에 사는 칸의 성형외과의를 연상할 때 쉽게 떠올릴 수 있는 바로 그런 외모였다. 바르데슈가 옳았다. 프티소는 외모상으로는 이따금 풍기문란사범으로 걸려드는 부류들과 비슷했지 절대로 강력사범으로 보이지는 않았다. 페르베르는 자슬랭의 전화번호를 누르며 생각했다. 인간이란 족속은 때로 참 희한해. 그 희한한 게, 혐오스런 쪽으로 희한한 경우는 빈번한데, 감탄스런 쪽으로 희한한 경우는 드물다는 게 불행이지만. 그럼에도 그는 안도감과 평온함을 느꼈다. 자슬랭은 그보다 더할 터였다. 이제야말로 은퇴의 여유로움을 마음껏 누릴 수 있으리라. 비록 간접적이고 비정상적인 방식에 의해서긴 하지만 아무튼 죄인은 처벌을 받았고, 이로써 공평해졌다. 상처는 아물 수 있을 터였다.

우엘벡의 유언은 명확했다. 그가 제드 마르탱보다 먼저 세상을 뜰 경우 그림은 제드 마르탱에게 반환되어야 했다. 페르베르는 제드에게 전화를 걸었고 전화는 쉽게 연결되었다. 그는 집에 있었고 전화가 방해되지 않는다고 했다. 사실은 조금 방해되긴 했다. 그는 '디즈니 채널'에서 하는 〈도널드 덕〉을 보던 중이었다. 하지만 이런 사정을 시시콜콜 말하지는 않았다.

두 건의 살인에 연루되었던 그 그림은 특별한 보호조치 없이 평범한 경찰차에 실려 제드에게 도착했다. 그는 방 한가운데 있는 이젤 위에 그림을 올려놓고는 하던 일을 마저 했다. 렌즈필터들을 닦고 정리정돈을 좀 했다. 뇌가 느릿느릿 작동했다. 그는 며칠이 지나서야 그림이 그를 거북하게 하고 있음을 깨달았다. 일반적으로 인간의 열정에 불을 댕기는 진귀한 물건이나 유명한 보석들에서 피비린내가 나는 것처럼, 우엘벡의 작품에서도 피비린내가 나기 때문만은 아니었다. 거북함의 이유는 무엇보다 강렬하게 내쏘는 우엘벡의 눈빛 때문이었다. 작가가 죽은데다 제드로서는 몽파르나스 묘지 한가운데서 작가의 무덤 위로 한 삽 한 삽 흩뿌려지던 흙을 직접 본 마당이었으므로, 이제는 그 강렬한 시선이 기이하고 생뚱맞게 보였던 것이었다. 비록 제드가 더이상 견딜 수 없게 되었다 할지라도 이 초상화가 훌륭한 그림임에는 이론의 여지가 없었다. 작가가 내뿜는 생명력이 그야말로 어마어마해서, 겸손을 떠는 것이 오히려 꼴사나운 모양새가 될 정도였다. 이 그림의 가치가 천이백만 유로 상당이라는 것은 또다른 차원의 문제였다. 제드는 이 부분에 관해선 끈질기게 답을 종용했던 여자 기자에게 딱 한 번, "아무 의미가 없는 것에서는 의미를 찾지 말아야 합니다"라고 대꾸했을 뿐, 일절 함구했다. 작정하고 의도한 것은 아니었지만, 영국 철학자 비트겐슈타인의 『논리철학논고』의 다음과 같은 결론과도 맞닿아 있었다. "말할 수 없는 것에 대해서는 침묵해야 한다."

제드는 그날 밤 프란츠에게 전화를 걸어 저간의 사정을 설명하고 〈작가, 미셸 우엘벡〉을 시장에 내놓고 싶다는 의사를 비쳤다.

샤토 데 랑티에 거리에 있는 카페 '셰 클로드'에 도착하면서 제드는 여기 오는 것도 이번이 마지막이리라는 명확하고 분명한 감정에 사로잡혔다. 아울러 프란츠와의 만남도 이것이 마지막임을 예감했다. 프란츠는 레드와인 잔을 앞에 두고 평소 자리하던 테이블에 웅크리고 앉아 있었다. 마음고생이 심했던 듯 부쩍 늙은 모습이었다. 물론 이미 그는 많은 돈을 벌었을 테지만, 몇 년만 더 기다렸더라면 지금의 열 배는 더 벌어들였으리라고 애통해하고 있을 터였다. 또한 근심걱정의 필연적 원천인 투자에도 손을 댔으리라. 대체로 빈곤층 출신 사람들의 경우가 그러한데, 그는 새로운 부의 위상을 잘 견디지 못하는 듯 보였다. 부는 유복함을 어느 정도 아는 사람들, 어린 시절부터 유복함에 단련되어 있는 사람들만을 행복하게 한다. 어려웠던 인생 초창기를 겪은 사람이 어느 날 갑자기 부를 손에 쥐면, 그를 엄습하는 첫번째 감정은 바로 공포다. 때로 잘 대처하는가 싶기도 하지만 그것은 일시적인 것일 뿐, 결국은 부에 완전히 잠식당하기에 이른다. 제드는 유복한 가정에서 태어났고 성공도 일찌감치 경험했기에, 은행계좌에 천사백만 유로의 현금이 안치되어 있다는 사실을 어려움 없이 받아들였다. 그에게는 은행원이 작정하고 달려들어 성가시게 군 적조차 없었다. 여타 소규모 금융기관들은 말할 것도 없고 크레디트 스위스와 로열 뱅크 오브 스코틀랜드의 도산까지 초래한, 2008년보다 심각했던 최근의 경제난 이래로 은행원들은 자세를 낮추었다. 적어도 그렇게 말할 수 있는 것이, 그들이 직업 생리대로 온갖 감언이설을 늘어놓는 것을 자제하게 되었고, 고객이 어떤 투자상품에도 관심이 없다는 의사를 밝히는 즉시 설득을 포기한 채 체념 섞인 한숨을 내쉬고는 준비했던 서류들을 조용히 챙기며 거의 사과라도 할 태세를 보였기 때문이었다. 마지막 남은 경제 전문가로서의 자존심 때문에 0.45퍼센트의 이자가 붙는 정기적금은 아예 권유하지도 못했다. 전반적으로, 이데올로기적으로 기이한 시기였다. 대부분의 서유럽인들은 자본주의가 시한부를 선고받았다고 믿는 듯했고, 더구나 마지막날이 임박한 시한부 선고였음에도 극좌 정당들은 그

악스러운 마조히스트들의 고정 후원을 넘어서는 지지는 얻어내지 못하는 실정이었다. 사람들의 영혼에 재의 장막이 드리운 듯했다.

제드와 프란츠는 요동치는 예술시장의 현황에 대해 몇 분간 이야기를 나누었다. 많은 전문가들이 광란적 투기의 시대가 저물고, 시장이 정상적 리듬을 따라 규칙적으로 서서히 성장하는 보다 안정된 시기가 이어지리라고 전망했다. 심지어 개중에는 예술이 가장 안전한 투자처가 되리라고 예언하는 이들도 있었다. 하지만 그들은 틀렸다. 최근 〈파이낸셜 타임스〉의 사설 제목처럼 "이제 가장 안전한 투자처란 없다". 예술시장의 투기성은 더욱 심해지고 난잡해지고 치열해졌다. 가격이 형성되는가 하면 어느새 무너졌고, '아트프라이스' 순위는 이제 주 단위로 바뀌었다.

그들은 두 잔째 와인을 비우고 이어 세 잔째를 주문했다. "아마 구매자를 찾을 수 있을 거예요……" 마침내 프란츠가 말했다. "물론 시간은 좀 걸립니다. 선생이 도달한 수준의 가격에 접근할 수 있는 사람들은 한정되어 있으니까요……"

제드도 급할 것은 없었다. 둘의 대화는 띄엄띄엄해지다 어느 지점에서 뚝 끊겨버렸다. 그들은 다소 마음이 불편해져서 서로를 바라보았다. 제드는 마지막 노력의 일환으로 "그래도 우리 한때…… 함께 모험을 했었죠"라는 말을 짜내려 했으나, 문장을 끝맺기도 전에 목소리가 꺼져들어갔다. 그가 자리를 뜨려고 일어서는 순간 프란츠가 말을 꺼냈다.

"눈치채셨죠…… 선생이 어떤 작업을 하고 있는지 내가 묻지 않았다는 걸."

“눈치챘어요.”

기실 그는 제자리에서 맴돌고 있었다. 이렇게밖에는 달리 표현할 길이 없다. 몇 주 전부터 아무 할 일이 없었던 그는 난방기에게 말을 걸기 시작했다. 더욱 걱정스러웠던 것은—이틀 전에 깨달은 것이었다—이제는 난방기가 대답하기를 기다린다는 것이었다. 난방기의 소음이 점점 변화무쌍해지는 것은 사실이었다. 난방기는 삐걱삐걱 소리, 부르릉 소리, 쿵 하는 둔탁한 소리, 삐익거리는 휘파람 같은 소리들을, 음량과 음질을 변주해가며 내고 있었다. 난방기가 제대로 된 언어로 소리를 내주길 이제나저제나 기다릴 법도 했다. 그도 그럴 것이, 난방기는 제드의 가장 오랜 동반자였다.

육 개월 후, 제드는 조부모님이 살던 크뢰즈 집에 가서 지내기로 결심을 굳혔다. 크뢰즈에 정착함으로써 그는 자신 역시 수년 전 우엘벡의 전철을 밟고 있는 거라고 뼈아프게 자각했다. 그는 자기 자신을 설득하기 위해 여기에는 중요한 차이가 있다고 되뇌었다. 우선 우엘벡은 아일랜드를 떠나 루아레로 귀향한 것이었다. 우엘벡에게 진정한 단절은, 예전에 작가활동과 사교라는 사회적 삶의 중심지였던 파리를 떠나 아일랜드에 정착했던 그때 이미 이루어진 것이라고 볼 수 있었다. 지금 제드가 예술가 활동이라는 사회적 삶의 중심지를 떠남으로써 이루게 된 단절은, 그러므로 그 당시와 같은 맥락이었다. 사실상 제드는 이미 어느 정도 세상과 단절되어 있었다. 국제적으로 명성이 드높아지던 초기 몇 개월 동안 그는 비엔날레며 전시회 오픈식 초대에 응했고, 갖가지 인터뷰를 수락했다. 심지어 한번은, 지금은 기억도 나지 않는 컨퍼런스에서 연설을 하기도 했다. 그러다가 차츰 행동반경을 줄이며 밀려드는 초대나 메일에 응답하지 않았고, 채 이 년이 되지 않아 무거운 고독 속으로 침잠했다. 하지만 그의 눈에 이 고독은, '수없이 많은 가능성을 내포한' 불교의 공 사상과 조금은 유사한, 필수불가결하고 풍요로운 것이었다. 단, 지금으로서는 공空이 공만을 낳을 뿐이라는 것을 제외한다면. 그가 주거지를 옮긴 것은 무엇보다도 그런 연유에서였다. 그는 과거에 자신으로 하여금 세상에 이미 존재하는 수많은 자연물과 인공물에, 예술적이라고 평가된 새로운 물체를 추가하도록 부추겼던 그 기기묘묘한 충동을 되찾으려는 희망을 품고 있었다. 요컨대 제드가 파리를 떠난 목적은 우엘벡처럼 가상의 어린 시절을 되찾는 것이 아니었다. 게다가 제드는 원초적이고 막연한 행복 외에는 기억조차 가물가물한 몇 번의 여름방학을 보냈을 뿐, 크뢰즈에서 어린 시절을 보내지도 않은 터였다.

제드에게는 파리를 떠나기 전에 마무리해야 할, 끝까지 미루고 또 미뤄왔던 곤혹스러운 마지막 숙제가 남아 있었다. 그는 이미 몇 달 전에 알랭 세문이라는 사람과 랭시 저택 매매에 합의를 본 터였다. 알랭 세문은 휴대전화의 배경화면과 환영메시지를 다운받는 인터넷사이트로 부를 쌓았고, 랭시 저택을 사옥으로 쓰고 싶어했다. 그의 인터넷사이트 사업은 단순하고 사업 같지도 않아 보였음에도, 불과 몇 년 사이에 세계 제1의 업체로 성장했다. 그는 수많은 유명 인사와 독점계약을 맺었다. 이 사이트에 들어가면 누구에게나 저렴하다고 할 수 있는 가격으로 패리스 힐턴이며 데버라 채널, 드미트리 메드베데프, 퍼프 대디 같은 유명인들의 목소리와 이미지를 다운로드해 개인 기호에 맞는 휴대전화 환경을 꾸밀 수 있었다. 그는 랭시 저택이 사회적 중추로 기능하기를 원했고—그는 서재가 '끝내주게 격이 있다'고 생각했다—정원에 현대식 아틀리에를 짓고 싶어했다. 그에 따르면 랭시 저택에는 차곡차곡 모인 '광적인 에너지'가 숨어 있었다. 제드는 그가 자신의 이해를 위해 문제가 많은 도시 근교 빈민가를 이용해 허풍을 떠는 것은 아닌지 의심해보았다. 사실 의심하고 말고 할 것도 없이, 알랭 세문은 볼빅 생수 한 팩을 구입하면서도 허풍을 떨 인간이었다. 여하튼 그는 상당한 입심의 소유자였고, 사옥 마련을 위해 국가 차원에서건 지역 차원에서건 가능한 한 모든 종류의 보조금을 긁어모았다. 하마터면 제드도 계약할 때 매매가를 얼렁뚱땅 사기당할 뻔했지만 이내 정신을 추슬렀고, 알랭 세문은 온당한 가격을 제시할 수밖에 없었다. 물론 제드로서는 그 돈이 필요치 않았지만, 아버지가 살아보려 했던, 단 몇 년에 불과할지라도 아버지가 가정을 꾸려보려 애썼던 장소를 헐값에 넘긴다는 것은 아버지의 추억에 누가 되는 일이라고 생각했다.

제드가 랭시 방향 출구로 접어들었을 때 동쪽에서 질풍이 불어왔다. 그가 이곳에 오지 않은 지 어언 십 년이었다. 문은 삐걱거리기는 했으나 순순히 열렸다. 음산한 잿빛 하늘 아래 포플러와 사시나무 가지들이 흐느적거렸다. 높이 자란 잡초, 그리고 무성한 쐐기풀과 가시나무숲 사이로 난 오솔길은 여전히 온전했다. 그는 자신이 태어난 직후 첫 몇 해를 이곳에서 지냈다는 생각에 가벼운 전율을 느꼈다. 시간의 장막이 무딘 소리를 내며 그를 다시 덮는 기분이었다. 난 아직 젊은데, 아직 인생의 절반만 기울었을 뿐인데, 그는 생각했다.

굳게 닫힌 하얀 덧문에는 불법침입의 흔적이 전혀 없었고, 정문의 자물쇠도 그대로였다. 놀라웠다. 이 집에 훔쳐갈 만한 것이 전혀 없고 불법침입을 해봤자 아무런 소득이 없다는 소문이 이웃동네까지 퍼진 것이리라. 사실 그것은 정확한 정보였다. 이곳에는 아무것도, 돈이 될 만한 것이 아무것도 없었다. 특별할 것 없는 커다랗기만 한 가구들뿐 최신 가전제품 하나 없었고, 어머니의 몇 안 되는 패물들마저 아버지가 불로뉴 요양원에서 베지네 요양원까지 늘 끌고 다녔다. 아버지의 사망 후 패물상자는 제드에게 전달되었다. 그는 패물상자를 받자마자 옷장 꼭대기에 올려두었다. 마을금고에 맡기는 편이 낫다는 것을 잘 알면서도, 그러지 않으면 조만간 언젠가는 그 상자가 눈에 띌 것이고, 그러면 불가피하게 슬픈 생각에 빠지고 말 것임을 잘 알면서도. 아버지의 삶도 그리 즐겁지 않았던 마당에 어머니의 삶인들 오죽했겠는가 말이다.

그는 가구들의 위치며 각 방의 외형을 쉽사리 알아보았다. 열 명도 너끈히 수용했을 이 인간의 주거시설에는 가장 번창했던 시기에도 세 명만이 기거했었다. 그리고 둘이 되었다가 하나가 되더니, 마침내 아무도 살지 않게 되었다. 제드는 잠시 난방기에 대해 생각해보았다. 그가 어릴 때나 청소년이었을 때나, 이 집에서는 단 한 번도 난방기 문제로 시끄러웠던 기억이 없었다. 대학 졸업 후 아버지와 잠깐 함께 지냈을 때도 마찬가지였다. 어쩌면 아버지가 특별히 성능 좋은 난방기를 구입했을지도 몰랐다. 성서에서 정숙한 여인을 설명할 때의 표현대로 '예루살렘 신전의 들보처럼 튼튼한 사지와 청동의 발'을 지닌 난방기를.

지난 시절 그는 무늬 유리창으로 여름날 오후의 열기를 피하며 가죽 소파에 깊숙이 몸을 묻고, 벨기에 만화 『스피루와 판타지오의 모험』이나 알프레드 드 뮈세의 시를 읽기도 했었다. 이윽고 그는 재빨리 행동에 옮겨야 함을 깨닫고 아버지의 서재로 향했다.

그는 제일 처음 연 보관함에서 어렵잖게 도화지철들을 바로 찾아냈다. 50×80센티미터 크기의 도화지철이 서른 개 남짓 있었는데, 지난 세기에 모든 도화지철을 천편일률적으로 뒤덮었던 다소 우울해 보이는 초록색에 검은색 문양의 종이에 싸여, 금방이라도 끊어질 듯 모지라진 검은색 끈으로 묶여 있었다. 각 도화지철에 터질 듯 꽉꽉 들어찬 백여 장의 A2 용지들은 몇 년에 걸친 작업의 결과물임을 웅변하고 있었다. 그는 그중 도화지철 네 개를 팔에 끼고 아래층으로 내려가, 아우디의 트렁크를 열었다.

그가 세번째로 도화지철들을 차에 실으러 갔을 때, 길 건너편에서 그를 주시하며 휴대전화로 통화중인 건장한 흑인 남자가 눈에 띄었다. 머리를 박박 민 인상적인 거구로, 190센티미터 이상의 신장에 몸무게도 100킬로그램이 넘어 보였다. 하지만 앳된 얼굴로 보아 열여섯 살은 넘지 않을 듯했다. 제드는 알랭 세문이 자신의 재산을 보호감시하는 거라고 짐작하고 해명하러 갈까도 잠시 고려해보았지만, 흑인이 전하는 그의 인상착의를 통화 상대가 알아채기를 희망하면서 포기했다. 바로 그 경우인 듯했다. 흑인은 그가 도화지철들을 차에 다 실을 때까지 제지하지 않고 묵묵히 지켜볼 따름이었다.

제드는 2층을 조금 더 서성였다. 어떤 구체적인 감정이 들거나 추억이 떠오르지는 않았지만, 이 집에 두 번 다시 오지 않을 것임을 알고 있었기 때문이다. 어쨌거나 이 집은 엄청나게 변할 터였다. 이 집을 구입한 머저리는 필시 벽을 트고 사방에 흰 칠을 하리라. 아무 감정도 들지 않고 아무것도 머릿속에 각인되지 않는 가운데, 제드는 딱히 규정할 수 없는 잔잔한 서글픔이라는 모호한 감회 속에서 서성거렸다. 그는 집을 나서며 조심스럽게 문을 닫았다. 흑인은 떠나고 없었다. 불현듯 바람이 잦아들었고, 포플러 가지들도 움직이지 않았다. 완전무결한 정적의 순간이었다. 그는 유턴을 해 에갈리테 거리로 접어들었고 고속도로 진입로를 쉽게 찾았다.

제드는 건축가들이 구상한 건물들의 형태를 세부적으로 묘사한 단면도나 평면도, 또는 입면도들에 익숙지 않았다. 그래서 첫번째 도화지철에 들어 있던 종이들의 마지막 장에 이르러서야 건축가가 구상한 집의 전경을 처음으로 발견하고 충격을 받았다. 그것은 도무지 사람이 사는 건물이라고 볼 수 없었고, 차라리 별처럼 사방으로 가지를 치며 뻗어나간 완만하고 기다란 통로들로 각각의 주거공간이 분리된, 일종의 신경조직망이라고 해야 할 것 같았다. 주거공간들의 크기도 중구난방이었으며, 형태는 원형이나 타원형이었다. 제드는 이 부분에서도 놀랐는데, 왜냐하면 그는 아버지가 직선에 더 애착이 있다고 생각해왔기 때문이었다. 다른 놀라운 점은 창문이 전혀 없다는 것이었다. 반면, 천장은 투명했다. 따라서 일단 이 집에 들어가면 하늘을 제외하고는 외부세계와 철저히 차단되었다.

두번째 도화지철은 건물 내부의 세부전경이었다. 우선 놀라웠던 것은 가구가 거의 없다는 점이었다. 대신 바닥 높이를 미세하게 달리해 공간을 체계적으로 활용할 수 있도록 했다. 이렇게 해서 수면공간은 40센티미터 깊이의 직사각형 구멍이 되었다. 즉 침대에 올라가는 게 아니라 내려가야 했다. 마찬가지로 욕조도 가장자리가 바닥과 같은 큼지막한 원형 수반이었다. 제드는 아버지가 어떤 재료를 사용하려 했을까 짐작해보았다. 아마도 플라스틱, 즉 거의 어떤 형태로든 제작이 가능한 열성형 폴리스티렌이었으리라.

밤 아홉시 무렵 제드는 전자레인지에 라자냐를 데웠다. 그리고 평범한 레드와인을 곁들여 천천히 라자냐를 먹었다. 아버지가 정말 이 프로젝트가 투자자를 찾아 실현할 수 있으리라 여겼을까 하는 의문이 들었다. 처음엔 아마 그랬으리라. 차후에 아버지가 어떤 기회도 얻지 못한 것이 분명해 보이는 만큼, 이 생각은 그 자체로 딱한 것이었다. 어쨌든 이 설계도는 모형으로도 제작되지 못한 듯했다.

제드는 와인 병을 비우고, 점점 더 실망스러우리라 예감하면서 아버지의 설계도 속으로 다시 빠져들었다. 실제로 실패가 누적되면서 건축가 장피에르 마르탱은 실현 가능성이나 가능한 예산을 전혀 고려치 않고, 층 쌓기와 가지치기와 중력법칙에 대한 도전의 수위를 거듭 높이며 무한 상상의 세계 속으로 도주했다.

아침 일곱시 무렵 제드는 마지막 도화지철에 이르렀다. 알프광장 위로 머뭇거리며 해가 떠오르고 있었다. 날씨가 밤까지 흐리고 우중충할 기세였다. 아버지가 설계한 마지막 도면들은 어느 모로 보나 주거용 건물은 아니었다. 여하튼 사람이 살 수 없는 곳인 것만은 확실했다. 하늘까지 치솟은 아찔한 나선형 계단이 가느다랗고 반투명한 육교에 닿아 있고, 이 육교는 창처럼 끝이 뾰족하고 들쭉날쭉한 눈부시게 하얀 건물들을 잇고 있었다. 건물들의 형태가 어떤 면에서는 새털구름을 연상시켰다. 제드는 도화지철을 덮으며 서글픈 상념에 잠겼다. 기실 아버지는 제비들을 위한 집을 짓겠다는 열망을 결코 버린 적이 없었던 것이었다.

제드는 조부모가 살던 마을의 주민들이 그를 살갑게 맞아주리라는 환상 따윈 일절 품지 않았다. 이것은 그가 몇 년 전, 올가와 함께 프랑스 시골을 여행했을 때 확인한 바였다. 도르도뉴나 프로방스 내륙 지방 같은 관광특구를 제외한 농촌 지역의 주민들은 대체로 불친절하고 공격적이고 어리석다. 여행중에 이유 없이 봉변을 당하거나 좀더 흔하게는 불쾌감을 겪고 싶지 않다면, 여러모로 왕래가 많은 길들은 피하는 것이 좋다. 외부인을 향해 잠재되어 있기만 하던 적대감은 이 외부인이 지역에 주택을 구입하는 순간 단순하고 순전한 증오심으로 돌변한다. 외국인이 프랑스 농촌에서 받아들여질 수 있는가라는 질문에 대한 답은, 절대 아니다이다. 이것은 인종차별이나 외국인 혐오의 문제가 아니다. 농촌 사람들에게는 파리 사람이, 북쪽의 독일인이나 세네갈인과 다름

없는 존재다. 요컨대 그들은 이방인들을 좋아하지 않는다.

프란츠가 간략한 메시지로 이제 막 〈작가, 미셸 우엘벡〉이 인도의 휴대전화 회사 주인에게 팔렸음을 알렸다. 따라서 제드의 은행계좌에는 육백만 유로가 추가된 참이었다. 물론 이방인들의 부유함도 원주민들이 느끼는 증오심의 주요 동기 중 하나였다. 외부인들이 주택을 구입하며 지불하는 금액은 원주민들로서는 마련해볼 엄두도 못 낼 액수였다. 제드의 경우, 그가 예술가라는 사실이 상황을 악화시켰다. 크뢰즈 마을 농부의 눈에 제드의 부는 거의 사기로까지 보이는, 상당히 의심스런 방법으로 축적된 것이었다. 사실 제드는 크뢰즈의 집을 매입한 것이 아니라 상속받은 것이었다. 마을주민들 중 몇몇은 몇 차례의 여름방학을 할머니의 집에서 보냈던 제드를 기억했다. 그때도 그는 이미 비사교적이고 사근사근하지 않은 아이였다. 제드는 크뢰즈에 도착한 후로도 좋은 평판을 얻기 위한 노력은 전혀 하지 않았다. 오히려 그 반대였다.

조부모의 집 뒤쪽으로는 거의 1헥타르에 달하는 매우 넓은 정원이 딸려 있었다. 제드가 할머니와 둘이 살던 시절에는 정원 전체가 채소밭으로 경작되고 있었다. 그러다가 과부가 된 할머니의 기력이 차츰 쇠하며 할머니가 체념한 채 죽음을 기다리는 단계에서 조급하게 죽음을 기다리는 단계로 넘어가자, 경작 면적은 훌쩍 줄어들었고 나중에는 아예 방치되면서 채소밭은 무성한 잡초밭이 되었다. 정원 뒤쪽은 울타리도 없이 그랑몽 숲으로 곧장 이어졌다. 제드는 언젠가 한 번, 사냥꾼들에게 쫓기다가 정원으로 숨어든 암사슴 한 마리를 보았던 기억이 떠올랐다. 크뢰즈에 정착한 몇 주 후, 제드는 그의 집과 가까운 곳에 거의 숲으로만 이루어진 50헥타르의 땅이 매물로 나온 것을 알게 되었고 주저 없이 그 땅을 사들였다.

정신이 약간 나간 파리 사람이 흥정도 않고 땅을 샀다는 소문은 삽시간에 퍼졌고, 그렇게 그해 말이 되자 제드는 한데 붙은 700헥타르 땅의 소유주가 되어 있었다. 군데군데 계곡들과 지세가 험한 곳들도 두루 포함된 그의 사유지는 너도밤나무, 밤나무, 떡갈나무 등으로 뒤덮여 있다시피 했고, 한복판에는 지름이 50여 미터나 되는 연못도 있었다. 제드는 혹한이 지나가길 기다렸다가, 3미터 높이의 철망을 영지 전체에 두르고 철망 꼭대기에는 전압이 낮은 발전기로 전류가 흐르게 했다. 전류량은 치명적이지 않았지만, 사유지에 무단으로 침입하려는 누군가가 철망에서 손을 떼게 하기에는 충분했다. 사실 이것은 소떼가 초원을 벗어나지 못하게 하는 용도로 쓰이는 전기울타리와 같은 것이었고, 논란의 여지는 있지만 전적으로 합법이었다. 제드는 이 지역의 지형도에 변형을 가져오지 않을까 염려해 두 차례나 출동한 경찰들에게 이런 사실을 설명했다. 이어 방문한 구청장에게도 마찬가지였다. 구청장은 제드가 이 숲에서 대대로 암사슴이나 멧돼지들을 뒤쫓던 사냥꾼들의 통로를 전면 차단함으로써 그에 대한 상당한 반감이 일고 있음을 일깨웠다. 잠자코 구청장의 말을 들은 제드는 일면 유감스러운 일이라는 데 동의를 표하고 나서, 하지만 이 모든 공사가 엄연히 합법임을 재차 강조했다. 구청장의 방문을 받은 지 얼마 지나지 않아 제드는 토목시공업체에 의뢰해, 50번 지방도로에 바로 면한 사유지 경계의 원격조종 대문까지 사유지 전체를 관통하는 길을 냈다. 그렇게 하자 50번 지방도로에서 20번 고속도로 초입까지 불과 3킬로미터 거리가 되었다. 그는 보통 리모주에 있는 카르푸에서 장을 보았다. 여기라면 마을의 누구와도 마주치지 않을 것임이 확실했다. 대개 화요일 오전 개장시간에 맞춰 마트에 갔다. 그 시간이 가장 한산하다는 것을 파악했기 때문이었다. 더러는 한산하다못해 혼자서 장을 볼 때도 있었는데, 그 순간이 그에게는 행복의 근사치로 여겨졌다.

그는 또한 토목시공업체에 의뢰해 집 주위에 폭 10미터의 쇄석포장도로를 깔기도 했다. 하지만 집 자체에는 어떤 변경도 가하지 않았다.

이 모든 정비에 팔백만 유로가 조금 넘는 비용이 들었다. 제드는 계산해보고 나서, 수명을 매우 길게 잡더라도 죽는 날까지 먹고살 돈은 충분하다고 결론지었다. 그의 주요 지출은 재산세가 될 것이고, 소득세는 없을 터였다. 그에게는 수입이 전혀 없었고, 지금으로서는 상업용 예술작품을 다시 창작할 계획도 전혀 없었다.

흔히 말하듯, 세월이 흘렀다.

어느 날 아침, 제드는 우연히 라디오에서—라디오를 듣지 않은 지 적어도 삼 년은 되었다—프레데리크 베그베데의 부고를 들었다. 향년 일흔한 살이었다. 그는 바스크 해안의 자택에서, 라디오 방송에 따르면 "가족들의 사랑에 둘러싸인 가운데" 숨을 거두었다. 제드는 방송 내용을 선선히 수긍했다. 아닌 게 아니라 그가 기억하기로 베그베데에게는 애정을 불러일으키는 무언가가 있었고, 이미 '가족'이 있었다. 우엘벡에게도 없었고, 그에게는 더더군다나 없는 무엇. 삶과 친근하다는 일종의 증거와도 같은 그 무엇.

제드는 비교라는 간접적 방식에 의해 그 자신도 예순 살이 되었음을 깨달았다. 놀라웠다. 자신이 이렇게까지 나이가 들었음을 자각하지 못하고 있었다. 우리는 타인과의 관계를 통해, 타인을 통해 자신의 노화를 인식한다. 혼자서는 늘 영원이라는 틀 안에서 자신을 바라보려는 경향이 있다. 물론 머리칼은 허옇게 세었고 얼굴은 주름으로 패었지만, 이 모든 것은 그가 젊은 시절 자신의 모습과 직접적으로 맞닥뜨리는 일 한 번 없이 부지불식간에 이루어졌다. 제드는 문득 이 어처구니없는 아이러니에 충격을 받았다. 이제껏 예술가로 살며 수천 장의 사진을 찍어온 그에게 정작 자신의 사진은 단 한 장도 없다니. 그는 자화상도 고려해본 적이 없었다. 무엇이 되었건, 한순간도 자신을 예술의 주제로 여긴 적은 결코 없었다.

그의 사유지에 있는, 마을 쪽으로 난 남문이 작동하지 않은 지도 십 년이 넘었다. 그럼에도 문은 쉽사리 열렸다. 제드는 아버지의 옛 동료에게서 추천받은 리옹의 토목시공업체에 공사를 의뢰한 것에 다시 한 번 흡족해했다.

샤틀뤼르마르르셰익스에 대해선 어렴풋한 기억밖에 없었다. 그저 프랑스 구석의 평범하고 낙후한 작은 시골마을이었다는 기억뿐. 하지만 제드는 마을에 발을 들여놓자마자 경이로움에 휩싸였다. 우선 마을은 몰라볼 정도로 성장했다. 집이 두 배, 아니 세 배는 늘어난 것 같았다. 그리고 그 집들은 꽃들에 둘러싸여 있었고, 매력적이었고, 리무쟁 지방의 전통 가옥양식을 강박적으로 존중해서 지어졌다. 중심가 여기저기에는 지역특산물이나 수공예품을 파는 상점들이 영업중이었다. 100여 미터를 걷는 동안 저렴한 가격으로 인터넷 서비스를 제공하는 카페가 세 개나 눈에 띄었다. 크뢰즈에 있는 작은 시골마을이 아니라, 유명 관광지인 태국의 피피섬이나 코트다쥐르 지방의 생폴드방스에라도 와 있는 기분이었다.

제드는 다소 얼떨떨해져 중앙 광장에서 걸음을 멈추었고, 성당 맞은편에 있던 카페를 알아보았다. 사실 카페라기보다는 카페 자리를 알아본 것이었다. 카페 내부는 아르누보 스타일의 기름한 전등, 짙은 색 목재 상판에 강철 다리와 가로대로 이루어진 테이블, 가죽쿠션을 댄 의자 등으로 꾸며져 있었다. 벨 에포크에 파리에서 유행했던 카페 분위기를 재현하려는 의도가 명백히 드러나는 인테리어였다. 그럼에도 각 테이블에는 21인치 모니터와 함께 노트북용 인터넷 시스템, 유럽과 미국 방식의 콘센트, '크로즈 위성통신망'에 접속하는 절차가 기재된 안내 팸플릿이 갖춰져 있었다. 제드는 안내문을 읽으며, 시의회위원회에서 이 지역의 인터넷 연결 속도를 개선하고자 지구 정지궤도 위성을 쏘아올리는 데 출자했다는 사실을 알게 되었다. 그는 므느투 살롱 로제와인을 한 잔 주문해 이 모든 변화를 곱씹어 생각하며 마셨다. 오전이라 카페 안은 한산했다. 한 중국인 가족이, 제드가 메뉴판에서 본 바로는 1인당 이십삼 유로인 '리무쟁 브랙퍼스트'를 먹고 있었다. 좀더 가까운 자리에서는 턱수염을 기르고 머리를 하나로 묶은 건장한 사내가 건성으로 메일을 확인하는 중이었다. 그는 제드를 흘금거리며 미간을 찡그리더니 말을 걸 듯 말 듯 머뭇대다가 다시 컴퓨터에 빠져들었다. 제드는 와인을 마저 비우고 카페를 나와 아우디 SUV 전기승용차의 핸들을 잡은 채 잠시 생각에 잠겼다. 그는 지난 이십 년 동안 자동차를 세 번 바꿨지만, 그에게 차의 첫 즐거움을 느끼게 해준 브랜드를 충실히 애용하고 있었다.

이어지는 몇 주간, 제드는 리무쟁 지방을 거의 벗어나지 않는 범위에서—도르도뉴에 잠시, 그보다 더 잠시 로데즈산에 다녀온 것을 제외하면—이론의 여지 없이 조국인 이 나라 프랑스를 단계별로 천천히 탐사했다. 그동안 프랑스는 확실히, 많이 변해 있었다. 그는 숱하게 인터넷에 접속해 호텔리어들과 식당 지배인들과 여타 다른 서비스 업체들(페리귀외 지역의 자동차 정비공, 리모주 지역의 에스코트 걸)과 접촉했고, 그때마다 그가 샤틀뤼르마르셰익스 마을을 지나다니며 처음 받았던 강렬하고 충격적인 인상을 확인하는 기분이었다. 그랬다, 이 나라는 변했다. 그것도 근본에서부터. 촌락의 전통적인 주민들은 거의 완전히 자취를 감췄다. 그리고 도시 지역에서 하향한, 사업에 대한 의욕이나 더러 시장성이 높은 온건한 생태주의적 신념에 넘치는 새로운 주민들이 그 자리를 대신했다. 그들은 '힌터란트'*에 정착했고, 이전의 여타 헛된 시도들과는 달리 시장 법칙을 정확히 파악하고 명석하게 수용하는 데 바탕을 둔 이번 시도들은 완벽한 성공을 거두었다.

제드가 첫번째로 품은 의문은 예술가의 전형적인 자기중심주의가 드러나는 것으로, 자신의 '소박한 직업 시리즈'가 창작된 지 거의 이십년이 지난 지금도 시간의 시험을 견디고 통찰력을 담보하고 있느냐 하는 것이었다. 전적으로 그런 것 같지는 않았다. 〈원격관리시스템 보조관리사, 마야 뒤부아〉는 존재가치를 잃었다. 원격관리시스템 보조관리 일은 이제 100퍼센트 외부에—특히 인도네시아와 브라질에—발주하

* 본래는 항구의 내륙지방을 가리키는 말로, 그 도시나 항구의 경제적, 사회적 파장이 미치는 주변 상권, 세력권을 일컫는다.

고 있었다. 반면 〈에스코트 걸, 에메〉는 여전히 유효했다. 심지어 매춘은 경제적 측면에서 그야말로 호황을 누리고 있었는데, 특히 남아메리카와 러시아에 퍼져 있는 '파리지엔'에 대한 환상이 건재하고 서아프리카 이민자들이 줄기차게 활동하고 있는 까닭이었다. 프랑스는 1900년대나 1910년대 이후 처음으로 다시 섹스관광 특구가 되었다. 새로운 직업군도 출현했다. 아니, 그보다는 철 세공업이나 유기鍮器 제조업 같은 옛 직업들이 새롭게 각광받는다고 하는 편이 옳았다. 채소 습지재배업도 다시 빛을 보았다. 제드가 사는 곳에서 5킬로미터 남짓 떨어진 자브레유레보르드 지역에서는 제철공이 다시 자리잡았다. 크뢰즈는 잘 정비된 오솔길들과 수풀, 공터 등으로 근사한 승마 산책로를 제공했다.

프랑스는 경제적 측면에서 전반적으로 건재했다. 특히 농업국 겸 관광국이 됨으로써, 지난 이십 년 이래 전 세계적으로 갖가지 경제난이 거의 쉴새없이 이어지는 동안에도 괄목할 만한 강건함을 과시했다. 이 위기들은 점점 광포해졌고, 예측을 불허하는 익살극이 되어갔다. 인도네시아와 러시아와 브라질의 수억 명의 인구를 풍요 속에 몰아넣었다가 돌연 기근에 빠뜨리며 경제난을 마음껏 즐기는 심술궂은 신의 관점에서 보자면, 최소한 익살극이었다. 프랑스는 소위 '삶의 기교'라고 일컬어지는 종목인 매력적인 호텔이나 향수, 리에트 등을 파는 것만으로 이 모든 경제 풍파에 끄떡없이 버틸 수 있었다. 다만 시기에 따라 고객들의 국적이 바뀔 따름이었다.

샤틀뤼르마르셰익스에 돌아온 후로 제드는 매일 늦은 오전시간에 마을을 산책하는 버릇을 들였다. 그는 대개 중앙 광장에 있는 카페—

기이하게도 '바 데 스포르(스포츠 주점)'라는 옛날 이름을 간직한—에서 아페리티프를 마신 뒤, 집으로 돌아가 점심을 들었다. 그가 새로운 주민 대부분이 그를 알거나 적어도 이름은 알았고, 그에게 특별한 적의를 품고 있지 않다는 사실을 아는 데는 오랜 시간이 걸리지 않았다. 실제로 농촌에 새로 자리잡은 주민들은 이전에 살던 사람들과 닮은 구석이 전혀 없었다. 그들이 광주리 제조나 시골 산장 리노베이션이나 치즈 제조에 뛰어든 것은 달리 어쩔 수 없는 운명 때문이 아니라 이성적으로 숙고한 경제적 선택이요, 사업 계획이기 때문이었다. 교육 수준이 높고 관용적이고 상냥한 그들은 이 지역에 흘러들어온 외국인들과도 특별한 어려움 없이 어울려 살 수 있었다. 심지어 외국인들에게 지대한 관심을 보이기도 했는데, 이 외국인들이야말로 그들의 핵심 고객층이 되어주기 때문이었다. 아닌 게 아니라 북유럽 출신의 옛 주인들이 더이상 관리할 수단이 없었던 이 지역 대부분의 집들은 외국인들이 다시 사들인 것들이었다. 중국인 공동체는 확실히 다소 폐쇄적이긴 했지만, 사실을 말하자면 최근의 영국인들보다 더하지는 않았다. 적어도 그들은 자신들의 언어를 강요하지 않았고, 현지 풍습에 대해 거의 숭배에 가까운 과도한 존중심을 드러냈다. 새로 정착한 사람들은 처음엔 현지 풍습을 잘 몰라서 재현하고 흉내내는 차원에서 시작해 차츰 자기 것으로 만들어갔다. 이렇게 해서 과거 속에 묻혀 있던 지역의 요리법이나 춤, 심지어 의상까지도 확실히 귀환하게 되었다. 그중 러시아인들이 가장 우호적인 고객층을 형성했다고 할 수 있었다. 그들은 아페리티프나 사륜구동차의 렌트 가격을 절대 흥정하는 법 없이 부르는 대로 받아들였고, 대대로 이어져온 정치체제들을 관통한 포틀래치* 경제에 충실한, 후하고 인심 좋은 소비행태를 보였다.

이 새로운 주민들은 윗세대들이 설정한 사회계급과 재산을 존중하는 보수주의적 면모를 보였다. 더욱 놀라웠던 것은 이민 인구를 제외한 프랑스의 출생률이 다시 증가했다는 것이었다. 이민율은 공업 분야에서의 일자리 소멸과 2020년대 초에 강력조치로 감행된 사회보장 감소로 거의 제로로 떨어진 실정이었다. 이제 다른 신생 산업국으로 발길을 돌린 아프리카 이민자들은 험난한 여정에 노출된 처지가 되었다. 그들의 선박은 인도양이나 중국해를 건너며 수시로 해적들의 공격을 당했고, 그럴 때면 마지막 남은 재산을 말 그대로 바다에 내던지지 않으면 모조리 털리는 수난을 겪어야 했다.

어느 날 아침 제드가 샤블리 화이트와인을 홀짝거리고 있는데, 그가 이 마을에 들어선 지 얼마 안 됐을 때 눈에 띄었던, 턱수염을 기르고 머리를 하나로 묶은 사내가 다가왔다. 그는 제드의 직업을 정확히 모른 채 막연히 예술가이리라 짐작했고, 그 자신도 그림을 "조금" 그린다고 고백하며 자기 작품들을 보여주고 싶다고 제안했다.

파리 근교 쿠르브부아에 있는 자동차 정비소의 기술자였던 그는 사륜 오토바이 대여사업을 해보고자 이곳에 정착했다. 제드는 스테팡 피숑 대로의 크로아티아인 기술자와 그의 수상 스쿠터 대여점을 언뜻 떠올렸다. 자동차 정비공은 개인적으로 할리데이비드슨 모델에 무한한

* 북미 인디언들이 체면을 유지하고 지위를 과시하기 위해 여는 방대한 축연이나 선물 분배 행사를 일컫는 말로 후한 대접이나 진수성찬을 의미하며, 현대 기업에게는 사회환원의 의미로 쓰인다.

열정을 품고 있었고, 제드는 그의 차고에 떡하니 자리를 차지한 이 오토바이에 대한 상세한 설명을 십오 분 정도에 걸쳐 들어야 했다. 사내는 이 오토바이의 외형을 자기 취향대로 한 해 한 해 바꿔왔다. 그의 말에 따르면 사륜 오토바이는 "쌈박한 산책"을 하게 해주는 "멋진 기계"였다. 관리 측면에서도 말馬보다 덜 번거로웠다. 게다가 사업으로도 성황이었다. 그로서는 아무런 불만이 없었다.

그의 그림들은 명백하게 '영웅 판타지'의 영향을 받은 것들로, 턱수염을 기르고 머리를 하나로 묶은 전사가 인상적인 기계 군마를 타고 있는 모습을 그린 것이 대부분이었다. 그만의 할리데이비드슨을 '스페이스오페라' 식으로 재해석한 것임이 확연했다. 그림 속의 그는 더러는 끈적거리는 좀비 무리와 싸우거나, 더러는 무장한 로봇군단과 전투를 벌이고 있었다. 다른 그림들은 '전사의 휴식'을 표현한 것으로, 대개 둘씩 짝지어 다니는 탐욕스럽고 커다란 입술을 한 창녀 이미지에 기반을 둔 전형적인 남성 에로틱 판타지를 드러냈다. 요컨대 이 그림들은 자전적 소설이요, 상상의 자화상이었다. 한편 기술적 측면에서 그림들을 보자면, 불행히도 영웅 판타지가 전통적으로 획득했던 치밀함과 극사실주의에 도저히 못 미치는 미숙한 수준이었다. 종합하자면, 제드로서는 드물게 보는 추한 그림이었다. 제드가 적당히 둘러댈 코멘트를 궁리하는 한 시간 남짓 동안, 그는 지치지도 않고 보관함에서 그림들을 계속 꺼내 보여주었다. 제드는 결국 "시각적 에너지가 대단한" 작품이라고 얼버무리며, 자신이 지금은 예술계의 누구와도 연락이 닿지 않는다고 황급히 덧붙였다. 그리고 이 말은 가감 없는 진실이었다.

제드 마르탱이 사망하기 몇 개월 전에 〈아트 프레스〉의 젊은 여자 기자와의 인터뷰를 수락하지 않았다면, 그가 생애 후반기의 삼십여 년 동안 몰두했던 작품활동은 세상에 알려지지 못한 채 철저히 묻혀버렸을 터였다. 인터뷰 기사가 잡지에서 장장 마흔 장 이상의 분량을 차지함에도, 제드 마르탱은 오늘날 필라델피아 현대미술관이 소장한 이 기묘한 비디오그램*의 창작과정에 대해 오로지 기술적 절차만을 언급했을 뿐이다. 이 비디오그램은 그의 이전 작품들과, 나아가 이제껏 알려진 그 어떤 작품과도 전혀 다르고, 삼십여 년이 흐른 후에도 여전히 관람객들에게 불편함이 섞인 감탄을 자아낸다.

* 비디오테이프나 비디오디스크에 녹화되어 있는 영상 내용 또는 영상 장비.

생애 후반기를 온전히 쏟아부은 이 작품의 의미에 대해 제드 마르탱은 일체의 코멘트를 거부한다. "난 세상을 이해하고 싶었소…… 단지 세상을 이해하고 싶었을 뿐이란 말이오." 그는 노인네와의 대결에 마비되어 그의 수다를 도무지 막을 길 없이 속수무책인 기자에게 한 페이지가 넘도록 이 말만 되뇌었다. 따라서 어쩌면 격식 없고 늙은이 넋두리 같은 그의 수다가 이렇게 주로 조리개와 초점의 중요성 및 소프트웨어 간의 호환성 같은 기술적 문제에 집중되어 있는 게 나은지도 몰랐다. 독점 인터뷰를 놓친 〈르몽드〉가 질투심에 불타 냉담하게 평가한 바에 따르면, 이 기사는 젊은 기자가 '인터뷰 대상 뒤로 모습을 감춘' 훌륭한 인터뷰였다. 몇 달 후 기자는 공로를 인정받아 〈아트 프레스〉의 편집장으로 승진했다. 그녀가 승진 소식을 들은 날은, 바로 제드 마르탱의 사망 소식이 보도된 날이기도 했다.

비록 수 페이지에 걸쳐 설명을 늘어놓긴 했지만, 제드 마르탱이 촬영에 사용한 도구들은 그리 특출한 것들이 아니었다. 맨프로토 삼각대, 파나소닉 준전문가용 캠코더—그는 완전한 암흑 속에서도 촬영이 가능한 센서의 탁월한 광도 때문에 이 비디오카메라를 선택했다—그리고 캠코더의 USB포트에 연결되는 2TB의 하드디스크가 고작이었다. 제드 마르탱은 십 년 이상, 장을 보러 가는 화요일을 제외한 매일 아침 이 기기를 아우디 트렁크에 싣고 직접 자신의 사유지에 닦은 사설도로를 달렸다. 이 길을 벗어나 다른 길로 나아가는 모험을 해보는 것은 거의 불가능했다. 잡초들과 여기저기 흩어진 껑충한 가시덤불이 어느새 초목이 우거진 무성한 숲을 이루었다. 숲 사이로 난 크고 작은 길들은 흔적도 없이 사라진 지 이미 오래였다. 가까스로 통행이 가능한 유일한 곳은, 흡수성 토질에서 가까스로 돋아난 키 작은 풀들이 듬성듬성한 연못 주변뿐이었다.

제드는 다양한 구경의 렌즈를 가지고 있었지만, 거의 매번 풀프레임(24×36)에 밝기 F9, 최대 초점거리 1200밀리미터의 놀라운 성능을 가진 슈나이더 아포 지나 렌즈만을 사용했다. 그는 촬영 주제를 선택하는 데 "미리 설정해놓은 전략은 없다"고, "단지 순간의 충동에 따르는 것뿐"이라고 기자에게 수차례 단언했다. 여하튼 그는 매번 초점거리를 매우 길게 한 채로 때로는 바람에 하늘거리는 너도밤나무 가지를, 때로는 풀숲을, 쐐기 덤불 꼭대기를, 혹은 두 물웅덩이 사이의 푹신하게 젖은 땅 표면을 카메라에 담았다. 일단 구도를 잡고 나면, 자동차의 시가잭에 캠코더를 연결해 전원이 공급되도록 하고는 작동버튼을 눌러 몇 시간이고 카메라가 돌아가게 내버려두고 걸어서 집으로 돌아갔다. 때로는 하루종일 또는 밤새도록 카메라를 그대로 둘 때도 있었다. 거의 일주일 내내 연속으로 촬영할 수도 있는 하드디스크 용량이었다.

'순간의 충동'에 호소해 창작을 한다니, 종합 정보지에 실릴 대답으로서는 당연히 실망스러운 것이었으므로, 젊은 기자는 이번에는 좀더 많은 것을 캐내고자 했다. 그녀는 어쨌든 일단 촬영한 것이 다음날의 촬영에 영향을 미치지 않겠느냐고, 그런 식으로 점차 하나의 프로젝트가 잡히며 구성되는 것이 아니겠냐고 유도신문을 시도했다. 전혀 그렇지 않다고, 제드 마르탱은 완고히 응답했다. 그는 매일 아침 자동차 시동을 거는 순간까지도 무엇을 찍을지 몰랐다. 그에게는 매일이 새로운 날이었다. 이와 같은 철저히 불확실한 시기가 십 년 가까이 계속되었다고 그는 강조했다.

촬영이 끝나면 제드 마르탱은 일단 얻어낸 영상들을 가지고 본질적으로 편집에 속한다고 할 수 있는 작업을 했다. 편집이라고는 했지만, 때로는 세 시간 남짓의 영상물에서 몇 가지 포토그램*만을 살려내는 매우 특수한 편집이었다. 하지만 그는 바로 이 작업을 통해 평온한 동시에 비정한, 육식동물의 유연함을 보이는 식물의 운동 유형을 얻어낼 수 있었고, 이것은 이론의 여지없이 서구 예술에서 세상에 대한 식물의 관점을 표현하려 했던 가장 성공적인 시도임이 분명했다.

제드 마르탱은 오로지 식물 촬영에만 십여 년을 바친 후에 공산품 촬영으로 되돌아가게 된 이유를 "잊었다"고 주장했다. 그는 우선 휴대전화부터 시작해 컴퓨터 키보드, 탁상 스탠드 등 초기에는 매우 다종다양한 사물들을 찍다가, 점차 전자제품에만 집중하게 되었다. 그가 촬영한 것 중 가장 놀라운 이미지들은 미래주의적인 기괴한 성채를 연상시키는, 폐기 컴퓨터의 머더보드들을 실물 크기에 대한 별도의 표시 없이 찍은 장면들이리라. 촬영은 그의 집 지하실에서, 화면상으로는 사라질 중간 톤의 회색을 배경으로 이루어졌다. 그리고 머더보드들이 해체되는 것을 가속화하기 위해, 황산을 병째 구입해 희석해서 분사했다. 제드 마르탱은 기자에게 이 황산 희석액이 보통은 제초용으로 쓰인다고 일러주었다. 그는 이 프로젝트에서도 기나긴 영상 중 몇 가

* 이미지를 이루는 하나의 단위 프레임을 구성하는 요소.

지 포토그램만을 띄엄띄엄 걸러내는 편집작업을 했다. 이렇게 해서 얻어낸 결과물은 단순한 저속 촬영과는 또 달랐다. 머더보드들의 해체과정이 연속적으로 펼쳐지는 대신, 갑작스런 변화를 드러내는 매 단계가 불연속적으로 나열되는 식이었다.

십오 년 남짓을 이렇게 촬영과 편집에 몰두한 끝에, 평균 러닝타임이 삼 분가량인 꽤 기묘한 샘플 영상이 삼천여 점 쌓였다. 하지만 그의 작업이 큰 발전을 보인 것은 그가 이중인화 소프트웨어를 찾아나섰을 때였다. 이중인화는 특히 초창기 무성영화 시대에 사용되었던 기법으로, 오늘날 영화산업 현장에서는 완전히 자취를 감추었다. 이런 사정은 아마추어 비디오작가들이나 예술영역에서 활동하는 사람들에게도 마찬가지였다. 이중인화는 이 기법이 공공연하게 표방하는 비현실적 요소 때문에 낡아빠지고 시대에 뒤떨어진 특수효과로 간주되었다. 제드 마르탱은 며칠을 검색한 끝에, 간단한 이중인화 '프리웨어'를 발견했다. 그는 일리노이에 사는 개발자에게 연락해, 그만을 위한 상위 버전의 이중인화 소프트웨어를 만들어달라고 주문했다. 그들은 계약조건에 대한 합의를 보았고, 그로부터 몇 달 후 제드 마르탱은 시중에서는 구할 수 없는, 그의 개인적 용도에 맞춘 제법 훌륭한 도구를 손에 넣었다. 포토샵과 유사한 원칙을 기반으로 제작된 이 소프트웨어로 광도와 채도와 콘트라스트를 조절하면서 각각의 비디오를 아흔여섯 개까지 포개는 것이 가능해졌다. 또한 이 작업과 함께 각 비디오들을 점차 근경에 배치하는 것도, 아예 뒤쪽에 파묻혀 사라지게 하는 것도 가능했다. 그는 이 소프트웨어 덕분에 공산품들이 켜켜이 층을 이룬 식물들 속으로 점차 잠겨들어가며 그 속에 빠져버린 듯 보이는, 길고 몽환적인 컷들을 얻을 수 있었다. 때때로 공산품들은 식물들의 늪에서 표면 위로 떠오르고자 발버둥치다가, 이윽고 수풀과 나뭇잎들의 파도에 삼켜져 식물의 마그마 한복판에 다시 잠기는 듯한 인상을 주었다. 그와 동시에 공산품들의 표면도 분해되며 마이크로프로세서나 배터리, 메모리카드들을 드러내는 것처럼 보였다.

건강이 악화된 제드는 유제품이나 당분만 겨우 삼킬 수 있을 뿐이었다. 그는 아버지처럼 소화관 암에 걸린 것이 아닐까 의심하기 시작했다. 리모주 병원의 검사 결과, 그의 짐작이 들어맞았다. 그러나 그는 방사선치료나 여타 비기운 치료법들을 거부하고, 야간에 특히 심해지는 통증을 완화시켜주는 진통제와 다량의 수면제에만 의존했다. 그리고 여러 동물보호협회에 재산을 기부한다는 내용의 유서를 작성했다.

이즈음 그는 주느비에브부터 프란츠와 미셸 우엘벡, 아버지를 거쳐 올가까지, 그가 알고 지냈고 사진을 가지고 있는 모든 이의 사진들을 영상으로 담기 시작했다. 그는 사진들을 금속 틀에 팽팽하게 씌운 중간 톤의 회색 방수 천에 고정시켜 집 앞에 두어 서서히 자연의 풍상을 겪게 내버려둔 채 촬영을 진행했다. 사진들은 번갈아 쏟아붓는 빗줄기와 햇살을 감내하며, 군데군데 휘고 썩어가다가 이윽고 너덜너덜해지더니 몇 주 후에는 완전히 망가졌다. 이보다 더 기괴했던 것은 그가 인간을 도식적으로 재현한 장난감 인형들을 구입해 사진들과 똑같은 과정을 적용했다는 것이었다. 다만 인형들의 경우는 내구성이 좋아서, 해체를 가속화하기 위해 다시 한번 황산액을 사용해야 했다. 그는 이제 유동식 외에는 어떤 음식물도 받아들일 수 없었고, 매일 저녁 간호사가 방문해 모르핀을 주사해야 했다. 하지만 아침이면 상태가 호전되어, 마지막 숨을 거두는 날까지 적어도 하루에 두세 시간씩은 작업할 수 있었다.

이렇게 해서 제드 마르탱은 존재의 휴식에 들어갔다. 그가 결코 온전히 애착을 느껴본 적이 없는 존재였다. 생의 마지막 나날 그가 떠올린 장면들은, 연애에 관한 한 특별할 것 없는 인생이었음에도 불구하고 기이하게도 주로 여자들의 이미지였다. 상냥한 주느비에브와 불운한 올가가 꿈속에서 그를 따라다녔다. 포르그리모의 발코니에서 르자비브래지어를 풀어 젖가슴을 드러내 그를 욕망에 눈뜨게 해주었던 마르트 타이페르와의 추억도 떠올랐다. 그녀는 열다섯 살, 그는 열세 살이었다. 바로 그날 저녁, 그는 공사현장 감독을 위해 그의 부친에게 지급된 사택 아파트의 화장실에서 자위를 했고, 그때 알게 된 엄청난 쾌감에 자못 놀랐다. 그의 머릿속에 또다른 부드러운 젖가슴과 날렵한 혀와 좁은 질의 추억들이 떠올랐다. 오, 그러고 보니 그의 삶도 제법 괜찮았다.

삼십여 년 전, 제드는 그의 작품에 대한 대규모 회고전이 열렸던 독일의 루르 지방을 여행한 적이 있었다(이것은 〈아트 프레스〉와의 인터뷰 중, 기술적 측면에 국한되었던 주제를 넘어서는 그의 유일한 발언이었다). 뒤스부르크에서 보훔과 겔젠키르헨을 거쳐 도르트문트까지 지난 시절 제철 공장이었던 건물들은 전시장이나 공연장, 음악홀로 변해 있었고, 동시에 지방관청들은 20세기 초 노동자들의 생활양식을 복원함으로써 산업관광이라는 것을 일으키려 하고 있었다. 실제로 이 지방 전역에서 흔히 볼 수 있는 제철소와 폐토 더미와 더이상 운행되지 않는 화물열차들이 서 있는 폐쇄된 철길과 때로는 줄느런히 늘어서서 공동 시민농원에 운치를 더해주기도 하는 똑같은 외관의 말쑥한 정자들 때문에, 이곳은 유럽의 초기 산업시대를 고스란히 보존하고 있는 장소처럼 보였다. 당시 제드는 공장들이 가동을 멈춘 지 한 세기가 채 지나지 않았는데도 그 주변을 위협적이리만치 울창하게 에워싼 숲에 강렬한 인상을 받았다. 새로운 문화적 소임을 부여받은 공장들만이 복구되었고, 나머지는 차츰차츰 무너져갔다. 한때는 독일 생산력의 정수가 응집돼 있었던 이 거대산업 지역은 이제 녹슬고 반쯤 붕괴되었으며, 울창한 식물들이 옛 공장들을 점령하고 폐허 속을 파고들어 점차 뚫고 들어갈 틈이 없는 정글을 이루었다.

제드 마르탱이 생애 후반부에 몰두했던 작품들은 유럽 산업시대의 종말, 보다 폭넓게는 인류가 이룩한 산업 전체의 일시적이고 덧없는 특성에 대한 향수어린 명상으로 비칠 수 있다. 이것이 가장 근접한 해석이리라. 하지만 이런 해석만으로는 광활하고 추상적인 미래도시 한복판에서 길을 잃은, 이 비장한 소형 플레이모빌 피규어들을 볼 때 엄습하는 불편함을 충분히 설명하지 못한다. 이 미래도시 또한 스스로 분열되고 붕괴되어, 무한히 뻗은 식물성의 광막한 공간 속으로 산산이 흩어지는 듯 보인다. 이런 당혹감은 제드 마르탱이 이 땅에서 사는 동안 함께했던 인간들을 소재로 한 작품, 즉 혹독한 기후의 영향을 받아 분해되고 박리되고 산산이 찢겨나간 사진들을 촬영한 영상을 마주할 때도 계속된다. 아마 이것이 인류의 전멸을 상징하는 것처럼 보이기 때문이리라. 화면 속에서 그 사진들은 켜켜이 쌓인 식물의 사진들 속으로 빨려드는 듯하더니, 얼마간 발버둥치다가 이내 완전히 묻혀버리고 만다. 이윽고 정적이 흐른다. 오직 바람에 풀들만이 하늘거릴 뿐. 식물의 압승이다.

감사의 말

나는 자료 수집을 적게 하는 편이고 더구나 미국 작가와 비교하면 자료 수집을 매우 적게 한다고 할 수 있으므로, 대개 감사를 전할 사람이 없다. 하지만 이번 경우에는 경찰이라는 직업에 대해 강한 인상을 받았고 궁금증이 일어서 좀더 조사해볼 필요를 느꼈다.

그런고로 이번에는 자료 조사에 필요한 과정들을 이행해준 편집자 테레자 크레미지와 아울러, 앙리 모로 사무국장과 피에르 디에푸아 경감님께 기쁜 마음으로 감사를 전한다. 이분들은 오르페브르 강변로 파리 경찰청 수사국으로 나를 친절히 맞아주었고, 자신들의 고된 업무에 대한 유용하고도 상세한 자료들을 제공해주었다.

물론 나는 이 자료들을 자유로이 변형해도 된다고 생각했고, 소설 속에 개진된 견해들은 전적으로 등장인물들의 것이다. 그러니, 이 모든 것들은 소설의 범주에서 이해되어야 된다.

또한 내가 영감의 원천으로 더러 차용한 프랑스 위키피디아(http://fr.wikipedia.org)에도 감사를 전한다. 특히 집파리와 보베시, 그리고 프레데리크 니우와 관련된 부분에서 프랑스 위키피디아의 도움을 받았다.

히죽거리는 체념으로 차분해지는 절망감

현존하는 프랑스 작가 중에서 전 세계적으로 가장 많이 읽히는 작가 미셸 우엘벡을 그의 미국 출판사인 랜덤하우스는 '알베르 카뮈 이후 가장 중요한 프랑스 작가'로 평가하지만, 프랑스에서 그는 문학과 함께 문학 외적으로도 논란을 불러일으키는 논쟁적인 작가이자 '문학계의 지네딘 지단'으로 불리는 스타이다.

왜 논쟁적인가. 자유주의와 자본주의에 잠식당한 현대 서구사회의 몰락을 해부하는 노골적이고 거침없는 언어, 주로 백인 이성애자 남성의 사랑관계에 대한 절망을 묘사하면서 어김없이 수반하는 여성 혐오와 여성 신체의 대상화, 정당성에 이론의 여지가 있는 인종차별적인 기준의 적용과 정치적 올바름을 위반하는 발언들 때문이다. 하지만 본능과 이상의 충돌에 몸살을 앓는 동물인 우리 인간과, 우리 시대를 병들게 하는 자본주의를 그보다 더 잘 포착한 동시대 작가를 찾기는 어려울 것이다. 그는 우리가 사는 세상을 정확하게 인식하고 낱낱이 파헤치며, 우리가 깨닫지 못하던 것을 보는 명징한 눈을 가졌다. 우리 시대의 지도를 그리고 거기에 현미경을 들이댄다. 출간 때마다 격렬한 비난과 열광적 찬사를 동시에 불러일으키는 그의 작품은 철저히 현시대의 거울이며, 두렵도록 '현재진행형'이다.

우엘벡의 작품활동의 시작은 시(『행복의 추구』, 1991)였고 크게 주목받지 못했으나 이때부터 이미 그의 주요 주제가 드러난다. 바로 가장 내밀하고 개인적인 삶까지 침투한 자본주의에 대한 비판과 존재의 고독, 그리고 절대적인 사랑이다.

이후에 우엘벡은 이혼과 실업을 겪으며 우울증에 시달렸고 프랑스 국회 사무처에서 계약직으로 근무했던 경험을 바탕으로 첫 소설 『투쟁 영역의 확장』(1994)을 발표한다. 현대인이 겪는 연애사의 고난을 이야기하면서, 경제뿐만 아니라 사회 전반으로 확대된 자유주의가 성적으로도 인간을 경쟁시키는 시스템을 비판한다. 그는 분노를 감추지 않고, 증오를 삼키지도 않는다.

두번째 소설 『소립자』(1998)는 두 이부형제의 사랑과 성에 대한 절망을 중심으로 서구의 몰락을 면밀하게 파헤친다. 이 작품은 격심한 사상적 논쟁을 불러일으키며 우엘벡에게 세계적인 명성을 안겨주었다.

'글을 쓰지 않을 만큼 삶이 충분히 재미있지 않은' 우엘벡은 이 허무주의를 바탕으로 꾸준히 소설을 집필하고, 이는 『플랫폼』(2001), 『어느 섬의 가능성』(2005), 『지도와 영토』(2010), 『복종』(2015), 『세로토닌』(2019), 『끝장내다』(2022)로 이어진다.

특히 이슬람 정권이 집권한 프랑스의 근미래를 가정한 『복종』, 그리고 사랑의 상실로 인한 지독한 권태와 무력감에 빠진 '자발적 실종자'의 이야기를 담은 『세로토닌』은 각각 주간지 〈샤를리 앱도〉 테러사건과 '노란조끼 운동'과 맞물리며, 시대에 대한 날카로운 통찰에서 비롯된 우엘벡의 탁월한 예지력을 확인해주었다. 그는 최근작인 『끝장내다』로 『복종』에서 드러낸 프랑스의 정치적 전망을 확대해나간다.

『지도와 영토』는 현시대를 살아가는 한 예술가를 통해 자본주의에 대한 비판, 사랑, 성공, 죽음, 고독과 허무주의에 대한 풍부한 사유를 이끌어내어, 마침내 우엘벡에게 공쿠르상을 안겨주었다. 이번에는 많은 사람들이 예상한 대로였다. 1998년 당시 모두가 『소립자』의 수상을 점쳤으나 예상을 뒤엎고 고배를 마셨으며, 그후로 번번이 아슬아슬하게 수상 기회를 놓친 터였다. 이미 전 세계적으로 가장 널리 알려지고 많이 팔리는 프랑스 작가이자, 신작이 출간될 때마다 화제의 중심이 되는 그에게, 더구나 세간의 시선에 신경쓰지 않고 미움을 받는 데 이골이 난 그에게 공쿠르는 어떤 의미일까. 우선 그는 "일단 공쿠르를 받았으니 이제부터는 수상 여부를 묻는 질문에 시달리지 않아도 될 것이다. 물론 그간에도 자유롭지 않았던 것은 아니지만, 압박감을 덜고 나니 한결 자유롭다"고 답했다. 『지도와 영토』에 비중 있는 조연으로 등장하기도 하는 작가 베그베데는 시상식이 있던 날, 짤막한 인사를 하고 연단을 내려온 우엘벡과 '얼싸안고 함께 살짝 훌쩍였다'고 전한다. 우엘벡은 이렇게 수상 소감을 밝혔다.

"기쁩니다. (좌중 폭소) 이 파카(우엘벡이 교복처럼 늘 걸치는)를 못마땅해하는 분들이 많지만 그래도 비가 올 때는 아주 유용하답니다. 만일 제가 이 상을 수상하지 못했다면 프랑스가 울분으로 들끓었을 테지요. 그건 바람직하지 않아요. 우리 나라에 그런 일이 생기면 안 되죠. 언젠가부터 제가 새끼 바다표범을 지키는 일처럼 대의가 되었더군요. 우엘벡의 공쿠르상 수상을 사수하자는 분위기가 형성된 거죠. 이제 목표를 달성했고 이렇게 저를 좋아하는 여러분에게 둘러싸여 있으니 행복합니다. 여기 계신 분들은 다들 저를 좋아하시는 거죠? 저를 좋아하는 분들이라면 서로서로도 좋아할 수 있을 겁니다."

그간 소설을 통해 숱하게 인간관계에 대한 환멸을 토로해온 우엘벡이지만 속내를 찬찬히 들여다보면 그가 갈구하는 것은 다름 아닌 타인의 인정과 사랑이라는 것을 알 수 있다. 공쿠르상은 그의 에고를 만족시키기보다는 그간 받아온 상처를 어루만져주었다. 베그베데의 회담에 따르면, 평소 우엘벡을 '잔인한 괴물'로 상상하던 사람들이 막상 '감상적인 소년'과 마주하고는 허탈해하는 일이 적지 않다고 한다. "사회 한복판에서 개인은 한낱 짤막한 픽션에 지나지 않는다."

『지도와 영토』의 이야기는 일견 간단해 보인다. 예술이 곧 삶 자체인, 사진작가이자 화가인 주인공 제드 마르탱의 작업 궤적과 병마에 못 이겨 안락사를 택한 그의 부친의 이야기에, 엽기적 살인사건을 수사하는 형사 자슬랭의 이야기가 맞물린다.

제드 마르탱의 이력은 크게 세 단계로 나뉜다. 제1기는 미슐랭 프랑스 지도들을 촬영한 시기이고, 제2기는 회화로 방향을 틀어 인간사회를 굴러가게 하는 갖가지 직업들을 그린 시기이며, 제3기는 지인들의 사진, 플레이모빌의 피규어, 머더보드가 부식되고 훼손되는 과정을 담은 영상과 식물 위주의 자연 풍경 영상이 중첩된 비디오그램 시기이다. 특히 제2기에 그린 유화들의 대성공으로 단숨에 프랑스에서 가장 비싼 작가가 된 제드 마르탱은 홀로 고향으로 돌아가 여력이 되는 대로 사들인 영지에 도로를 내고 담장을 둘러 자신만의 제국을 건설한다. 그는 이곳에서 생애 후반기인 삼십 년 남짓을 비디오그램 작업에 홀로 매진한다.

한편 제드는 직업세계를 그림으로 표현한 유화작업 시절에 전시회 카탈로그의 발문을 청탁하느라 유명 작가 미셸 우엘벡(!)과 인연을 맺게 되고 직업 시리즈의 마지막 작품으로 예술가들, 즉 우엘벡을 주제로 삼는다. 어느 날 애원과 협박을 동원한 만류에도 안락사를 강행하러 스위스로 날아간 부친의 부음을 듣게 될까 노심초사하던 제드는 난데없이 우엘벡의 사망 소식을 접한다. 그리고 제드나 우엘벡 못지않게 고독한 존재인 자슬랭 형사가 우엘벡 살인사건을 수사한다. 이와 같은 커다란 줄기에 이제껏 우엘벡이 꾸준히 다루어온 주제들, 즉 예술비평, 사랑, 욕망, 매춘, 성, 노화, 육체의 쇠락, 죽음, 소비 지향의 자본주의 비판, 아이러니 등이 퍼즐처럼 제자리를 찾아 맞춰지며 소설을 촘촘하게 완성한다.

그 밖에도 소설의 50퍼센트는 독자가 만드는 것이라는 우엘벡의 말처럼 독자의 여문 시선에 임의롭게 포착될 이야깃거리가 무궁무진하다. 게다가 『지도와 영토』에서는 우엘벡의 브랜드 나열과 백과사전적 지식의 짜깁기가 절정에 이른다. 우엘벡이 '감사의 말'에서도 밝혔

듯, 소설에는 집파리와 보베시, 프레데리크 니우에 관한 것은 물론, 프랑스 국립경찰청, 안락사, 메르세데스 A클래스, 아우디, 삼성 디지털 카메라, 부정관, 빌 게이츠, 스티브 잡스, 윌리엄 모리스, 장루이 퀴르티스, 비숑 볼로네, 정자감소증, 견사상충까지 이루 다 열거할 수 없을 만큼 다방면에 걸친 지식이 망라되어 있다.

이처럼 우엘벡은 철학과 사회학을 근간으로 수학, 생물학, 물리학 등 제반 첨단학문의 지식을 빌려 삶과 죽음에 대한 담론을 펼치면서 독자를 깊은 성찰로 이끈다. 특히 등장인물의 소소한 심리와 삶의 역경을 역사와 사회의 관점에서 거시적으로 조망한다는 점에서 소설의 영역을 확장한다.

『지도와 영토』는 주로 사진, 미술, 건축 등 현대 예술을 둘러싼 문제, 그러니까 현실과 재현, 작품의 가치 평가, 진정한 예술가상에 대한 문제를 파고들면서 분노와 쓸쓸함을 남긴다. '단순한 사업가에 불과해진 예술가'라는, 현대 예술에 대한 고찰에서 출발하여 중심 주제로 향해 가기 때문이다. 바로 고독, 사랑과 욕망에 실패한 현대인의 절망과 절대적인 고독으로.

숫자로 치환이 가능한 현대 예술의 세계에서 작품가 1, 2위를 다투는 데이미언 허스트와 제프 쿤스를 실명으로 등장시킨 뒤 이들을 조롱하며 출발한 소설은 현대 예술가 제드 마르탱의 삶과 예술을 추적하며 흘러간다. 그렇게 플라톤 이래 끝나지 않을 예술적 주제인 현실과 재현에 대한 우엘벡의 미학적 입장이 드러나면서, 이야기꾼의 면모보다는 인물의 입을 빌려 인문학적 담론을 펼치는 작가의 모습이 두드러진다.

“지도는 영토보다 흥미롭다.” 프랑스 관광산업의 첨병인 미슐랭 지도에서 미학적 요소를 발견한 제드는 현실의 축약인 미슐랭 지도를 찍은 사진을 발표하며 예술가로 데뷔하고, 지루한 동어반복을 계속해온 현대 예술의 새로운 총아가 된다. 영토보다 지도가 아름답다는 명제가 참이라면 삶보다 예술, 현실보다 소설이 더 매혹적이라는 주장이 성립하는 것이다.

그래서인지 우엘벡은 그 어느 때보다 자신을 소설 속에 적극 반영한다. 우엘벡이 그리는 우엘벡이라니. 이전까지는 등장인물들을 ‘미셸’로 부르는 데 만족했다면(『소립자』 『플랫폼』 『어느 섬의 가능성』), 『지도와 영토』에서는 아예 ‘미셸 우엘벡’이 등장한다. 게다가 작가의 모습은 특정 인물 하나가 아닌 여러 인물에 분산되어 있다. 제드, 우엘벡, 자슬랭은 말할 것도 없고, 하다못해 자슬랭의 충견 미셸이나 미슈에게서도 작가가 얼비친다. 특히 우엘벡이 제드에게 소개하는 잊힌 작가 장루이 퀴르티스는 면면이 작가의 분신처럼 보인다. ‘다소 보수적이지만 정직하게 자기 일에 매진한 훌륭한 작가’라는 점, 조르주 페렉과 같은 주제를 다루면서도 그와 견주어 우습지 않다는 점(퀴르티스의 경우는 『사물들』, 우엘벡의 경우는 『인생 사용법』), ‘소비사회를 거부’하면서도 ‘소비사회만을 유일하게 가능한 영역으로 간주’한다는 점, 인류가 변하지 않으리라는 데 서글퍼한다는 점 등이 그러하다.

『지도와 영토』는 미셸 우엘벡의 이전 작품들보다 비교적 온도가 높고 온건하게 여겨진다. 우선 우엘벡이 공공의 적이 되는 데 일조한 잔인한 폭력과 노골적이고 역겨운 성 묘사가 걸러졌고, 무엇보다 작가

스스로 밝히듯 이 소설의 주요 주제 중 하나가 아버지와 아들의 관계인 까닭이다. 소설의 모든 등장인물들이 서로 진정으로 만나지 않은 채 평행으로 걸어가듯 제드와 그의 부친도 평행으로 걷지만, 우엘벡의 세계에서 보기 드문 연민이 두드러진다.

제드 마르탱의 모친은 그가 일곱 살이 되기 전 자살했고, 부친은 바쁜 사업 때문에 아들을 방치하는데, 이는 어린 시절 일찌감치 부모에게 외면당하고 양가 조모들의 손에서 번갈아 키워진 우엘벡 자신의 모습이 투영된 것임을 어렵지 않게 짐작할 수 있다. 인간사 모든 것에 무심한 듯한 제드가 아버지와의 연례행사인 크리스마스 식사를 마치고 돌아와 이번에도 부자관계에 변화가 없었다고 담담히 곱씹을 때, 어릴 때 자기가 지어준 제비집에 제비들이 오지 않았다며 오열하는 아버지를 위해서 제비들은 워낙에 사람의 손을 탄 둥지는 거들떠보지 않는다는 거짓말을 즉흥적으로 지어내어 위무할 때, 교회에서 기도하는 소녀를 보며 종교란 가까운 사람에게 해줄 수 있는 일이 아무것도 남지 않았을 때(암에 걸린 부친의 경우처럼) 기도라도 할 수 있으니 편리한 거라고 생각할 때, 낯선 스위스로 무작정 날아가 안락사협회 건물의 균열 하나 없는 완벽한 외벽을 보며 건축가였던 아버지가 분명 죽음을 코앞에 두고도 이 점을 눈여겨봤으리라 여길 때, 아버지의 안락사에 대해 캐묻는 그에게 냉랭하고 무성의한 태도로 일관하는 안락사협회 직원을 구타할 때, 제드에 대한 연민의 감정이 들면서 소설의 온도가 상승하는 것이다. 그간 우엘벡이 물질과 감정의 영역에서 비정한 자유경쟁에 떠밀린 신자유주의를 거부함과 동시에 가족제도를 포함한 삶의 형식, 문화, 예술 등에서는 복고적 가치에 매달리는 입장을 보여왔다는 점을 떠올리면, 이 온도의 상승 또한 자연스럽게 여겨진다.

건조하고 특별할 것 없는 다소 서늘한 문체로 어느새 구축된 우엘벡 인물들의 절대 고독의 세계, 전혀 신나지 않는 이 세계에서 빼놓을 수 없는 한 가지는 바로 블랙유머다. 블랙유머는 인간에 대한 절망과 인간 사회의 몰락을 가차없이 들춰냄으로써 땅속으로 꺼지는 듯한 암울함이 느껴지는 우엘벡 소설의 숨구멍이다. 그 덕분에 시종일관 지리멸렬하게 이어지는 구시렁거림이 재미있게 읽힌다. 우엘벡은 우리를 나락에 처넣는 순간에도 곧이어 히죽거리게 만든다. 주느비에브와의 연애(제드는 주느비에브의 에스코트 걸 수입으로 호사를 누리면서도 기둥서방이 된 기분을 느낀 적이 단 한 번도 없다), 제드와 아버지의 저녁식사(제드는 어머니의 자살 이야기를 먼저 들어야 할지 아니면 냉장고에서 초콜릿 프로피트롤부터 꺼내와야 할지 망설인다), 장피에르 페르노 사택에서 열린 새해맞이 파티(이곳에서 벌어진 거의 모든 장면이 한 편의 익살극을 방불케 한다) 등 심각한 장면에서 생각지도 못한 웃음이 터진다. 히죽거리는 체념으로 차분해지는 절망감이라고 할까. 세상을 바꿀 수는 없지만 생각은 해보자고, 그리고 이렇게 살다 죽어야 한다면, 그것이 인생이라면 웃기나 하자고, 우엘벡은 말하고 있는 듯하다.

장소미

1958년 2월 26일 프랑스 해외영토 라레위니옹에서 의사인 어머니 뤼시 세칼디와 스키 강사이자 산악 가이드인 아버지 르네 토마 사이에서 출생(출생증명서에는 1956년생으로 기록). 생후 오 개월부터 알제리아에서 외할머니와 함께 지냄.

1964년 프랑스로 보내져 친할머니에게 맡겨짐. 필명 '우엘벡'은 할머니의 결혼 전 성을 따른 것.

1975년 파리국립농업학교 입학. 문예평론지 〈카라마조프〉를 만들고 시를 쓰기 시작.

1978년 보호자인 할머니 사망.

1980년 파리국립농업학교 졸업. 결혼 후 이듬해 아들 출생, 이혼.

1985년 문예지 〈신 프랑스 평론〉에 처음으로 시를 발표.

1991년 십대 시절 열정을 쏟았던 작가 H. P. 러브크래프트에 대한 전기 에세이 『H. P. 러브크래프트: 세상에 맞서, 삶에 맞서 *H. P. Lovecraft: Contre le monde, contre la vie*』 출간. 같은 해 에세이 『계속 살아 있기: 방법*Rester vivant: méthode*』, 첫번째 시집 『행복의 추구*La Poursuite du bonheur*』 출간. 파리에서 전산 관련업에 종사.

1992년 『행복의 추구』로 트리스탕 차라 상 수상.

1994년 첫 장편소설 『투쟁 영역의 확장*Extension du domaine de la lutte*』을 출간하며 폭넓은 독자층을 확보하기 시작.

1996년 두번째 시집 『투쟁의 의미*Le Sens du combat*』 출간. 플로르 상 수상.

1998년 두번째 소설 『소립자*Les Particules élémentaires*』 출간. 이 책으로 노방브르상을 수상하고 세계적 명성을 얻음. 비평집 『발언*Interventions*』 출간. 프랑스 문화부가 수여하는 젊은 문학인상 수상. 마리피에르 고티에와 재혼.

2000년 자신의 시를 직접 낭송한 음반 〈인간의 현존*Présence humaine*〉 발매.

2001년 소설 『플랫폼*Plateforme*』 출간.

2002년 『소립자』로 국제 더블린 문학상 수상.

2005년 소설 『어느 섬의 가능성*La Possibilité d'une île*』 출간. 앵테랄리에상 수상.

2008년 자신의 소설을 원작으로 직접 감독한 영화 〈어느 섬의 가능성〉 개봉.

2010년 소설 『지도와 영토*La Carte et le Territoire*』 출간. 공쿠르상 수상. 마리피에르 고티에와 이혼.

2014년 기욤 니클루 감독의 영화 〈미셸 우엘벡 납치사건〉에 본인 역할로 출연.

2015년 소설 『복종*Soumission*』 출간.

2017년 철학 에세이 『쇼펜하우어를 마주하며*En présence de Schopenhauer*』 출간.

2019년 소설 『세로토닌*Sérotonine*』 출간. 오스트리아 유럽 문학상 수상. 레지옹 도뇌르 훈장 수훈.

2022년 소설 『끝장내다*Anéantir*』 출간.

문학동네 세계문학전집 발간에 부쳐

세계문학은 국민문학 혹은 지역문학을 떠나 존재하는 문학이 아니지만 그것들의 총합도 아니다. 세계문학이라는 용어에는 그 나름의 언어와 전통을 갖고 있는 국민문학이나 지역문학의 존재를 인정하면서 그것을 넘어서는 문학의 보편적 질서에 대한 관념이 새겨져 있다. 그 용어를 처음 고안한 19세기 유럽인들은 유럽문학을 중심으로 그 질서를 구축했지만 풍부한 국민문학의 전통을 가지고 있는 현대의 문학 강국들은 나름의 방식으로 세계문학을 이해하면서 정전(正典)의 목록을 작성하고 또 수정한다.

한국에서도 세계문학 관념은 우리 사회와 문화의 변화 속에서 거듭 수정돼왔다. 어느 시기에는 제국 일본의 교양주의를 반영한 세계문학 관념이, 어느 시기에는 제3세계 민족주의에 동조한 세계문학 관념이 출현했고, 그러한 관념을 실천한 전집물이 출판됐다. 21세기 한국에 새로운 세계문학전집이 필요하다는 것은 명백하다. 우리의 지성과 감성의 기준에 부합하는 세계문학을 다시 구상할 때가 되었다.

문학동네 세계문학전집은 범세계적으로 통용되는 고전에 대한 상식을 존중하면서도 지난 반세기 동안 해외 주요 언어권에서 창작과 연구의 진전에 따라 일어난 정전의 변동을 고려하여 편성되었다. 그래서 불멸의 명작은 물론 동시대 세계의 중요한 정치·문화적 실천에 영감을 준 새로운 작품들을 두루 포함시켰다.

창립 이후 지금까지 한국문학 및 번역문학 출판에서 가장 전문적이고 생산적인 그룹을 대표해온 문학동네가 그간 축적한 문학 출판 경험을 바탕으로 새로운 세계문학전집을 펴낸다. 인류가 무지와 몽매의 어둠 속을 방황하면서도 끝내 길을 잃지 않은 것은 세계문학사의 하늘에 떠 있는 빛나는 별들이 길잡이가 되어주었기 때문이다. 우리가 자부심과 사명감 속에서 그리게 될 이 새로운 별자리가 독자들의 관심과 애정에 힘입어 우리 모두의 뿌듯한 자산이 되기를 소망한다.

문학동네 세계문학전집 편집위원

민은경, 박유하, 변현태, 송병선, 이재룡, 홍길표, 남진우, 황종연

세계문학전집 241
지도와 영토

1판 1쇄 2011년 9월 9일 | 1판 7쇄 2018년 11월 14일
2판 1쇄 2024년 1월 4일

지은이 미셸 우엘벡 | 옮긴이 장소미

책임편집 윤정민 | 편집 김미혜 황문정
디자인 김유진 이원경 | 저작권 박지영 형소진 최은진 서연주 오서영
마케팅 정민호 서지화 한민아 이민경 안남영 왕지경 황승현 김혜원 김하연 김예진
브랜딩 함유지 함근아 고보미 박민재 김희숙 박다솔 조다현 정승민 배진성
제작 강신은 김동욱 이순호 | 제작처 영신사

펴낸곳 (주)문학동네 | 펴낸이 김소영
출판등록 1993년 10월 22일 제2003-000045호
주소 10881 경기도 파주시 회동길 210
전자우편 editor@munhak.com | 대표전화 031) 955-8888 | 팩스 031) 955-8855
문의전화 031) 955-1927(마케팅) 031) 955-2634(편집)
문학동네카페 http://cafe.naver.com/mhdn
인스타그램 @munhakdongne | 트위터 @munhakdongne
북클럽문학동네 http://bookclubmunhak.com

ISBN 978-89-546-9763-7 04860
978-89-546-0901-2 (세트)

잘못된 책은 구입하신 서점에서 교환해드립니다.
기타 교환 문의 031) 955-2661, 3580

www.munhak.com

1, 2, 3 안나 카레니나 레프 톨스토이 | 박형규 옮김
4 판탈레온과 특별봉사대 마리오 바르가스 요사 | 송병선 옮김
5 황금 물고기 르 클레지오 | 최수철 옮김
6 템페스트 윌리엄 셰익스피어 | 이경식 옮김
7 위대한 개츠비 F. 스콧 피츠제럴드 | 김영하 옮김
8 아름다운 애너벨 리 싸늘하게 죽다 오에 겐자부로 | 박유하 옮김
9, 10 파우스트 요한 볼프강 폰 괴테 | 이인웅 옮김
11 가면의 고백 미시마 유키오 | 양윤옥 옮김
12 킴 러디어드 키플링 | 하창수 옮김
13 나귀 가죽 오노레 드 발자크 | 이철의 옮김
14 피아노 치는 여자 엘프리데 옐리네크 | 이병애 옮김
15 1984 조지 오웰 | 김기혁 옮김
16 벤야멘타 하인학교 - 야콥 폰 군텐 이야기 로베르트 발저 | 홍길표 옮김
17, 18 적과 흑 스탕달 | 이규식 옮김
19, 20 휴먼 스테인 필립 로스 | 박범수 옮김
21 체스 이야기·낯선 여인의 편지 슈테판 츠바이크 | 김연수 옮김
22 왼손잡이 니콜라이 레스코프 | 이상훈 옮김
23 소송 프란츠 카프카 | 권혁준 옮김
24 마크롤 가비에로의 모험 알바로 무티스 | 송병선 옮김
25 피계 시마자키 도손 | 노영희 옮김
26 내 생명 앗아가주오 앙헬레스 마스트레타 | 강성식 옮김
27 여명 시도니가브리엘 콜레트 | 송기정 옮김
28 한때 흑인이었던 남자의 자서전 제임스 웰든 존슨 | 천승걸 옮김
29 슬픈 짐승 모니카 마론 | 김미선 옮김
30 피로 물든 방 앤절라 카터 | 이귀우 옮김
31 숨그네 헤르타 뮐러 | 박경희 옮김
32 우리 시대의 영웅 미하일 레르몬토프 | 김연경 옮김
33, 34 실낙원 존 밀턴 | 조신권 옮김
35 복낙원 존 밀턴 | 조신권 옮김
36 포로기 오오카 쇼헤이 | 허호 옮김
37 동물농장·파리와 런던의 따라지 인생 조지 오웰 | 김기혁 옮김
38 루이 랑베르 오노레 드 발자크 | 송기정 옮김
39 코틀로반 안드레이 플라토노프 | 김철균 옮김
40 어두운 상점들의 거리 파트릭 모디아노 | 김화영 옮김
41 순교자 김은국 | 도정일 옮김
42 젊은 베르테르의 슬픔 요한 볼프강 폰 괴테 | 안장혁 옮김
43 더블린 사람들 제임스 조이스 | 진선주 옮김
44 설득 제인 오스틴 | 원영선, 전신화 옮김
45 인공호흡 리카르도 피글리아 | 엄지영 옮김
46 정글북 러디어드 키플링 | 손향숙 옮김
47 외로운 남자 외젠 이오네스코 | 이재룡 옮김
48 에피 브리스트 테오도어 폰타네 | 한미희 옮김
49 둔황 이노우에 야스시 | 임용택 옮김
50 미크로메가스·캉디드 혹은 낙관주의 볼테르 | 이병애 옮김

51, 52 염소의 축제 마리오 바르가스 요사 | 송병선 옮김
53 고야산 스님·초롱불 노래 이즈미 교카 | 임태균 옮김
54 다니엘서 E. L. 닥터로 | 정상준 옮김
55 이날을 위한 우산 빌헬름 게나치노 | 박교진 옮김
56 톰 소여의 모험 마크 트웨인 | 강미경 옮김
57 카사노바의 귀향·꿈의 노벨레 아르투어 슈니츨러 | 모명숙 옮김
58 바보들을 위한 학교 사샤 소콜로프 | 권정임 옮김
59 어느 어릿광대의 견해 하인리히 뵐 | 신동도 옮김
60 웃는 늑대 쓰시마 유코 | 김훈아 옮김
61 팔코너 존 치버 | 박영원 옮김
62 한눈팔기 나쓰메 소세키 | 조영석 옮김
63, 64 톰 아저씨의 오두막 해리엇 비처 스토 | 이종인 옮김
65 아버지와 아들 이반 투르게네프 | 이항재 옮김
66 베니스의 상인 윌리엄 셰익스피어 | 이경식 옮김
67 해부학자 페데리코 안다아시 | 조구호 옮김
68 긴 이별을 위한 짧은 편지 페터 한트케 | 안장혁 옮김
69 호텔 뒤락 애니타 브루크너 | 김정 옮김
70 잔해 쥘리앵 그린 | 김종우 옮김
71 절망 블라디미르 나보코프 | 최종술 옮김
72 더버빌가의 테스 토머스 하디 | 유명숙 옮김
73 감상소설 미하일 조셴코 | 백용식 옮김
74 빙하와 어둠의 공포 크리스토프 란스마이어 | 진일상 옮김
75 쓰가루·석별·옛날이야기 다자이 오사무 | 서재곤 옮김
76 이인 알베르 카뮈 | 이기언 옮김
77 달려라, 토끼 존 업다이크 | 정영목 옮김
78 몰락하는 자 토마스 베른하르트 | 박인원 옮김
79, 80 한밤의 아이들 살만 루슈디 | 김진준 옮김
81 죽은 군대의 장군 이스마일 카다레 | 이창실 옮김
82 페레이라가 주장하다 안토니오 타부키 | 이승수 옮김
83, 84 목로주점 에밀 졸라 | 박명숙 옮김
85 아베 일족 모리 오가이 | 권태민 옮김
86 폭풍의 언덕 에밀리 브론테 | 김정아 옮김
87, 88 늦여름 아달베르트 슈티프터 | 박종대 옮김
89 클레브 공작부인 라파예트 부인 | 류재화 옮김
90 P세대 빅토르 펠레빈 | 박혜경 옮김
91 노인과 바다 어니스트 헤밍웨이 | 이인규 옮김
92 물방울 메도루마 슌 | 유은경 옮김
93 도깨비불 피에르 드리외라로셸 | 이재룡 옮김
94 프랑켄슈타인 메리 셸리 | 김선형 옮김
95 래그타임 E. L. 닥터로 | 최용준 옮김
96 캔터빌의 유령 오스카 와일드 | 김미나 옮김
97 만(卍)·시게모토 소장의 어머니 다니자키 준이치로 | 김춘미, 이호철 옮김
98 맨해튼 트랜스퍼 존 더스패서스 | 박경희 옮김
99 단순한 열정 아니 에르노 | 최정수 옮김

100 열세 걸음 모옌 | 임홍빈 옮김
101 데미안 헤르만 헤세 | 안인희 옮김
102 수레바퀴 아래서 헤르만 헤세 | 한미희 옮김
103 소리와 분노 윌리엄 포크너 | 공진호 옮김
104 곰 윌리엄 포크너 | 민은영 옮김
105 롤리타 블라디미르 나보코프 | 김진준 옮김
106, 107 부활 레프 톨스토이 | 박형규 옮김
108, 109 모래그릇 마쓰모토 세이초 | 이병진 옮김
110 은둔자 막심 고리키 | 이강은 옮김
111 불타버린 지도 아베 고보 | 이영미 옮김
112 말라볼리아가의 사람들 조반니 베르가 | 김운찬 옮김
113 디어 라이프 앨리스 먼로 | 정연희 옮김
114 돈 카를로스 프리드리히 실러 | 안인희 옮김
115 인간 짐승 에밀 졸라 | 이철의 옮김
116 빌러비드 토니 모리슨 | 최인자 옮김
117, 118 미국의 목가 필립 로스 | 정영목 옮김
119 대성당 레이먼드 카버 | 김연수 옮김
120 나나 에밀 졸라 | 김치수 옮김
121, 122 제르미날 에밀 졸라 | 박명숙 옮김
123 현기증. 감정들 W. G. 제발트 | 배수아 옮김
124 강 동쪽의 기담 나가이 가후 | 정병호 옮김
125 붉은 밤의 도시들 윌리엄 버로스 | 박인찬 옮김
126 수고양이 무어의 인생관 E. T. A. 호프만 | 박은경 옮김
127 맘브루 R. H. 모레노 두란 | 송병선 옮김
128 익사 오에 겐자부로 | 박유하 옮김
129 땅의 혜택 크누트 함순 | 안미란 옮김
130 불안의 책 페르난두 페소아 | 오진영 옮김
131, 132 사랑과 어둠의 이야기 아모스 오즈 | 최창모 옮김
133 페스트 알베르 카뮈 | 유호식 옮김
134 다마세누 몬테이루의 잃어버린 머리 안토니오 타부키 | 이현경 옮김
135 작은 것들의 신 아룬다티 로이 | 박찬원 옮김
136 시스터 캐리 시어도어 드라이저 | 송은주 옮김
137 고독한 산책자의 몽상 장자크 루소 | 문경자 옮김
138 용의자의 야간열차 다와다 요코 | 이영미 옮김
139 세기아의 고백 알프레드 드 뮈세 | 김미성 옮김
140 햄릿 윌리엄 셰익스피어 | 이경식 옮김
141 카산드라 크리스타 볼프 | 한미희 옮김
142 이 글을 읽는 사람에게 영원한 저주를 마누엘 푸익 | 송병선 옮김
143 마음 나쓰메 소세키 | 유은경 옮김
144 바다 존 밴빌 | 정영목 옮김
145, 146, 147, 148 전쟁과 평화 레프 톨스토이 | 박형규 옮김
149 세 가지 이야기 귀스타브 플로베르 | 고봉만 옮김
150 제5도살장 커트 보니것 | 정영목 옮김
151 알렉시·은총의 일격 마르그리트 유르스나르 | 윤진 옮김

152 말라 온다 알베르토 푸겟 | 엄지영 옮김
153 아르세니예프의 인생 이반 부닌 | 이항재 옮김
154 오만과 편견 제인 오스틴 | 류경희 옮김
155 돈 에밀 졸라 | 유기환 옮김
156 젊은 예술가의 초상 제임스 조이스 | 진선주 옮김
157, 158, 159 카라마조프가의 형제들 표도르 도스토옙스키 | 김희숙 옮김
160 진 브로디 선생의 전성기 뮤리얼 스파크 | 서정은 옮김
161 13인당 이야기 오노레 드 발자크 | 송기정 옮김
162 하지 무라트 레프 톨스토이 | 박형규 옮김
163 희망 앙드레 말로 | 김웅권 옮김
164 임멘 호수·백마의 기사·프시케 테오도어 슈토름 | 배정희 옮김
165 밤은 부드러워라 F. 스콧 피츠제럴드 | 정영목 옮김
166 야간비행 앙투안 드 생텍쥐페리 | 용경식 옮김
167 나이트우드 주나 반스 | 이예원 옮김
168 소년들 앙리 드 몽테를랑 | 유정애 옮김
169, 170 독립기념일 리처드 포드 | 박영원 옮김
171, 172 닥터 지바고 보리스 파스테르나크 | 박형규 옮김
173 싯다르타 헤르만 헤세 | 권혁준 옮김
174 야만인을 기다리며 J. M. 쿳시 | 왕은철 옮김
175 철학편지 볼테르 | 이봉지 옮김
176 거지 소녀 앨리스 먼로 | 민은영 옮김
177 창백한 불꽃 블라디미르 나보코프 | 김윤하 옮김
178 슈틸러 막스 프리슈 | 김인순 옮김
179 시핑 뉴스 애니 프루 | 민승남 옮김
180 이 세상의 왕국 알레호 카르펜티에르 | 조구호 옮김
181 철의 시대 J. M. 쿳시 | 왕은철 옮김
182 카시지 조이스 캐럴 오츠 | 공경희 옮김
183, 184 모비 딕 허먼 멜빌 | 황유원 옮김
185 솔로몬의 노래 토니 모리슨 | 김선형 옮김
186 무기여 잘 있거라 어니스트 헤밍웨이 | 권진아 옮김
187 컬러 퍼플 앨리스 워커 | 고정아 옮김
188, 189 죄와 벌 표도르 도스토옙스키 | 이문영 옮김
190 사랑 광기 그리고 죽음의 이야기 오라시오 키로가 | 엄지영 옮김
191 빅 슬립 레이먼드 챈들러 | 김진준 옮김
192 시간은 밤 류드밀라 페트루솁스카야 | 김혜란 옮김
193 타타르인의 사막 디노 부차티 | 한리나 옮김
194 고양이와 쥐 귄터 그라스 | 박경희 옮김
195 펠리시아의 여정 윌리엄 트레버 | 박찬원 옮김
196 마이클 K의 삶과 시대 J. M. 쿳시 | 왕은철 옮김
197, 198 오스카와 루신다 피터 케리 | 김시현 옮김
199 패싱 넬라 라슨 | 박경희 옮김
200 마담 보바리 귀스타브 플로베르 | 김남주 옮김
201 패주 에밀 졸라 | 유기환 옮김
202 도시와 개들 마리오 바르가스 요사 | 송병선 옮김

203 루시 저메이카 킨케이드 | 정소영 옮김
204 대지 에밀 졸라 | 조성애 옮김
205, 206 백치 표도르 도스토옙스키 | 김희숙 옮김
207 백야 표도르 도스토옙스키 | 박은정 옮김
208 순수의 시대 이디스 워턴 | 손영미 옮김
209 단순한 이야기 엘리자베스 인치볼드 | 이혜수 옮김
210 바닷가에서 압둘라자크 구르나 | 황유원 옮김
211 낙원 압둘라자크 구르나 | 왕은철 옮김
212 피라미드 이스마일 카다레 | 이창실 옮김
213 애니 존 저메이카 킨케이드 | 정소영 옮김
214 지고 말 것을 가와바타 야스나리 | 박혜성 옮김
215 부서진 사월 이스마일 카다레 | 유정희 옮김
216 사람은 무엇으로 사는가 레프 톨스토이 | 이항재 옮김
217, 218 악마의 시 살만 루슈디 | 김진준 옮김
219 오늘을 잡아라 솔 벨로 | 김진준 옮김
220 배반 압둘라자크 구르나 | 황가한 옮김
221 어두운 밤 나는 적막한 집을 나섰다 페터 한트케 | 윤시향 옮김
222 무어의 마지막 한숨 살만 루슈디 | 김진준 옮김
223 속죄 이언 매큐언 | 한정아 옮김
224 암스테르담 이언 매큐언 | 박경희 옮김
225, 226, 227 특성 없는 남자 로베르트 무질 | 박종대 옮김
228 앨프리드와 에밀리 도리스 레싱 | 민은영 옮김
229 북과 남 엘리자베스 개스켈 | 민승남 옮김
230 마지막 이야기들 윌리엄 트레버 | 민승남 옮김
231 벤저민 프랭클린 자서전 벤저민 프랭클린 | 이종인 옮김
232 만년양식집 오에 겐자부로 | 박유하 옮김
233 이상한 나라의 앨리스 루이스 캐럴 | 존 테니얼 그림 | 김희진 옮김
234 소네치카·스페이드의 여왕 류드밀라 울리츠카야 | 박종소 옮김
235 메데야와 그녀의 아이들 류드밀라 울리츠카야 | 최종술 옮김
236 실종자 프란츠 카프카 | 이재황 옮김
237 진 알랭 로브그리예 | 성귀수 옮김
238 말테의 수기 라이너 마리아 릴케 | 홍사현 옮김
239, 240 율리시스 제임스 조이스 | 이종일 옮김
241 지도와 영토 미셸 우엘벡 | 장소미 옮김

● 문학동네 세계문학전집은 계속 출간됩니다